中国古代名著全本译注丛书

玉台新咏
译注

下

[南朝陈] 徐陵 编
张葆全 译注

卷 七

卷七、卷八所录的诗，是《玉台新咏》中"宫体诗"最为集中的两卷。前人说："七卷是君倡宫体于上，诸王同声；此卷（卷八）是臣仿宫体于下，妇人同调。"

卷七所录全为南朝梁代帝王之诗，他们是梁武帝萧衍及其第三子萧纲（皇太子，后之简文帝）、第六子萧纶（邵陵王）、第七子萧绎（湘东王，后之元帝）、第八子萧纪（武陵王）。他们既受齐梁新的诗风（齐"永明体"）的影响，又是继起诗风（梁陈"宫体"）的倡导者。

萧衍曾是齐朝重臣，年轻时曾在竟陵王萧子良门下，与王融、谢朓、任昉、沈约、陆倕、范云、萧琛等人交往，人称"竟陵八友"。王融、沈约重视诗的声律，倡导新诗体，萧衍自然也有相同的志趣。后萧衍代齐自立，是为梁武帝，在位四十八年，他不仅是梁代也是南朝在位时间最长的皇帝。他在位期间，政治上相对稳定，经济上也相对繁荣，这为他倡导"艳体"提供了重要基础。在新诗风（永明体）的基础上，他有意地向汉魏古诗、乐府以及南朝乐府民歌学习，作诗多写女性之美与男女之情，将"艳情"的内容大量引入诗中。一方面女性之美、情爱之美成了新的主要的审美对象，另一方面，永明体声律之美，乐府民歌清新纯净之美也融入诗中，从而将"宫体诗"推向高潮。萧衍今存诗九十余首。从《玉台新咏》本卷所录十四首及卷十所录二十七首来看，多为模拟汉魏古诗、乐府以及南朝乐府民歌而作的乐府诗，虽为拟作、代言，承续"古意"，但多以民间女子身份来写，而且声律和谐，时有工整偶句，读来犹有民歌般的清新流畅之感。

萧纲作为皇太子，为时十八年。当时东宫聚集了一批文士，著名的如徐摛、徐陵父子，庾肩吾、庾信父子。他们志同道合，在诗歌创作上有共同的志趣。其实，早在萧纲任晋安王之时，徐摛就已是王府侍读。徐摛"属文好为新变"，"春坊尽学之"。简要地说，以"永明体"的形式，加"艳情"的内容，就兴起了"宫体"诗。"宫体"之名，正是因皇太子萧纲所居"东宫"而得名。萧纲曾自称"七岁有诗癖，长而不倦"。又主张"文章且须放荡"（《诫当阳公大心书》）。所谓"放荡"，就是任意抒发情性，不须受传统礼教的拘束。他既有新的诗学观念作为指导思想，又创作了大量作品，因而成为宫体诗的主将。萧纲今存诗262首，其中乐府73首。《玉台新咏》卷七所录43首，加上卷九12首，卷十21首，在全书所录诗人作品中数量是最多的。在卷七所录43首中，大部分是乐府诗，少部分是自创抒情诗。前者以乐府旧题写作，多汉魏乐府古意。后者虽然也有依托传统题材的拟言、代言，但更有对身边的人和事的直接描写，如《咏舞》《美人晨妆》《咏美人观画》等，那是直接将身边的女子作为审美的对象，传统的"艳情"诗终于变成了完全的"宫体"诗。萧纲诗作，也十分讲究平仄韵律，《拟沈隐侯夜夜曲》在对仗及诗句的平仄相间上，已与后来兴起的五言律诗十分接近了。

《玉台新咏》所录萧纶诗三首，两首为代言，另一首《车中见美人》，直接写自己对一个偶然见到的美女怦然心动，而产生强烈爱意，这也属人之常情，无可厚非。

湘东王（后之梁元帝）萧绎，长期镇守江陵，同萧纲一样，是宫体诗的倡导者，在他身边，也聚集了一批文士。

萧绎今存诗110多首。《玉台新咏》收录七首，没有乐府诗，全为即兴抒情之作。他喜作"艳诗"，无论"登颜园古阁"，还是"夜游柏斋"；无论是在"寒宵"，还是在"秋夜"，他的诗作全以女性为中心。他既欣赏女子的美丽，也同情她们的不幸遭遇或孤栖独宿的哀伤。其诗讲求对仗工整与平仄相间，也是很突出的。

武陵王萧纪今存诗仅六首。从《玉台新咏》所录四首来看，其诗风与萧绎相近。其中《闺妾寄征人》，已是一首十分合律的绝句。

梁武帝十四首

梁武帝萧衍（464—549），字叔达，小字练儿，南兰陵（今江苏常州市）人。齐时曾以文学游于竟陵王萧子良门下，为"竟陵八友"之一。齐末任雍州刺史，镇守襄阳。后起兵下建康（今南京），杀齐废帝东昏侯，执朝政，次年受齐和帝禅称帝，建立梁朝，在位四十八年。晚年东魏降将侯景叛乱，攻破京都，他被囚禁病饿而死。原有文集一百二十卷，均已散佚，明人辑有《梁武帝集》。

捣　衣[1]

【题解】

这首诗完全按琴曲《捣衣曲》的古意来写，以一个捣衣女子的口吻，抒发对远戍边地的丈夫的思念，行动和心理活动的描写都十分细腻。

驾言易水北[2]，送别河之阳[3]。沉思惨行镳[4]，结梦在空床。既寤丹绿谬[5]，始知纨素伤[6]。中州木叶下[7]，边城应早霜。阴虫日惨烈[8]，庭草复云黄。金风但清夜[9]，明月悬洞房[10]。袅袅同宫女，助我理衣裳。参差夕杵引，哀怨秋砧扬。轻罗飞玉腕，弱翠低红妆[11]。朱颜色已兴[12]，眄睇目增光[13]。捣以一匡石[14]，文成双鸳鸯[15]。制握断金刀[16]，薰用如兰芳。佳期久不归，持此寄寒乡。妾身谁为容[17]？思君苦人肠[18]。

【注释】

〔1〕捣（dǎo）衣：古代洗衣的方法，将衣或衣料浸湿后放在砧（石）

上,用杵(棍棒)捶打。古有琴曲《捣衣曲》,抒写妇女为远戍边地的亲人捣洗寒衣时的怀念之情。

〔2〕驾:驾车。　言:语助词,无义。　易水:水名,在河北省北部。《战国策·燕策》载,荆轲将为燕太子丹往刺秦王,丹在易水边为他饯行。高渐离击筑,荆轲和而歌:"风萧萧兮易水寒,壮士一去兮不复还!"歌毕,荆轲就车而去。

〔3〕河之阳:黄河北岸。江淹《别赋》开篇即说"黯然销魂者,唯别而已矣",中有"又若君居淄右,妾家河阳"等句,叙夫妻离别的感伤。

〔4〕镳(biāo):马衔,即马嚼子两头露在马嘴外的部分。

〔5〕寤:同"悟",了解,领悟。　丹绿:红色和绿色,指灯红酒绿的豪华生活。　谬(miù):错误。

〔6〕纨(wán):细绢。　素:洁白的生绢。

〔7〕中州:指中原地区。

〔8〕阴虫:秋虫,如蟋蟀之类。

〔9〕金风:秋风。古人以五行配四季,秋属金。金,一作"冷"。但:一作"徂(cú)",往,到。

〔10〕洞房:幽深的内室。

〔11〕弱翠:柔细的翠眉。

〔12〕朱颜:红颜。　色:一作"日"。

〔13〕眄睇(miǎn dì):斜着眼看。眄,一作"绵"。　目:一作"色"。

〔14〕匪石:即"非石",不同于石,表示心意坚定,不像石头那样可以移动。《诗经·邶风·柏舟》:"我心匪石,不可转也。"

〔15〕文:花纹。　成:一作"武"。

〔16〕制:缝制衣裳。　断金刀:极其锋利能截断金属的刀。《周易·系辞》:"二人同心,其利断金。"

〔17〕谁为容:为谁容,为谁梳妆打扮。古人有言,"女为悦己者容",见《史记·刺客列传》。《诗经·卫风·伯兮》:"自伯之东,首如飞蓬。岂无膏沐,谁适为容。"为,一作"与"。

〔18〕人:一作"入"。

【今译】

　　像荆轲辞别易水那样丈夫将要驾车远行,我在家乡河阳送他前往。他在艰苦行军途中定然心情沉痛,我在家中也是魂牵梦绕独守空床。早已了解昔日生活豪华奢侈的荒谬,今天也才知道捣洗纨素的忧伤。中原树叶纷纷落下，边城也应早就下霜。蟋蟀鸣叫越来越惨烈，庭院草木又已枯黄。寂静的夜里吹来了秋风，明月照进了幽深的闺房。同室而居的柔弱苗条的女友，帮助我整理衣裳。晚上拿着捣衣杵一上一下地捶打，秋日的哀怨随着砧石上的声音四处播扬。轻软的丝衣在洁白的手腕上飞动，柔细的美眉低下来显露红妆。脸色红润已是激情兴起，眼光流盼双目炯炯有光。一心捣衣爱意丝毫不移，文彩绣成一对鸳鸯。手中拿着锋利的刀来剪裁，又用香熏好像兰草一样芬芳。到了回家的日期仍然久久不归来，只好拿着寒衣寄往寒冷的他乡。我自身还能为谁去梳妆打扮，苦苦思念你啊使我伤心断肠。

拟长安有狭邪十韵[1]

【题解】

　　这首诗是对乐府古辞《长安有狭斜行》和《相逢狭路间行》的模拟，在题旨与构思上都极其相似，写的都是一个富贵人家的富丽景象，都突出家中的三个儿子和三个媳妇。

　　洛阳有曲陌[2]，陌曲不通驿[3]。忽逢二少童，扶辔问君宅[4]。君宅邯郸右[5]，易忆复可知。大息组细缊[6]，中息珮陆离[7]。小息尚青绮[8]，总卯游南皮[9]。三息俱入门，家臣拜门垂。三息俱升堂，旨酒盈千卮[10]。三息俱入户，户内有光仪[11]。大妇理金翠[12]，中妇事么觿[13]。小妇独闲暇[14]，调笙游曲池[15]。丈人少徘徊[16]，凤吹方参差[17]。

【注释】

　　[1]拟长安有狭邪十韵：在《乐府诗集》中，这首诗收入《相和歌

辞·清调曲》，题《长安有狭斜行》，无"十韵"二字。十韵，指十个押韵字，但此诗实为十一韵，故有人认为当作"十一韵"。《长安有狭斜行》古辞与《相逢狭路间行》（又名《相逢行》）古辞相近，后者见卷一《古乐府诗·相逢狭路间》。狭邪，即"狭斜"，小街曲巷。

〔2〕曲陌（mò）：弯曲的巷道。

〔3〕陌：一作"曲"。　驿（yì）：古代三十里设一驿站，供人休息，有驿车、驿马，用来快速传递政府文书。这里指驿车、驿马。

〔4〕辔（pèi）：马缰绳。

〔5〕君：一作"我"。　邯郸：地名，在今河北。　右：豪右，权贵。

〔6〕息：子。　絪（yīn）缊（yùn）：指已结婚成家。絪，结合。絪缊，原指天地阴阳二气交互作用的状态，也指男女交合。《周易·系辞》："天地絪缊，万物化醇；男女构精，万物化生。"

〔7〕珮：指身上佩带的珠玉等装饰品。　陆离：光彩绚丽的样子。

〔8〕青绮（qǐ）：青色细绫，古代青年、学子以之为常服。

〔9〕总丱（guǎn）：古时儿童束发成两角的样子，又称"总角"，指童年。丱，一作"卝"，一作"角"。　南皮：县名，今属河北。曹丕《与吴质书》："每念昔日南皮之游，诚不可忘。"游南皮，指与朋友宴游。

〔10〕旨酒：美酒。　卮（zhī）：古代盛酒的器皿。

〔11〕光仪：光彩的仪容。

〔12〕金翠：黄金和翠玉制成的饰物。

〔13〕幺觿（yāo xī）：小锥，用象牙制成，用以解结，也用作佩饰。幺，小。

〔14〕小：一作"少"。

〔15〕曲池：曲折回环的水池。

〔16〕人：一作"夫"。

〔17〕凤吹：对笙、箫等细乐的美称。《列仙传》说，仙人王子乔，好吹笙，作凤鸣。　参差（cēn cī）：不齐的样子，这里指声调的高低起伏。

【今译】

　　洛阳有一条弯曲的小巷，道路曲折很难通驿车。忽然遇到两位年少儿童，我便扶着缰绳向他们打听你家的豪宅。你家的豪宅住的就是邯郸的权贵，容易猜到也能够牢记。大儿已成家婚姻美满，二儿服饰光彩绚丽。小儿还是年轻的学子，他的头发束成两角常与友伴去游戏。三个儿子都从外面走进门来，家中仆人在门边拱拜行礼。三个儿子都走上厅堂，厅堂上有美酒满千杯的筵席。三个儿子都进入房中，房中顿时光彩无比。大媳妇正在整理金玉的头饰，二媳妇正在用小锥来梳理发髻。只有小媳妇最为闲暇，她在回环的水池边吹笙游嬉。她说大人啊你不要来回走动，听听我吹笙时音调的抑扬高低。

拟明月照高楼[1]

【题解】

曹植《七哀诗》写思妇对丈夫的思念，这首拟作则是写失宠的后妃宫女对君王的思念。

圆魄当虚闼[2]，清光流思筵[3]。筵思照孤影[4]，凄怨还自怜。台镜早生尘，匣琴又无弦。悲慕屡伤节[5]，离忧亟华年[6]。君如东榑景[7]，妾似西柳烟[8]。相去既路迥[9]，明晦亦殊悬。愿为铜铁錔[10]，以感长乐前[11]。

【注释】

[1]拟明月照高楼：在《乐府诗集》中，这首诗收入《相和歌辞·楚调曲》，题作《明月照高楼》。这首诗是对曹植《七哀诗》的模拟。《七哀诗》开篇有"明月照高楼，流光正徘徊。上有愁思妇，悲叹有余哀"之句，所以又称《明月照高楼》。曹植《七哀诗》在《乐府诗集》中收入《相和歌辞·楚调曲》，题为《怨诗行》。在《玉台新咏》中则是曹植《杂诗》的第一首，见卷二。

[2]圆魄(pò)：指月亮。魄，通"霸"，月初出或将没时的微光。《尚书·康诰》："惟三月哉生魄。" 闼(tà)：门。

[3]清光：指月光。 筵(yán)：床席或座席，床垫或坐垫。

[4]照：一作"对"。

[5]慕：思慕。 节：节气。

[6]离忧：离别的忧伤。 亟(jí)：急切，急迫。 华年：青春年华。

〔7〕东榑（fú）景：东方初升的太阳。榑，一作"扶"，即扶桑，神话中的东方神树，每天太阳从扶桑升起。

〔8〕西柳烟：西方细柳的云烟。柳，细柳，指日落之处。王充《论衡·说日》："儒者论日，旦出扶桑，暮入细柳，扶桑东方地，细柳西方野也。"

〔9〕迥（jiǒng）：远。

〔10〕辔（pèi）：缰绳。

〔11〕长乐：长乐宫，汉代宫殿。

【今译】

明月当空照着空虚的闺房，月光流进满怀情思的床席边。满怀情思的床席映照着孤单的身影，凄凉哀怨又自艾自怜。桌上的明镜早已蒙上了尘土，匣中的鸣琴也没有琴弦。悲哀的思慕常在节气变化时更为伤感，分离的忧愁使我很快就失去了青春华年。你就像东方扶桑刚升起的太阳朝气蓬勃，我却似西方细柳夕阳下坠时即将飘散的云烟。两地相距既是这样的遥远，光明和黑暗又是那样的殊悬。我真愿拿着铜铁缰绳驾着快马飞奔，为感动君王的心而飞驰到长乐宫前。

拟青青河边草[1]

【题解】

一位女子自述心中的愁怨。她的丈夫大约因蒙冤被流放，逾期不归，她的心中充满哀伤和怨恨。

幕幕绣户丝[2]，悠悠怀昔期[3]。昔期久不归，乡国旷音徽[4]。音徽空结迟[5]，半寝觉如至。既寤了无形[6]，与君隔平生[7]。月以云掩光，叶似霜摧老[8]。当途竞自容[9]，莫肯为妾道[10]。

【注释】

〔1〕拟青青河边草：在《乐府诗集》中，这首诗收入《相和歌辞·瑟调曲》，题为《青青河畔草》。乐府古辞《饮马长城窟行》(《玉台新咏》作蔡邕诗，见卷一)有"青青河边草，绵绵思远道。远道不可思，宿昔梦见之"等句，故题又作《青青河边草》。这首诗是对它的拟作。
〔2〕幕幕：覆盖周密的样子。　绣户：雕绘华美的门户，多指女子居室。　丝：与"思"同音双关。
〔3〕昔期：往日。
〔4〕乡国：家乡。　旷：空，远。　音徽：音容。
〔5〕迟：久。
〔6〕寤：醒。　了：完全。
〔7〕平：一作"死"。
〔8〕似：当作"以"。
〔9〕当途：指当权者。　自容：指自己得以容身。
〔10〕为：一作"与"。

【今译】

相思如丝布满了华美的内室，对往日的怀念长久难消。怀念往日他却长久不归来，家乡已久违了他的音容笑貌。他的容貌徒然印在心中已是那样久，半醒半睡之时觉得他好像已回到。醒来之后却全然看不到他的踪影，同他就像生死永隔前途难料。明月由于云多掩盖了它的光辉，绿叶由于霜浓催促它快老。当权的人都争着自保，没有人肯为我说上一句话主持公道。

代苏属国妇[1]

【题解】

这是以苏武妻子的口吻写的一首诗，表达她与丈夫生离死别的极度悲哀。

良人与我期[2]，不谓当过时。秋风忽送节，白露凝前基。怆怆独凉枕[3]，搔搔孤月帷[4]。或听西北雁[5]，似从寒海湄[6]。果衔万里书，中有生离辞。惟言长别矣，不复道相思。胡羊久瀌夺[7]，汉节故支持[8]。帛上看未终，脸下泪如丝。空怀之死誓[9]，远劳同穴诗[10]。

【注释】

〔1〕苏属国：即苏武。《汉书·苏武传》说，汉武帝天汉元年，苏武以中郎将使持节出使匈奴，单于强行把他扣留要他投降，他坚贞不屈，持汉节牧羊于北海（今贝加尔湖）。匈奴对汉谎称苏武已死。后来汉使至匈奴，说汉天子在上林苑射雁，雁足上有帛书，说苏武在某泽中。单于不得已把苏武放归，汉昭帝始元六年回到京师，拜为典属国（掌管少数民族事务）。"武留匈奴凡十九岁，始以强壮出，及还，须发尽白。"

〔2〕良人：古时妇女称丈夫为良人。　期：约。

〔3〕怆怆（chuàng）：悲伤的样子。

〔4〕搔搔（sāo）：同"慅慅"，忧虑的样子。

〔5〕或：一作"忽"。

〔6〕寒：一作"北"，一作"东"。　湄（méi）：河岸，水边。匈奴让苏武住在北海边无人烟的地方，并让他牧公羊，说羊产了子才放他回去。

〔7〕瀌（piāo）夺：抢劫，掠夺。瀌，一作"剽"。苏武在北海牧羊时，羊只曾被丁令（丁零）族人抢去。

〔8〕汉节：汉王朝使臣所持的旄节，作为使臣的凭证。"旄节者，编毛为之，以象竹节。"苏武在匈奴，"杖汉节牧羊，卧起操持，节旄尽落。"

〔9〕之死：至死。《诗经·鄘风·柏舟》："髧彼两髦，实维我仪，之死矢靡它。"

〔10〕同穴：指夫妻死后合葬在一个墓穴。《诗经·王风·大车》："穀则异室，死则同穴。"　穀：生。

【今译】

　　丈夫与我有美好的婚约，想不到他一去不归我却早过青春年少之时。秋风忽然又送来了寒凉的节气，白露又凝结为霜降落在前面的台基。悲伤啊独自枕在凉枕上，忧愁啊只有孤寂的月光在帷帐上停滞。忽然听到了西北方的雁叫声，好像是从北海之滨飞至。果然大雁从万里之外衔来书信，信中有生离死别的言辞。只是说从此永别吧,不再说彼此的相思。他在北海的羊只长期遭到抢掠,但他仍然手持汉节不移志。帛书上的字还没有看完,脸上的泪水滚滚流下像不断的丝。我空怀着至死不改嫁的誓言,烦劳他从远方寄来"谷则异室,死则同穴"的悲怆的诗。

古意二首

【题解】

　　古诗多思妇辞,这两首诗题为《古意》,就是模拟古诗的寄意,抒写思妇的悲情。

　　飞鸟起离离[1],惊散忽差池[2]。嗷嘈绕树上[3],翾翾集寒枝[4]。既悲征役久,偏伤垄上儿[5]。寄言闺中爱[6],此心讵能知?不见松上萝[7],叶落根不移。

　　当春有一草,绿花复重枝[8]。云是忘忧物[9],生在北堂陲[10]。飞飞双蛱蝶,低低两差池。差池低复起,此芳性不移。飞蝶双复只[11],此心人莫知。

【注释】

〔1〕离离:井然有序的样子。
〔2〕差(cī)池:同"参差",不齐的样子。
〔3〕嗷嘈:鸟鸣声。
〔4〕翾翾(xuān):快速飞动的样子。翾,一作"翻",一作"翩"。
〔5〕偏:专。　　垄上儿:指服役陇上的青壮年士兵。垄,通"陇"。
〔6〕爱:一作"妾"。
〔7〕上萝:一作"萝上"。萝,松萝、女萝,蔓生植物,多缘松柏或其他乔木而生。
〔8〕重:一作"垂"。
〔9〕忘忧物:指萱草,古人认为萱草可以使人忘忧,又称忘忧草。

《诗经·卫风·伯兮》:"焉得谖草,言树之背。愿言思伯,使我心痗。"毛传:"谖草令人忘忧;背,北堂也。"谖,同"萱"。

〔10〕北堂:古代居室的后部,为家中主妇所居。　陲(chuí):边。

〔11〕只:单独。

【今译】

　　飞鸟井然有序地飞起来,忽然惊散各自远适。叽叽喳喳绕树而飞,很快地又飞集在寒冷的树枝。我既为长久服役的丈夫而悲痛,更为戍守陇上的健儿心怀悲思。我要捎去作为妻子的我对你的爱恋,我这样的爱心你怎能尽知?你难道没有看见松树上的女萝,它的叶儿落尽但根却丝毫不移。

　　春天到来之时有这样一株小草,开着绿色的花伸展出重重的枝。人们都说这就是忘忧草,在北堂边上生长繁殖。有一对蝴蝶双双飞舞,在花前双双低飞参差。低飞参差复又飞起,但这种芳洁的本性丝毫不移。如今飞舞的蝴蝶由双变成了单,她的芳心却没有人能知。

芳　树[1]

【题解】

　　这首诗写观花的感受。古人多以鲜花喻女子,作为皇帝的萧衍,终日生活在众多的宫女之中,这首诗抒发了他的真实感受。

　　绿树始摇芳,芳生非一叶。一叶度春风,芳芳自相接[2]。色杂乱参差,众花纷重叠。重叠不可思,思此谁能惬[3]?

【注释】

　　〔1〕芳树:在《乐府诗集》中,这首诗收入《鼓吹曲辞·汉铙歌》,

同题诗共收十六首。《芳树》古辞为《汉铙歌》古辞十八首中的第十一首。

〔2〕芳芳：一作"芳华"。

〔3〕惬（qiè）：心情舒畅，满足。

【今译】

绿树开始摇动散播它的芬芳，芬芳不只是来自一片叶子上。每一片叶都经受过春风的熏陶，这一片叶的芬芳接着另一片叶的芬芳。花色杂乱参差不齐，花朵众多重叠蔽障。重叠蔽障不可思议，想到这种情形谁能心情舒畅？

临 高 台(1)

【题解】

诗人登上高台，想起了远方的情人，美好的回忆和深深的思念一同从心头涌起。

高台半行云，望望高不极(2)。草树无参差，山河同一色。仿佛洛阳道(3)，路远难别识。玉阶故情人(4)，情来共相忆(5)。

【注释】

〔1〕临高台：在《乐府诗集》中，这首诗收入《鼓吹曲辞·汉铙歌》，但署作者名为梁简文帝萧纲。同题诗共收十一首。《临高台》古辞在《汉铙歌》十八首古辞中是第十六首。

〔2〕望望：望了又望。　高不：一作"不可"。

〔3〕洛阳道：洛阳城中的大道。《世说新语·容止》："潘岳妙有姿容，好神情。少时挟弹出洛阳道，妇人遇者，莫不连手共萦之。"《晋书·潘岳传》："少时常挟弹出洛阳道，妇人遇之者，皆连手萦绕，投之以果，遂满载以归。"萧衍之子萧纲有《洛阳道》诗道："洛阳佳丽所，大道满春光。游童初挟弹，蚕妾始提筐。金鞍照龙马，罗袂拂春桑。玉车争晚入，潘果

溢高箱。"见本卷。

〔4〕情人：一作"人情"。

〔5〕共：一作"苦"。

【今译】

　　高台半腰中云雾缭绕，望啊望啊望不到它的终极。俯视远处的草树已没有什么不同，高山河流也变成了一样的颜色。仿佛又看到了洛阳城中的大道，但道路遥远很难辨识。白玉石的台阶留下了昔日情人的足迹，相思之情涌上心头又勾起彼此共同的回忆。

有　所　思[1]

【题解】

　　这首诗的题旨与《汉铙歌·有所思》古辞相同，写一位女子对情人的爱恋与思念。

　　谁言生离久？适意与君别[2]。衣上芳犹在，握里书未灭[3]。腰中双绮带[4]，梦为同心结[5]。常恐所思露，瑶华未忍折[6]。

【注释】

　　〔1〕有所思：在《乐府诗集》中，这首诗收入《鼓吹曲辞·汉铙歌》，同题诗共收二十六首。《有所思》古辞在《汉铙歌》十八首古辞中是第十二首。

　　〔2〕适意：顺适其意，快意。一说"意"当作"忆"。

　　〔3〕握里：手中，掌握之中。　书：字迹。《古诗十九首·孟冬寒气至》："客从远方来，遗我一书札。上言长相思，下言久离别。置书怀袖中，三岁字不灭。一心抱区区，惧君不识察。"

　　〔4〕中：一作"间"。　绮带：华美的衣带。

　　〔5〕同心结：用锦带编成的菱形连环回文样式的结，常用以象征爱情

坚贞,永结同心。
〔6〕瑶华:玉花,洁白如玉的花。　　折:指折芳寄远,表达情爱。

【今译】
　　谁说我们活生生的离别已经很久远?回想起与你分别的情景还历历在眼前。衣裳上的芳香还保留到现在,手里拿着的书信字迹至今未泯灭。腰中一对华美的衣带,梦里化成了百年好合的同心结。但又时常担心我的爱恋被人知道,不忍心折下玉花来赠远。

紫兰始萌[1]

【题解】
　　紫色的兰花刚刚开放,空气中就飘散着芬芳,诗人饱含深情地歌咏它。

　　种兰玉台下,气暖兰始萌。芬芳与时发[2],婉转迎节生[3]。独使金翠娇[4],偏动红绮情[5]。二游何足坏[6],一顾非倾城[7]。羞将苓芝侣[8],岂畏鹍鸠鸣[9]?

【注释】
〔1〕紫兰:紫色的兰花。　　萌:生。
〔2〕时:四时,四季。
〔3〕节:节气,二十四节气。
〔4〕金翠:黄金和翠玉制成的饰物,代指戴此饰物之人。曹植《洛神赋》:"戴金翠之首饰,缀明珠以耀躯。"
〔5〕红绮(qǐ):红丝绸,这里也代指身穿红丝绸之人。
〔6〕二游:指美女,语出曹植《洛神赋》:"从南湘之二妃,携汉滨之游女。"二妃指湘水之神娥皇、女英(皆为舜妻)。游女指汉水女神。《诗经·周南·汉广》:"南有乔木,不可休思;汉有游女,不可求思。"
坏:当作"怀"。

〔7〕一顾非倾城：语出李延年《歌诗》："一顾倾人城，再顾倾人国。"见卷一。

〔8〕苓（líng）：香草名。　　芝：灵芝。

〔9〕鹈鴂（tí jué）：又作"鹈鴂"，鸟名，即杜鹃。《楚辞·离骚》："恐鹈鴂之先鸣兮，使夫百草为之不芳。"古代传说，鹈鴂春分鸣，则众芳生；秋分鸣，则众芳歇。

【今译】

在白玉石的台前种上兰花，天气转暖之时兰花开始萌生。兰花的芬芳随着季节的到来而飘散，婉转的姿态迎着节气而生成。只有它才使头戴金翠的美女更娇艳，只有它才让身穿红丝绸的美女动真情。"二妃""游女"哪里值得怀念，一朝顾视也并非美貌倾城。它羞与香苓灵芝为伍，怎会惧怕鹈鴂先鸣？

织　妇

【题解】

这首诗写一位纺织女子对丈夫的苦恋。

送别出南轩[1]，离思沉幽室[2]。调梭辍寒夜[3]，鸣机罢秋日。良人在万里[4]，谁与共成匹[5]。愿得一回光，照此忧与疾。君情倘未忘，妾心长自毕[6]。

【注释】

〔1〕南轩：南边的屋宇。轩，房室，或堂前屋檐下的平台。

〔2〕幽室：幽深昏暗的房间。

〔3〕梭（suō）：机杼，织布时牵引纬线（横线）的工具。　辍（chuò）：停止。

〔4〕良人：古代妇女称丈夫为良人。

〔5〕匹：匹配，配偶。此处语意双关，匹也指布匹。

〔6〕长自毕：竭尽己心，长久相爱。毕，竭尽。

【今译】

　　自从在南屋送走了你，我独处昏暗的房中相思无语。寒夜中我不再去调弄机梭，秋日里我也不再纺织丝缕。我的丈夫啊你远在万里，谁能与我共同生活结成亲密伴侣。希望得到你返照的光辉，照见我的忧伤和病痛焦虑。你的心中倘若不忘旧情，我对你的爱恋自会至死不渝。

七　夕 (1)

【题解】

　　这首诗写牛郎织女七夕之时短暂相聚又匆匆离别的凄伤。

　　白露月下圆 (2)，秋风枝上鲜。瑶台生碧雾 (3)，琼幕含紫烟 (4)。妙会非绮节 (5)，佳期乃良年。玉壶承夜急 (6)，兰膏依晓煎 (7)。昔时悲难越 (8)，今伤何易旋 (9)。怨咽双念断，凄草两情悬 (10)。

【注释】

　　〔1〕七夕：农历七月七日晚，神话传说中牛郎织女相会的日子。传说织女（即织女星）为天帝孙女，长年织云锦，自嫁与河西牛郎（即牵牛星）后，织乃中断。天帝大怒，责令她与牛郎分居天河（银河）两岸，只准每年七夕相会一次。传说七夕之时，乌鹊在天河上为他们搭桥，名为"鹊桥"。

　　〔2〕圆：一作"团"。
　　〔3〕生：一作"函"。
　　〔4〕琼：一作"罗"。　　含：一作"生"。
　　〔5〕妙：一作"奇"。　　绮：一作"妙"。

〔6〕玉壶：用玉制成的漏壶，又叫"漏刻"，是利用滴水多寡来计量时间的一种仪器，壶内置浮标，有刻度显示时辰。
〔7〕兰膏：古代用泽兰子炼制的油脂，可以点灯。
〔8〕时悲：一作"悲汉"。
〔9〕何：一作"河"。
〔10〕草：一作"叨"，一作"悼"。

【今译】

　　月光下露水凝成了白色的露珠，秋风里枝上的花朵多新鲜。瑶台上升起碧绿的雾，玉幕中蕴含着青紫的烟。美妙的聚会不在美好的时节，但美好的时辰就是美好的岁月。可是玉制的漏壶整夜滴得那么快，兰膏燃起的灯到晓仍在熬煎。从前悲叹天河难逾越，如今却感伤天河易转旋。哀怨哽咽双双情意被隔断，凄凉哭诉分别之后彼此更挂念。

戏　作

【题解】

　　题为《戏作》，戏是游戏，开玩笑。诗人在轻松的调侃中，赞扬了一位艺人的美丽和歌舞伎艺的高超。

　　宓妃生洛浦[1]，游女出汉阳[2]。妖闲逾下蔡[3]，神妙绝高唐[4]。绵驹且变俗[5]，王豹复移乡。况兹集灵异，岂得无方将[6]。长袂必留客[7]，清哇咸绕梁[8]。燕赵羞容止[9]，西姐惭芬芳[10]。徒闻殊可弄[11]，定自乏明珰[12]。

【注释】

　　〔1〕宓（fú）妃：传说为伏羲氏之女，溺死于洛水，遂为洛水之神。曹植《洛神赋》描写了她的美丽。　　洛浦：洛水水边。
　　〔2〕游女：传说为汉水之神。刘向《列仙传》载，江妃二女游于江汉

之滨,遇郑交甫,以佩珠相赠。《诗经·周南·汉广》:"南有乔木,不可休思;汉有游女,不可求思。" 汉阳:汉水北面。

〔3〕妖闲:美丽娴雅。 下蔡:地名。宋玉《登徒子好色赋》描写东邻女子的美丽,说她"嫣然一笑,惑阳城,迷下蔡"。

〔4〕高唐:宫观名。宋玉《高唐赋》描写楚王游高唐,有巫山神女来同他幽会。

〔5〕绵驹:与下句王豹,都是春秋战国时期善歌者,绵驹为齐人,王豹为卫人。《孟子·告子下》载淳于髡之言:"昔者王豹处于淇,而河西善讴;绵驹处于高唐,而齐右善歌。"

〔6〕方将:将要,正要,指将要起舞。《诗经·邶风·简兮》:"简兮简兮,方将万舞。"

〔7〕长袂(mèi):长袖。《楚辞·大招》:"长袂拂面,善留客兮。"王逸注:"袂,袖也。言美女工舞,揄其长袖。"

〔8〕清哇(wā):清亮的歌声。 绕梁:指歌声环绕屋梁,形容歌声高亢回旋,久久不息。《列子·汤问》:"昔韩娥东之齐,匮粮,过雍门,鬻歌假食。既去,而余音绕梁,三日不绝。"

〔9〕燕赵:指燕赵两地的美女。《古诗十九首·东城高且长》:"燕赵多佳人,美者颜如玉。被服罗裳衣,当户理清曲。"见卷一枚乘《杂诗九首》。 容止:容貌举止。

〔10〕妲(dàn):同"但"、"旦",俳优,乐人。一作"施"。

〔11〕殊:一作"珠"。《昭明文选》载张衡《南都赋》:"耕父扬光于清泠之渊,游女弄珠于汉皋之曲。"李善注引《韩诗外传》:"郑交甫将南适楚,遵彼汉皋台下,乃遇二女,佩两珠,大如荆鸡之卵。"

〔12〕明珰(dāng):用珠玉串成的耳饰。

【今译】
　　她就像洛神宓妃出现在洛水之滨,又像江汉游女在汉水北面徜徉。她的美丽娴雅超过了下蔡的美女,她的神姿妙态更让高唐神女无光。她像善歌的绵驹能令民俗改变,又像善讴的王豹改变乡俗令人人都会歌唱。况且她还集中了所有的神灵和怪异,岂能不将歌舞在众人之前表演一场。她飘动的长袖一定能留住观众,她清亮的歌声三日还在环绕屋梁。她的容貌举止连燕赵佳人也自愧不如,即使是西施也自惭不如她芬芳。只是听说她也会像汉皋游女那样解下珠珮相赠,她没有这样做一定是因为没有耳珠可以送给情郎。

皇太子圣制四十三首

　　皇太子，即梁简文帝萧纲（503—551），字世缵，小字六通，南兰陵（今江苏常州市）人，梁武帝第三子，初封晋安王。中大通三年（531），太子萧统死，他被立为太子。太清二年（548）侯景作乱，次年攻入京都建康，武帝被囚病饿而死，侯景立他为帝，即简文帝。后被废，大宝二年（551）为侯景所杀。南朝梁诗人，"宫体诗"倡导者，主张"文章且须放荡"（《诫当阳公大心书》）。原有集八十五卷，已散佚，明人辑有《梁简文帝集》。

圣制乐府三首

艳歌篇十八韵[1]

【题解】

　　诗中的主人公是一位美丽的歌女，诗人描写了她的美丽，以及她对情人的倾慕和爱恋。

　　凌晨光景丽，倡女凤楼中[2]。前瞻削成小[3]，傍望卷旌空[4]。分妆间浅靥[5]，绕脸傅斜红[6]。张琴未调轸[7]，歌吹不全终[8]。自知心所爱，出入仕秦宫[9]。谁言连尹屈[10]？更是莫敖通[11]。轻轺缀皂盖[12]，飞辔轹云骢[13]。金鞍随系尾[14]，衔璩映缠鬃[15]。戈镂荆山玉[16]，剑饰丹阳铜[17]。左把苏合弹[18]，傍持大屈弓[19]。控弦因鹊血[20]，挽强用牛螉[21]。弋猎多登陇[22]，酣歌每入丰[23]。晖晖隐落日[24]，冉冉还房陇[25]。镫生阳燧火[26]，尘散鲤鱼风[27]。流苏时下帐[28]，象簟复韬筒[29]。雾暗窗前柳，寒疏井上桐。女萝托松际[30]，甘瓜蔓井东[31]。拳拳特君宠[32]，岁暮望无穷。

【注释】
〔1〕艳歌篇十八韵：题一作《艳歌行》，一作《有女篇》。在《乐府诗集》中，这首诗收入《相和歌辞·瑟调曲》，题为《艳歌行二首》，这是第一首，第二首即后面的《艳歌曲》。
〔2〕倡女：歌女，舞女，乐人。　凤楼：指女子的居处。
〔3〕削成：指美女苗条的形体。张衡《七辩》："形似削成，腰如束素。"曹植《洛神赋》："肩若削成，腰如约素。"
〔4〕卷：舒展。　旄：古代用牦牛尾或兼五彩羽毛饰竿头的旗子，也泛指旗。
〔5〕分（fēn）妆：合适的妆扮。　间：一作"开"。　靥（yè）：面颊上嘴两旁的小圆窝。
〔6〕绕脸：一种妆扮形式。唐张泌《妆楼记》："斜红绕脸，盖古妆也。"
〔7〕琴：一作"瑟"。　轸（zhěn）：弦乐器上系弦线的小柱，可转动以调节弦的松紧。
〔8〕歌：一作"饮"。
〔9〕仕：为官，任职。　秦宫：代指皇宫、朝廷。
〔10〕连尹：春秋时代楚国的官名，掌射。
〔11〕莫敖：春秋时代楚国的官名，官位仅次于令尹（宰相）。
〔12〕轺（yáo）：轺车，古代一种轻快的小马车。　皂（zào）盖：黑色的车盖。
〔13〕飞辔（pèi）：飞快地驾车。辔，缰绳。　轹（lì）：车轮碾轧。　云骢（cōng）：指快马。骢，毛色青白相杂的马。
〔14〕系尾：指金丝系马尾。
〔15〕衔瑣：指马勒口。瑣，同"锁"。　缠鬃：指已被缠束调教的驯马。
〔16〕戈：一种横刃长柄的兵器。　镂：雕刻。　荆山玉：即著名的和氏璧。荆山即楚山，在今湖北省南漳县西部。《韩非子·和氏》说，春秋时代楚人卞和在楚山中得一玉璞，献给厉王和武王，被认为是石，刖去两足。后献给文王，使玉人理其璞，得玉。
〔17〕丹阳：山名，在今陕西宜川县西。《神异经》说，有丹阳铜似金，可锻以作涂错之器。

〔18〕苏合：苏合香。　　弹：弹丸。
〔19〕大屈弓：名弓名，见《左传·昭公七年》。
〔20〕控弦：开弓，拉弓。　　鹊血：鹊血弓，良弓。
〔21〕挽强：拉引硬弓。　　牛螉（wēng）：即飞虻，飞箭一类的兵器。螉，即牛虻，牛马身上的寄生虫。
〔22〕弋（yì）猎：射猎。弋，用带丝绳的箭来射。　　陇：丘垄。
〔23〕酺歌：尽情饮酒歌舞。　　丰：指沛之丰邑，汉高祖刘邦故乡。汉王朝建立后，高祖还乡，"悉召故人父老子弟纵酒"，并"自为歌诗"（即《大风歌》）"令儿皆和习之"，见《史记·高祖本纪》。
〔24〕晖晖：明丽的样子。
〔25〕冉冉：缓慢的样子。　　房栊：同"房栊"，泛指房屋。
〔26〕镫：同"灯"。　　阳燧：古代利用日光取火的凹面铜镜。
〔27〕鲤鱼风：指九月秋风。
〔28〕流苏：用彩色羽毛或丝线等制成的穗子，常用在帷帐上作为装饰物。
〔29〕象簟（diàn）：用象牙制成的席子。　　韬（tāo）：藏。
〔30〕女萝：植物名，即松萝，多攀缘在松树上，成丝状下垂。
〔31〕蔓（màn）：蔓延，不断扩展滋生。
〔32〕拳拳：诚挚眷爱的样子。　　特：一作"恃"。　　宠：一作"爱"。

【今译】

　　凌晨的阳光多么明丽，一位美丽的歌女独居在华美的凤楼中。正面看来她是那样的苗条娇小，从旁望去却像旌旗舒卷在半空。她妆扮时髦脸颊上还现出两个小酒窝，红粉傅面白里透红。但她打开玉琴却未能调好弦柱，歌弹吹唱也未能有始有终。她自知心中已有所爱，她的所爱出入供职在皇宫。谁说他不宜处在连尹之位？就是担任莫敖官运也亨通。他坐着轻快的小车车上有黑色的车盖，驾车飞驰像是碾轧车前快马往前冲。黄金为饰的马鞍后附青丝在马尾，马勒口映照着已受缠束的马鬃。戈上的镂刻用的是荆山玉，剑上的雕饰用的是丹阳铜。左手拿着苏合香的弹丸，旁边还握持着著名的大屈弓。他拉开弓弦弓名就叫鹊血，他拉引硬弓箭去如飞箭名就叫牛螉。射猎多半要登上丘垄，尽情饮酒歌唱往往如同高祖回丰。眼看着明丽的阳光随着夕阳落山而隐去，她也缓慢地走回自己的房中。用阳燧取来的火把灯点上，房中尘土吹散是因为吹起了九月秋风。按季节放下了流苏为饰的帷帐，象牙的凉席则藏入了卷筒。浓雾使窗前的柳枝变得昏暗，寒冷使井边的桐树变得稀松。但女萝仍然依托在松树边，甜瓜仍然滋生蔓延在井东。"我一颗诚挚眷爱的心正要依赖你的宠爱，虽是年末岁终仍是希望和期待无穷。"

蜀国弦歌篇十韵[1]

【题解】

一位蜀地女子自述蜀地地理形势、历史掌故、风俗民情，并期盼在外为官的丈夫早日归来。

铜梁指斜谷[2]，剑道望中区[3]。通星上分野[4]，作固为下都[5]。雅歌因良守[6]，妙舞自巴渝[7]。阳城嬉乐所[8]，剑骑郁相趋[9]。五妇行难至[10]，百两好游娱[11]。牲祈望帝祀[12]，酒酹蜀侯诛[13]。江妃纳重聘[14]，卓女受将雏[15]。停弦时系爪[16]，息吹更治朱[17]。春衫湔锦浪[18]，回扇避阳乌[19]。闻君握节反[20]，贱妾下城隅[21]。

【注释】

〔1〕蜀国弦歌篇十韵：在《乐府诗集》中，这首诗收入《相和歌辞·四弦曲》，题为《蜀国弦》。《古今乐录》说："张永《元嘉技录》有《四弦》一曲，《蜀国四弦》是也，居相和之末，三调之首。古有四曲，其《张女四弦》《李延年四弦》《严卯四弦》三曲，阙《蜀国四弦》。节家旧有六解，宋歌有五解，今亦阙。"

〔2〕铜梁：山名，在重庆市合川区南，山有石梁横亘，色如铜。指斜（yé）谷：一作"望绝国"。斜谷，山谷名，在陕西终南山，谷有二口，南口名"褒"，北口名"斜"，故又称褒斜谷。全长四百七十里，两旁山势峻险，扼关陕而控川蜀。

〔3〕剑道：指四川剑阁县北大小剑山之间的栈道，又名剑阁、剑门、

剑门关。望，一作"临"。　　中区：中原地区。

〔4〕通：连接。　　分（fēn）野：指与星次相对应的地域。古代以十二星次的位置划分地面上州、国的位置与之相对应。就天文说，称作分星；就地面说，称作分野。

〔5〕作固：建造城市坚固。　　为下：一作"下为"。　　都：都市。

〔6〕雅歌：高雅的歌曲。　　良守：优良的官吏（指行政长官太守、刺史等）。《后汉书·祭遵传》说："遵为将军，取士皆用儒术，对酒设乐，必雅歌投壶。"

〔7〕巴渝：蜀古地名，巴渝地区的民间武舞称巴渝舞。杜佑《通典》说，楚汉相争时，刘邦命阆中范目率賨人为前锋伐三秦，功成后，封范目为阆中侯，复賨人七姓。"其俗喜舞，高帝乐其猛锐，观其舞后，使乐人习之。阆中有渝水，因以为名，故曰巴渝舞。"

〔8〕阳城：古蜀地城楼名。左思《蜀都赋》："结阳城之延阁，飞观榭乎云中。"宋玉《登徒子好色赋》："嫣然一笑，惑阳城，迷下蔡。"　　嬉（xī）乐：游乐，玩乐。　　所：一作"盛"。

〔9〕剑骑（jì）：指巴蜀的车骑、士兵。　　郁：盛，众多。　　相趋：相从，相追随。

〔10〕五妇：指秦王献给蜀王的五个美女。扬雄《蜀王本纪》说："秦王献美女与蜀王，蜀王遣五丁迎女。见一大蛇入山穴中，五丁并引蛇，山崩，秦五女皆上山，化为石。"

〔11〕百两：百辆车，泛指车辆多，特指结婚时的车辆。《诗经·召南·鹊巢》："之子于归，百两御之。"

〔12〕牲：牺牲，指供祭祀用的家畜。　　祈：求。　　望帝：晋常璩《华阳国志·蜀志》说，战国末年杜宇在蜀称帝，号望帝，后禅位，退隐西山。蜀人思之，时适二月，子规（杜鹃）啼鸣，以为魂化子规，故名之为杜宇，为望帝。

〔13〕酒酹（lèi）：把酒洒在地上表示祭奠。　　蜀侯：《华阳国志·蜀志》说，秦灭开明氏，封子恽为蜀侯。后秦孝文王听信谗言，赐剑自裁。不久又闻恽枉，使使葬之，又为之立祠。

〔14〕江妃：即"江斐"，传说中的神女。刘向《列仙传·江妃二女》："江妃二女者，不知何所人也，出游于江汉之湄，逢郑交甫，见而悦之，不知其神人也。"左思《蜀都赋》："试水客，舣轻舟，聘江斐，与神游。"

〔15〕卓女：指卓文君。《史记·司马相如列传》说，她是卓王孙之女，新寡，好音。一天，司马相如来访，"以琴心挑之"，于是，她与司马相如连夜私奔至成都。　　将雏（chú）：携带幼禽，指聘礼。古代确立婚

姻过程有"六礼",即纳采、问名、纳吉、纳征、请期、亲迎。除纳征外,其余五礼都要用雁。

〔16〕系(jì)爪:弹筝者用指状角质爪套在手指尖上,用来保护指甲。

〔17〕息吹:停止吹奏。　治朱:在嘴唇上涂抹口红。　更治:一作"理唇"。

〔18〕春:一作"脱"。　澖(jiàn):洗。　锦:锦江,在四川成都平原。传说蜀人织锦,在锦江中洗濯则锦色鲜艳,濯于他水,则锦色暗淡。

〔19〕回:旋转。　阳乌:指太阳。传说太阳里有三足乌。左思《蜀都赋》:"羲和假道于峻歧,阳乌回翼乎高标。"

〔20〕握:一作"旌"。　节:旌节,古代使者所持的符节。反:一作"返"。

〔21〕城隅(yú):城墙角上作为屏障的女墙。

【今译】

　　铜梁山直指终南的斜谷,剑门道可远望中原地区。连接着二十八星宿有自己星次上的分野,造城坚固建造了地面上的名都。由于有优良的官吏祭遵而流行着高雅的歌曲,从赉人巴渝舞那里传下了欢歌妙舞。阳城楼历来是游乐玩耍的地方,众多的车骑、士兵争相奔走疾趋。秦王献给蜀王的五位美女很难走到这里,但上百辆车一齐出动却可尽兴游览欢娱。献上牺牲向望帝祭祀祈祷,以酒洒地祭奠蜀侯冤屈受诛。江妃接纳了重聘来此一游,卓文君接受聘礼私奔司马相如。歌女们时常停下琴弦又重新套上角质爪,停止吹奏又在唇上重新施朱。脱下衣衫在锦水里浣洗,旋转团扇是为了避开灼人的阳乌。听说你手持旌节将要归来,我急忙走下城楼迎上前去。

妾薄命篇十韵 [1]

【题解】

　　古代女子在婚姻上命运特别悲苦。有的老大难嫁,有的所嫁非人,有的婚后丈夫远行不归……这首诗的题旨便是哀叹女子薄命。

　　名都多丽质，本自恃容姿。荡子行未至[2]，秋胡无定期[3]。玉貌歇红脸[4]，长颦串翠眉[5]。奁镜迷朝色[6]，镟针脆故丝。本异摇舟咎[7]，何关窃席疑[8]？生离谁拊背[9]，溘死讵成迟[10]？王嫱貌本绝[11]，踉跄入毡帷[12]。卢姬嫁日晚[13]，非复好年时[14]。传山犹可逐[15]，乌白望难期[16]。妾心徒自苦，傍人会见嗤[17]。

【注释】

〔1〕妾薄命：在《乐府诗集》中，这首诗收入《杂曲歌辞》，同题诗共收二十首。《乐府解题》说：''《妾薄命》，曹植云'日月既逝西藏'，盖恨燕私之欢不久。梁简文帝云'名都多丽质'，伤良人不返，王嫱远聘，卢姬嫁迟也。''

〔2〕荡子：游子，指在外游荡不归的丈夫。　　未：一作"不"。

〔3〕秋胡：秋胡戏妻故事中的男主人公，可参看卷二傅玄《和班氏诗》题解与卷四颜延之《秋胡诗》。

〔4〕歇：衰歇，消退。

〔5〕颦（pín）：皱眉。　　串：贯穿。一作"惯"。

〔6〕奁（lián）：古代女子盛放梳妆用品的小盒子。

〔7〕摇舟咎：指齐姬摇荡小船的过错。《左传·僖公三年》："齐侯（齐桓公）与蔡姬乘舟于囿，荡公。公惧，变色。禁之，不可。公怒，归之，未之绝也，蔡人嫁之。"

〔8〕窃席：指越姬盗窃王子。《古文周书》说："周穆王姜后昼寝而孕，越姬嬖，窃而育之。……居二月，越姬死。七日而复言其情者曰：先君怒宁甚，曰尔蛮隶也，胡窃君之子，不归母氏？"

〔9〕拊（fǔ）背：抚摸脊背，表示关爱。

〔10〕溘（kè）死：突然死去。　　成：一作"来"。　　迟（zhì）：等待，想望。

〔11〕王嫱：即王昭君，汉元帝宫女，在汉与匈奴和亲之时，自愿远嫁匈奴。　　绝：指美貌绝伦。

〔12〕踉跄（liàng qiàng）：走路摇晃不稳的样子。　　毡帷：毡房，

古代匈奴人所居。

〔13〕卢姬：魏宫宫女。《乐府解题》说，她是魏武帝时的宫人，七岁入宫学鼓琴，到明帝死后，才出嫁为尹更生妻。

〔14〕好年：一作"年少"。好，一作"妙"。　时：一作"少"。

〔15〕传山：移山。传，一作"转"。　逐：一作"遂"。

〔16〕乌白：指乌鸦头变白，比喻不可能实现的事。《燕丹子》说，秦将燕太子丹扣作人质，说："乌头白，乃可归。"丹仰天叹，乌即白头。

〔17〕会：当。　见嗤（chī）：被讥笑，讥笑我。

【今译】

著名的都市里有许多天生丽质的女子，她们本来就自恃有绰约丰姿。但婚后丈夫在外游荡未能归家，像秋胡那样没有回家的固定日期。红颜在白皙如玉的脸上已渐渐退去，由于深切的相思长时间地紧锁双眉。开匣照镜只见青春容颜一片迷糊，做针线活也容易折断旧有的丝。本来就没有蔡姬荡舟那样的过错，哪里又会有越姬盗窃王子那样的嫌疑？与丈夫活生生地离别谁来抚摸她的脊背给她安慰？只想突然死去难道成了她最大的期待和悲思？王昭君容貌本来就超群绝世，也只能摇晃着走进匈奴毡房心酸有谁知。卢姬出嫁时年岁已老大，不再是她青春年少之时。移动山丘的大事还能够办得到，要让乌鸦黑头变白头只是空想而不实。"我的心徒然自苦自折磨，旁人知道当会讥笑我太呆痴。"

代乐府三首[1]

新成安乐宫[2]

【题解】

这首诗描写安乐宫景象。诗中没有直写女子，但从"声管"一语，吹弹歌唱的一群歌女已隐约可见。

遥看云雾中，刻桷映丹红[3]。珠帘通晓日[4]，金华拂夜风[5]。欲知声管处[6]，来过安乐宫[7]。

【注释】
〔1〕代乐府：即拟乐府，按乐府古题来写诗。
〔2〕新成安乐宫：在《乐府诗集》中，这首诗收入《相和歌辞·瑟调曲》。《古今乐录》说："王僧虔《技录》有《新城安乐宫行》，今不歌。"《乐府解题》说："《新城安乐宫行》，备言雕饰刻斫之美也。"成，一作"城"。
〔3〕刻桷（jué）：有雕刻绘饰的方形椽子。刻桷，一作"耿耿"。红：一作"虹"。
〔4〕珠帘：以珍珠为饰的帘子。　晓：一作"晚"。
〔5〕金华：金花。
〔6〕声管：歌吹，指歌唱吹奏。声，一作"歌"。
〔7〕来过：来访。

【今译】
远看云雾中的安乐宫，雕刻绘饰的屋椽映照阳光一片红。旭日直射珠帘金光闪闪，晚风吹拂金花摇曳颤动。你想知道歌唱吹奏在何处，就请来访安乐宫。

双桐生空井[1]

【题解】
乐府《猛虎行》古辞有"饥不从猛虎食，暮不从野雀栖。野雀安无巢，游子为谁骄"等句，魏明帝曹叡《猛虎行》有"双桐生空井，枝叶自相加。通泉浸其根，玄雨润其柯。……上有双栖鸟，交颈鸣相和"等句，晋陆机《猛虎行》也有"渴不饮盗泉水，热不息恶木阴。恶木岂无枝，志士多苦心"等句。《乐府解题》说："晋陆机云'渴不饮盗泉水'，言从远役，犹耿介，不以艰险改节也。又有《双桐生空井》，亦出于此。"耿介，就是正直，有高尚节操，不同流合污，这就是《猛虎行》一类诗的题旨，也是萧纲这首《双桐生空井》的主旨。

季月双桐井⁽²⁾，新枝杂旧株。晚叶藏栖凤⁽³⁾，朝花拂曙乌⁽⁴⁾。还看西子照⁽⁵⁾，银床牵辘轳⁽⁶⁾。

【注释】
〔1〕双桐生空井：在《乐府诗集》中，这首诗收入《相和歌辞·平调曲》，排在十首《猛虎行》之后，诗题出于《猛虎行》，详见题解。
〔2〕季月：一年四季中每季的最后一个月，这里指农历三月。双：一作"对"。　桐：梧桐，木名，落叶乔木，古代认为梧桐是凤凰栖止之木。《诗经·大雅·卷阿》："凤凰鸣矣，于彼高冈。梧桐生矣，于彼朝阳。"《庄子·秋水》："夫鹓鶵（传说中与鸾凤同类的鸟）发于南海，而飞于北海，非梧桐不止。"
〔3〕凤：凤凰，古代传说中的神鸟，雄的叫凤，雌的叫凰，通称为凤或凤凰。郑玄《毛诗笺》："凤凰之性，非梧桐不栖，非竹实不食。"
〔4〕拂：轻轻地掠过或飘动。　乌：神话传说太阳中有三足乌。乌也可代称太阳。
〔5〕西子：指春秋时越国的美女西施。西，一作"稚"。
〔6〕银床：辘轳架。　牵：一作"系"。　辘轳（lù lu）：利用轮轴原理制成的安装在井上绞起汲水斗的起重工具。

【今译】
晚春三月两株桐树生长在井边，新萌发的枝叶错杂于旧株。晚上桐叶中藏着到此栖止的凤凰，早晨桐花上轻轻掠过旭日三足乌。回头看看当年西施曾在井水里照见了她美丽的身影，如今辘轳架上还悬挂着汲水的辘轳。

楚 妃 叹⁽¹⁾

【题解】
刘向《列女传》没有具体写楚妃樊姬的悲叹（见下注〔1〕），但古代后妃宫女，除个别一时得宠者之外，可悲叹的事很多。萧纲这首《楚妃叹》，写的是一种普遍的闺怨（也包括众多失宠的后妃宫女）。

闺闲漏永永[2]，漏长宵寂寂[3]。草萤飞夜户，丝虫绕秋壁[4]。薄笑未为欣[5]，微叹还成戚[6]。金簪鬓下垂，玉箸衣前滴[7]。

【注释】

〔1〕楚妃叹：在《乐府诗集》中，这首诗收入《相和歌辞·吟叹曲》。乐府古题有《楚妃叹》《楚妃吟》《楚妃曲》《楚妃怨》诸题，均咏楚妃。刘向《列女传》说："楚姬，楚庄王夫人也。庄王好狩猎毕弋，樊姬谏不止，乃不食禽兽之肉。王尝与虞丘子语，以为贤。樊姬笑之，王曰：'何笑也？'对曰：'虞丘子贤矣，未忠也。妾充后宫十一年，而所进者九人，贤于妾者二人，与妾同列者七人。虞丘子相楚十年，而所荐者非其子孙，则族昆弟，未闻进贤退不肖也。妾之笑不亦宜乎？'王于是以孙叔敖为令尹，治楚三年而庄王以霸。"

〔2〕闲：闭锁，阻隔。　漏：壶漏，古代滴水计时的用具。　永永：漫长的样子。此句一作"闺幽情脉脉"。

〔3〕宵：夜。

〔4〕丝：蜘蛛网。

〔5〕薄笑：浅笑，淡淡的笑。

〔6〕戚：悲伤。

〔7〕玉箸（zhù）：比喻眼泪。箸，筷子。

【今译】

深闺闭锁光阴是那样的漫长，漫漫长夜又是多么寂寞凄凉。夜里草中的萤火虫飞到了窗外，秋天蜘蛛网遍布四周的高墙。淡淡的微笑不能带来一点欢欣，轻微的叹息马上就会觉得悲凉。金簪也像无精打采一般从鬓发上垂下来，眼泪则像成条的筷子一样流到衣襟上。

和湘东王横吹曲三首[1]

洛阳道[2]

【题解】

题为《洛阳道》，显然与潘岳"少时常挟弹出洛阳道"有关。这首诗写贵族子弟郊游，看到美女如云，因而乐而忘返。

洛阳佳丽所，大道满春光。游童初挟弹[3]，蚕妾始提筐[4]。金鞍照龙马[5]，罗袂拂春桑。玉车争晚入[6]，潘果溢高箱[7]。

【注释】

〔1〕湘东王：萧绎，梁武帝萧衍的第七子，萧纲之弟，曾被封为湘东王。　横吹曲：乐府歌曲名，初为胡乐，汉张骞通使西域，得《摩诃兜勒》一曲，李延年根据旧曲，创作新曲二十八解，作为军中乐，马上演奏。魏晋以后，唯传十曲，后人又增补八曲，合十八曲。
〔2〕洛阳道：为魏晋以后横吹曲十八曲中的一个曲目。在《乐府诗集》中，这首诗收入《横吹曲辞·汉横吹曲》，同题诗共收二十首。
〔3〕游童：出外游乐的儿童，指潘岳。　挟（xié）弹：胳膊下夹着弹弓。《晋书·潘岳传》说，潘岳"少时常挟弹出洛阳道，妇人遇之者，皆连手萦绕，投之以果，遂满载以归"。
〔4〕蚕妾：养蚕的女子，多指采桑女秦罗敷，见卷一古乐府诗《日出东南隅行》(又名《陌上桑》)。
〔5〕龙马：高头大马。凡马八尺以上为龙。
〔6〕玉车：以玉为饰的权贵豪华之车。　晚入：指到晚间才入城回家。是在郊野游乐流连忘返的意思。晚，一作"晓"。
〔7〕潘果：潘岳车上的果子。见注〔3〕。

【今译】

洛阳是佳丽云集的地方，洛阳大道上铺满了春光。游乐的少年刚夹持着弹弓出游，采桑的女子为采桑也开始提起了竹筐。黄金为饰的马鞍映照着高大的骏马，轻软的丝袖轻拂着春日的柔桑。玉饰的宝车争相至晚才回城，像潘岳那样获得女子的鲜果高出了车厢。

折 杨 柳 [1]

【题解】

古人远行，亲人常折柳赠别，因柳条柔嫩，含依依不舍之情。"柳"与"留"谐音，又有苦心挽留之意。一位士兵，远戍孤城，想起离家时妻子折柳相赠，耳边又传来短箫和画角之声，不禁悲从中来。

杨柳乱成丝，攀折上春时[2]。叶密鸟飞碍，风轻花落迟。城高短箫发，林空画角悲[3]。曲中无别意[4]，并为久相思[5]。

【注释】

[1] 折杨柳：在《乐府诗集》中，这首诗收入《横吹曲辞·汉横吹曲》（作者误题为柳恽），同题诗共收二十五首。《折杨柳》是魏晋以后流行的横吹曲十八曲中的一个曲目（见上首诗注[1]）。《唐书·乐志》说："梁乐府有胡吹歌云：'上马不捉鞭，反拗杨柳枝。下马横吹笛，愁杀行客儿。'此歌辞元出北国，即鼓角横吹曲《折杨柳枝》是也。"《宋书·五行志》说："晋太康末，京、洛为《折杨柳》之歌，其曲有兵革苦辛之辞。"

[2] 上春：农历正月，也叫孟春。或泛指初春。

[3] 画角：古管乐器。从西羌传入，形状像竹筒，本细末大，用竹木或皮革制成，因表面有彩绘，故名画角。发声哀厉高亢，军中多在早晚吹起，以作警戒，振士气。

[4] 无别：一作"别无"。

[5] 为久：一作"是为"。

【今译】

　　杨柳枝条像青丝一样乱纷纷，妻子折柳赠别正在初春时。柳叶浓密鸟儿都很难飞过，春风轻拂柳花也落得迟。眼前的孤城城墙高处有人把短箫吹起，城外空寂的树林画角的悲声使人悲痛不止。曲子中没有包含别的深意，箫角的吹奏都是为了抒发深长的相思。

紫骝马[1]

【题解】

　　《紫骝马》古辞（即《十五从军征》）描写一个从军六十五年的老兵回乡而又无家可归的悲惨情景，而这首《紫骝马》则是描写丈夫从军归来，妻子希望他恩爱一如从前。

　　贱妾朝下机[2]，正值良人归[3]。青丝悬玉镫[4]，朱汗染香衣[5]。骤急珍珂响[6]，踣多尘乱飞[7]。雕胡幸可荐[8]，故心君莫违[9]。

【注释】

　　[1] 紫骝（liú）马：在《乐府诗集》中，这首诗收入《横吹曲辞·汉横吹曲》，同题诗共收十五首。《紫骝马》是魏晋以后流行的横吹曲十八曲中的一个曲目（见前两首诗注[1]）。《古今乐录》说："《紫骝马》古辞云：'十五从军征，八十始得归。道逢乡里人，家中有阿谁？'又梁曲曰：'独柯不成树，独树不成林。念郎锦裲裆，恒长不忘心。'盖从军久戍，怀归而作也。"骝，指红身黑鬃尾的马，也泛指骏马。
　　[2] 贱妾：女子自称。　机：织机。
　　[3] 值：一作"遇"。　良人：古代妇女称丈夫为良人。
　　[4] 青丝：青色的绳缆，指马缰绳。　镫（dèng）：同"镫"，挂在鞍子两旁的踏脚。
　　[5] 朱汗：指古代西域骏马汗血马所出的红色的汗。
　　[6] 骤急：马奔跑急促。　珍珂（kē）：一作"珂弥"。珂，白色似玉的美石，一说为螺属，贝类，常用作马勒的饰物。

〔7〕踽（pū）：马蹄蹈踏的痕迹。一作"跳"。
〔8〕雕胡：茭白子实，菰米，古人以为美馔。胡，一作"菰"。
荐：献。
〔9〕心君：一作"人心"。

【今译】

我早上从织机上下来，正碰上丈夫骑马而归。青色的缰绳悬挂在白玉的脚镫上，香衣上染上了骏马红色的汗水。他的马迅速奔跑珍贵的饰珂发出阵阵响声，马迹印满一地尘土乱飞。我准备好的雕菰饭有幸能够为你献上，只希望你的恩爱一如从前永不相违。

雍州十曲抄三首[1]

南　湖 [2]

【题解】

这首诗描写几位女子乘着小舟在满是荇叶荷花的湖上游玩。

南湖荇叶浮[3]，复有佳期游。银纶翡翠钩[4]，玉轴芙蓉舟[5]。荷香乱衣麝[6]，桡声随急流[7]。

【注释】

〔1〕雍州十曲抄三首：在《乐府诗集》中，这三首诗收入《清商曲辞·西曲歌》，题为《雍州曲三首》。雍州，襄阳，今属湖北。
〔2〕南湖：《雍州曲》三首之一。
〔3〕荇（xìng）：多年生水生草本植物，叶呈对生圆形，嫩时可食，也可入药。《诗经·周南·关雎》："参差荇菜，左右流之；窈窕淑女，寤寐求之。"
〔4〕纶（lún）：指钓鱼用的丝线。一作"编"。　　翡翠钩：以翡翠

为饰的钩子。钩,一作"钓"。

〔5〕轴(zhóu):桨舵。郭璞《方言》注:"今江东人呼枻为轴。"枻(yì)即船桨。轴,一作"管"。　芙蓉舟:有荷花彩绘的华丽的小船。芙蓉,荷花的别名。

〔6〕乱:混杂。　衣麝(shè):衣上熏的麝香。

〔7〕桡(ráo):船桨。一作"棹"。　随:一作"送"。

【今译】

　　南湖里荇叶在水上浮,又碰上了佳期与女友结伴出游。银白色的钓丝悬挂着翡翠为饰的渔钩,白玉般的船桨装配在荷花彩绘的小舟。荷花的清香混杂着衣上的麝香,桨声随着湍急的水在湖上漂流。

北　渚 [1]

【题解】

　　在《湘夫人》中,美丽的湘夫人虽然降临北渚,但可望而不可即,意境朦胧优美。而在这首《北渚》中,美丽的女子在江上荡舟,岸边杨柳轻拂,风景历历如画。

　　岸阴垂柳叶,平江含粉堞 [2]。好值城旁人 [3],多逢荡舟妾 [4]。绿水溅长袖,浮苔染轻楫。

【注释】

〔1〕北渚:《雍州曲》三首之二。《楚辞·九歌·湘夫人》:"帝子降兮北渚,目眇眇兮愁予。袅袅兮秋风,洞庭波兮木叶下。"

〔2〕堞(dié):城上呈齿形的矮墙,也叫女墙。一作"蝶"。

〔3〕值:遇到,碰上。

〔4〕荡舟:摇动小舟。《史记·齐太公世家》:"桓公与夫人蔡姬戏船中,蔡姬习水,荡公……"

【今译】

　　柳树枝叶依依下垂岸边一片浓荫，平静的江水倒映着白色的女墙。有幸能够遇到城边的游人，而且多半能遇到美丽的女子乘着小船在江上游荡。碧绿的江水溅湿了她们的长袖，浮在江面上的青苔染绿了她们轻巧的船桨。

大　堤[1]

【题解】

　　这首诗写一位行人在旅途中的见闻和感受。妖艳的女子，醇美的竹叶春，诗中的描写宛如一幅风情画，纯美动人。

　　宜城断中道[2]，行旅亟流连[3]。出妻工织素[4]，妖姬惯数钱[5]。炊雕留上客[6]，贳酒逐神仙[7]。

【注释】

　　[1] 大堤：《雍州曲》三首之三。
　　[2] 宜城：地名，古属襄州，即今湖北宜城市。据《方舆胜览》载，宜城县东一里有金沙泉，造酒极美，世谓宜城春，又名竹叶酒。　断：隔断，隔绝。
　　[3] 行旅：行人。　亟（qì）：屡次。　流连：留恋，不想离去。流，一作"留"。
　　[4] 出妻：被休弃的妻子。　素：白绢。古诗《上山采蘼芜》写一位弃妇与前夫的对话，中有"新人工织缣，故人工织素"等语，见卷一。
　　[5] 妖姬：妖媚艳丽的女子。　数钱：东汉桓帝初年有《城上乌》童谣说："车班班，入河间，河间姹女工数钱。"可参看卷九《汉桓帝时童谣歌二首》。
　　[6] 炊：烧火做饭。　雕：即雕胡，菱白子实，又叫苽米，菰米，古人以为美馔。
　　[7] 贳（shì）：赊欠。　逐：追随。

【今译】

  宜城处在漫漫长路的中点，匆匆赶路的行人却常常在这里徘徊流连。被休弃的女子善于织白绢，受宠爱的美女惯于数钱。她煮好了珍贵的雕胡饭来挽留高贵的客人，客人们也就赊酒痛饮去追随遗忘世事的神仙。

同庾肩吾四咏二首[1]

莲舟买荷度[2]

【题解】

  诗人乘坐采莲的小船，想要进入荷花深处去购买荷花，当然，他更想见到采莲的女子。

  采莲前岸隈[3]，舟子屡徘徊[4]。披衣可识风[5]，风疏香不来[6]。欲知船度处[7]，当看荷叶开。

【注释】

〔1〕同：和，指依照他人诗词的题材、体裁或韵作诗。庾肩吾（约487—551），南朝梁诗人，初为晋安王萧纲常侍，萧纲立为皇太子，遂兼东宫通事舍人，迁太子中庶子。详见卷八。这两首诗一作萧统诗。
〔2〕莲：即荷。　度：同"渡"。
〔3〕隈（wēi）：山或水弯曲的地方。
〔4〕舟子：船夫。
〔5〕"披衣"句：一作"荷披衣可识"。
〔6〕风疏：一作"疏荷"。
〔7〕船：一作"当"。

【今译】

有人在前面弯曲的水边采莲,划船的女子却屡屡在水面上徘徊。她身披衣裳的飘动可以了解风力的强弱,这时风小衣香和花香都传不过来。想要知道小船驶到哪里去,那就该看看荷叶在哪里分开。

照流看落钗[1]

【题解】

一位女子希望与情人在"严寒"中仍能携手同行,她走到水边照看自己的身影,不幸金钗落到了水里。她感到情人与自己并不是真正的同心,心中无限悲伤。

相随照绿水[2],意欲重凉风[3]。流摇妆影坏[4],钗落鬓华空[5]。佳期在何许[6],徒伤心不同[7]。

【注释】

[1] 流:流水。
[2] 绿:一作"渌"。
[3] 凉风:寒冷的风。《诗经·邶风·北风》:"北风其凉,雨雪其雱。惠而好我,携手同行。"
[4] 流:一作"梳"。
[5] 鬓华:即鬓花,插戴于鬓边的花朵。
[6] 何许:何时。
[7] 心不同:指两人不同心。《楚辞·九歌·湘君》:"心不同兮媒劳,恩不甚兮轻绝。"

【今译】

我随着他走到水边在清澈的水面照看我的身影,我心想我俩在经受"严寒"考验后仍能携手同行。流水波动破坏了水面上我清晰的靓妆,金钗坠落鬓发上的花朵也掉尽。我俩喜结连理的婚期究竟在何时,二人心不同只有我在独自地伤心。

和湘东王三韵二首[1]

春　宵[2]

【题解】

一位女子在春天的月夜思念远在边关的丈夫。她写好了一封书信，但却无人带往边关。

花树含春丛[3]，罗帷夜长空[4]。风声随筱韵[5]，月色与池同。彩笺徒自襞[6]，无信往云中[7]。

【注释】

〔1〕湘东王：即萧绎（508—554），梁武帝第七子，萧纲之弟，先封湘东王，后即帝位，即梁元帝。详见本卷《湘东王绎诗七首》及其《寒宵三韵》。
〔2〕春宵：春夜。
〔3〕丛：草木丛生的样子。
〔4〕帷：一作"帐"。
〔5〕筱（xiǎo）：小竹。
〔6〕彩笺：彩色的信笺。　襞（bì）：折叠。
〔7〕信：使者，传送公文函件的人。　云中：古郡名，原为战国赵地，秦时置郡，治所在云中县（今内蒙古克托克东北）。古人也用"云中"来泛指边关。

【今译】

春天鲜花开满在树丛，夜里锦帐揭起可看到万里长空。春风传来了翠竹的清韵，月色与水色浑然齐同。彩色的信笺空折叠，因为没有信使前往他所滞留的云中。

冬　晓

【题解】
　　冬天的早上，一位女子起身下床，由于丈夫远出，家中无人，她满含愁怨，无心梳妆。

　　冬朝日照梁[1]，含怨下前床。帐搴竹叶带[2]，镜转菱花光[3]。会是无人见[4]，何用早红妆。

【注释】
　　[1] 梁：屋梁。
　　[2] 搴（qiān）：揭起，撩起。　竹叶带：形如竹叶的绿色衣带。
　　[3] 菱花：菱花镜。《飞燕外传》说，飞燕始加大号婕妤，奏上三十六物以贺，有七尺菱花镜一奁。
　　[4] 会：恰巧，适逢。

【今译】
　　冬天的早上阳光照亮了屋梁，一位女子满含愁怨起身下床。在帷帐里她提起了竹叶衣带，对着菱花镜转动身形脸上焕发容光。但恰逢此时家中无人能看见，她在想何必早早就打扮梳妆。

戏作谢惠连体十三韵[1]

【题解】
　　这首诗主要写一位女子的春愁。

　　杂蕊映南庭[2]，庭中光影媚[3]。可怜枝上花[4]，早得春风意。春风复有情,拂幔且开楹[5]。开楹开碧烟[6],拂幔拂垂莲[7]。偏使红花散,飘扬落眼前。眼亦多无况[8],参差郁可望[9]。珠绳翡翠帷,绮幕芙蓉帐。香烟出窗里,落日斜阶上[10]。日影去迟迟[11],节华咸在兹[12]。桃花红若点,柳叶乱如丝。丝条转暮光,影落暮阴长[13]。春燕双双舞,春心处处场[14]。酒满心聊足[15],萱枝愁不忘[16]。

【注释】

〔1〕谢惠连:南朝宋诗人,诗歌风格绮丽,见卷三。
〔2〕蕊(ruǐ):花蕊,花朵。
〔3〕影:一作"景"。
〔4〕可怜:可爱。
〔5〕楹:厅堂前部的柱子。
〔6〕开楹:一作"盈盈"。 碧烟:指燃香所散发出的青绿色的烟。
〔7〕拂垂莲:一作"复垂莲"。
〔8〕亦:一作"前",可从。 无况:指没有别的景物。
〔9〕郁:盛。 可:一作"相"。
〔10〕日:一作"月"。
〔11〕日:一作"月"。 迟迟:迟缓的样子。
〔12〕节华:季节的美好之处。 兹:此。
〔13〕阴:一作"光"。
〔14〕场:一作"扬",有人认为当作"伤"。
〔15〕聊:姑且。
〔16〕萱枝:萱草,古人认为萱草可以使人忘忧,故又称忘忧草。《诗经·卫风·伯兮》:"焉得谖(同"萱")草,言树之背。愿言思伯,使我心痗。"

【今译】

南边的庭院中百花辉映,庭院里铺满媚人的灿烂阳光。枝上的花朵多么可爱,它们早得春风之意正迎风怒放。春风更是有情有意,它吹拂着帷幔吹开了厅堂。吹开了厅堂又吹散了青绿色的香烟,吹拂着帷幔又吹拂着垂莲摇荡。它偏偏让红花散落,在眼前坠落飘扬。眼前没有多少景物,只能看到许多花朵吹落的模样。珍珠绳连缀着翡翠为饰的罗帷,华美的帷幔连接着芙蓉帐。香烟从窗里缓缓地散出来,落日的余晖斜铺在台阶上。夕阳慢慢地往下沉,季节的美景全都展示在身旁。红色的桃花在树丛中星星点点,碧绿的柳叶像乱丝一样。柳树的枝条转动着夕阳的光辉,夕阳西沉把树荫拖长。春天的燕子双双飞舞,春天的景物处处使人心伤。喝足了酒暂且止住了伤痛,虽然种下了忘忧的萱草但我仍然愁思难忘。

倡妇怨情十二韵[1]

【题解】

这首诗写一位倡家女子的哀怨。她的丈夫漂泊在外,音信全无,她孤身独处,内心无比悲伤。

绮窗临画阁[2],飞阁绕长廊。风散同心草[3],月送可怜光[4]。髣髴帘中出[5],妖丽特非常[6]。耻学秦罗髻[7],羞为楼上妆[8]。散诞披红帔[9],生情新约黄[10]。斜灯入锦帐[11],微烟出玉床[12]。六安双珰瑲[13],八幅两鸳鸯[14]。犹是别时许[15],留致解心伤[16]。含涕坐度日[17],俄顷变炎凉[18]。玉关驱夜雪[19],金气落严霜[20]。飞狐驿使断[21],交河川路长[22]。荡子无消息[23],朱唇徒自香[24]。

【注释】

〔1〕倡妇怨情十二韵:一作《倡楼怨节》。倡妇,以歌舞为业的倡家(乐人)妇女。

〔2〕画阁:雕饰华丽的楼阁。

〔3〕同心：情投意合。

〔4〕可怜：可爱。

〔5〕髣髴：隐约，依稀，不很真切的样子。

〔6〕妖丽：妩媚艳丽。

〔7〕秦罗髻：秦罗敷的倭堕髻，又名堕马髻，梳在头部一侧的发结，呈似堕非堕之状。见卷一《古乐府诗·日出东南隅行》。

〔8〕楼上妆：女子的一种发型，即将头发高高绾起。

〔9〕散（sǎn）诞：逍遥自在。　帔（pèi）：妇女披在肩上的一种服饰。

〔10〕约黄：古代妇女在额上涂黄以为妆饰。约，涂饰。

〔11〕斜灯：侧照的灯光。

〔12〕微烟：指晚上燃香入睡，早上尚有余烟。　床：一作"房"。

〔13〕六安双玳瑁：指在长方形枕头的六面都安上成双的玳瑁壳。

〔14〕八幅两鸳鸯：指用八幅布做成绣有双鸳鸯的床帐。

〔15〕许：如此，这般。

〔16〕致：一作"置"。

〔17〕涕：一作"情"。

〔18〕俄顷：一会儿，指极短的时间。　变炎凉：指寒来暑往，四季更迭。

〔19〕玉关：玉门关，在今甘肃。

〔20〕金气：秋风。金，五行之一，位在西方，时为秋季。

〔21〕飞狐：要隘名，在今河北涞源县北蔚县南。百余里的小道，两边高崖峭立，是古代华北平原与北方边郡间的交通咽喉。　驿使：驿站传递公文和信函的人。

〔22〕交河：古城名，在今新疆吐鲁番西北。

〔23〕荡子：指在外漂泊游荡不归的丈夫。

〔24〕香：一作"伤"。

【今译】

　　华丽的窗临近雕绘美丽的楼阁，高耸的楼阁周围环绕着长廊。和风吹生了同心草，月儿挥洒着可爱的银光。她从帘中走出模样依稀可见，她的妩媚艳丽真是绝世无双。她耻于模仿秦罗敷的倭堕髻，也羞于打扮成头发高耸的楼上妆。她逍遥自在地披着红披肩，含情脉脉刚在额上涂了黄。晚上在斜照的灯光下进入锦帐，早上在尚有余烟的夜香中走下了玉床。她的玉枕六面都装饰着双玳瑁，八幅布做成的床帐绣着双鸳鸯。这些陈设仍然是与丈夫分别之时的模样,留着它暂且排遣心中的创伤。含着眼泪坐等光阴一天一天地过去,顷刻之间又已季节变换寒来暑往。玉门关整夜下着大雪,秋风劲吹降下了寒霜。飞狐要隘驿使已断绝,交河水路又遥远漫长。漂泊在外的丈夫啊杳无音信,她的红唇徒然散发诱人的香。

和徐录事见内人作卧具[1]

【题解】
徐摛《见内人作卧具》诗已佚,萧纲这首和诗,题旨应相同,都是写女子缝制卧具的情形。

密房寒日晚[2],落照度窗边。红帘遥不隔,轻帷半卷悬。方知纤手制,讵减缝裳妍[3]。龙刀横膝上[4],画尺堕衣前[5]。熨斗金涂色[6],簪管白牙缠[7]。衣裁合欢褶[8],文作鸳鸯连[9]。缝用双针缕[10],絮是八蚕绵[11]。香和丽丘蜜[12],麝吐中台烟[13]。已入琉璃帐[14],兼杂太华毡[15]。具共雕垆暖[16],非同团扇捐[17]。更恐从军别,空床徒自怜。

【注释】
〔1〕徐录事:徐摛(chī)(472—549),南朝梁诗人。字士秀,一字士缋,东海郯(今山东郯城西南)人,徐陵父。曾任晋安王萧纲侍读。晋安王移镇京口,复随府转为安北中录事参军。后出任新安太守,官终太子左卫率。　内人:妻妾,这里指妻子。
〔2〕密房:深邃的闺房。
〔3〕妍(yán):美丽。
〔4〕龙刀:指裁布料的剪刀。

〔5〕画尺：剪裁布料缝制衣裳所用的尺。

〔6〕熨（yùn）斗：熨平衣物的金属器具。古代熨斗形如斗，中置木炭。

〔7〕簪：当作"箴"（zhēn），同"针"。　白牙：白象牙。

〔8〕合欢：植物名，一名马缨花，落叶乔木，羽状复叶，小叶对生，夜间成对相合，古人常用来指男女欢会交合。褶（zhě）：同"褶"，衣裙上的折叠。

〔9〕文：花纹。《古诗十九首·客从远方来》："文彩双鸳鸯，裁为合欢被；著以长相思，缘以结不解。"

〔10〕缝：一作"针"。　针：一作"缝"。　缕（lǚ）：线。

〔11〕絮（xù）：绵絮。　八蚕绵：一年八熟的蚕所产出的丝绵。左思《吴都赋》："国税再熟之稻，乡贡八蚕之绵。"刘欣期《交州记》："一岁八蚕，茧出日南也。"

〔12〕丽丘蜜：丽丘所产的蜂蜜。龙辅《女红余志》说，丽丘出嘉蜂，酿蜜如雪，和诸香为丸，熏衣数年不散。

〔13〕麝（shè）：野兽名，又名"香獐子"，雄麝脐部有香腺，能分泌麝香。　中台：山名。《本草》引《别录》说，麝生中台山谷及益州、雍州山中，春分取香，生者益良。

〔14〕琉璃帐：用琉璃等珠宝制成的帷帐。《汉武故事》说，上（皇帝）以琉璃、珠玉、明月、夜光，杂错天下珍宝为甲帐，其次为乙帐，甲以居神，乙以自居。琉璃，一种有色半透明的玉石。

〔15〕太华毡：太华出产的豪华毡。龙辅《女红余志》说，汉光武后阴丽华，步处皆铺太华精细之毡，故足底纤滑，与手掌同。

〔16〕具共：共同，一同。一作"且向"。　雕垆：雕绘花纹的炉子。垆，同"炉"。

〔17〕团扇捐：指秋凉之时将团扇抛弃，喻女子失宠。详见卷一班婕妤《怨诗》。

【今译】

　　寒冬之时深邃的闺房天色已晚，落日斜照着窗边。红色的帘幕虽远却没有垂下，轻软的帷帐半卷半悬。这时才看见她的纤纤玉手在缝制卧具，这情景岂逊色于缝制衣裳的美妍。那龙刀横躺在她的膝上，画尺却落到了她的衣襟前。熨斗涂成黄金的颜色，针管有白色象牙绕在外面。衣裳剪裁出合欢的折叠，文彩刺绣成鸳鸯相连。缝制时用的是双针线，棉絮用的是八蚕绵。所用的香料里拌和着丽丘蜜，所取麝香的麝吞吐着中台山的云烟。所制卧具已送入了琉璃帐，还配上了名贵的太华毡。她只希望能与丈夫一同围着雕绘华美的炉子取暖，不愿像团扇那样秋凉之时被丈夫弃捐。但她更担心的是丈夫从军夫妻离别，她独守空床只能空自哀怜。

戏赠丽人[1]

【题解】

萧纲以开玩笑的笔调，写了这首诗，描写几位"丽人"美丽的妆饰和神态，并把这首诗赠送给她们。

丽姐与妖嫱[2]，共拂可怜妆[3]。同安鬟里拨[4]，异作额间黄[5]。罗裙宜细简[6]，画屧重高墙[7]。含羞未上砌[8]，微笑出长廊。取花争间镊[9]，攀枝念蕊香。但歌聊一曲[10]，鸣弦未息张[11]。自矜心所爱[12]，三十侍中郎[13]。

【注释】

〔1〕丽人：美人，佳人。

〔2〕姐（dá）：妲己，商纣王之妃。一作"姬"。丽姬，晋献公之宠姬。　妖：妖媚艳丽。　嫱：毛嫱，越王之宠妾。《庄子·齐物论》："毛嫱丽姬，人之所美也。"

〔3〕拂：装饰打扮。　可怜：可爱。

〔4〕鬟里拨：又名"鬓枣"，古代妇女的一种发具，形如枣核，用木制成，约二寸长，两头尖，用来松发。

〔5〕额间黄：在额上涂黄，是妇女的一种妆饰。

〔6〕细简：细小，纤细。

〔7〕画屧（xiè）：彩绘的木板拖鞋，也指有画饰的鞋。　高墙：高高的鞋帮（鞋垫）。古代妇女鞋内常垫沉香。龙辅《女红余志》说，无

瑕屣墙之内,皆衬沉香,谓之生香屣。

〔8〕未:一作"来"。　　砌(qì):台阶。

〔9〕间镊(jiàn niè):用镊子夹取。一作"问色"。

〔10〕但歌:徒歌,无伴奏。　　聊:姑且。

〔11〕息:一作"肯"。　　张:指给乐器上弦。

〔12〕自矜(jīn):自夸,自恃。

〔13〕侍中郎:皇帝左右的侍从官。《日出东南隅行》(即《陌上桑》)写罗敷夸夫,有"三十侍中郎,四十专城居"之句,见卷一《古乐府诗六首》。

【今译】

　　她们就像美丽的妲己和妩媚娇艳的毛嫱,都妆扮成一副可爱的模样。头上都插着用来疏松头发的鬓枣,但额上却涂饰着不同的黄。软柔的丝裙纤细又合身,彩绘的高鞋垫着厚厚的沉香。她们面含羞涩还未走上台阶,但又带着微笑走出了长廊。摘花之时争着用镊子去夹取,但攀上枝条又顾惜花朵的芬芳。请她们歌唱只是姑且歌一曲,请她们弹琴连琴弦也不肯安装。她们自恃心中已有所爱,她们的所爱就是年仅三十的侍中郎。

秋闺夜思

【题解】

　　从"九重忽不见"一语来看,这首诗写的应是"宫怨",一位宫女在秋夜里独处幽室,心中充满忧思和怨恨。

　　非关长信别[1],讵是良人征[2]?九重忽不见[3],万恨满心生[4]。夕门掩鱼钥[5],宵床悲画屏[6]。回月临窗度[7],吟虫绕砌鸣[8]。初霜陨细叶[9],秋风驱乱萤[10]。故妆犹累日[11],新衣襞未成[12]。欲知妾不寐,城外捣衣声〔13〕。

【注释】
〔1〕长信：长信宫。汉成帝班婕妤因失宠自求到长信宫侍奉太后。见卷一班婕妤《怨诗》。
〔2〕良人：古时妇女称丈夫为良人。　征：远行。
〔3〕九重：九层，九道，多指天门或宫门，也代指帝王。
〔4〕恨：遗憾，怨恨。
〔5〕鱼钥（yuè）：鱼形的锁。
〔6〕画屏：有画饰的屏风。
〔7〕回：一作"迥"。　窗：一作"阶"。
〔8〕吟虫：善鸣的虫，如蟋蟀之类。
〔9〕陨（yǔn）：坠落。
〔10〕驱：一作"吹"。
〔11〕累日：连日，数日，多日。
〔12〕襞（bì）：给衣裙打褶子。一作"裂"。
〔13〕捣衣：用杵（木棒）在砧（木或石）上捶打衣料或衣服。古代多指为远方的亲人准备寒衣。衣，一作"砧"。

【今译】
　　我的忧思无关于失宠，又哪里是因为丈夫远征？只因为君王忽然见不到，千愁万恨全在心中生。傍晚宫门紧闭上了鱼形的锁，晚上独上空床悲哀地看着画屏。明月在窗前缓缓移动，虫儿围绕着台阶哀鸣。初霜已使叶片纷纷坠落，秋风正驱赶着庭院中飞舞的流萤。原来的梳妆几天还未卸去，新缝的衣裙几次打褶都不成。你想知道我为什么不能入睡，只因为城外传来了阵阵捣衣声。

和湘东王名士悦倾城〔1〕

【题解】
　　这首诗所描写的是名士心目中的绝色女子。

美人称绝世[2],丽色譬花丛[3]。虽居李城北[4],住在宋家东[5]。教歌公主第[6],学舞汉成宫[7]。多游淇水上[8],好在凤楼中[9]。履高疑上砌[10],裾开持畏风[11]。衫轻见跳脱[12],珠概杂青虫[13]。垂丝绕帷幔,落日度房栊[14]。妆窗隔柳色,井水照桃红。非怜江浦珮[15],羞使春闺空。

【注释】

〔1〕湘东王:即萧绎,见前《和湘东王横吹曲》注〔1〕。 名士:指以学术诗文著称的知名人士。 倾城:指绝世美人。此诗作者一作萧统。

〔2〕绝世:冠绝当世。李延年《歌诗》:"北方有佳人,绝世而独立。"见卷一。

〔3〕譬(pì):比方。

〔4〕李城北:指李延年《歌诗》所说的"北方有佳人"的北方,佳人即其妹(汉武帝之李夫人)。

〔5〕住在:一作"来往"。 宋家东:宋玉的东邻。宋玉《登徒子好色赋》说:"天下之佳人莫若楚国,楚国之丽者莫若臣里,臣里之美者莫若臣东家之子。"

〔6〕教歌公主第:指卫子夫。她原为平阳公主家的"讴者",汉武帝到平阳家时,"悦而幸之",后成为汉武帝皇后。

〔7〕学舞汉成宫:指赵飞燕,汉成帝皇后,她身轻如燕,能为掌上舞。

〔8〕淇水:水名,春秋时属卫国,在今河南,古时青年男女常在淇水边幽会,见《诗经·鄘风·桑中》。

〔9〕凤楼:即凤台。秦穆公将女儿弄玉嫁给萧史,并筑凤台让他们居住。后来他们双双乘凤飞去。见刘向《列仙传》。

〔10〕履高:指高齿木屐。《颜氏家训·勉学》说:"梁朝全盛之时,贵游子弟……无不熏衣剃面,傅粉施朱,驾长檐车,跟高齿屐……从容出入,望若神仙。" 砌:门槛,或台阶。《西京杂记》说:"赵飞燕女弟居昭阳殿,中庭彤朱,而殿上丹漆,砌皆铜沓黄金涂,白玉阶。"

〔11〕裾(jū)开:指汉成帝皇后赵飞燕的裙裾被风吹开。汉伶玄《赵飞燕外传》载,汉成帝与赵飞燕乘舟同游太液池,赵飞燕唱歌起舞,

侍郎冯无方吹笙相和。大风忽起，成帝令冯无方抓住赵飞燕的后裙，风止，裙为之绉。"他日，宫姝幸者，或襞裙为绉，号'留仙裙'。"留仙裙，即有皱褶的裙，类似今天的百褶裙。　　持：一作"特"。

〔12〕跳脱：手镯。

〔13〕概：平。　　青虫：指青虫簪，古代妇女的发饰。

〔14〕房栊：窗棂，也泛指房屋。

〔15〕江浦珮：即江妃珮。刘向《列女传》说，江妃二女游于江汉之滨，遇到郑交甫，交甫求珮，江妃二女遂解珮与之。后人便以"江妃珮"指女子向男子示爱的赠品。江浦，一作"交甫"。

【今译】

　　这位女子的美丽堪称冠绝当世，她美丽的容颜就像鲜花满丛。虽然是家居李延年所说的北方，但常来往于宋府之东。她在平阳公主家里教人讴歌，又学舞在汉成帝之宫。常在淇水之滨遨游，又喜欢居住在凤楼中。她脚踏高齿木屐好像是要登上宫里的台阶，她身穿百褶之裙又像是特别怕风。她的衣衫轻柔露出玉手上的手镯，她的青虫簪上珍珠分布均同。丝绦下垂环绕着帷幔，夕阳光正在窗前缓缓移动。纱窗隔着杨柳的青绿，井水映着桃花的鲜红。不是怜惜江妃的玉珮，只是羞于让春闺无人满室空。

从顿暂还城[1]

【题解】

　　诗人从南顿暂时回到南城，有感而作。他向往纵横驰骋的军旅生活。但偶然之间，却又想起了独守空床的妻子。

　　汉渚水初绿，江南草复黄。日照蒲心暖[2]，风吹梅蕊香。征舻舣汤堑[3]，归骑息金隍[4]。舞观衣常襞[5]，歌台弦未张。持此横行去[6]，谁念守空床？

【注释】

〔1〕顿：南顿县，在今河南项城市西。　　还城：一作"还南城"。
〔2〕照：一作"暖"。　　蒲：香蒲。　　暖：一作"发"。
〔3〕征舻（lú）：远行的船。　　舣（yǐ）：船靠岸。　　汤堑（qiàn）：护城河。
〔4〕金隍：无水的城壕。金，喻其坚固。
〔5〕舞观：舞台。　　常：一作"恒"。
〔6〕横行：纵横驰骋。

【今译】

汉江的水刚刚变得碧绿，江南的草转眼却又变得枯黄。阳光照耀下蒲心也觉暖，微风吹来梅花四处飘香。远行的船停靠在护城河里，归来的骑兵卸甲休息在城隍。舞台上常有身着褶裙的舞女准备歌舞，歌台上琴弦却尚未调好在弦柱上。照这样去纵横驰骋四海，谁还会记得起妻子在家独守空床？

咏人弃妾〔1〕

【题解】

一位女子被丈夫遗弃，引起了诗人的同情，于是写了这首诗。

昔时娇玉步，含羞花烛边〔2〕。岂言心爱断，衔啼私自怜。常见欢成怨〔3〕，非关丑易妍〔4〕。独鹄罢中路〔5〕，孤鸾死镜前〔6〕。

【注释】

〔1〕弃妾：被遗弃的妾。弃，一作"去"。
〔2〕花烛：彩烛，上多绘龙凤，用于结婚的新房中。
〔3〕常见欢成怨：一作"但觉欢成愁"。
〔4〕妍（yán）：美丽。

〔5〕鹄（hú）：鸟名，即天鹅。　　罢中路：在途中停止飞行。可参看卷一《古乐府诗·双白鹄》。

〔6〕孤鸾：孤单的鸾鸟。南朝宋范泰《鸾鸟诗序》说，从前罽宾王获一鸾鸟，三年不鸣。其夫人说："尝闻鸟见其类而后鸣，何不悬镜以映之？"王从其言。"鸾睹形感契，慨然悲鸣，哀响中霄，一奋而绝。"后人便以"孤鸾照镜"比喻无偶或失偶者的悲哀和伤悼。

【今译】

从前美丽可爱轻轻地移动着玉步，含羞步入新房走到彩烛边。怎想到后来心中所爱会中断，只能暗自含悲自艾自怜。常常看到欢乐忽然变成了哀怨，这无关抛弃了丑陋换来了美妍。孤单的天鹅在途中停止了飞行，孤单的鸾鸟也已死在明镜前。

执笔戏书

【题解】

这首诗描写的是舞女，贵族眼中之一群舞女。

舞女及燕姬〔1〕，倡楼复荡妇〔2〕。参差大庣发〔3〕，摇曳小垂手〔4〕。钓竿蜀国弹〔5〕，新城折杨柳〔6〕。玉案西王桃〔7〕，螽杯石榴酒〔8〕。甲乙罗帐异〔9〕，辛壬房户晖〔10〕。夜夜有明月，时时怜更衣〔11〕。

【注释】

〔1〕燕姬：燕地的女子，古代以美丽而善歌舞著称。

〔2〕倡楼：以歌舞娱人的倡女所居之处。　　荡妇：指倡妇。

〔3〕庣（lì）：同"捩"，拨动琵琶弦索的用具。

〔4〕摇曳（yè）：摇动，晃荡。　　小垂手：舞名。《乐府诗集·杂曲歌辞》收有《大垂手》《小垂手》。《乐府解题》说："《大垂手》《小垂

手》,皆言舞而垂其手也。"

〔5〕钓竿:歌曲名,《乐府诗集·鼓吹曲辞·汉铙歌》中收有《钓竿》诗数首。崔豹《古今注》说:"《钓竿》者,伯常子避仇河滨为渔者,其妻思之而作也。每至河侧辄歌之。后司马相如作《钓竿》诗,遂传为乐曲。"司马相如,汉代文学家,蜀人。

〔6〕新城:指长安。《水经注》说,长安,故咸阳也,汉高祖更名新城。城,一作"声"。　　折杨柳:歌曲名,《乐府诗集·横吹曲辞·汉横吹曲》收有《折杨柳》二十五首。《折杨柳》古辞即鼓角横吹曲《折杨柳枝》。汉人常于长安城东七十里的灞桥折柳赠别,灞桥又名销魂桥。

〔7〕玉案:玉石制成的几案。　　西王桃:西王母之桃。《西王母传》说,王母七夕降武帝宫中,命侍女取桃,玉盘盛七枚,四以与帝,三以自食。

〔8〕蠡(lí)杯:用瓠瓢制成的酒杯。　　石榴酒:酒名。传说南海有酒树似安石榴,采其花汁停瓮中,数日成酒,见《南史·夷貊传》。

〔9〕甲乙罗帐:指甲帐和乙帐。《汉武故事》说,上(皇帝)以琉璃、珠玉、明月、夜光,杂错天下珍宝为甲帐,其次为乙帐,甲以居神,乙以自居。

〔10〕辛壬:天干名,这里是指房室所标示的次序。　　晖:阳光。

〔11〕更衣:更换衣服。这里用汉武帝皇后卫子夫典故。卫子夫原为平阳公主家的"讴者"(歌女),汉武帝来访平阳公主,在"更衣"时,卫子夫得幸,后来卫子夫进宫成了皇后。

【今译】

她们都是能歌善舞的舞女,住在倡楼早已是名优。先后拿起大小之捩将琵琶拨动,又翩翩起舞舞起了《小垂手》。她们弹唱的是蜀人司马相如的《钓竿》曲,还有灞桥赠别的《折杨柳》。白玉石的几案上放着西王母的蟠桃,瓠瓢制成的酒杯里盛着名贵的石榴酒。珍珠为饰的青纱帐有甲乙的不同,阳光照亮了她们整齐的户牖。夜夜相伴都有明月珠,时时都盼"更衣得幸"心烦忧。

艳 歌 曲 [1]

【题解】

一位女子居住在豪华的住宅里,她在等待丈夫日暮归来。

云楣桂成户[2]，飞栋杏为梁[3]。斜窗通蕊气[4]，细隙引尘光[5]。裁衣魏后尺[6]，汲水淮南床[7]。青骊暮当返[8]，预使罗裾香[9]。

【注释】
〔1〕艳歌曲：在《乐府诗集》中，这首诗收入《相和歌辞·瑟调曲》，题为《艳歌行二首》，这是第二首。第一首即《艳歌篇十八韵》，见前。
〔2〕云楣（méi）：有云状纹饰的门框上的横木。
〔3〕飞栋：高耸的屋梁。栋，屋的正梁。
〔4〕蕊（ruǐ）气：花的香气。
〔5〕隙（xì）：缝隙。
〔6〕魏后尺：即晋前尺，指汉至魏之古尺。据《晋书·律历志》载，古尺比晋以后之尺长四分半。《隋书·律历志》则说："晋后尺实比晋前尺一尺六分二厘。"
〔7〕淮南床：指精美的井干（hán，井上围栏）。《乐府诗集·舞曲歌辞·淮南王篇》："淮南王，自言尊，百尺高楼与天连。后园凿井银作床，金瓶素绠汲寒浆。……"床，井干，井上围栏。
〔8〕青骊（lí）：青黑色的马。
〔9〕裾（jū）：裙。一作"裙"。

【今译】
　　在云状纹饰门框下是桂木做成的门，在高耸的屋梁中是杏木做成的梁。侧面的窗透着花香，微小的缝隙也透进了尘埃和亮光。裁衣用的是汉魏的古尺，汲水有淮南王那样的银床。我的丈夫骑着青黑色的马傍晚会回家，我预先要把我的罗裙熏香。

怨　诗[1]

【题解】
　　丈夫有了新欢，一位女子抒发自己心中的哀怨。

秋风与白团[2],本自不相安。新人及故爱,意气岂能宽[3]。黄金肘后铃[4],白玉案前盘[5]。谁堪空对此,还成无岁寒[6]。

【注释】
〔1〕怨诗:在《乐府诗集》中,这首诗收入《相和歌辞·楚调曲》。在《楚调曲》中,收《白头吟》《怨诗行》《怨诗》《怨歌行》《长门怨》《婕妤怨》《长信怨》《宫怨》等多达数十首,多写妇女在婚姻爱情上的哀怨。
〔2〕白团:雪白的团扇。可参看卷一班婕妤《怨诗》。
〔3〕意气:情绪,神色。　宽:容。
〔4〕黄金肘(zhǒu)后铃:即"肘后黄金铃"。肘后,指随身携带。铃,一作"钤",官印。一作"印"。
〔5〕白玉案前盘:即"案前白玉盘"。案,几案。
〔6〕岁寒:年末寒冬,也喻事情的终极。潘岳《悼亡诗》其二:"岂曰无重纩,谁与同岁寒。"见卷二。

【今译】
秋风和团扇,本来就不相容。新人和旧爱,在情感上怎能沟通。丈夫随身携带着黄金印,几案上摆着白玉盘。谁能忍受徒然面对眼前的情景,结发夫妻竟不能牵手共度岁寒。

拟沈隐侯夜夜曲[1]

【题解】
《乐府解题》说:"《夜夜曲》,伤独处也。"这首诗所写的就是一位女子深夜独处的悲愁和哀伤。

蔼蔼夜中霜[2],何关向晓光[3]。枕啼常带粉,身眠不着床。兰膏尽更益[4],薰炉灭复香。但问愁多少,便知夜短长。

【注释】
〔1〕拟沈隐侯夜夜曲:在《乐府诗集》中,这首诗收入《杂曲歌辞》,题作《夜夜曲》。沈隐侯,即沈约。《夜夜曲》是他创作的乐府歌曲,可参看卷五沈约《夜夜曲》。
〔2〕蔼蔼(ǎi):暗淡的样子。司马相如《长门赋》:"望中庭之蔼蔼兮,若季秋之降霜。"蔼蔼,一作"霭霭"。
〔3〕何:一作"河"。 关:一作"开"。
〔4〕兰膏:古代用兰泽子炼制的油脂,可用来点灯。 尽:一作"断"。

【今译】
夜里下的霜昏暗之中微微闪亮,但这不是拂晓的晨光。倚枕啼哭枕上常沾上泪粉,和衣打盹身体常不沾床。兰膏燃尽又再添上,薰炉灭了又加上点香。只要问愁绪有多少,便知道夜有多长。

七 夕[1]

【题解】
这首诗歌咏七夕牛郎织女相会。

秋期此时浃[2],长夜徙河灵[3]。紫烟凌凤羽[4],奔光随玉軿[5]。洛阳疑剑气[6],成都怪客星[7]。天梭织来久[8],方逢今夜停。

【注释】
〔1〕七夕:农历七月初七晚上。传说天帝令织女和牛郎分居天河(银

河)两岸,只准他们每年七夕相会一次。详见卷三王鉴《七夕观织女》注〔1〕。

〔2〕浃(jiā):周遍。指过了一年,又到了七夕。

〔3〕徙:移,迁。一作"从"。　河灵:天河的神灵,指牛郎、织女。

〔4〕紫烟:紫色瑞云。　凤羽:凤凰的羽毛,借指凤凰,传说中的仙鸟。

〔5〕奔:一作"红"。　軿(píng):有帷盖的车。

〔6〕剑气:宝剑的光芒。《晋书·张华传》说,张华在洛阳,见"斗牛之间常有紫气",雷焕认为是"宝剑之精,上彻于天"。于是,张华让雷焕为豫章丰城令。雷焕至丰城,果然从地下掘出两把宝剑。

〔7〕客星:即"槎(chá,木筏)客"。张华《博物志》载,传说天河与海相通。年年八月有浮槎去来,不失期。有人乘槎在海上行了十多天,至一城,见一男子在河边饮牛,便问此是何处。回答说,你回到蜀郡问严君平即知。后来此人至蜀,问君平,君平说:"某年月日有客星犯牵牛宿。"计年月,正是此人到天河之时。

〔8〕梭(suō):织布机中牵引纬线的织具,两头细中间粗,形如枣核。

【今译】

一年过去又到了秋天七月初七的晚上,漫漫长夜天河两岸织女去会情郎。紫色的烟云飘浮在凤凰的毛羽上,玉车奔驰后面闪着电光。就像张华在洛阳推断丰城剑气冲牛斗,又像君平在成都惊叹客星犯牛郎。天上织女穿梭纺织日已久,正逢今夜七夕这才停机驱车往。

同刘谘议咏春雪[1]

【题解】

这首诗咏春雪,并因雪及人,写女子对情人(或丈夫)的思念。

晚霰飞银砾[2],浮云暗未开。入池消不积,因风堕复来。思妇流黄素⁽³⁾，温姬玉镜台⁽⁴⁾。看花言可插⁽⁵⁾，定自非春梅。

【注释】

〔1〕同：和诗。　刘谘议：刘孝绰，南朝梁文学家，曾任安西湘东王谘议参军，详见卷八。刘孝绰《咏春雪》，题又作《校书秘书省对雪咏怀》。萧纲这首和诗，题一作《咏雪》。

〔2〕霰（xiàn）：小冰粒，下雪之前往往先下霰，或下雪时雪中夹霰。　砾（lì）：小石，碎石。

〔3〕流黄：褐黄色的绢。《古乐府诗·相逢狭路间》："大妇织罗绮，中妇织流黄。"见卷一。

〔4〕玉镜台：玉制的镜台。《世说新语·假谲》载，温峤随军北征刘聪时，获刘聪之玉镜台。此时温之从姑有一女，从姑嘱温代为觅婿。温自有婚意，于是下玉镜台为定。后人又以玉镜台为婚娶聘礼的代称。

〔5〕插：一作"折"。

【今译】

　　晚上银色的雪霰纷纷扬扬地飘洒，大地昏暗浮云笼罩不开。雪霰落入池中立即消融，但随着春风又有雪霰落下来。就像怀人的思妇织出的黄绢白绢，又像聘妇的温峤所赠送的玉镜台。看到雪花人们都说可折芳赠远，人们也定知雪花本来就不是春梅。

晚景出行⁽¹⁾

【题解】

　　春日的黄昏，一位美丽的女子走出家门，到户外去散步。她希望天色快些暗下来，因为周围很多人在看着她呢。

　　细树含残影，春闺散晚香。轻花鬓边堕，微汗粉中光。飞凫初罢曲⁽²⁾，啼乌忽度行⁽³⁾。羞令白日暮，车马郁相望⁽⁴⁾。

【注释】
〔1〕晚景：傍晚时的景色。题一作《美人》。
〔2〕凫（fú）：野鸭。
〔3〕乌：一作"鸟"。
〔4〕马：一作"骑"。　　郁：聚集，隆盛。

【今译】
　　黄昏夕阳西下小树还拖着余影，她走出春闺遍体散发出芳香。鬓边斜坠着小巧的花朵，微汗在脂粉中闪亮。野鸭刚刚飞过停止了它们的歌唱，乌鸦忽又飞来边叫边排成行。她满脸娇羞真想让天色快些暗下来，因为周围车马云集许多人都在向她张望。

赋乐府得大垂手⁽¹⁾

【题解】
　　这首诗描写一位舞女轻盈的体态，优美的舞姿。

　　垂手忽迢迢⁽²⁾，飞燕掌中娇⁽³⁾。罗衣恣风引⁽⁴⁾，轻带任情摇。讵似长沙地，促舞不回腰⁽⁵⁾。

【注释】
　　〔1〕赋乐府得大垂手：在《乐府诗集》中，这首诗收入《杂曲歌辞》，题为《大垂手》，作者作吴均。大垂手，舞名。《乐府解题》说："《大垂手》《小垂手》，皆言舞而垂其手也。"
　　〔2〕迢迢（tiáo）：一作"迢迢"，舞时把手高举的样子。
　　〔3〕飞燕：汉成帝皇后赵飞燕，相传她体态轻盈，能为掌上舞，见《白孔六帖》卷六一。

〔4〕罗衣：轻软的绸衣。　　恣（zì）：任凭。　　引：牵，拉。
〔5〕促舞：在狭窄的地方起舞。　　不回腰：转动不了腰身。《汉书·景十三王传》说，景帝子刘发为长沙定王，长沙乃"卑湿贫国"。应劭注说："景帝后二年诸王来朝，有诏更前称寿歌舞。定王但张袖小举手，左右笑其拙。上怪问之，对曰：'臣国小地狭，不足回旋。'帝乃以武陵、零陵、桂阳益焉。"

【今译】
　　她舞动时手轻轻下垂又高高举起，体态轻盈就像赵飞燕掌上舞那样百媚千娇。轻软的丝衣任随风吹轻轻飘起，轻柔的衣带任随心意左右轻摇。哪里像定王所居长沙卑湿狭窄之地，局促起舞转动不了腰。

赋乐器名得箜篌[1]

【题解】
　　这首诗咏箜篌，实际上是咏弹奏箜篌的女子。

　　捩迟初挑吹[2]，弄急时催舞[3]。钏响逐弦鸣[4]，私回半障柱[5]。欲知心不平，君看黛眉聚[6]。

【注释】
〔1〕箜篌（kōng hóu）：古代拨弦乐器名，有竖式和卧式两种，弦数因乐器大小而有所不同，多者二十五弦，少者五弦。诗题一无"器"字。
〔2〕捩（lì）：琵琶等弦乐器的拨子，用来拨弦。　　迟：慢。吹：指箫笛等吹奏的管乐器。
〔3〕弄：乐曲。乐曲一阕或演奏一遍称一弄。
〔4〕钏（chuàn）：用珠玉穿起来做成的镯子。
〔5〕私：一作"衫"。　　回：旋。　　障：遮蔽。　　柱：弦柱。
〔6〕黛眉：指女子用黛画的眉毛。黛，青黑色颜料，古代女子用来画眉。

【今译】

　　开始时缓慢地拨弦引来箫笛的吹奏，然后曲调转急时时在催人急舞。手上的玉钏随着急促的弦声也在鸣响，衣袖回旋遮住了半边弦柱。你如果想知道弹奏者心中的不平，就请你看看她的双眉紧锁愁情难诉。

咏　舞

【题解】

　　这首诗描写舞女优美的舞姿。

　　可怜初二八[1]，逐节似飞鸿[2]。悬胜河阳妓[3]，暗与淮南同[4]。入行看履进[5]，转面望鬟空[6]。腕动苕华玉[7]，袖随如意风[8]。上客何须起[9]，啼乌曲未终[10]。

【注释】

　　[1] 可怜：可爱。　二八：十六岁。
　　[2] 节：节拍，节奏。
　　[3] 悬：悬腕，指舞时把手腕举起。　河阳：黄河北岸。汉置河阳县（在今河南孟州市西），晋代潘岳为河阳令，于一县遍种桃李，传为美谈。
　　[4] 暗：暗默，指舞时把头低下。　淮南：指淮南善舞者。张衡《舞赋》说："昔客有观舞于淮南者，美而赋之。"
　　[5] 履：鞋。
　　[6] 鬟（huán）：古代妇女梳的环形的发结。
　　[7] 苕（tiáo）华玉：美玉名。《竹书纪年》说："癸命扁伐山民，山民进女于桀二人，曰琬曰琰。后爱二人。女无子焉，斫其名于苕华之玉，苕是琬，华是琰。"
　　[8] 袖：一作"衫"。
　　[9] 上客：尊贵的客人。

〔10〕啼乌：指乐曲《乌夜啼》。《乐府诗集》中，《清商曲辞·西曲歌》收《乌夜啼》二十一首。

【今译】

　　她刚刚十六岁令人疼爱，按着节拍起舞就像大雁飞翔。举起手腕美得胜过河阳的歌女，低下头来美姿正与淮南舞女相当。走进队列当中只看到她的舞鞋在行进，转过身去只看到她的发髻看不到她的模样。她的手腕晃动露出了腕上玉镯，她的衣袖甩开像是随风飘扬。尊贵的客人何必匆忙起身离去，一曲《乌夜曲》尚未奏完请你静静欣赏。

春闺情

【题解】

　　这首诗写一位女子春日的情思。

　　杨柳叶纤纤⑴，佳人懒织缣⑵。正衣还向镜，迎春试举帘⑶。摘梅多绕树，觅燕好窥檐。只言逐花草，计校应非嫌⑷。

【注释】

　　〔1〕纤纤：柔细的样子。
　　〔2〕缣（jiān）：双丝织成的浅黄色细绢。
　　〔3〕试：初，始。　举：一作"卷"。
　　〔4〕计校：同"计较"，计算核实，分析认定。　嫌：嫌疑，嫌忌，指男女之间的嫌忌。

【今译】

　　杨柳树长出了柔弱细长的枝叶，一位美丽的女子没有心思去织绢。她穿好了衣裳仍然对着镜子照,为了迎接新春她开始卷起了帘。为了摘下梅花她多次绕着树走,为了寻觅归燕她喜欢抬头看屋檐。她只说喜欢追逐花和草,人们分析认为她大概不会有什么男女之嫌。

咏晚闺⁽¹⁾

【题解】
这首诗承上首,继续写这位女子晚上在春闺里。

珠帘向暮下⁽²⁾,妖姿不可追⁽³⁾。花风暗里觉,兰烛帐中飞⁽⁴⁾。何时玉窗里,夜夜更缝衣。

【注释】
〔1〕咏晚闺:一作《又三韵》,是承接上一首《春闺情》的意思。
〔2〕向暮:傍晚。
〔3〕妖姿:妩媚艳丽的姿容。
〔4〕兰烛:古代用兰泽子炼制的油脂,可用作灯烛。

【今译】
傍晚时分放下了珠帘,已不能看清她的妩媚艳丽。只觉得暗地里微风送来了花香,烛光闪烁在帷帐里。什么时候她能够坐在玉窗内,每天晚上都能为夫君缝制新衣。

率尔成咏⁽¹⁾

【题解】
这是一首随意而作的诗,写诗人想象中一位美丽的女子。

借问仙将画⁽²⁾,讵有此佳人?倾城且倾国⁽³⁾,如雨复如神⁽⁴⁾。汉后怜名燕⁽⁵⁾,周王重姓申⁽⁶⁾。挟瑟曾游赵⁽⁷⁾,吹箫屡入秦⁽⁸⁾。玉阶偏望树,长廊每逐春。约黄出意巧⁽⁹⁾,缠弦用法新⁽¹⁰⁾。迎风时引袖,避日暂披巾。疏花映鬟插⁽¹¹⁾,细珮绕衫身⁽¹²⁾。谁知日欲暮,含羞不自陈⁽¹³⁾。

【注释】

〔1〕率(shuài)尔:随便,轻松,无拘无束的样子。 成:一作"为"。

〔2〕将(jiāng):连词,或,抑。

〔3〕倾城且倾国:指美貌绝世。李延年《歌诗》:"北方有佳人,绝世而独立。一顾倾人城,再顾倾人国。"见卷一。

〔4〕如雨:指巫山女神。宋玉《高唐赋》说,楚王在高唐,有巫山之女来自荐枕席,去时说:"妾在巫山之阳,高丘之阻。旦为朝云,暮为行雨……"

〔5〕后:皇后,指汉成帝皇后赵飞燕。 名:一作"飞"。

〔6〕重(zhòng):看重。 申:申侯之女。《史记·周本纪》说,周幽王先娶申侯之女为后,生太子宜臼。后来幽王宠爱褒姒,废申后及太子。不久犬戎杀幽王,诸侯乃立宜臼为王,是为平王。一说,申,指申人之女。《诗经·召南·行露》诗写一女子拒绝与一已有室家之男子重婚。《列女传·贞顺篇》说,召南申女持正守志,夫礼不备,虽讼不行,而作是诗。

〔7〕挟(xié)瑟:抱瑟。 赵:赵地,古代赵地多美女(见李斯《谏逐客书》)和歌女(见桓宽《盐铁论·散不足》)。

〔8〕吹箫:刘向《列仙传·萧史》载:"萧史者,秦穆时人也,善吹箫,能致孔雀、白鹤于庭。穆公有女字弄玉好之,公遂以女妻焉。"

〔9〕约黄:古代妇女在额角涂黄以作妆饰。

〔10〕缠(chán)弦:琴弦的一种。宋沈括《梦溪笔谈·乐律》说:"琴中宫、商、角皆用缠弦,至徵则改用平弦。"

〔11〕鬟(huán):古代妇女梳的环形的发结。一作"髻"(jì),梳在头顶或脑后的发结。

〔12〕身:一作"伸"。

〔13〕陈：横陈（横卧，横躺）。宋玉《讽赋》："内怵惕兮徂玉床，横自陈兮君之旁。"

【今译】

请问这是在仙界还是在画中，怎会有这样美丽的佳人？她是倾城倾国的绝世美女，像朝云暮雨又像巫山女神。她像汉成帝可爱的皇后赵飞燕，又像周王所看重的淑女申。她抱着琴瑟曾游于赵，又使得萧史吹箫多次进入秦。她在玉阶上斜望着玉树，又在长廊中多次迎来了春。她额上的花黄出人意料地巧，缠弦的用法使人耳目新。她迎着风时时甩动衣袖，为避日晒暂时披上了头巾。稀疏的花朵插在发髻上，小巧的佩饰环绕周身。谁知道天色将晚，她面含娇羞不肯上床安寝。

美人晨妆⁽¹⁾

【题解】

这首诗描写一位美丽的女子早上的梳妆。

北窗向朝镜⁽²⁾，锦帐复斜萦。娇羞不肯出，犹言妆未成。散黛随眉广，燕脂逐脸生⁽³⁾。试将持出众⁽⁴⁾，定得可怜名⁽⁵⁾。

【注释】

〔1〕美人晨妆：一作萧统诗。
〔2〕向朝：一作"朝向"。
〔3〕燕脂：即"胭脂"，一种红色化妆品。
〔4〕将：带。　持：携。
〔5〕可怜：可爱。

【今译】

　　早上她在北窗下梳妆面对着镜，锦帐仍斜绕下垂房中晦冥。她面含娇羞不肯出来，还说梳妆尚未完成。青黛画眉眉毛细又长，胭脂搽脸脸上红晕生。尝试着带她出来同众人相见，她一定会得到娇美可爱的美名。

赋得当垆[1]

【题解】

　　一位旅客爱上了酒家女子，不忍离去。

　　十五正团团[2]，流光满上兰[3]。当垆设夜酒，宿客解金鞍。迎来挟瑟易[4]，送别但歌难[5]。讵知心恨急，翻令衣带宽[6]。

【注释】

　　[1]赋得当垆（lú）：在《乐府诗集》中，这首诗收入《杂曲歌辞》，题为《当垆曲》。同题诗共收二首。当垆，指坐在垆边卖酒。垆，酒店中安放酒瓮的土台子，四边隆起，一面尤高。《史记·司马相如列传》说，卓文君夜奔相如后，至成都，"家居徒四壁立"，于是回到临邛，开酒店卖酒，"而令文君当炉（垆），相如身自著犊鼻裈，与保庸杂作，涤器于市中"。此为"文君当垆"。此外，辛延年《羽林郎》有"胡姬年十五，春日独当垆"之句（见卷一），也当为本诗诗题之所本。
　　[2]团团：一作"团圆"。
　　[3]上兰：观名，汉代皇家上林苑（在长安西）有上兰观。
　　[4]挟（xié）瑟：抱瑟。瑟，一作"琴"。
　　[5]但歌：无伴奏的歌曲。《晋书·乐志下》："但歌，四曲，出自汉世。无弦节，作伎最先唱，一人唱，三人和。"但，一作"唱"。
　　[6]翻：反。　衣带宽：指因相思而消瘦。

【今译】

十五的月亮圆又圆,月光如水泻满了楼台官观。一位女子夜间在土台前卖酒,一位旅客投宿下马卸下了金鞍。刚来时欣赏琴瑟弹奏很轻松,临别时听到"但歌"就很犯难。人们怎能知道他心中有多少遗憾多少焦虑,相思之情反令他形销骨立衣带宽。

林 下 妓[1]

【题解】

林边池畔,歌女们吹奏乐曲,翩翩起舞,诗人陶醉在优美的歌舞中。

炎光向夕敛[2],促宴临前池[3]。泉深影相得[4],花与面相宜。篪声如鸟哢[5],舞袂写风枝[6]。欢乐不知醉,千秋长若斯。

【注释】

〔1〕林下妓:一作萧统诗。题一作《林下作妓诗》,一作《和林下妓应令诗》。妓,歌女。

〔2〕炎光:炎热的阳光。 向夕:傍晚。

〔3〕促:一作"徙"。

〔4〕深影:一作"同声"。深,一作"捋"。

〔5〕篪(chí):古代一种用竹管制成的乐器,单管横吹。一作"管"。如:一作"引"。 哢(lòng):鸟鸣。

〔6〕袂(mèi):衣袖。一作"袖",一作"状"。 写:摹画。 风枝:在风吹拂之下的树枝。

【今译】

炎热的阳光傍晚渐渐收敛,移动宴席靠近前边的水池。清泉与歌女们的身影交相辉映,鲜花同他们美丽的容颜正相宜。她们吹奏箎管的声音像小鸟在鸣叫,她们舒展舞袖就像春风吹拂下的花枝。真是欢乐啊不觉已心醉,希望千年万载永远保有这样的风情雅致。

拟落日窗中坐

【题解】

落日之时,一位女子在窗下独坐。她在想,与丈夫空有白头偕老共度千年的誓言,还不如在一起欢度一个短暂的阳春。

杏梁斜日照[1],余晖映美人。开函脱宝钏[2],向镜理纨巾[3]。游鱼动池叶,舞鹤散阶尘。空嗟千岁久,愿得及阳春[4]。

【注释】

〔1〕杏梁:以杏木做成的屋梁。
〔2〕函:匣子,封套。 钏(chuàn):用珠玉穿起来做成的镯子。
〔3〕纨(wán)巾:丝巾。纨,细绢。
〔4〕及:赶上。

【今译】

西沉的太阳照亮了杏木的屋梁,落日的余晖映照着窗下的美人。她打开匣子取下了手上的玉镯,对着镜子整理头上的丝巾。池中的游鱼摇动着水面上的浮叶,庭中的舞鹤振起了台阶上的浮尘。她哀叹空有白头偕老的誓言,只希望能赶上与丈夫共度一个美好的阳春。

咏美人观画[1]

【题解】
　　一位美丽的女子在观看美女图。诗人觉得观画的女子与画中的美女一样美。所不同的是观画女子"长有好精神"。

　　殿上图神女[2],宫里出佳人。可怜俱是画[3],谁能辨伪真?分明净眉眼[4],一种细腰身[5]。所可持为异[6],长有好精神[7]。

【注释】
　〔1〕咏美人观画:题一无"咏"字。
　〔2〕神女:宋玉有《高唐赋》《神女赋》,描写巫山神女的美丽。
　〔3〕可怜:可爱。　俱是画:指画中神女栩栩如生,而宫里佳人又美丽如画。
　〔4〕净:清纯,洁净。　眉眼:一作"眼目"。
　〔5〕一种:一样,同样。
　〔6〕异:分别,区别。
　〔7〕精神:风采神韵,也指有生气。

【今译】
　　殿上悬挂着神女的图画,宫里走出观画的佳人。这位佳人与画中美女一样美,谁能够分别哪是画哪是真?她们清清楚楚都有一双清纯的眉眼,都有同样纤细苗条的腰身。能够将她们区别开来的,只是那观画佳人永远都有的风采神韵。

娈 童[1]

【题解】

这首诗描写的对象是娈童,是受男性同性恋者宠爱的美少年。

娈童娇丽质,践董复超瑕[2]。羽帐晨香满,珠帘夕漏赊[3]。翠被含鸳色[4],雕床镂象牙。妙年同小史[5],姝貌比朝霞[6]。袖裁连璧锦[7],笺织细橦花[8]。揽袴轻红出[9],回头双鬓斜。懒眼时含笑[10],玉手乍攀花[11]。怀猜非后钓[12],密爱似前车[13]。足使燕姬妒[14],弥令郑女嗟[15]。

【注释】

〔1〕娈(luán)童:被男子当作女性玩弄的美男,即男子同性恋的对象。娈,美好的样子。

〔2〕董:董贤。《汉书·佞幸传》说,他长得很美,得到汉哀帝宠爱,"常与上卧起"。一天他与哀帝白天同睡在一张床上,他压住了哀帝衣袖。哀帝先醒过来,不忍心惊动他,"乃断袖而起。其恩爱至此"。瑕(xiá):弥子瑕,春秋时卫灵公嬖臣。《韩非子·说难》说,他有宠于卫灵公。一天母病,私驾君车去探母。另一天,把吃了一半的桃子分给卫灵公。卫灵公称赞他的孝母和爱君。后来他"色衰爱弛,得罪于君",卫灵公又以私驾君车和分桃啗君治他的罪。

〔3〕漏:漏壶,古代滴水计时的器具。 赊(shē):长。

〔4〕含:一作"合"。

〔5〕小史:周小史。晋张翰有《周小史诗》:"翩翩周生,婉娈幼童。年十有五,如日在东。……"

〔6〕姝(shū)貌:美貌。 比:一作"似"。

〔7〕连璧锦:一种名贵的锦缎。

〔8〕笺(jiān):笺布,一种细布,又名筒中布。 橦(tóng)花:即"橦华"。左思《蜀都赋》注:"橦华者,树名橦,其花柔毳,可绩为布

〔9〕揽：提起。　袴（kù）：同"裤"。　轻红：淡红，指内衣裤的颜色。

〔10〕懒：一作"媚"。

〔11〕乍（zhà）：忽然。

〔12〕怀猜：心怀猜忌。　钓：谋求，求取。后钓指卫灵公先夸奖弥子瑕，后来又以同样的事治他的罪。

〔13〕密爱：深爱。　前车：指弥子瑕先前私驾君车去探母，受到卫灵公称赞。

〔14〕足：一作"定"。　燕姬：泛指燕地美女。鲍照《舞鹤赋》："当是时也，燕姬色沮，巴童心耻。"刘良注："巴童、燕姬，并善歌舞者。"　妒（dù）：嫉妒。

〔15〕弥：更加。　郑女：郑国的女子。古代郑国女子善舞。傅毅《舞赋》："于是郑女出进，二八徐侍。"

【今译】

美少年天生丽质娇弱秀美，超过了董贤也超过了弥子瑕。早晨凤羽为饰的帷帐里芳香弥漫，晚上缀满珍珠的帘幕中时光过得真是慢。青绿色的锦被绣着一对鸳鸯，雕绘精美的卧床雕刻的是象牙。他青春年少就像周小史，美丽的容貌就像早上的红霞。衣袖是用连璧锦剪裁缝制，衣衫用料是织得精细的橦花。他提起裤腿露出了红色的内衣裤，回眸一笑两边鬓发便斜下。懒慵的媚眼常含着笑意，白皙的玉手有时又去攀折鲜花。他绝不会让人事后心怀猜忌，深爱他的人一直是宠爱有加。他的美丽受宠足以让燕地的美女心怀嫉妒，更会让郑国善舞的女子嗟叹自愧不如他。

邵陵王纶诗三首

邵陵王萧纶（507？—551），字世调，南兰陵（今江苏常州市）人，梁武帝第六子。天监十三年（514）封邵陵王，出为琅玡、彭城、会稽等郡太守。普通元年（520）为江州刺史，后转任扬州、郢州、南徐州刺史。太清三年（549）侯景作乱时，曾带兵伐侯景。简文帝大宝元年（550），至郢州，假黄钺，自署百官，都督中外诸军事。后兵败，为西魏所俘，被杀。

代秋胡妇闺怨[1]

【题解】

秋胡是对妻子不忠的典型，他的妻子便是丈夫用情不专的受害者。这首诗以秋胡妻的口吻，代她抒发独守空闺的哀怨。

荡子从游宦[2]，思妾守房栊[3]。尘镜朝朝掩，寒床夜夜空[4]。若非新有悦，何事久西东[5]。知人相忆否？泪尽梦啼中。

【注释】

〔1〕秋胡妇：秋胡的妻子。《西京杂记》载，秋胡娶妻三月即出外为官，三年后回来，走到郊野时，遇一女子采桑，便上前调戏。归家后，方知采桑女即其妻。其妻羞愧，投河而死。详见卷二傅玄《和班氏诗》。
〔2〕荡子：在外游荡不归的男子，指丈夫。　游宦：出外做官。
〔3〕思妾：思妇，指在家独处思念丈夫的女子。　房栊：泛指房屋。
〔4〕床：一作"衾"。
〔5〕何事：何故，为何。

【今译】

丈夫在外做官东游西荡无影踪，愁思不断的妻子独守空房心哀痛。尘封的镜子每天早上都遮住，寒冷的玉床每天晚上都是空。丈夫如果不是另有新欢爱，为什么长久在外忽西忽东。他是否知道有人想念他？整夜悲啼泪尽于梦中。

车中见美人

【题解】
诗人在车中看见车外一女子，美貌绝伦，爱意油然而生。

关情出眉眼[1]，软媚著腰肢[2]。语笑能娇媺[3]，行步绝逶迤[4]。空中自迷惑[5]，渠傍会不知[6]。悬念犹如此，得时应若为[7]。

【注释】
〔1〕关情：牵动情怀，动心。关，牵系。
〔2〕著（zhuó）：依附。
〔3〕能：同"态"。　　媺（měi）：柔美。
〔4〕绝：最。　　逶迤（wēi yí）：游移徘徊、从容自如的样子。
〔5〕空中：心中。
〔6〕渠：他，她。　　会：定然。
〔7〕若为：如何，怎样。

【今译】
她的眉眼传情使人怦然心动，她的腰肢苗条真是百媚千娇。她的欢声笑语神态是多么娇美，她的举手投足又是十分从容逍遥。我心中情不自禁地受她迷惑，她在一旁当然不会知道。我对她凭空的思念尚且如此强烈，如果真正得到她的情爱不知如何是好。

代旧姬有怨[1]

【题解】

这首诗代一位失宠的女子抒发心中的哀怨。

宁为万里别,乍此死生离。那堪眼前见,故爱逐新移[2]。未展春光落[3],遽被秋风吹[4]。怨黛舒还敛[5],啼妆拭更垂[6]。谁能巧为赋[7]?黄金妾自赍[8]。

【注释】

〔1〕代旧姬有怨:一作萧绎诗。
〔2〕逐:追逐。
〔3〕光:一作"花"。
〔4〕遽(jù):急。 秋:一作"凉"。
〔5〕黛:青黑色颜料,古代妇女用来画眉。
〔6〕啼妆:东汉时,妇女以粉薄拭目下,有似啼痕,故名"啼妆"。也指女子泪痕。见《后汉书·梁统传》,可参看卷五何逊《咏照镜》注〔9〕。 更:一作"复"。
〔7〕巧为赋:暗指汉武帝陈皇后失宠后奉黄金百斤请司马相如作《长门赋》,以感动武帝,恢复宠爱。
〔8〕自:一作"不"。 赍(zī):同"资",指钱财。自赍指自己提供钱财。赍也可作"计算"、"估量"解,不赍指不计较。

【今译】

我宁愿与丈夫相距万里将来还可相见,却不料被遗弃生离忽成死别。怎么能忍受眼前凄凉的景象,丈夫追逐新欢竟与我断绝。春花还未盛开就已坠落,又很快遭秋风肆虐。愁眉刚刚舒开立刻又收敛,啼痕刚刚拭去又悲泣哽咽。谁能够为我巧妙地写一篇《长门赋》?我会亲自奉上黄金百斤作酬谢。

湘东王绎诗七首

湘东王萧绎（508—554），即梁元帝。字世诚，小字七符，自号金楼子，南兰陵（今江苏常州市）人，梁武帝第七子。武帝天监十三年（514）封湘东王，后任会稽太守、丹阳尹、江州刺史、荆州刺史。简文帝大宝三年（552），在平定侯景乱后，于江陵即帝位，改元承圣。承圣三年（554）西魏伐梁，城陷被掳，不久被杀。他与萧纲同为宫体诗的提倡者。原有集五十二卷，又有小集十卷，《金楼子》十卷，均已散佚。明人辑有《梁元帝集》。

登颜园故阁⁽¹⁾

【题解】
诗人游览颜氏故园，登上昔日的楼阁，有感于人世沧桑，更同情昔日园中女子的生活剧变，于是写了这首诗。

高楼三五夜⁽²⁾，流影入丹墀。先时留上客⁽³⁾，夫婿美容姿⁽⁴⁾。妆成理蝉鬓⁽⁵⁾，笑罢敛蛾眉。衣香知步近，钏动觉行迟。如何舞馆乐，翻见歌梁悲⁽⁶⁾。犹悬北窗扩⁽⁷⁾，未卷南轩帷。寂寂空郊暮，非复少年时。

【注释】
〔1〕颜园：指颜氏故园。颜氏即颜协，曾为湘东王常侍、记室，见《梁书·颜协传》。
〔2〕三五夜：十五日明月之夜。五，一作"月"。
〔3〕上客：贵宾。
〔4〕美容：一作"芙蓉"。
〔5〕蝉鬓：古代妇女的一种发式，两鬓薄如蝉翼，故称"蝉鬓"。
〔6〕翻：反。　歌梁：歌声动梁尘，指慷慨悲歌。

〔7〕 爌（huǎng）：即"幌"，帷幔。

【今译】

　　登上高楼恰逢十五明月夜，月光流入红色台阶也随我而至。从前这里经常招待贵宾，她们的丈夫个个都有美好的容姿。她们常常梳妆成蝉鬓的发式，刚笑过又敛起蛾眉端庄矜持。闻到衣香便知道她们已走近，听到镯响便知道她们行步迟迟。为什么当年歌楼舞馆的欢乐，忽然变成今日慷慨悲歌多愁思。只见北窗还悬挂着帷幔，南窗的帷幔也低垂未卷起。在这夜幕笼罩下的空寂的郊野，已不再是她们青春年少时。

戏作艳诗[1]

【题解】

　　这首诗的构思和立意与古诗《上山采蘼芜》（见卷一）相似。一位女子被丈夫遗弃，因为丈夫另有新欢，但她不忘旧情，哀伤不已。

　　入堂值小妇[2]，出门逢故夫[3]。含辞未及吐，绞袖且峙崛[4]。摇兹扇似月[5]，掩此泪如珠。今怀固无已，故情今有余。

【注释】

　　〔1〕艳诗：又叫"艳体诗"，指以男女爱情为题材的诗歌。
　　〔2〕值：遇到，碰上。　小妇：妾，小老婆。
　　〔3〕故夫：前夫。
　　〔4〕绞袖：缠绕其衣袖，是欲言又止的样子。
　　〔5〕扇：指团扇。班婕妤失宠后，在《怨诗》中，以团扇秋凉见弃自喻，见卷一。

【今译】

　　进入厅堂正好碰上刚娶回的新妇，走出门来又遇见了丈夫。有话想对他说但还来不及说，绞缠自己的衣袖心中踌躇。她摇动着这把明月般的团扇，又用团扇掩面泪下如珠。她今日的哀伤固然无休止，但昔日的情爱更是铭心刻骨。

夜游柏斋[1]

【题解】

　　诗人夜游柏斋，此时雨霁云开，烛暗风细，诗人触景生情，想到不少女子，命运悲惨，于是写了这首诗。

　　烛暗行人静，帘开云影入。风细雨声迟，夜短更筹急[2]。能下班姬泪[3]，复使倡楼泣[4]。况此客游人，中宵空伫立[5]。

【注释】

　　[1] 游：一作"宿"。　柏斋：即位于江陵的嘉福殿，见《南史·齐宗室传》。
　　[2] 更（gēng）筹：古代夜间报更用的计时竹签，也借指时间。
　　[3] 班姬：即班婕妤，汉成帝妃，失宠后写了《怨诗》，见卷一。
　　[4] 倡楼：倡女（乐人）所居之处，这里指倡女。
　　[5] 中宵：夜半。

【今译】

　　烛光暗淡道上已无行人，揭开窗帘只有天光云影进入。风声已轻雨滴之声也已放缓，夜间本已短暂更筹却催得急。风雨更鼓之声能使班婕妤泪如雨下，也会让倡楼不幸的歌女整夜悲泣。还有这些客游他乡的人，深夜不寐也只是徒然长久地站立。

和刘上黄[1]

【题解】

春天到了，春色迷人，一位女子盼望丈夫及时归来。

新莺隐叶啭[2]，新燕向窗飞。柳絮时依酒，梅花乍入衣。玉珂逐风度[3]，金鞍映日晖。无令春色晚，独望行人归。

【注释】

〔1〕和刘上黄：题一作《和刘上黄春日》。刘上黄，人名，不详。
〔2〕啭（zhuàn）：鸟婉转地叫。
〔3〕玉珂（kē）：马络头上玉制的装饰物，借指马勒，也借指马。
逐：一作"轻"，一作"随"。　度：过。

【今译】

新生的黄莺藏在叶中婉转地鸣叫，新生的乳燕向着窗户飞。柳絮时时飘到酒杯里，梅花忽然也往衣上坠。宝马随风在眼前驰过，金鞍反射出太阳的光辉。你快回来吧不要让春光虚度，不要让我孤独地望着行人归。

咏晚栖乌

【题解】

这首诗以日暮乌栖起兴，引出对倡家歌女命运的关心和同情：她们身居倡楼，不能嫁给如意郎君；即使嫁与荡子为妻，也只能"空床独守"。

日暮连翩翼⁽¹⁾,俱向上林栖⁽²⁾。风多前鸟驶⁽³⁾,云暗后群迷。路远声难彻⁽⁴⁾,飞斜行未齐。应从故乡返,几过入兰闺⁽⁵⁾。借问倡楼妾⁽⁶⁾,何如荡子妻⁽⁷⁾?

【注释】
〔1〕连翩:连续不断。
〔2〕向上:一作"上向"。 上林:汉代皇家园林有上林苑,这里指一般园林。
〔3〕鸟:一作"乌",一作"归"。
〔4〕彻:通。
〔5〕兰闺:女子所居芳香的闺房。
〔6〕倡楼妾:倡家的歌女。
〔7〕荡子:指在外游荡不归的丈夫。《古诗十九首·青青河畔草》:"昔为倡家女,今为荡子妇。荡子行不归,空床难独守。"

【今译】
　　天色已晚飞鸟翅膀一双连着一双,一同飞起要飞到林中栖息。由于风大前面的鸟飞得快,又因云暗后面群鸟难追及。路途遥远声音难于传达,飞行倾斜行列极不整齐。本应从故乡飞回来,却几次飞入女子的香闺密室。请问倡家的女子,就是嫁与荡子为妻又何如?

寒宵三韵⁽¹⁾

【题解】
　　这首诗写寒夜中一位女子思念远戍边境的丈夫。

　　乌鹊夜南飞⁽²⁾,良人行未归⁽³⁾。池水浮明月,寒风送捣衣⁽⁴⁾。愿织回文锦⁽⁵⁾,因君寄武威⁽⁶⁾。

【注释】

〔1〕寒宵：寒冷的夜晚。题一作《寒闺》。

〔2〕乌鹊：指喜鹊。古人认为鹊噪则行人至，因而常以鹊飞鹊鸣预示远人将归。

〔3〕良人：古代妇女称丈夫为"良人"。

〔4〕捣衣：指捣衣之声。古代妇女捣衣往往是为了替在外的丈夫准备寒衣。

〔5〕回文锦：织有回文诗的锦。回文诗，可以倒着读，也可以反复回旋读。《晋书·列女传·窦滔妻苏氏》说，十六国时前秦窦滔久戍不归，其妻苏蕙思念他，将《回文旋图诗》织在锦上送给他。全诗840字，纵横反复皆成章句，词甚凄婉。

〔6〕因：凭借。君：指乌鹊。　武威：武威郡，原为匈奴之地，汉武帝元狩二年置，治所在武威（今甘肃民勤东北）。东汉移治姑臧（今武威市）。

【今译】

乌鹊晚上向南飞，丈夫远行至今尚未归。池水里倒映着一轮明月，寒风中送来捣衣之声令人心伤悲。一心想织成回文锦，拜托你送到丈夫戍守的武威。

咏秋夜[1]

【题解】

秋天的夜里，独守空闺的妻子思念在外游荡不归的丈夫。她拿起琴来，弹起哀伤的《离鸿曲》。

秋夜九重空[2]，荡子怨房栊[3]。灯光入绮帷，帘影进屏风。金徽调玉轸[4]，兹夜抚离鸿[5]。

【注释】

〔1〕咏秋夜：题一作《秋夜》。

〔2〕九重：指天高。

〔3〕荡子：指在外游荡不归的丈夫。　怨：违。　房栊：泛指房屋。

〔4〕徽：琴徽，系琴弦的绳，也指琴面上指示音节的标识。　轸（zhěn）：弦乐器上系弦的小柱，可以转动以调节弦的松紧。

〔5〕抚：拨弹，弹奏。　离鸿：离散失群的雁。古乐曲有《离鸿曲》。

【今译】

秋夜万里无云一片晴空，游荡在外的丈夫不愿回家中。灯光射进了华美的帷帐，帘影印上了屏风。调我琴上的金徽和玉轸，在这孤寂的秋夜我要弹奏一曲哀伤的《离鸿》。

武陵王纪诗四首

武陵王萧纪（508—553），字世询，南兰陵（今江苏常州市）人，梁武帝第八子。武帝天监年间封武陵王，任扬州刺史，复任益州刺史。侯景乱时，他不但不赴援，而且"僭号于蜀，改元天正"。梁元帝承圣二年（553），为梁元帝手下将领樊猛所杀。原有集八卷，已佚。

同萧长史看妓〔1〕

【题解】

诗人欣赏歌女精妙的歌舞，更赞叹她们绝世的美丽，并为时光流逝、好景不长而深感遗憾。

燕姬奏妙舞⁽²⁾，郑女发清歌⁽³⁾。回羞出慢脸⁽⁴⁾，送态入嚬蛾⁽⁵⁾。宁殊值行雨⁽⁶⁾，讵减见凌波⁽⁷⁾。想君愁日暮，应羡鲁阳戈⁽⁸⁾。

【注释】
〔1〕同萧长史看妓：作者一作刘孝绰。同，和，指依照他人诗的题材、体裁或韵作诗。萧长史，萧介，字茂镜，武陵王为扬州刺史时，他任府中长史。妓，歌女。
〔2〕燕姬：泛指燕地美女。详见前《娈童》诗注。　奏：进。
〔3〕郑女：郑国的女子。详见前《娈童》诗注。
〔4〕慢脸：曼脸，细润柔美的面容。
〔5〕嚬（pín）蛾：微皱蛾眉。西施因心病而捧心皱眉，人以为美。嚬，同"颦"，皱眉头。蛾，蛾眉。
〔6〕行雨：指巫山神女，她"旦为朝云，暮为行雨"，见宋玉《高唐赋》。
〔7〕凌波：在水面上行走，指洛水女神宓妃，她"凌波微步，罗袜生尘"，见曹植《洛神赋》。
〔8〕鲁阳戈：即鲁阳挥戈。《淮南子·览冥训》载："鲁阳公与韩构难，战酣日暮，援戈而㧑（同"挥"）之，日反三舍（太阳后退了三个星宿的距离）。"

【今译】
燕地的佳人献上美妙的舞，郑国的美女唱起清亮的歌。她们回眸含羞露出细润柔美的脸，娇媚之态都集中在微皱的双蛾。这同遇见布云行雨的巫山神女有什么不同，难道会逊色于所见到的洛神宓妃的凌波。想必你担心太阳落山时光过得太快，定会羡慕能让太阳倒退的鲁阳挥戈。

和湘东王夜梦应令[1]

【题解】

这是一首应和诗,与原诗一样,写一位女子的夜梦。

昨夜梦君归,贱妾下鸣机。悬知君意薄[2],不著去时衣[3]。故言如梦里,赖得雁书飞[4]。

【注释】

〔1〕和湘东王夜梦应(yìng)令:题一作《萧妃夜梦》。湘东王,萧绎,即后来的梁元帝,萧纪之兄。应令,响应诏令,特指应皇太子之命而和的诗文。古代凡应帝王之命叫"应诏",应皇太子之命叫"应令",应诸王公之命叫"应教"。
〔2〕悬知:料想,预料。悬,一作"极"。 薄:冷淡。
〔3〕著(zhuó):穿。
〔4〕赖:幸亏。

【今译】

昨夜梦见你回家,我匆忙地走下织布机。我料想你对我的情意很淡薄,没有穿离去时所穿那件衣。所以说现在的处境就好像在凄凉的梦里,幸亏还有鸿雁传书可以表达我的心意。

晓 思[1]

【题解】

这首诗写一位独守空闺的女子早上的情思。

晨禽争学啭[2]，朝花乱欲开。炉烟入斗帐[3]，屏风隐镜台。红妆随泪尽，荡子何时回？

【注释】
〔1〕晓思：题一作《晓色》，作者一作萧纲。晓思，早上的情思。
〔2〕啭：鸟鸣，多指婉转动听的鸣声。
〔3〕斗帐：形如覆斗的小帐。

【今译】
早上小鸟争相婉转地鸣唱，早上鲜花缤纷将要绽开。香炉中的香烟飘进覆斗般的小帐，屏风遮蔽着梳妆的镜台。她的红妆随着泪水又被洗尽，在外四处漂泊的丈夫究竟什么时候才能回来？

闺妾寄征人[1]

【题解】
一位女子想念远方的丈夫，她感到人生虚幻，相聚渺茫。

敛色金星聚[2]，萦悲玉箸流[3]。愿君看海气[4]，忆妾上高楼。

【注释】
〔1〕征人：远行的人。
〔2〕敛（liǎn）色：红颜消失。　金星：指将金箔剪成的星形饰物，女子常戴在鬓发之上。
〔3〕萦悲：悲思萦绕。　玉箸（zhù）：比喻眼泪。箸，筷子。
〔4〕海气：海上蜃气，即海市蜃楼。这是由于光线经过不同密度的空气层，发生显著折射或全反射，把远处景物显示在空中或地面，而形成各种奇异景象，常发生在海上或沙漠地区，古人误以为蜃吐气而成。

【今译】

我已是红颜褪尽鬓发上的金星已收起,悲思萦绕泪水不断往下流。希望你多看看海上的蜃气,多回想我常处在那高高的海市蜃楼。

昭明太子一首

昭明太子萧统(501—531),字德施,南兰陵(今江苏常州市)人,梁武帝长子。武帝天监元年(502)立为皇太子,但未及即位便于大中通三年(531)病逝,谥曰昭明。南朝梁著名文学家,原有集二十卷,已散佚,明人辑有《昭明太子集》。所编《文选》(世称《昭明文选》)是我国现存最早的诗文选集。

长 相 思[1]

【题解】

这首诗写一位美丽的女子的深长相思。

相思无终极,长夜起叹息。徒见貌婵娟[2],宁知心有忆[3]。寸心无以因[4],愿附归飞翼。

【注释】

〔1〕长相思:在《乐府诗集》中,这首诗收入《杂曲歌辞》,同题诗共收二十二首。可参看卷四吴迈远《长相思》译解。

〔2〕婵娟:姿态轻盈秀美的样子。婵,一作"嫏(pián)",嫏娟,苗条美好的样子。

〔3〕宁：岂。
〔4〕以：一作"所"。　　因：凭借。

【今译】
　　相思之情真是无穷无尽，漫漫长夜常常起身叹息。你只是空见我容貌轻盈秀美，哪里知道我内心在苦苦相忆。我的一寸芳心没有地方寄托，只希望随着飞鸟飞回到你的心里。

简文帝二十七首

　　简文帝萧纲，即前面的"皇太子"，见前。

美女篇[1]

【题解】
　　这首诗描写一位女子的美丽。

　　佳丽尽关情[2]，风流最有名[3]。约黄能效月[4]，裁金巧作星[5]。粉光胜玉靓[6]，衫薄拟蝉轻。密态随羞脸[7]，娇歌逐软声[8]。朱颜半已醉，微笑隐香屏[9]。

【注释】
　　〔1〕美女篇：在《乐府诗集》中，这首诗收入《杂曲歌辞·齐瑟行》，可参看卷二曹植《美女篇》。
　　〔2〕关情：牵动情怀，动心。
　　〔3〕风流：体态风韵美好动人。

〔4〕约黄：古代妇女涂黄于额作为妆饰。
〔5〕裁金句：指将金箔剪成星形戴在鬓发上以作妆饰。
〔6〕靓（jìng）：美丽。
〔7〕密态：亲密的神态。　羞：一作"流"。
〔8〕软声：柔和的声音。此句一作"余娇逐语声"。
〔9〕屏：屏风。

【今译】

　　这位美丽的女子真令人动心，她的体态风韵最为有名。额上约黄能仿效明月，鬓发上的饰物巧妙地剪成金星。光泽的粉脸比玉还白净，单薄的衣衫像蝉翼一样轻。含羞的脸上现出亲密的神态，柔和的话语之后是娇媚的歌声。红颜像是已半醉，她微笑着躲进了香屏。

怨 歌 行[1]

【题解】

　　这首诗歌咏班婕妤的失宠，对她的不幸表示了深切的同情。

　　十五颇有余，日照杏梁初[2]。蛾眉本多嫉[3]，掩鼻特成虚[4]。持此倾城貌，翻为不肖躯[5]。秋风吹海水，寒霜依玉除[6]。月光临户驶[7]，荷花依浪舒[8]。望檐悲双翼，窥沼泣王余[9]。苔生履处没，草合行人疏。裂纨伤不尽[10]，归骨恨难祛[11]。早知长信别[12]，不避后园舆[13]。

【注释】

〔1〕怨歌行：在《乐府诗集》中，这首诗收入《相和歌辞·楚调曲》。

可参看卷一班婕妤《怨诗》(又名《怨歌行》)。

〔2〕杏梁：杏木做成的屋梁。日照杏梁喻班婕妤初受宠。

〔3〕蛾眉：如蚕蛾触须般的美眉，代指女子的美貌。　　嫉：嫉妒。屈原《离骚》："众女嫉余之蛾眉兮，谣诼谓余以善淫。"此句是说班婕妤因赵飞燕姐妹的嫉妒和进谗而失宠。

〔4〕掩鼻：遮住鼻子。《战国策·楚策》说，魏王送一美人给楚王，楚王夫人郑袖设计陷害她。郑袖故意对她说，大王不喜欢你的鼻子，见到大王一定要掩鼻。但郑袖又在楚王面前说，美人不喜欢大王身上的臭气，故掩鼻。楚王怒，下令割了美人之鼻。

〔5〕翻：反。　　不肖(xiào)：不成材。指班婕妤遭谗失宠退居长信宫。

〔6〕除：宫殿的台阶，也泛指台阶。

〔7〕驶：一作"映"。

〔8〕舒：展，开。

〔9〕沼(zhǎo)：池。　　王余：鱼名。左思《吴都赋》："双则比目，片则王余。"刘逵注："王余鱼，其身半也。俗云：越王鲙鱼未尽，因以残半弃水中，为鱼，遂无其一面，故曰王余也。"

〔10〕裂纨(wán)：把细绢从织机上扯下来。班婕妤《怨诗》："新裂齐纨素，鲜洁如霜雪。裁为合欢扇，团团似明月。"　　伤不尽：指班婕妤自伤如团扇秋凉而见弃。

〔11〕归骨：尸骨的归宿，即埋骨。班婕妤《自悼赋》："愿归骨于山足兮，依松柏之余休。"　　恨难祛(qū)：遗恨难以消除。祛，除去。

〔12〕长信：长信宫。班婕妤失宠后，退居长信宫侍奉太后。

〔13〕后园舆：指在后园同车。《汉书·外戚传》说："成帝游于后庭，尝欲与婕妤同辇载，婕妤辞曰：'观古图画，贤圣之君皆有名臣在侧，三代末主乃有嬖女，今欲同辇，得无近似之乎？'上善其言而止。"

【今译】

　　她满了十五岁成了汉成帝的婕妤，旭日的光辉充满她的华居。但美女本来就会遭来许多人的嫉妒，郑袖陷害美人只是虚言不足为据。凭着班婕妤这样的绝世美貌，反而成了失宠的宫女。秋风吹海水掀起巨浪，寒霜落玉阶心中苦凄。月光照亮窗户又匆匆移去，荷花在水中被巨浪冲离。望着檐上的比翼鸟悲从中来，窥见池中的王余鱼感伤哭泣。青苔盖满了路上的足迹，杂草丛生行人疏稀。扯下生绢做成团扇哀伤不已，即使埋骨山野遗恨也难消去。如果早知日后会离别君王独居长信宫,当初就不要拒绝在后园与君王同乘车舆。

独 处 怨⁽¹⁾

【题解】
　　丈夫远出,妻子独处空闺,她自诉心中的愁怨,并表示自己将不久于人世。

　　独处恒多怨,开幕试临风⁽²⁾。弹棋镜奁上⁽³⁾,傅粉高楼中⁽⁴⁾。自君征马去⁽⁵⁾,音信不曾通。只恐金屏掩⁽⁶⁾,明年已复空。

【注释】
　〔1〕独处怨:在《乐府诗集》中,这首诗收入《杂曲歌辞》,题作《独处愁》。郭茂倩说:"司马相如《美人赋》曰:'芳香郁烈,敷帐高张。有女独处,婉然在床。乃歌曰:"独处室兮廓无依,思佳人兮情伤悲。"'《独处愁》盖取诸此。"
　〔2〕幕:帷幕。
　〔3〕弹棋:一种棋类游戏。《后汉书·梁翼传》注引《艺经》:"弹棋,两人对局,白黑棋各六枚,先列棋相当,更先弹也。其局以石为之。"镜奁(lián):女子梳妆用的镜匣。
　〔4〕傅粉:搽粉。
　〔5〕君:一作"从"。　　征马:骑马远行,指丈夫。
　〔6〕金屏:贵重华美的屏风。

【今译】
　　独处空闺常常会有许多愁怨,揭开帷幕试着面对迎面而来的和风。在梳妆镜匣上和女伴弹棋,在高楼中独自搽粉涂红。自从丈夫骑马离家而去,他的音信再也不曾相通。只怕华美屏风遮蔽着的我一旦死去，明年空闺之内仍是空。

伤 美 人

【题解】
　　一位歌女嫁人之后，丈夫远行不归，她独守空床，寂寞难耐，深感青春易逝，花时将过，"过时而不采，将随秋草萎"。

　　昔闻倡女别[1]，荡子无归期[2]。今似陈王叹[3]，流风难重思[4]。翠带留余结，苔阶没故基。图形更非是[5]，梦见反成疑。薰炉含好气，庭树吐华滋[6]。香烧日有歇，花落无还时。

【注释】
　　[1] 倡女：倡家的女子，即歌女。《古诗十九首·青青河畔草》："昔为倡家女，今为荡子妇。荡子行不归，空床难独守。"可参看卷一枚乘《杂诗》。
　　[2] 荡子：指在外游荡不归的丈夫。
　　[3] 陈王：陈思王曹植。他的《美女篇》有"盛年处房室，中夜起长叹"之句。
　　[4] 流风：指丈夫遗留下来的风韵。
　　[5] 图形：画像。
　　[6] 华滋：形容枝叶繁茂。华，同"花"。《古诗十九首·庭中有奇树》："庭中有奇树，绿叶发华滋。攀条折其荣，将以遗所思。"

【今译】
　　从前听说歌女嫁人之后就遭离别之苦，丈夫在外游荡渺无归期。今天就像曹植《美女篇》所咏叹的"中夜起长叹"，丈夫留下来的风韵很难再去追思。青绿色的衣带上还留着当初的结，但青苔已经淹没了玉阶上的台基。画图更画不出他的真容,梦中所见是否是真反而使人生疑。香炉中的熏香蒸腾起阵阵香气,庭院里的绿树绽放出许多花枝。但熏香总有一天会消歇,鲜花坠落也就不会再有盛开之时。

鸡鸣高树颠[1]

【题解】

这首诗的题旨,与乐府古辞《鸡鸣》及《相逢狭路间》(见卷一)相似,都是展示富贵人家的豪华。但这首诗不同的是,赞叹一位歌女嫁到富贵人家。

碧玉好名倡[2],夫婿侍中郎[3]。桃花全覆井,金门半隐堂。时欣一来下[4],复比双鸳鸯。鸡鸣天尚早[5],东乌定未光[6]。

【注释】

〔1〕鸡鸣高树颠:在《乐府诗集》中,这首诗收入《相和歌辞·相和曲》。诗题出自乐府古辞《鸡鸣》。

〔2〕碧玉:人名,南朝宋(当为"晋")汝南王妾。可参看卷十《情人碧玉歌》。梁元帝萧绎《采莲赋》:"碧玉小家女,来嫁汝南王。"　名倡:有名的歌女。

〔3〕侍中郎:皇帝左右的侍从官。

〔4〕时欣:欢欣的时候。

〔5〕尚:一作"上"。

〔6〕东乌:东方升起的太阳。神话传说太阳里有三足乌。

【今译】

　　她像碧玉那样是有名的歌女,她的丈夫是朝中侍中郎。家里桃花完全覆盖着玉井,黄金为饰的门半遮着豪华的厅堂。欢欣的日子全都到来,他们夫妻又好比一对同宿的鸳鸯。雄鸡打鸣但天时还早,东方的太阳定然尚未放光。

春　日

【题解】

这首诗描写春天的景象和感受。

年还乐应满[1],春归思复生。桃含可怜紫[2],柳发断肠青。落花随燕入,游丝带蝶惊[3]。邯郸歌管地[4],见许欲留情[5]。

【注释】

〔1〕年还:一年周而复始。
〔2〕紫:指青紫色的嫩叶。
〔3〕游丝:飘动着的蛛丝。
〔4〕邯郸(hán dān):地名,战国时为赵国都城,在今河北。左思《魏都赋》:"邯郸躧步,赵之鸣瑟。"张铣注:"邯郸,赵地,亦多美女,善行步,皆妙鼓瑟。"　歌管:歌唱吹奏。
〔5〕见许:所见之处。许,处所。　留情:留住情意,倾心。左思《吴都赋》:"欢情留,良辰征。"

【今译】

一年周而复始快乐应是很圆满,春回大地春日的情思又再次萌生。桃树枝头还蕴含着青紫色的嫩芽,柳树枝上已现出使人断肠的一片青。鲜花坠落乳燕飞来进入屋檐下,蛛丝飘动蝶儿飞起好似受了惊。邯郸古来就是吹弹歌舞之地,所见之处都让人倾心动情。

秋 夜

【题解】
　　这首诗描写秋天的景象和感受。

　　高秋度幽谷[1]，坠露下芳枝。绿潭倒云气[2]，青山衔月眉[3]。花心风上转，叶影树中移。外游独千里，夕叹谁共知[4]？

【注释】
〔1〕高秋：天高气爽的秋天，深秋。
〔2〕倒：倒映。
〔3〕月眉：如眉一般的弯弯的月儿。
〔4〕叹：一作"欢"。

【今译】
　　天高气爽的秋天来到了幽深的山谷，晶莹的露珠坠落在鲜花盛开的树枝。碧绿的潭水倒映着天上的浮云，青翠的山峦上弯弯的月儿露芳姿。树上的花儿随着秋风在摇动，树下的叶影随着月光在转移。外出旅行只身独行上千里，晚上长叹又会有谁知？

和湘东王阳云台檐柳[1]

【题解】
　　这首诗歌咏阳云台前的柳树，实际上是歌咏台上盼望君王驾临的佳人。

暧暧阳云台⁽²⁾，春柳发新梅⁽³⁾。柳枝无极软，春风随意来。潭沲青帷闭⁽⁴⁾，玲珑朱扇开⁽⁵⁾。佳人有所望，车声非是雷⁽⁶⁾。

【注释】

〔1〕湘东王：萧绎，即后来的梁元帝，见前。　　阳云台：台名。檐柳：屋檐前面的柳树。

〔2〕暧暧（ài）：昏暗不明的样子。

〔3〕柳：一作"椒"，椒房，后妃所居的宫室。

〔4〕潭沲（tuó）：飘动的样子。

〔5〕玲珑：精巧的样子。　　扇：用竹或苇编的门，也泛指门扇、门扉。

〔6〕非是雷：不是雷声。司马相如《长门赋》："雷殷殷而响起兮，声象君之车音。"是说陈皇后失宠后住在长门宫，盼望汉武帝临幸，有时误把雷声当成车声，这里反用其意。

【今译】

迷蒙暗淡的阳云台，春天椒房前的新梅已经显示出风采。柳树的枝条非常柔软，春风顺着人们的心意轻轻吹来。飘动着的青色帷帐已经闭合，但精巧的红色门扇却已打开。这位美丽的女子有所期盼等待，她知道这是君王驾临的车声而绝非雷声费疑猜。

听夜妓⁽¹⁾

【题解】

诗人晚上欣赏歌女的弹奏，写下了这首诗。

合欢蠲忿叶⁽²⁾，萱草忘忧条⁽³⁾。何如明月夜，流风拂舞腰。朱唇随吹动⁽⁴⁾，玉钏逐弦摇。留宾惜残弄⁽⁵⁾，负态动余娇⁽⁶⁾。

【注释】
〔1〕妓：歌女，艺人。
〔2〕合欢：即马樱花，落叶乔木，羽状复叶，小叶对生，夜间成对相合，因而又称"夜合花"。古人用它来赠人，认为可以去嫌合好。　　蠲（juān）：消除，免除。　　忿：同"愤"。
〔3〕萱草：多年生宿根草本植物，古人认为种植这种草可以使人忘忧，所以又称"忘忧草"。嵇康《养生论》："合欢蠲忿，萱草忘忧，愚智所共知也。"
〔4〕动：一作"尽"。
〔5〕残：一作"别"。
〔6〕负：依仗，凭借。

【今译】
　　要想消除忿愤就要依靠合欢叶，要想忘掉忧伤就要种植忘忧草。但两者怎么比得上在那三五明月夜，去欣赏歌女们随风舞动的杨柳腰。她们的红唇随着吹奏而微动，她们的玉镯随着拨弦而轻摇。为了留住宾客最后仍在尽心地吹奏，凭借着美丽的姿容继续展示她们的百媚千娇。

咏内人昼眠⁽¹⁾

【题解】
　　由于诗人萧纲先为太子，后为皇帝，诗中的"内人"便是指嫔妃、宫女。夏日的一天，一位宫女弹琵琶弹累了，躺在竹席上睡去，诗人写了这首诗。

　　北窗聊就枕，南檐日未斜。攀钩落绮障⁽²⁾，插捩举琵琶⁽³⁾。梦笑开娇靥⁽⁴⁾，眠鬟压落花⁽⁵⁾。簟文生玉腕[6]，香汗浸红纱[7]。夫婿恒相伴[8]，莫误是倡家[9]。

【注释】
〔1〕内人：古代泛指妻妾，也特指嫔妃、宫女。
〔2〕钩：挂钩。　落：放下。　障（zhàng）：用来遮挡外人视线的帷帐。
〔3〕㧖（lì）：拨动琵琶的拨子。
〔4〕靥（yè）：面颊上的酒窝，也指面颊。
〔5〕鬟（huán）：古代妇女梳的环形发结。
〔6〕簟（diàn）：竹席。　文：纹。
〔7〕红纱：轻而薄的红色衣衫。
〔8〕夫婿：丈夫，这里是自指。　恒：常。
〔9〕误：误会，误以为。　倡家：歌女，艺人。

【今译】
　　北窗下她暂且靠在枕头上躺下，南檐前阳光照射太阳尚未落山。举手拉开挂钩放下华美的帷帐，插上拨子安放好琵琶。她在梦中微笑展开了娇媚的面容，她躺下时发结还压着落花。竹席上的花纹印在她洁白如玉的手腕上，香汗浸湿了她的红色衣衫。我这个做丈夫的常常同她相伴，不要误会以为她来自卖艺的歌舞人家。

咏中妇织流黄[1]

【题解】
　　在古乐府《相逢狭路间》中的"中妇织流黄"，反映的是富贵人家的豪华景象，而这首诗歌咏的"中妇织流黄"则是表现思妇的忧愁。

　　翻花满阶砌[2]，愁人独上机[3]。浮云西北起，孔雀东南飞。调丝时绕腕，易镊乍牵衣[4]。鸣梭逐动钏，红妆映落晖。

【注释】

〔1〕咏中妇织流黄：在《乐府诗集》中，这首诗收入《相和歌辞·清调曲》，题无"咏"字。在《三妇艳》诗二十一首之后，同题诗共收四首。中妇，第二儿媳妇。流黄，黄色的绢。可参看卷一古乐府诗《相逢狭路间》、卷五沈约《拟三妇》。

〔2〕翻花：飞花。　阶砌（qì）：台阶。

〔3〕机：织机。

〔4〕镊（niè）：古代织机上用来提花的部件，一说即竹针（篾）。

【今译】

飞花覆满台阶落花遍地，忧愁的佳人孤独地走上织机。浮云从西北方向飘起，孔雀向东南方向飞去。她调丝时常常绕住自己的手腕，换镊时忽然又牵住了自己的衣。手镯随着鸣响的机梭在移动，落日的余晖映照着她的红颜更美丽。

棹 歌 行〔1〕

【题解】

一位美丽的女子擅长棹歌，她的棹歌都来自生活，来自亲身的劳动实践。

妾家住湘川〔2〕，菱歌本自便〔3〕。风生解刺浪〔4〕，水深能捉船〔5〕。叶乱由牵荇〔6〕，丝飘为折莲〔7〕。溅妆疑薄汗，沾衣似故湔〔8〕。浣纱流暂浊〔9〕，汰锦色还鲜〔10〕。参同赵飞燕〔11〕，借问李延年〔12〕。从来入弦管〔13〕，谁在棹歌前〔14〕？

【注释】

〔1〕棹（zhào）歌行：在《乐府诗集》中，这首诗收入《相和歌辞·瑟调曲》，同题诗共收十二首。《乐府解题》说："晋乐奏魏明帝辞云'王者布大化'，备言平吴之勋。若晋陆机'迟迟春欲暮'，梁简文帝'妾住在湘川'，但言乘舟鼓棹而已。"棹歌，即船歌。棹，船桨，也代指船。

〔2〕家住：一作"住在"。　湘川：即湘江，湖南最大的河流，源出广西，经洞庭湖入长江。

〔3〕菱歌：采菱之歌。菱为一年生水生草本植物，水上叶棱形，果实有硬壳，称"菱角"。　便（biàn）：熟悉，擅长。

〔4〕刺：撑船。刺，一作"榜"。

〔5〕捉船：划船。

〔6〕荇（xìng）：多年生水生草本植物，嫩叶可食，也可入药。《诗经·周南·关雎》："参差荇菜，左右流之；窈窕淑女，寤寐求之。"

〔7〕莲：即荷，多年生草本植物，生浅水中，地下茎称"莲藕"，折断后有丝相连。

〔8〕湔（jiān）：洗涤。

〔9〕浣（huàn）：洗。

〔10〕汰（tài）：洗濯。

〔11〕参同：检验，查证。　赵飞燕：汉成帝皇后，体态轻盈，以善歌舞著称。

〔12〕李延年：汉武帝时在乐府中任协律都尉，以善歌著称，见卷一。

〔13〕入弦管：指为徒歌配乐。

〔14〕谁：一作"讵"。

【今译】

　　我家住在湘江边，采菱之歌从小就熟娴。大风刮起懂得在巨浪中行舟，江水深深能够在洪波里划船。荇叶晃动是由于抓住了荇菜，藕丝飘起是因为折断莲藕丝尚连。水溅红妆像是微微冒汗珠，水沾衣衫又像是早已洗过一遍。浣纱之时水流暂时出现浑浊，洗锦之后锦色依然新鲜。请到赵飞燕那里查验，也请问问李延年：自古以来徒歌配管弦，有哪一类歌谣位居棹歌前？

和人以妾换马[1]

【题解】

用自己的爱妾来换马的故事，出自魏代曹彰。李冘《独异志》说："魏曹彰性倜傥，偶逢骏马，爱之，其主所惜也。彰曰：'予有美妾可换，惟君所选。'马主因指一妓，彰遂换之。马号曰白鹄，后因猎献于文帝（曹丕）。"可见曹彰换马为献马，献马为求取功名富贵。在古代，女子地位低贱，人不如马，因而后人多有题咏，表示同情和惋惜。诗人这首和诗，对这种行为，也表示了义愤和谴责。

功名幸多种[2]，何事苦生离[3]？谁言似白玉，定是愧青骊[4]？必取匣中钏[5]，回作饰金羁[6]？真成恨不已，愿得路旁儿[7]。

【注释】

〔1〕和人以妾换马：在《乐府诗集》中，这首诗收入《杂曲歌辞》，题作《爱妾换马》，同题诗共收六首。《爱妾换马》古辞已失传。
〔2〕幸：本来，原来。
〔3〕何事：何故，为什么。
〔4〕愧：自愧不如，自愧逊色。　骊（lí）：纯黑色的马。
〔5〕匣中钏：盒中的玉钏，代爱妾。
〔6〕回：交易，买进。　饰金羁：以黄金为饰的马笼头，代马。
〔7〕路旁儿：路旁小儿。汉应劭《风俗通》说："又曰杀君马者路旁儿也。语云长吏食重禄，刍稿丰美，马肥希出，路旁小儿观之，却惊致死。"见《太平御览》卷八九七所引。

【今译】

求取功名富贵的办法本来就有多种多样，为什么要同爱妾苦苦地死别生离？谁说洁白如玉的女子，同一匹黑马定然不能相比？为什么一定要取出盒中的玉钏，去换取装饰豪华的金羁？这真成了永远无法弥补的遗憾,但愿路旁小儿能让这匹马受惊而死去。

咏　舞

【题解】

这首诗歌咏舞女美丽的舞姿。

戚里多妖丽[1],重聘蔑燕余[2]。逐节工新舞[3],娇态似凌虚[4]。纳花承褶概[5],垂翠逐珰舒[6]。扇开衫影乱,巾度履行疏[7]。徒劳交甫忆[8],自有专城居[9]。

【注释】

[1] 戚里:帝王外戚聚居的地方。汉代长安城中有戚里,与皇帝有姻戚关系的人家集中住在此处。妖丽:娇媚美貌的女子。

[2] 重(zhòng)聘:厚礼延聘。萧纲《筝赋》:"纳千金之重聘,擅专房之宴私。"　蔑(miè):无,轻。　燕(yān)余:原指燕地,也指燕地的美女,或泛指舞女。语出张衡《七辩》:"淮南清歌,燕余材舞,列乎前堂,递奏代叙。"燕,一作"秦"。

[3] 节:节拍。

[4] 凌虚:升空。

[5] 褶(zhě):衣裙上的褶皱。　概:平。

[6] 翠:翡翠。　珰(dāng):妇女戴在耳垂上的装饰品。舒:开,展。

[7] 巾:舞巾。　度:迁,移。　履:脚步。

[8] 交甫:郑交甫。刘向《列女传》载,江妃二女游于江汉之滨,遇见郑交甫,交甫求珮,二女便解珮赠给他。

[9] 专城:指一城之长官。古乐府《日出东南隅行》(即《陌上桑》)写秦罗敷拒绝了使君"共载"的要求,自夸其丈夫"三十侍中郎,四十专城居",见卷一。

【今译】

皇亲国戚所居之地有许多妩媚美貌的女子,聘礼丰厚超过燕地的舞女。她们善于按着节拍表演新舞,轻盈娇媚的舞姿好像腾空而起。衣裙褶皱上的花朵纳入得很平整,下垂的翡翠随着玉珰而展舒。纨扇张开衣衫的光影缤纷多彩,舞巾飘动步履的行迹稀疏。郑交甫对她们表示爱恋也只是徒劳,因为她们的芳心本来就已有所属。

采 莲⑴

【题解】

这首诗描写一位女子湖中采莲的情景。按《乐府诗集》,全诗分为二首。

晚日照空矶⑵,采莲承晚晖。风起湖难渡,莲多摘未稀。棹动芙蓉落⑶,船移白鹭飞。荷丝傍绕腕,菱角远牵衣⑷。

常闻蕖可爱⑸,采撷欲为裙⑹。叶滑不留绽⑺,心忙无假薰⑻。千春谁与乐,惟有妾随君。

【注释】

〔1〕采莲:在《乐府诗集》中,这首诗收入《清商曲辞·江南弄》,题作《采莲曲二首》,同题《采莲曲》共收二十六首。可参看卷六吴均《采莲》。莲,即荷,多年生草本植物,生浅水中。
〔2〕矶(jī):水边石滩或突出的岩石。
〔3〕棹(zhào):船桨,也指船。 芙蓉:荷花的别名。
〔4〕菱角:菱的果实,壳硬,有角。
〔5〕蕖(qú):芙蕖,即荷花。
〔6〕撷(xié):摘下。为裙:指用荷花做衣裙。屈原《离骚》:"制芰

荷以为衣兮,集芙蓉以为裳。"

〔7〕汩(gǔ):乱。 綖(yán):同"延",延缓。

〔8〕假:同"暇",空闲。 薰:熏香。

【今译】

落日照着水边光秃秃的岩石,采莲的女子身披夕阳的余晖。大风刮起湖水极难渡,莲实繁多采摘未见稀。桨在摇动荷花纷纷向水面落,船向前移白鹭惊起朝天上飞。身旁的藕丝绕住了洁白的手腕,远处的菱角竟牵住了华美的纱衣。

平常就听说荷花真可爱,采摘下来打算做成美丽的衣裙。荷叶纷乱叶下不久留,心中急躁没有空闲在荷花中沐熏。千年万载同谁一起去游乐,只有我这个小女子伴随着郎君。

采 桑[1]

【题解】

这首诗的题旨,显然承古乐府《日出东南隅行》(即《陌上桑》,见卷一)而来。但在《日出东南隅行》中,秦罗敷盛夸夫婿而拒绝了使君,可是这首《采桑》诗却反其意,写采桑女对"使君"的绵绵情意。

春色映空来,先发院边梅[2]。细萍重叠长[3],新花历乱开[4]。连珂往淇上[5],接幰至丛台[6]。丛台可怜妾,当窗望飞蝶。忌跌行衫领[7],熨斗成褶裥[8]。下床著珠珮,捉镜安花镊[9]。薄晚畏蚕饥[10],竞采春桑叶。寄语采桑伴,讶今春日短[11]。枝高攀不及,叶细笼难满。年年将使君[12],历乱遣相闻。欲知琴里意,还赠锦中文[13]。何当照梁日[14],还作入山云。重门皆已闭,方知客留袂〔15〕。可怜黄金络〔16〕，复以青丝系。必也为人时，谁令畏夫婿？

【注释】
〔1〕采桑：在《乐府诗集》中，这首诗收入《相和歌辞·相和曲》，同题诗共收十四首。可参看卷四鲍照《采桑诗》。《乐府诗集》所收，无"下床著珠珮"以下四句，也无"年年将使君"以下十二句。

〔2〕院：一作"水"。

〔3〕萍：浮萍。

〔4〕历乱：频繁，杂乱的样子。

〔5〕珂（kē）：白色似玉的美石，常用作马笼头上的装饰物，相击有声。　　淇：淇水，在今河南北部，古为黄河支流。桑中淇上是古代青年男女幽会的地方，见《诗经·鄘风·桑中》。此句一作"连理傍淇水"。

〔6〕幰（xiǎn）：车帷。　　丛台：台名。丛台有二，一为战国赵筑，在今河北邯郸；一为战国楚筑，在今河南商水。此当为楚丛台，为当年楚襄王游观弋钓之地。

〔7〕跌：摔倒。一作"趺（fū）"，同"俯"，趴伏。　　衫：古代指无袖头的开衩上衣。　　领：衣领。

〔8〕熨斗：熨平衣物的金属器具，形如斗，中烧木炭。　　褫（chǐ）：解开，松开。　　褶（zhě）：衣裙上的褶皱。

〔9〕镊（niè）：连缀在簪钗上的垂饰。

〔10〕薄晚：傍晚。

〔11〕讶：惊奇。

〔12〕将：随顺。　　使君：汉代称刺史为使君，后来尊称州郡长官为使君。

〔13〕锦中文：在锦中织成的文字，指书信。

〔14〕照梁：阳光照在屋梁上，喻丈夫归来。

〔15〕留袂（mèi）：指依恋舞袖而留下不走。袂，衣袖。语出《楚辞·大招》："长袂拂面，善留客只。"刘孝绰《铜雀妓》也有"谁言留客袂，遂掩望陵悲"之句。

〔16〕"黄金"二句：古乐府《日出东南隅行》："青丝系马尾，黄金络马头。"是秦罗敷在使君面前夸自己夫婿的话，见卷一。

【今译】

　　春天的景色辉映天空春天已到来，它先催开水边梅花满树白。水上细小的浮萍重重叠叠地生长，野外新鲜的花朵杂乱无章地盛开。达官贵人乘马纷纷往淇上，车辆一辆接一辆蜂拥至丛台。丛台上有位可爱的女子，她坐在窗前痴望着飞舞的蝴蝶。她怕摔倒穿着有领的衣衫，衣裙熨过松开了衣裙上的褶叠。下床戴上了珠玉首饰和玉珮，取过镜来在簪钗上安放了花镊。傍晚担心蚕受饥，尽力去采摘春天的桑叶。她给采桑的女伴传去一句话，担心今日春天的日子短。桑枝太高攀折够不上，桑叶细小筐子难装满。每一年她都随顺着"使君"的心意，频繁地派人传递彼此的信息。她表示如要了解琴声中的情意，可看看回赠的织锦所表白的心迹：什么时候你光临家中，好像白云归山我们就会和谐地生活在一起。这时重重的城门已经锁闭，才知道你心有依恋没有离去。不要说什么可怜的"黄金络"，说什么马尾"青丝系"。一定要堂堂正正地做人，谁让你害怕一个虚拟的"夫婿"？

半　路　溪[1]

【题解】

　　郭茂倩《乐府诗集·杂曲歌辞》说："《乐府解题》曰：'《半渡溪》，言战而半涉溪水见迫，所言皆岭南地里，与《武溪深》相类。'梁元帝又有《半路溪》，则言相逢隔溪，已识行步，辞旨与此全殊。"这首诗写一位女子与旧日的情人隔溪相望，欲表旧情，但欲言又止。

　　相逢半路溪，隔溪犹不渡。望望判知是，翩翩识行步。摘赠兰泽芳[2]，欲表同心句[3]。先持动旧情[4]，恐君疑妾妒。

【注释】

〔1〕半路溪：在《乐府诗集》中，这首诗收入《杂曲歌辞》，但作梁元帝萧绎诗。

〔2〕兰泽：生长着兰草的水泽。《古诗十九首·涉江采芙蓉》："涉江采芙蓉，兰泽多芳草。采之欲遗谁？所思在远道。还顾望旧乡，长路漫浩浩。同心而离居，忧伤以终老。"

〔3〕同心：指男女相爱。

〔4〕持：约束，控制。一作"将"。

【今译】

相逢在半路的溪水旁，隔着溪水但没有横渡。望来望去就知道正是你，步履轻捷就知道是你行走的脚步。我打算采摘水泽中的兰花赠给你，想用它来表达我们同心相爱的情愫。但我还是首先控制旧情的涌动，担心你怀疑我是出自内心的嫉妒。

小 垂 手 [1]

【题解】

这首诗描写一位舞女娴熟的舞姿和柔美的面容。

舞女出西秦[2]，蹑影舞阳春[3]。且复小垂手，广袖拂红尘。折腰应两笛[4]，顿足转双巾。蛾眉与慢脸[5]，见此空愁人。

【注释】

〔1〕小垂手：在《乐府诗集》中，这首诗收入《杂曲歌辞》，但题作吴均诗。《乐府解题》说："《大垂手》《小垂手》，皆言舞而垂其手也。"

〔2〕西秦：即秦，因在西方，故称"西秦"。

〔3〕蹑（niè）：踩，追。

〔4〕两笛：指定调的笛声。《北堂书钞》说："每合乐时，随歌者清浊

声。假声浊者,用三尺二笛,因名曰此三尺二调,声清者用二尺九笛,因名曰此二尺九调,汉魏相传施行,皆然也。"

〔5〕慢脸:同"曼脸",指细润柔美的面容。慢,一作"曼"。

【今译】

　　这位舞女来自西秦,她踏着身影起舞带来一片阳春。一会儿她低低垂下白玉般的手,宽大的衣袖轻拂着红尘。她弯下腰来配合着定调的笛声,又顿着脚转动着肩上的双巾。她那弯弯的眉毛和柔美的脸,谁见了都会徒然相思愁煞人。

伤 别 离[1]

【题解】

　　一位戍边的士兵想念家乡的妻子。

　　朝望青波道[2],夜上白登台[3]。月中含桂树[4],流影自徘徊。寒沙逐风起,春花犯雪开[5]。夜长无与悟[6],衣单为谁裁[7]?

【注释】

　　〔1〕伤别离:吴兆宜《玉台新咏》注:"按,自《伤别离》以下九首,徐刻俱作元帝诗。"
　　〔2〕青波:地名,在今河南新蔡。
　　〔3〕白登台:台名,在平城白登山上,今山西大同市东。《史记·匈奴列传》说,汉高祖刘邦击匈奴,匈奴冒顿纵精兵四十万骑,围刘邦于白登。
　　〔4〕月中含桂树:神话传说谓月中有桂树,高五百丈,下有一人,名叫吴刚。他因学仙有过,被谪罚砍伐桂树,树创随砍随合,永远不能砍倒。见《初学记》卷一引晋虞喜《安天论》。
　　〔5〕犯:冒着,不顾危险。

〔6〕悟：通"晤"，遇，会晤。
〔7〕为谁：谁为。

【今译】
　　早上起身远望通往家乡青波的道路，晚上登上边防要塞白登台。此时皓月东升月中似有吴刚在砍斫桂树，月亮的光影在大地上自在地流连徘徊。寒冷的沙尘随着狂风飞起，春天的花朵冒着冰雪绽开。长夜漫漫没有人来同我相会谈心，长衫单薄谁能为我缝制剪裁？

春夜看妓[1]

【题解】
　　春天的月夜，诗人观看艺人们的歌舞表演。

　　蛾眉渐成光[2]，燕姬戏小堂[3]。朝舞开春阁，铃盘出步廊[4]。起龙调节奏[5]，却凤点笙簧[6]。树交临舞席，荷生夹妓舫[7]。竹密无分影，花疏有异香。举杯聊转笑，欢兹乐未央。

【注释】
〔1〕妓：歌女，舞女，艺人。
〔2〕蛾眉：弯曲如蛾须的眉，本指女子的美眉，这里指弯月。
〔3〕燕姬：燕地的女子，以擅长歌舞著称。　戏：指歌舞表演。
〔4〕铃：舞女身上佩带的金铃。　盘：回旋。　步廊：走廊。
〔5〕起龙：开始奏笛。龙，指笛。马融《长笛赋》："近世双笛从羌起，羌人伐竹未及已。龙鸣水中不见己，截竹吹之声相似。"这里的"龙"与下句的"凤"语意双关，也指舞姿。
〔6〕却凤：结束时奏笙，凤，指笙。《说文》："笙，十三簧，象凤之身

也。" 笙簧：指笙，一种管乐器。簧，笙中的簧片，吹笙则簧鼓。
〔7〕航：船。

【今译】

弯弯的月儿慢慢升起在东方，能歌善舞的美女表演歌舞在小堂。早上的歌舞已经打开了春日的楼阁，这时她们身绕金铃步出了走廊。开始奏笛她们像龙一般游转配合着节奏，末尾奏笙她们又像凤一般转身应对着笙簧。两树枝叶相交在舞席上垂下，荷叶繁盛生长夹住了舞女们乘坐的航船和双桨。绿竹茂密竹下看不到月影，花朵稀疏却飘来了异香。举杯痛饮暂且忘掉哀愁转为欢笑，今天欢乐不尽意气飞扬。

咏 风(1)

【题解】

这首诗咏风，实际上是咏风中的歌舞艺人。

楼上起朝妆，风花下砌傍(2)。入镜先飘粉(3)，翻衫好染香(4)。度舞飞长袖(5)，传歌共绕梁(6)。欲因吹少女(7)，还将拂大王(8)。

【注释】

〔1〕咏风：作者一作沈约，一作萧绎。
〔2〕砌：台阶，门槛。
〔3〕先：一作"未"。
〔4〕衫：一作"袖"。
〔5〕度舞：创作新舞。
〔6〕绕梁：指歌声环绕屋梁，长久不散。语出《列子·汤问》："昔韩娥东之齐，匮粮，过雍门，鬻歌假食。既去，而余音绕梁，三日不绝。"
〔7〕因：凭借。　少女：少女风，指西风。八卦中的兑卦，又称少

女。《三国志·魏志·管辂传》"共为欢乐"注引《管辂别传》："树上已有少女微风，树间又有阴鸟和鸣。"

〔8〕将：用。　　拂大王：吹拂大王。宋玉《风赋》有"此所谓大王之雄风也"之句。

【今译】

她们早上起身在楼上梳妆，风吹花落落到了门槛旁。风吹入镜中先飘散了美女面上的香粉，风吹到身上翻动衣衫正好沾上香。她们创作新舞在风中甩开了长袖，她们传送歌曲歌声随风而绕梁。她们打算凭借着这醉人的少女风，转过头来把它吹拂在大王的身上。

看摘蔷薇[1]

【题解】

诗人观看并欣赏歌女们在墙边采摘蔷薇。

倡女倦春闺[2]，迎风戏玉除[3]。近丛看影密，隔树望钗疏。横枝斜绾袖[4]，嫩叶下牵裾[5]。墙高举不及，花新摘未舒[6]。莫疑插鬓少，分人犹有余。

【注释】

〔1〕蔷薇：植物名，落叶灌木，茎细长，蔓生，花白色或淡红色。
〔2〕倡女：歌女，艺人。
〔3〕玉除：白玉石的台阶。
〔4〕绾（wǎn）：牵住，拉住。
〔5〕裾（jū）：衣服的大襟。
〔6〕舒：绽放。

【今译】

　　歌女们在春天的深闺里厌倦了,她们迎风嬉戏走到白玉石的台阶上。走近花丛便可以看到她们密密的身影,隔着花树只能看到她们头上金钗不时在闪亮。横斜的树枝拉住了她们的衣袖,柔嫩的枝叶在下面又牵住了她们的衣裳。墙头太高举手也够不到,鲜花娇嫩摘下之时还未完全绽放。但不要怀疑她们鬓发上的插花少,她们把鲜花分人还是绰绰有余全无妨。

洛 阳 道(1)

【题解】

　　《晋书·潘岳传》说,潘岳貌美,"少时常挟弹出洛阳道,妇人遇之者,皆连手萦绕,投之以果,遂满载以归"。乐府诗中的《洛阳道》诗,题旨多与之有关。这首《洛阳道》,主要写诗人在洛阳大道上的见闻。

　　洛阳开大道,城北达城西。青槐随幔拂,绿柳逐风低。玉珂鸣战马(2),金爪斗场鸡(3)。桑萎日行暮,多逢秦氏妻(4)。

【注释】

　　〔1〕洛阳道:在《乐府诗集》中,这首诗收入《横吹曲辞·汉横吹曲》,题作梁元帝萧绎诗。同题诗共收二十首。可参看本卷皇太子(萧纲)《和湘东王(萧绎)横吹曲三首·洛阳道》。
　　〔2〕珂(kē):白色似玉的美石,相击有声,常作马勒的饰物。
　　〔3〕金爪:金色的脚爪。
　　〔4〕秦氏妻:指秦罗敷,见卷一古乐府《日出东南隅行》(即《陌上桑》),后用以代称美女。

【今译】

　　洛阳开通了一条大道，从城北直通城西。青翠的槐树轻拂着经过的车幔，碧绿的杨柳随着风垂下了树枝。战马奔跑马勒上的玉珂在鸣响，斗鸡争斗场上全是具有金爪的斗鸡。桑叶枯干天色将晚，遇到不少采桑女都像秦罗敷那样美丽。

折 杨 柳[1]

【题解】

　　这首诗主要抒发游子的离别相思。古人离家远行，亲人常折柳赠别。因柳条柔嫩，含依依不舍之情。"柳"与"留"谐音，又有苦心挽留之意。诗中游子在他乡再见垂柳，相思之情油然而生。北魏郦道元《水经注》载三峡渔者之歌"巴东三峡巫峡长，猿鸣三声泪沾裳"，可与此诗参看。

　　山高巫峡长[2]，垂柳复垂杨。同心且同折，故人怀故乡。山似莲花艳，流如明月光[3]。寒夜猿声彻[4]，游子泪沾裳。

【注释】

　　〔1〕折杨柳：在《乐府诗集》中，这首诗收入《横吹曲辞·汉横吹曲》，题作梁元帝萧绎诗，同题诗共收二十五首。可参看本卷皇太子（萧纲）《和湘东王（萧绎）横吹曲三首·折杨柳》。
　　〔2〕山高：一作"巫山"。
　　〔3〕流：指长江的流水。
　　〔4〕声：一作"鸣"。　彻：通，达。

【今译】

　　山极高巫峡又极长，江岸上既有大片垂柳又有大片垂杨。我俩同心相爱当年又同折柳枝赠对方，这令我这个故乡人今日更加怀念故乡。眼前的青山像莲花一般艳丽，流水像明月一般闪亮。但在这寒夜里只听见猿声响彻夜空，我这个漂泊他乡的游子泪水不禁涌出沾湿了衣裳。

金乐歌[1]

【题解】

诗人从早到晚，欣赏艺人表演歌舞。他心中暗想，眼前的她，出身不凡，而流落民间，也许有朝一日，像宣帝外祖母王媪那样，重获富贵，平步青云。

啼乌怨别偶，曙乌忆离家[2]。石阙题书字[3]，金灯飘落花[4]。东方晓星没，西山晚日斜[5]。縠衫回广袖[6]，团扇掩轻纱。暂借青骢马[7]，来送黄牛车[8]。

【注释】

[1] 金乐（yuè）歌：在《乐府诗集》中，这首诗收入《杂曲歌辞》，但题作梁元帝（萧绎）诗。萧纲另有一首《金乐歌》（槐香欲覆井），同收入《乐府诗集》。金乐，金石之乐。金，一作"会"。

[2] 曙（shǔ）：天刚亮。　离：一作"谁"。

[3] 石阙：石柱，多立于神庙、陵墓前的两旁，作铭记官爵、功绩用，或作装饰。阙，一作"厥"。

[4] 金灯：金属制成的灯。　落花：古代油灯燃灯芯草，燃过后有火花坠落。

[5] 晚：一作"落"。

[6] 縠（hú）：有皱纹的纱。　回：旋转。　广袖：宽大的衣袖。

[7] 青骢（cōng）马：毛色青白相杂的骏马。

[8] 黄牛车：指汉宣帝外祖母王媪被访求到时，从乡间到京城所坐的车。《汉书·外戚传》说："（汉宣帝）求得外祖母王媪，媪男无故，无故弟武，皆随使者诣阙。时乘黄牛车，故百姓谓之黄牛妪。"王媪为宣帝之母

史皇孙王夫人的母亲。

【今译】

晚上乌鸦夜啼她因离别亲人心中充满愁怨，清晨百鸟欢唱她却想念离别已久的家。墓道前的石柱题写着她祖上的功绩，而今日在飘落灯花的金灯下她的命运就像落花。每天只见东方晨星隐没在阳光里，到傍晚又见太阳从西山落下。起舞时她穿着柔软的衣衫旋转着宽大的衣袖，歌唱时半遮着她轻薄衣衫的是团扇。我要暂时借来一匹青骢马，来送乘坐黄牛车的她回到富贵人家。

古　意[1]

【题解】

《陌上桑》中的秦罗敷，美丽而不轻佻，她婉拒了"使君"的示爱。这首诗虽承古意但却作了新的发挥。

妾在成都县，愿作高唐云[2]。樽中石榴酒[3]，机上葡萄裙[4]。停梭还敛色[5]，何时劝使君[6]？

【注释】

[1] 古意：犹拟古，仿古，即借咏古代故事以寄意。

[2] 高唐云：指主动向情人表达爱意的女子。宋玉《高唐赋》载，楚怀王游高唐，有巫山神女来自荐枕席。离去时说："妾在巫山之阳，高丘之阻。旦为朝云，暮为行雨。朝朝暮暮，阳台之下。"

[3] 樽：盛酒器，酒杯。

[4] 机：织布机。

[5] 梭：机梭，机杼。　　敛（liǎn）色：敛容正色，指收起笑容，端正面容。

[6] 使君：汉时称刺史为使君，后来用以尊称州郡长官。在《日出东南隅行》（即《陌上桑》）中，使君向罗敷示爱，这里的"使君"便指示爱

的人。

【今译】

　　这位女子家在成都县，她像巫山神女一样美丽而多情。金樽中盛满石榴酒，织布机上她穿着葡萄裙。只见她停下机梭又端正了面容，不知什么时候她才能接纳向她示爱的"使君"？

春　日

【题解】

　　这是一首春日感怀诗，全诗18句，句句有"春"字，连题目在内，共用"春"字24个。但这不是在做文字游戏，而是表达青年男女春日的情思。由于有"春"字作为全诗贯通的脉络，这种相思之情更显得缠绵悱恻。

　　春还春节美[1]，春日春风过。春心日日异[2]，春情处处多。处处春芳动，日日春禽变[3]。春意春已繁，春人春不见。不见怀春人，徒望春光新。春愁春自结，春结谁能申[4]。欲道春园趣，复忆春时人。春人竟何在[5]，空爽上春期[6]。独念春花落，还似昔春时[7]。

【注释】

　　[1] 春节：春季。
　　[2] 心：一作"色"。
　　[3] 禽：鸟。
　　[4] 申：伸展，明白。
　　[5] 竟：一作"意"。
　　[6] 爽：失，失约。　　上春：去年春天。　　期：约。
　　[7] 似：一作"以"。　　昔春：往年的春天。

【今译】

　　春回大地春天是这样的美，春日里春风轻轻吹过。春天的心思天天不相同，春天的情意处处都很多。处处都有春天的芳草在萌动，天天都有春天的飞鸟在改变鸣声。春天的情意在春日里已很强烈，但在春日里却见不到春日的恋人。见不到春日的恋人心中充满怀想，只是徒然看见春天的光景日日新。春日的忧愁成了春日的心结，春日的心结有谁能解开辨明。如果要说出春日园林的情趣，又会想起昔时春日的恋人。春日的恋人究竟在哪里，徒然失去了去年春天约会的佳期。只有我独自一人还忆念着春花的坠落，还像是往年的春天我们密约幽会之时。

邵陵王见姬人一首

　　邵陵王，即萧纶，见前。

见 姬 人[1]

【题解】

　　这首诗所描写的是一位为人姬妾的女子。

　　春来不复赊[2]，入苑驻行车[3]。比来妆点异[4]，今世拨鬟斜[5]。却扇承枝影[6]，舒衫受落花[7]。狂夫不妒妾[8]，随意晚还家。

【注释】

　　〔1〕姬人：妾。

〔2〕赊(shē)：遥远，缓慢。
〔3〕苑(yuàn)：花园，园林。
〔4〕比来：近来。　妆点：梳妆打扮。
〔5〕拨：妇女梳理鬓发的梳具，形如枣核。　鬟(huán)：环形发髻。
〔6〕却扇：放下扇子。
〔7〕舒衫：张开衣衫。　受：接。
〔8〕狂夫：放荡不羁的人，这里指姬人的丈夫。

【今译】
　　春回大地已经不再遥远，进入园林停下了她的香车。近来她的梳妆打扮十分别致，今天时髦地把拨鬟斜插。她放下扇子走到枝叶覆盖的树下，打开衣衫接着纷纷下落的花。她那放荡不羁的夫君不妒羡她的美貌，四处随意玩乐很晚才回家。

卷　八

就宫体诗而言，卷七是"君倡宫体于上"，本卷则是"臣仿宫体于下"。

本卷首先值得我们注意的是宫体诗的倡导者徐摛、徐陵父子和庾肩吾、庾信父子。

当萧纲还是晋安王时，徐摛已是王府"侍读"，并带来了新的诗风，后来萧纲立为皇太子，徐摛转任"家令"，更将"宫体"推广开来。但徐摛诗作多佚，今存诗仅5首，均为五言。内容多为"咏笔""咏橘""咏帘"之类，从中隐约现出女性"罗袖""香步"的身影，句中已较注意平仄相间，的确体现出了新时尚。但《玉台新咏》却未录徐摛之诗。

徐陵是梁、陈诗人，是《玉台新咏》的编者。其作品"颇变旧体，多有新意"（《陈书》本传）。今存诗42首（含乐府19首，诗23首）。本卷所录4首，均为五言诗，多咏歌舞乐人，形象与心理刻画委婉细腻。

庾肩吾初为晋安王萧纲"常侍"，与刘孝绰、徐摛等号称"高斋学士"，共同倡导宫体诗。今存诗85首（含乐府7首，杂诗78首）。本卷所录7首，多为应令或唱和而作，诗中直接描写女子容态、衣着及情思之美，加上环境与景物的描绘，情景相生，香艳动人。《送别于建兴苑相逢》一首，写与情人短暂相逢又相别，情感真挚，辞尽而意不尽。

庾信是南北朝时期由南入北的著名文学家，年轻时在皇太子萧纲的"东宫"中与徐陵同为"抄撰学士"，颇受"恩礼"。两人作诗均趋绮艳，世称"徐庾体"。42岁出使西魏，滞留不归，诗风大变。今有《庾子山集》传世。卷八所录庾信诗三首，当为入北前之作，分别咏舞女的舞姿和容貌，咏牛郎织女的相思，以及抒发怀念故妻的感伤，均风格清新，情意真切。作诗已注意平仄相间，对偶工整，于此可窥见"徐庾体"之一斑。而典故的运用已能较自然地融入诗的意境中，显得含蓄有致，显示了庾信个人特有的风格。

卷八所录其他诗人，有的与皇太子萧纲关系紧密，有的与湘东王（梁元帝）关系紧密，在诗歌创作上互相影响很深。

萧子显是齐高帝萧道成之孙，梁时任侍中、吏部尚书等职，与梁武帝萧衍、皇太子萧纲均有共同的文学追求。在他所著的《南齐书·文学传论》中认为文章"若无新变，不能代雄"。卷八所录萧子显《乐府诗二首》，以乐府旧题描绘女性的美丽，虽多用典，但语意流畅。

与萧纲关系密切的还有王筠，在他的《和吴主簿六首》中，无论是写春日、秋夜，还是游览见闻，均以游子思妇为主人公，写出了他们互相的思念，凸显了女性的美丽与绵绵情思。

刘孝绰出身文学世家，其兄弟子侄七十人皆能文。他早慧，号称"神童"，当时颇为沈约、王融所重。卷八所录《杂诗五首》，或写乐府旧题，或咏眼前实事，均以女性为题材，尤多工整的偶句。其六弟刘孝威《杂诗三首》，也都是写征夫思妇的彼此相思。

卷八所录刘遵、王训应令奉和之作，可以看到他们与萧纲在诗歌上的共同志趣。

王叔英妻刘氏为刘孝绰之妹，卷八所录《和昭君怨》写的是昭君含冤抱恨远嫁匈奴的哀怨。

甄固《奉和世子春情》，世子指萧纲，写的也是女子春日的情思。

纪少瑜《杂诗三首》，从其中《拟吴均体应教》来看，他的诗风应与吴均、萧纲相类似。

与湘东王（梁元帝）关系密切的有徐君倩（曾任湘东王谘议参军），卷八所录《杂诗二首》，写的是与妻子的守岁和春游，虽也以女性为题材，但表现的却是夫妻情笃，其人物景致描写宛如一幅风俗画。

  鲍泉《杂诗二首》描写的则是在行道中落日下偶遇的丽人，诗人描写了她们的惊人的美丽，但词语未涉淫荡。

  刘缓《和湘东王三首》，写的是思妇独居之痛苦哀怨。

  刘邈《杂诗四首》，或写乐府旧题，或咏眼前实事，也是写女子的美丽与思妇的哀伤。

  徐悱妻刘氏（刘令娴）的《和婕妤怨》，代天下遭谗失宠的女子抒发了心中的怨恨和不平。

萧子显乐府二首

萧子显（489—537），字景阳，南兰陵（今江苏常州市）人，齐高帝萧道成之孙，七岁时封宁都县侯，入梁，降爵为子。历任太子中舍人、国子祭酒、侍中、吏部尚书，官终吴兴太守。南朝梁文学家、史学家，有集二十卷，已佚，所著《南齐书》传世，为二十四史之一。

日出东南隅行[1]

【题解】
一位女子在采桑，过路的车马客被她的美丽所吸引。她盛夸自己的丈夫，婉拒了车马客的求爱。全诗的题旨与构思，与古乐府《日出东南隅行》（即《陌上桑》）相似。

大明上苕苕[2]，阳城射凌霄[3]。光照窗中妇，绝世同阿娇[4]。明镜盘龙刻，簪羽凤凰雕。逶迤梁家髻[5]，冉弱楚宫腰[6]。轻纨杂重锦[7]，薄縠间飞绡[8]。三六前年暮[9]，四五今年朝[10]。蚕园拾芳茧，桑陌采柔条。出入东城里，上下洛西桥。忽逢车马客[11]，飞盖动襜襦[12]。单衣鼠毛织[13]，宝剑羊头销[14]。丈夫疲应对[15]，御者辍衔镳[16]。柱间徒脉脉[17]，垣上几翘翘[18]。"女本西家宿[19]，君自上宫要[20]。汉马三万匹，夫婿仕嫖姚[21]。鞶囊虎头绶[22]，左珥凫卢貂[23]。横吹龙钟管[24]，奏鼓象牙箫[25]。十五张内侍[26]，十八贾登朝[27]。皆笑颜郎老[28]，尽讶董公超[29]。"

【注释】

〔1〕日出东南隅行：在《乐府诗集》中，这首诗收入《相和歌辞·相和曲》，同题诗共收十首。可参看卷一古乐府《日出东南隅行》（即《陌上桑》）。

〔2〕大明：指太阳。　苕苕（tiáo）：高高的样子。一作"岧岧"。

〔3〕阳城：地名。宋玉《登徒子好色赋》说东邻的女子"嫣然一笑，惑阳城，迷下蔡"。　凌霄：凌霄花，落叶藤本植物，攀援茎，花鲜红色。

〔4〕绝世：冠绝当世，指绝世美女。　阿娇：汉武帝陈皇后，汉武帝幼时曾表示要娶阿娇为妻，"金屋藏娇"。

〔5〕逶迤：曲折起伏自然的样子。　梁家髻：梁家时髦的发髻。梁指东汉梁冀，《后汉书·梁冀传》说他的妻子"善为妖态，作愁眉、啼妆"。

〔6〕冉弱：荏弱，柔弱。　楚宫腰：指细腰。《韩非子·二柄》："楚灵王好细腰，而国中多饿人。"

〔7〕纨（wán）：细绢。　杂：一作"拂"。　重（chóng）锦：锦之熟细者，指精美的丝织品。

〔8〕縠（hú）：绉纱一类的丝织品。　间（jiàn）：间杂。　飞绡（xiāo）：轻而薄的丝织品。绡，生丝。

〔9〕三六：指十八岁。　前年暮：前年年末。

〔10〕四五：指二十岁。　今年朝：今年年初。

〔11〕忽：一作"路"。

〔12〕盖：车盖。　襜（chān）：车帷。　轺（yáo）：轻便的车。

〔13〕鼠毛：指火鼠布，又叫火浣布，即石棉布。

〔14〕羊头：利剑名。《淮南子·修务训》："苗山之铤，羊头之销。"销：生铁。一作"鞘"。

〔15〕丈：一作"大"。

〔16〕御：一作"从"。　辍（chuò）：停止。　衔镳（biāo）：马嚼子，放在马口内，用以控制马的行止。镳，马嚼子两头露在嘴外的部分。

〔17〕脉脉（mò）：默默地用眼睛表达情意。

〔18〕垣（yuán）：矮墙。　翘翘（qiáo）：指翘首，抬头。

〔19〕西家宿：指已出嫁。语出《风俗通》"欲东家食，西家宿"。

〔20〕上宫：宫室，楼。　要（yāo）：邀约。《诗经·鄘风·桑中》："期我乎桑中，要我乎上宫，送我乎淇之上矣。"

〔21〕嫖（piào）姚：即嫖姚校尉，汉代名将霍去病曾封此职。

〔22〕鞶（pán）囊：革制的囊。　虎头：指囊上的花纹。　绶：系印章的丝带。

〔23〕珥（ěr）：插。　凫卢貂（diāo）：以野鸭头上的锦毛做的冠饰。

〔24〕横吹：横吹曲，军中所奏之乐。　龙钟：一种竹子的名称，适宜做笛。

〔25〕象牙箫：以象牙为饰的箫。

〔26〕张内侍：指汉代留侯张良之子张辟疆，他十五岁便被封为侍中。见《史记·吕后本纪》。

〔27〕贾登朝：指贾谊，他十八岁便因能诵诗书属文称于郡中。不久文帝以为博士。班固说他"矫矫贾生，弱冠登朝"，见《汉书·贾谊传》。

〔28〕颜郎：指颜驷。张衡《思玄赋》李善注引《汉武故事》："颜驷，不知何许人。汉文帝时为郎，至武帝，尝辇过郎署，见驷浓眉皓发。上问曰：'叟何时为郎，何其老也？'答曰：'臣文帝时为郎，文帝好文，而臣好武；至景帝好美，而臣貌丑；陛下即位，好少而臣已老。是以三世不遇，故老于郎署。'"后世便以"颜郎"指际遇不逢而年事已高之人，这里是嘲笑求婚的车马客年老。

〔29〕讶（yà）：惊奇。　董公：指董仲舒。《汉书·董仲舒传》说他"进退容止，非礼不行，学者皆师尊之"。　超：高超，卓越。

【今译】

　　光明的太阳当头照，照亮了阳城照亮了遍地开放的凌霄。阳光也照见了窗中的女子，她美貌绝伦就像汉武帝皇后陈阿娇。她的明镜上雕刻着盘绕的龙，发簪上雕刻着凤凰的羽毛。头上梳着自然起伏的时髦发髻，体质柔弱身材苗条。身上穿的是细绢和精美的织锦，还有绉纱和单薄的轻绡。前年年末她已过十八岁，今年年初她正好二十更含娇。她在蚕园里收拾蚕茧，又走到田野小道上采折桑条。她常在东城里出入，又常经过洛西桥。这天忽然遇到一位车马客，轻车走过车帷随风飘。他穿着火鼠布制成的单衣，腰中羊头宝剑是用精铁打造。这位男子不嫌烦地来搭讪，驾车的人也就停车不再往前跑。但他也只能在楹柱间徒然地脉脉含情相望，在短墙上几次徒然地翘首远眺。（这位女子说道）"小女子原已有了归宿，而你却执意相邀。统率着汉马三万匹，我的夫婿官位正如霍嫖姚。他腰间的虎头革囊装着官印，左边帽子下插着凫卢貂。军中笛声吹奏横吹曲，鼓声相伴还吹起象牙为饰的玉箫。他像张辟疆那样十五岁就当了侍中，又像贾谊那样十八岁就已为官上朝。人们都笑你这位车马客像颜驷那样年岁已老，都惊叹我的夫婿像董仲舒那样卓越高超。"

代美女篇⑴

【题解】
　　一位女子十分美丽，但她尚未出嫁，尚未得到知音赏识。

　　邯郸暂辍舞⑵，巴姬请罢弦⑶。佳人淇洧上⑷，艳赵复倾燕⑸。繁秾既为李⑹，照水亦成莲。朝沽成都酒⑺，暝数河间钱⑻。余光幸未借⑼，兰膏空自煎⑽。

【注释】
　　〔1〕代美女篇：在《乐府诗集》中，这首诗收入《杂曲歌辞·齐瑟行》，题作《美女篇》，同题诗共收七首。可参看卷二曹植《美女篇》。代，犹"拟"。
　　〔2〕邯郸：战国时为赵国都城，赵地女子以擅长歌舞著称。一作"章丹"。　辍（chuò）：停止。
　　〔3〕巴姬：巴地的女子。巴，原四川东部，今为重庆市。左思《蜀都赋》："巴姬弹弦，汉女击节。"
　　〔4〕淇洧（wěi）：二水名，在今河南，古代青年男女常在水边幽会。淇，一作"溱"。　上：一作"出"。
　　〔5〕倾（qīng）：压倒，胜过。
　　〔6〕繁秾：浓艳。
　　〔7〕成都酒：用司马相如、卓文君典故。他们私奔至成都，后因家贫，回到临邛靠卖酒为生。见《史记·司马相如列传》。
　　〔8〕河间钱：《后汉书·五行志》载桓帝初城上乌童谣有"河间姹女工数钱"之句，可参看卷九《汉桓帝时童谣歌二首》。姹女，少女。河间，

汉代河间郡,在今河北河间、献县一带。

〔9〕余光:多余之光。《战国策·秦策》载甘茂对苏子说的寓言:"夫江上之处女,有家贫而无烛者,处女相与语,欲去之。家贫无烛者将去矣,谓处女曰:'妾以无烛,故常先至,扫室布席,何爱余明之照四壁者?幸以赐妾,何妨于处女?妾自以有益于处女,何为去我?'处女相语以为然而留之。"这里是指美女尚未出嫁,仍是处女。

〔10〕兰膏:指灯。古代用泽兰炼成油脂燃灯。　　煎:煎熬。

【今译】

　　她的美丽使邯郸美女暂时停止了歌舞,巴地美女也请求放下琴弦。这位美丽的女子来自淇洧之畔,比起燕赵美女来她的美艳超过了赵压倒了燕。她浓艳如花既像盛开的桃李,临水自照又成了洁白无瑕的白莲。早上她像卓文君那样在成都当垆卖酒,晚上会像河间少女那样善于数钱。但她至今无人赏识尚未出嫁,像孤灯中的油脂空自熬煎。

王筠和吴主簿六首

　　王筠(481—549),字元礼,一字德柔,琅玡临沂(今山东临沂)人。历任中书郎、尚书吏部郎、司徒左长史、临海太守、秘书监、光禄大夫等职,梁简文帝即位,任太子詹事。南朝梁文学家,有集一百卷,已佚,明人辑有《王詹事集》。吴主簿,即吴均,见卷六。

春月二首[1]

【题解】

　　从两首诗的内容来看,题目当作《春日》。两首诗都是写女子春日的情思。第一首,写女子的丈夫刚客死于他乡;第二首,写女子的丈夫滞留他乡未归。

　　日照鸳鸯殿[2],萍生雁鹜池[3]。游尘随影入[4],弱柳带风垂。青骹逐黄口[5],独鹤惨羁雌[6]。同衾远游说[7],结爱久生离[8]。于今方溘死[9],宁须萱草枝[10]?
　　蓍葹心未发[11],蘪芜叶欲齐[12]。春蚕方曳绪[13],新燕正衔泥。野雉呼雌雊[14],庭禽挟子栖[15]。从君客梁后[16],方昼掩春闺。山川隔道里,芳草徒萋萋。

【注释】
　　[1]春月:一作"春日"。
　　[2]鸳鸯殿:汉代皇家宫殿,见《飞燕外传》。
　　[3]雁鹜(wù)池:即雁池。《西京杂记》说,汉代梁孝王筑兔园,园中有雁池,池间有鹤洲凫渚。鹜,鸭。
　　[4]游尘:飘浮于空中的尘埃。
　　[5]青骹(qiāo):青色小腿的鹰。骹,一作"鹘"。　黄口:原指小儿,这里指幼小的鸟。
　　[6]独:一作"别"。　惨:悲伤。　羁(jī)雌:指被束缚住的雌鹤。
　　[7]同衾(qīn):同衾之人,指丈夫。衾,被子。　游说(shuì):古代谋士说客周游各国,靠说辞说服国君采纳自己的主张。这里指外出谋求官职。
　　[8]结爱:指男女相爱缔结婚姻。　生:一作"相"。
　　[9]溘(kè):忽然。
　　[10]宁(nìng):岂,难道。　萱草:又名忘忧草,古人认为种植萱草可以忘忧。
　　[11]蓍葹(juǎn shī):即卷施,又名"宿莽"。传说此草拔心不死。
　　[12]蘪芜:草名,叶有香气。
　　[13]曳(yè)绪:抽丝。
　　[14]雉(zhì):鸟名,即野鸡。　雊(gòu):雉鸣叫。野鸡鸣叫,古人认为是一种变易之兆。

〔15〕挟（xié）：夹持，握持。
〔16〕从：自从。　　客梁：客游或客居于梁。梁，地名，在今河南。

【今译】
　　太阳照亮了鸳鸯殿，浮萍生满了雁池。浮尘随着阳光飘进来，垂柳在风中展现弱姿。青鹰追逐着幼鸟，孤单的白鹤哀伤雌鹤被羁执。我那同床共枕的丈夫远出游说，我们夫妻恩爱竟活生生地长久分离。今日得知他忽然死去，难道一定要种上萱草才能把他忘记？
　　卷施的心尚未长出来，蘼芜的叶将要长齐。春蚕正在抽丝，新燕正忙着衔泥。野鸡呼伴正悲哀地鸣叫，庭中的家禽正抱子而栖。自从丈夫客游于梁以后，正当白天我也在深闺中闭门独居。道路被重重山川所阻隔，空有草木茂盛芳草萋萋。

秋夜二首

【题解】
　　两首诗都是写秋夜里游子的相思。他客居他乡，非常想念家乡的妻子，认为独守空闺的妻子也必定是十分忧伤。

　　九重依夜馆[1]，四壁惨无晖[2]。招摇顾西落[3]，乌鹊向东飞。流萤渐收火，络纬欲催机[4]。尔时思锦字[5]，持制行人衣[6]。所望丹心达[7]，嘉客倘能归[8]。
　　露华初泥泥[9]，桂枝行栋栋[10]。杀气下重轩[11]，轻阴满四屋[12]。别宠增修夜[13]，远征悲独宿[14]。愁萦翠羽眉[15]，泪满横波目[16]。长门绝往来[17]，含情空杼轴[18]。

【注释】

〔1〕九重：指天。　　依：傍，靠。
〔2〕惨：通"黪"，昏暗。
〔3〕招摇：逍遥，自由自在的样子，指西落的太阳。　　顾：回头看。
〔4〕络纬：虫名，即莎鸡，又叫络丝娘、纺织娘，夏秋夜间振羽发声，声如纺丝，似催人纺织。　　机：织布机。
〔5〕尔时：此时。　　锦字：织在锦里的文字，指给丈夫的书信。《晋书·列女传》说，窦滔远徙流沙，其妻苏蕙思念他，给他寄去织锦回文诗。
〔6〕持制：缝制。
〔7〕丹心：赤诚之心。
〔8〕嘉客：佳客，指丈夫。　　倘：或许，可能。
〔9〕露华：露花，露珠。　　泥泥（nǐ nǐ）：露水浓重的样子。
〔10〕行：一作"方"。　　楝楝（sù）：指落叶后只余下短橡般的树枝。
〔11〕杀气：肃杀之气。　　重（chóng）轩：层层栏槛。
〔12〕满：一作"拂"。
〔13〕别宠：与宠爱的人离别。　　修：长。
〔14〕远征：远行。
〔15〕萦：一作"牵"。　　翠羽眉：像翡翠鸟的羽毛一样的眉毛。
〔16〕横波目：眼神流动以传情的眼睛。傅毅《舞赋》："眉连娟以增绕兮，目流睇而横波。"李善注："横波，言目邪（同"斜"）视，如水之横流也。"
〔17〕长门：深深的门庭。　　绝：断。
〔18〕杼轴（zhù zhóu）：也作"杼柚"，织布机上的两个部件，即用来持纬（横线）的梭子和用来承经（直线）的筘。也代指织布机。

【今译】

重重夜幕笼罩着客馆，四面墙壁暗淡下来渐渐失去光辉。眼看太阳自由自在地西沉，乌鹊急急忙忙地向东飞。流萤也渐渐收敛了光亮，纺织娘叫得急好像是在把人催。这时真想收到妻子寄来的织锦回文诗，她想必正为我这远行之人赶制衣被。她所盼望的是赤诚的心愿能实现，心中的"嘉客"或许能够早日归。

露水刚降草木一片润湿，桂树落叶树上只余下短橡一般的短枝。肃杀之气下临层层栏槛，阴森之气充满房屋四周和内室。离别宠爱的妻子使长夜更加漫长，远行于外独宿客馆更觉悲戚。妻子想必也是愁眉紧锁，满目含泪不断悲泣。家中深门紧闭断绝了客人的往来，她满含悲思只是空转织布机。

游望二首[1]

【题解】

两首诗的题旨，正如题目所示，写游览中的见闻。第一首写一位女子，第二首写一位男士。

落日照红妆，挟瑟当窗牖[2]。宁复歌蘼芜[3]，惟闻叹杨柳[4]。结好在同心[5]，离别由众口[6]。徒设露葵羹[7]，谁酌兰英酒[8]。会日杳无期[9]，蕣华安得久[10]？

相思不安席，聊至狭邪东[11]。愁眉仿戚里[12]，高髻学城中[13]。双眉偏照日[14]，独蕊好萦风[15]。自陈心所想[16]，献赋甘泉宫[17]。传闻方鼎食[18]，讵忆春闺中[19]？

【注释】

〔1〕游望：游览，指在外交游的所见所闻。
〔2〕挟（xié）：夹持，握持。　牖（yǒu）：窗户。
〔3〕宁（nìng）：岂，难道。　蘼芜：草名，叶有香气。古诗《上山采蘼芜》有"上山采蘼芜，下山逢故夫"之句，写一位女子被丈夫遗弃的痛苦，见卷一。
〔4〕杨柳：汉乐府诗横吹曲辞有《折杨柳》（见卷七简文帝（一作梁元帝）《折杨柳》），多写男女离别相思。
〔5〕结好：由于相爱而缔结婚约。
〔6〕众口：指众人议论纷纷。《国语·周语下》载周景王乐官州鸠引谚语："众心成城，众口铄金。"
〔7〕露葵：葵的别名，即滑菜。　羹（gēng）：汤，汁。宋玉《讽

赋》自述出行之时，投宿于一户人家，主人之女"为臣炊彫胡之饭，烹露葵之羹，来劝臣食"。

〔8〕兰英酒：兰花酒，古代的一种酒。枚乘《七发》："兰英之酒，酌以涤口。"

〔9〕杳（yǎo）：幽暗，深远，不见踪影。

〔10〕蕣（shùn）花：即木槿花，夏秋开花，朝开夕谢。

〔11〕聊：暂，姑且。　狭邪：指小街曲巷，后人多用以指妓院。

〔12〕愁眉：女子一种细而曲折的眉妆，见《后汉书·梁统传》，可参阅卷五何逊《咏照镜》注〔9〕。　戚里：帝王外戚聚居的地方。

〔13〕高髻：高耸的发髻。可参看卷一《汉时童谣歌·城中好高髻》。

〔14〕眉：一作"楣"，指门上横木。

〔15〕蕊（ruǐ）：花，花朵。　风：一作"胸"。

〔16〕陈：一作"知"。　想：一作"爱"。

〔17〕甘泉宫：宫名，故址在今陕西淳化西北甘泉山。汉代扬雄曾撰《甘泉赋》。

〔18〕鼎食：列鼎而食。这是富贵人家的景象。

〔19〕中：一作"容"。

【今译】

　　落日照着她美丽的红妆，她拿着瑟正对着窗口。她岂是要再歌唱《上山采蘼芜》，只听到她吟叹《折杨柳》。她与丈夫同心相爱缔结婚约，但经不起众人议论分了手。她空设向阳的葵藿羹，有谁会来喝她的兰英酒。他们相会之日渺茫无期，她的青春年华就像木槿花那样能有多久？

　　强烈的相思使他坐不安席，暂且来到东边小街曲巷中。倡家女子模仿戚里愁眉妆，学着城中让发髻高耸。一位女子双眉正偏向着太阳，像独花一朵四周环绕着春风。但他自知心中的追求，为求富贵他要把赋献上甘泉宫。听说他现在正过上钟鸣鼎食的富贵生活，他怎会记起昔日的相好独处春闺中。

刘孝绰杂诗五首

刘孝绰（481—539），本名冉，字孝绰，小字阿士，彭城（今江苏徐州）人。历官著作佐郎、尚书水部郎、秘书丞、太子仆、廷尉卿、尚书吏部郎，官至秘书监。曾与梁昭明太子萧统共同撰集《文选》。南朝梁文学家，有集十四卷，已散佚，明人辑有《刘秘书集》。

遥见邻舟主人投一物，众姬争之，有客请余为咏

【题解】

诗人乘船在河上漫游，远远望见邻舟主人抛出一物，几位女子争抢，于是应客人请求，以"女子争宠"为题旨，写了这首诗。诗的末句意思是说，今日虽攀上高枝，明日也会落下，何必去争宠呢。

河流既浼浼[1]，河鸟复关关[2]。落花浮浦出[3]，飞雉渡洲还[4]。此日倡家女[5]，竞娇桃李颜。良人惜美珥[6]，欲以代芳萱[7]。新缣疑故素[8]，盛赵蔑衰班[9]。曳绡事掩縠[10]，摇珮夺鸣环[11]。客心空振荡，高枝不可攀[12]。

【注释】

〔1〕浼浼（měi）：水盛的样子。《诗经·邶风·新台》："新台有洒，河水浼浼。"

〔2〕关关：鸟和鸣声。《诗经·周南·关雎》："关关雎鸠，在河之洲。"

〔3〕浦：水边或河流入海处。

〔4〕雉（zhì）：鸟名，俗称野鸡。　渡洲：一作"度州"。

〔5〕此：一作"是"。

〔6〕珥（ěr）：用珠玉做成的耳饰。《战国策·齐策》载："齐王（齐宣王）夫人死，有七孺子（年轻女子）皆近。薛公（田婴）欲知王所欲立，乃献七珥，美其一，明日视美珥所在，劝王立为夫人。"

〔7〕菅（jiān）：多年生草本植物。甄皇后《乐府塘上行》有"莫以麻枲贱，弃捐菅与蒯"之句，见卷二。

〔8〕缣（jiān）：细绢。　疑：猜忌。　素：洁白的生绢。古诗《上山采蘼芜》有"新人工织缣，故人工织素"，"将缣来比素，新人不如故"之语，见卷一。

〔9〕盛赵：指得宠的赵飞燕，她后来成为汉成帝皇后。　蔑（miè）：轻视，侮慢。　衰班：指失宠的班婕妤，可参看卷一班婕妤《怨诗》。

〔10〕曳（yè）：牵引，拖着。　绡（xiāo）：生丝，也指生丝织成的薄纱。　事：一作"争"。　縠（hú）：有皱纹的纱。

〔11〕夺：一作"奋"。

〔12〕高：一作"乔"。

【今译】

　　河中流水水势既浩大，河边雎鸠关关和鸣也叫得欢。落花从水边浮出来，飞雉从沙洲上飞去又飞还。这一天歌舞人家的女子，凭着桃李花的容貌竞相撒娇在主人前。主人将美丽的耳环赠给他最爱的女孩子，想用她来取代旧人——他视旧人如草菅。这就引起了新人旧人间的猜忌，这就像得宠的赵飞燕轻侮失宠的班婕妤。她们拖着丝衣披着绉纱在争夺，摇动着玉珮碰响了耳环乱成一团。这引起了观者心中的振荡，你们这些女子啊应该知道高枝不可攀。

淇上戏荡子妇示行事[1]

【题解】

　　淇水边上一位青年男子，与一女子密约幽会，占有了她，但后来又离她而去，远走他乡，不再归来，令女子独守空床。

桑中始弈弈[2]，淇上未汤汤[3]。美人要杂珮[4]，上客诱明珰[5]。日暗人声静，微步出兰房[6]。露葵不待劝[7]，鸣琴无暇张[8]。翠钗挂已落，罗衣拂更香。如何嫁荡子[9]，春夜守空床？不见青丝骑[10]，徒劳红粉妆。

【注释】

〔1〕淇上戏荡子妇示行事：一作《淇上人戏荡子妇》。

〔2〕桑中：桑林之中，指青年男女密约幽会的地方，见《诗经·鄘风·桑中》。　弈弈：光彩闪耀的样子。

〔3〕淇上：淇水之滨，也是青年男女密约幽会的地方，见上诗。汤汤（shāng）：水流广大而湍急。

〔4〕要：同"邀"，约。　杂珮：用各种玉制成的玉珮。

〔5〕上客：贵客。　诱：一作"绣"。　明珰（dāng）：用珠玉制成的耳饰。

〔6〕出：一作"上"。　兰房：用兰香熏染的闺房。

〔7〕露葵：即葵，见前王筠《游望二首》注〔7〕，这里喻女子对男子的爱意。

〔8〕鸣琴：即琴。司马相如《美人赋》自述旅途中宿于上宫，有女子"设旨酒，进鸣琴"，来与他亲近。张华《情诗》："北方有佳人，端坐鼓鸣琴。终晨抚管弦，日夕不成音。"　张：指上弦弹奏。

〔9〕荡子：指在外游荡不归的丈夫。《古诗十九首·青青河畔草》："昔为倡家女，今为荡子妇。荡子行不归，空床难独守。"

〔10〕不：一作"未"。　青丝骑：年轻的骑马人。青丝，黑发。

【今译】

　　桑林之中初次相见精神焕发，淇水之滨再次相会激情尚未高昂。这位美丽的女子用身上的玉珮相邀约，这位尊贵的男士引诱她送她玉珰。到了晚上一片漆黑人声寂静，女子轻步走出了芬芳的闺房。女子本有爱意不待男士来挑动，连琴瑟都来不及上弦弹唱。女子头上的翡翠金钗插好又坠落，轻软的绸衣轻轻抚摩反更香。但想不到就这样嫁给一个终日在外游荡的男子，到后来春回大地夜夜守空床。不见年轻的丈夫骑马返家，只见她每日徒然费力地打扮梳妆。

赋咏得照棋烛刻五分成〔1〕

【题解】

这首诗咏刻烛通宵下棋,也咏持烛的女子。

南皮弦吹罢〔2〕,终弈且留宾〔3〕。日下房栊暗〔4〕,华烛命佳人。侧光全照局〔5〕,回花半隐身〔6〕。不辞纤手卷〔7〕,羞令夜向晨〔8〕。

【注释】

〔1〕照棋烛:照着下棋的蜡烛。 刻五分(fēn):在蜡烛上刻成五个部分对应五更以计时,表示通宵下棋。题一作《赋照棋烛诗》。

〔2〕南皮:县名,今属河北。汉末建安中,魏文帝曹丕为五官中郎将时,与吴质等友人在此欢聚,传为佳话。曹丕《与吴质书》说:"每念昔日南皮之游,诚不可忘。既妙思六经,逍遥百氏,弹棋间设,终以六博。" 吹:一作"初"。

〔3〕弈(yì):围棋。

〔4〕暗:一作"闭"。

〔5〕局:一作"扃"(jiōng),门户,门窗。

〔6〕回花:指持烛女子转身。

〔7〕卷:一作"倦"。

〔8〕夜向晨:长夜将尽天快亮。语出《诗经·小雅·庭燎》。

【今译】

像曹丕南皮之游那样尽情弹唱刚结束,为下完这盘棋暂且留住嘉宾。太阳落山房中已昏暗,需要点燃明烛便叫来了佳人。烛光从旁照来完全照在棋局上,她转过身去却在暗处半隐身。她不怕纤纤玉手持烛太疲倦,只担心黑夜快尽又是早晨。

夜听妓赋得乌夜啼[1]

【题解】

夜里，诗人听到歌女在弹唱悲凄的《乌夜啼》，有感于人间生离死别的痛苦，于是写了这首诗。

鹍弦且辍弄[2]，鹤操暂停徽[3]。别有啼乌曲，东西相背飞[4]。倡人怨独守，荡子游未归[5]。若逢生离曲[6]，长夜泣罗衣[7]。

【注释】

〔1〕夜听妓赋得乌夜啼：在《乐府诗集》中，这首诗收入《清商曲辞·西曲歌》，题作《乌夜啼》，同题诗共收二十一首。《旧唐书·音乐志二》载："《乌夜啼》，宋临川王义庆所作也。元嘉十七年，徙彭城王义康于豫章。义庆时为江州，至镇，相见而哭，为帝所怪，征还宅，大惧。妓妾夜闻乌啼声，扣斋阁云：'明日应有赦。'其年更为南兖州刺史，因作此歌。故其和云：'夜夜望郎来，笼窗窗不开。'今所传歌辞，似非义庆本旨。"《乌夜啼》八曲古辞载《乐府诗集》第四十七卷。可参看卷十《近代西曲歌·乌夜啼》。后世所作《乌夜啼》，多写男女恋情。

〔2〕鹍弦：用鹍鸡筋做的琵琶弦。弦，一作"鸡"。鹍鸡为古曲名。　辍（chuò）：停止。　弄：乐曲。

〔3〕鹤操：即《别鹤操》，为琴曲四大曲之一。　徽：琴徽，系琴弦的绳，也指琴弦音位的标志。一作"挥"。

〔4〕相背：一作"各自"。

〔5〕游：一作"殊"，一作"犹"。

〔6〕若逢：一作"忽闻"。　曲：一作"唱"。

〔7〕长：一作"中"。

【今译】

《鹍鸡曲》暂时停止了弹奏，《别鹤操》的弹奏也暂且撤回。另有一首《乌夜啼》的曲子，咏叹情人被迫东西各自飞。歌女怨恨她独守空床,丈夫在外游荡漂泊久不归。她如果听到这个生离死别的曲调,定会长夜不眠衣襟上满是泪水。

赋得遗所思⁽¹⁾

【题解】

一位女子与热恋中的男子互赠信物,恩爱非常。分别之后,这位女子仍然怀着深深的相思。

遗簪雕玳瑁,赠绮织鸳鸯⁽²⁾。未若华滋树⁽³⁾,交枝荡子房。别前秋已落,别后春更芳。所思不可寄,惟怜盈袖香。

【注释】

〔1〕赋得:凡摘取古人成句为诗题,题首多冠以"赋得"二字。 遗所思:《楚辞·九歌·山鬼》有"折芳馨兮遗所思"之句。遗(wèi),赠送。

〔2〕绮(qǐ):有文彩的丝织品。

〔3〕未:一作"木"。 华滋:生长茂盛。语出《庭前有奇树》,见卷一。

【今译】

我送给他的发簪上有玳瑁雕饰,他送给我的丝绸上绣着鸳鸯。但都比不上我俩像两株生长茂盛的树,枝叶相交在他的洞房。离别之前秋天已到草木已凋零,离别之后春天到来花木却更香。但对我所思念的人不能折芳寄远,我只是怜惜自己满袖的芬芳。

刘遵杂诗二首

刘遵(？—535)，字孝陵，彭城（今江苏徐州）人，刘孝绰从兄。梁时任著作郎、太子舍人，后任晋安王萧纲记室。萧纲立为太子后，任中庶子。

繁华应令⑴

【题解】

这是一首描写男宠的诗，也是一首描写古代同性恋的诗，可与卷七皇太子（萧纲）《娈童》参看。

可怜周小童⑵，微笑摘兰丛。鲜肤胜粉白⑶，慢脸若桃红⑷。挟弹雕陵下⑸，垂钓莲叶东⑹。腕动飘香麝，衣轻任好风。幸承拂枕选⑺，得奉画堂中⑻。金屏障翠被⑼，蓝帊覆薰笼⑽。本欲伤轻薄⑾，含辞羞自通。剪袖恩虽重⑿，残桃爱未终⒀。蛾眉讵须嫉，新妆递入宫⒁。

【注释】

〔1〕繁华：繁华子，容饰华丽的美少年。阮籍《咏怀》之十二："昔日繁华子，安陵与龙阳。"这两人均为古代有名的男宠。　应（yìng）令：响应诏令，特指应皇太子之命而和的诗文。古代凡应皇帝之命叫"应诏"，应皇太子之命叫"应令"，应诸王公之命叫"应教"。

〔2〕可怜：可爱。　周小童：即周小史。晋张翰有《周小史诗》："翩翩周生，婉娈幼童。年十有五，如日在东。……"

〔3〕胜：一作"如"。

〔4〕慢脸：同"曼脸"，柔美的面容。

〔5〕挟（xié）弹：拿着弹弓。　　雕陵：栗林名。《庄子·山木》说，庄子在雕陵栗树林子游玩，见一鹊，欲用弹弓弹射，忽见一只螳螂正想捕捉一蝉，而这只鹊正想捕捉这只螳螂。因而感悟到世上万物都是这样相互牵累、相互争夺。

〔6〕钓：一作"钩"。　　莲叶东：汉代乐府诗相和曲《江南》古辞有"鱼戏莲叶东，鱼戏莲叶西"之句，隐喻男女间的情爱和欢娱。

〔7〕拂枕：一作"枕席"，指侍寝。

〔8〕奉：侍奉。　　画堂：指雕画精美华丽的堂室。

〔9〕翠被：有翡翠羽饰之被。一作"翡翠"。

〔10〕帊（pà）：帐子。　　薰笼：熏炉上罩的笼子。熏炉即香炉。

〔11〕欲：一作"知"。

〔12〕剪袖：即断袖。《汉书·佞幸传》说，董贤长得很美，得到汉哀帝宠爱，"常与上卧起"。一天他与哀帝白天同睡在一张床上，他压住了哀帝衣袖。哀帝先醒过来，不忍心惊动他，"乃断袖而起。其恩爱至此"。

〔13〕残桃：指将吃剩的桃子分人吃。《韩非子·说难》说，春秋时卫灵公的嬖臣弥子瑕，把吃了一半的桃子分给卫灵公吃，卫灵公当时称赞他"爱君"。后来他色衰爱弛，卫灵公又以此事治他的罪。

〔14〕妆：一作"姬"。递：一作"迎"，一作"近"。

【今译】

　　他像周小史一样的可爱，微笑着采摘兰花走进花丛。亮丽的皮肤比粉还要白，柔美的颜面像桃花一样红。他拿着弹弓来到栗树林子下，又垂下钓竿在莲叶东。手腕摇动飘着麝香，罗衣轻举任随春风。有幸被选中陪侍枕席，能够侍奉贵人在精美的堂室中。黄金的屏风遮挡着翡翠羽饰的被褥，蓝色的帐子覆盖着熏香的香笼。他自知行事轻薄有损于人格，因而含辞未吐羞于自通。如同董贤那样的剪袖恩爱虽然重，但弥子瑕余桃啖君那样的宠爱却未能保持始终。美丽的女子无需心怀嫉妒，那些打扮入时的美女已相继被送进宫。

从顿还城应令⁽¹⁾

【题解】

这首诗可与卷七皇太子（萧纲）《从顿暂还城》参看。两首诗的题旨相似，都是写人们在尽享军旅生活之乐时，应当想到家中的妻子，还在独守空房。

汉水深难渡，深潭见底清。锦笮系凫舸⁽²⁾，珠竿悬翠旍⁽³⁾。鸣笳芳树曲⁽⁴⁾，流唱采莲声⁽⁵⁾。神游不停驾⁽⁶⁾，日暮反连营⁽⁷⁾。宁顾空房里⁽⁸⁾，阶上绿苔生⁽⁹⁾。

【注释】

〔1〕顿：南顿县，在今河南项城市西。　还城：指还南城。　顿还：一作"还顿"。

〔2〕锦笮（zuó）：同"锦筰"，丝织的缆绳，也泛指华美的缆绳。　凫舸（gě）：鸭形的大船。

〔3〕珠竿：饰以珠玉的竹竿。　翠旍（jīng）：饰以翠羽的旗帜。旍，同"旌"。

〔4〕鸣笳：吹奏笳笛。笳，是汉时流行于西域少数民族地区的竹制管乐器。　芳树：汉乐府《铙歌》十八曲之一。

〔5〕流唱：传唱。　采莲：指汉乐府相和曲《江南》，首句为"江南可采莲"。

〔6〕神游：指心神向往，有如亲游其境。

〔7〕反：同"返"。　连营：相互连接的营寨。

〔8〕宁：岂。

〔9〕上：一作"下"。

【今译】

汉水极深很难渡过去，深潭极清可看到潭底的鱼影。丝织的缆绳系着鸭形的大船，饰以珠玉的竹竿悬挂着饰以翠羽的旆旌。胡笳吹出了《芳树》曲,船中传出"江南可采莲"的歌声。尽情游览不停下车驾,直到黄昏才回到连成一片的军营。谁还会想到妻子独守空房里,台阶下的绿苔满地生。

王训奉和率尔有咏一首

王训(511—536),字怀范,琅玡临沂(今山东临沂)人。历官秘书郎、太子舍人、秘书丞、太子中庶子等职,官至侍中。

奉和率尔有咏〔1〕

【题解】

王训这首诗,大约就是对皇太子萧纲《率尔成咏》(见卷七)的应和诗,都是描写宫中美女之美。

殿内多仙女,从来难比方。别有当窗艳〔2〕,复是可怜妆〔3〕。学舞胜飞燕〔4〕,染粉薄南阳〔5〕。散黄分黛色〔6〕,薰衣杂枣香〔7〕。简钗新辗翠〔8〕,试履逆填墙〔9〕。一朝恃容色,非复守空房。君恩若可恃,愿作双鸳鸯。

【注释】

〔1〕奉和:奉命和诗。　率(shuài)尔:随便,轻松,无拘无束的样子。参看卷七皇太子(即简文帝萧纲)《率尔成咏》。
〔2〕艳:指美艳的女子。
〔3〕可怜:可爱。

〔4〕胜：一作"腰"。　飞燕：赵飞燕，汉成帝皇后，体轻善舞。

〔5〕薄：轻。　南阳：指南阳出产的粉，是古代的名粉。江淹《扇上彩画赋》："粉则南阳铅泽，墨则上党松心。"

〔6〕散黄：古代妇女在额上涂饰额黄，以作妆饰。　黛：一种画眉的黑色颜料。

〔7〕枣香：枣油之香。北魏贾思勰《齐民要术·种枣》："枣油法：郑玄曰：'枣油，捣枣实，和，以涂缯上，燥而形似油也。'"

〔8〕简：选用。　辗：通"碾（niǎn）"，碾碎。　翠：翡翠。

〔9〕履：鞋。　逆：迎。　填墙：粉墙，涂饰色彩的墙。逆填，一作"送垣"。

【今译】

宫中有许多仙女一般的美女，从来就难于比喻形容她们的模样。她们当窗而立别是一种美艳，再加上她们那令人怜爱的梳妆。她们学舞蹈超过了赵飞燕，所搽的粉更比南阳粉还强。额黄和黛眉交相辉映，熏过的衣裳上杂有枣油香。她们选用的金钗有新碾的翡翠，穿着新鞋迎面走向粉墙。一旦她们凭着自己美艳的容颜得到君王宠爱，就不再寂寞地独守空房。君王的恩宠如能依靠，她们愿意与君王化作一对鸳鸯。

庾肩吾杂诗七首

庾肩吾（487—551），字子慎，南阳新野（今河南新野）人，庾信父。初为晋安王萧纲常侍，与刘孝威、徐摛等号称"高斋学士"。中大通三年（531）萧纲立为皇太子，他任东宫通事舍人，迁太子中庶子。太清三年（549）萧纲继位后，任度支尚书。侯景矫诏令他使江州，他趁机逃离京城奔江陵，任江州刺史，领义阳太守，封武康县侯。不久去世。南朝梁诗人，为宫体诗创始人。原有集十卷，已散佚，明人辑有《庾度支集》。

咏得有所思[1]

【题解】

这是一首用乐府古题写的诗,诗的题旨与《有所思》乐府古辞相同,都是写女子的情思。

佳期竟不归[2],春物坐芳菲[3]。拂匣看离扇,开箱见别衣。井桐生未合[4],宫槐卷复稀[5]。不及衔泥燕,从来相逐飞。

【注释】

〔1〕咏得有所思:在《乐府诗集》中,这首诗收入《鼓吹曲辞·汉铙歌》,题作《有所思》,同题诗共收二十六首。《汉铙歌》古辞十八首,《有所思》是第十二首。可参看卷五沈约《有所思》。
〔2〕竟:一作"杳"。
〔3〕物:一作"日"。　　坐:空,徒然。　　芳菲:花草芳香盛美。
〔4〕桐:一作"梧"。
〔5〕宫槐:即守宫槐,其叶白天叠合,晚上张开。

【今译】

已到了回家的日期竟不归,春天的花草只是徒然的芳香盛美。拂拭镜匣看到了离别时的团扇,打开衣箱看到了分别时穿戴的衣衫玉珮。井边的桐树枝叶尚未相交,守宫槐的叶片却已稀疏枯萎。我们还比不上那衔泥共筑爱巢的飞燕,它们从来都是双宿双飞。

咏美人自看画应令[1]

【题解】
　　皇太子萧纲（即简文帝）有《咏美人观画》诗，见卷七，这首诗是应皇太子诏令写的和诗。与萧纲诗一样，都是咏美人观画。

　　欲知画能巧，唤取真来映[2]。并出似分身[3]，相看如照镜[4]。安钗等疏密，著领俱周正。不解平城围[5]，谁与丹青竞[6]？

【注释】
　　〔1〕自：一作"日"，一无"自"。　应令：响应诏令，特指应皇太子之命而和的诗文。古代凡应帝王之命叫"应诏"，应皇太子之命叫"应令"，应诸王公之命叫"应教"。题一无"应令"。萧纲有《咏美人观画》，见卷七。
　　〔2〕唤取：呼请。　真：指真人（对画中人而言）。　映：映衬，对照。
　　〔3〕并：一作"花"。
　　〔4〕照：一作"对"。
　　〔5〕平城围：指汉高祖刘邦在平城被匈奴围困七天，后用陈平计，将美女图画送给匈奴单于阏氏（皇后），意思是说，如匈奴灭汉，将得美女，阏氏便会失宠。于是阏氏说服单于解了围。见《汉书·高帝纪》"遂至平城，为匈奴所围，七日，用陈平秘计得出"应劭注。
　　〔6〕丹青：丹砂和青䨄，可做绘画颜料，因而"丹青"又指图画、画像。

【今译】
　　想要知道美女画像是多么工巧，可以请来美人与画中美女互相比较。她们同时出现好像美女分了身，美人看画就像对着镜子照。头上所插金钗一样的疏密，身上所着衣领一样的端庄齐整。如果当年匈奴单于不解平城之围，有谁能同图画中的美女去竞争？

赋得横吹曲长安道[1]

【题解】

这首诗描写的是帝王之家的豪华景象和享乐生活。

桂宫连复道[2],黄山开广路[3]。远听平陵钟[4],遥识新丰树。合殿生光彩[5],离宫起烟雾[6]。日落歌吹还[7],尘飞车马度[8]。

【注释】

[1]赋得横吹曲长安道:在《乐府诗集》中,这首诗收入《横吹曲辞·汉横吹曲》,题作《长安道》,同题诗共收二十一首。《乐府解题》说:"汉横吹曲,二十八解,李延年造。魏晋已来,唯传十曲。"后又增八曲,共十八曲。《长安道》为十八曲之一。

[2]桂宫:宫殿名。　连:一作"横",一作"延"。　复道:楼阁间架空的通道,也叫"阁道"。

[3]黄山:宫殿名。

[4]平陵:与下句"新丰"均为汉京城长安附近的地名。

[5]合殿:宫殿名。

[6]离宫:都城之外供帝王出巡时居住的宫室。

[7]歌吹:歌声和箫管吹奏之乐声。

[8]度:过。

【今译】

桂宫之内复道连着复道,黄山宫前又开辟了宽阔的大路。远听可以听到平陵的钟声,遥望可以看到新丰的大树。合殿明亮华丽焕发出光彩,离宫幽深静谧腾起了烟雾。黄昏之时一面歌唱一面吹奏从城外归来,只见大风扬尘大批车马在眼前飞度。

南苑还看人[1]

【题解】

　　这首诗大约是写皇太子萧纲到南苑春游,看到了不少折枝采花的美女。但在宫中,还有不少女子盼望他归来。

　　春花竞玉颜,俱折复俱攀。细腰宜窄衣,长钗巧挟鬟。洛桥初度烛[2],青门欲上关[3]。中人应有望[4],上客莫前还[5]。

【注释】

　〔1〕南苑:京都建康(今江苏南京)皇宫中南面的苑囿,从南朝宋以后,成为人们游览之地,见《南史·宋明帝纪》。　还看人:一作"看人还"。
　〔2〕洛桥:洛水上的桥,这里泛指京城中的桥。
　〔3〕青门:古代长安城东有青城门,这里泛指京城的城门。
　〔4〕中人:室中之人,内人,也指宫女。
　〔5〕上客:尊贵的客人,指君王。　莫:同"暮",黄昏。

【今译】

　　春天的鲜花同白皙如玉的女子互相比美,美丽的女子攀缘树干折下了鲜花。她们纤细的腰穿着窄瘦的衣正合身,长长的金钗巧妙地夹着云鬟。洛水桥上刚刚点上了灯烛,青城门也快要闭关。此时宫女们应在热烈地期盼,君王啊你这位贵人黄昏前就要回还。

送别于建兴苑相逢[1]

【题解】
初春的黄昏,诗人将要远行,一位女子赶来为他送行。

相逢小苑北,停车问苑中。梅新杂柳故,粉白映纶红[2]。去影背斜日,香衣临上风。云流阶渐黑,冰开池半通[3]。去马船难驻[4],啼乌曲未终[5]。眷然从此别[6],车西马复东。

【注释】
〔1〕建兴苑:帝王御花园名。《梁书·武帝纪》说,天监四年(505),立建兴苑于秣陵(今江苏南京)建兴里。
〔2〕纶:一作"轮"。
〔3〕池:护城河。
〔4〕马:一作"鸟"。 驻:一作"归"。
〔5〕啼乌曲:即《乌夜啼》曲。
〔6〕眷(juàn)然:依恋不舍的样子。

【今译】
我们相逢在建兴苑之北,她停下车来问起了苑中。此时苑中新梅夹杂着故柳,粉白的梅花映着残阳一片红。将要离去的我背对着斜阳,她衣上弥漫着芳香站在上风。天上浮云流动台阶逐渐暗下来,冰雪开始融化河水已半通。离去的车船很难再留驻,演奏《乌夜啼》都未能演奏到曲终。依恋不舍啊从此分了手,她乘车往西我却驱马奔向东。

和湘东王二首[1]

应令春宵[2]

【题解】

春夜，思妇为征夫赶制新衣。

征人别未久[3]，年芳复临牖[4]。烛下夜缝衣，春寒偏著手[5]。愿及归飞雁[6]，因书寄高柳[7]。

【注释】

[1] 湘东王：即梁元帝萧绎。
[2] 应令：见前《咏美人自看画应令》注[1]。
[3] 征人：远行之人。　未：一作"来"。
[4] 年芳：指春天，因春天花草芬芳，故称"年芳"。
[5] 著（zhuó）：附着，指用手接触针线衣料。
[6] 及：赶上。
[7] 因：凭借。　书：书信。　高柳：高高的柳树，代指征人之所在。

【今译】

远行的丈夫离家已很久，春天到来我又走近了窗口。在烛光之下连夜赶制新衣，春天的寒气依然冻伤了我的手。希望能赶上北归的大雁，托它把书信捎往丈夫滞留的高柳。

应令冬晓[1]

【题解】

冬日拂晓,一位女子经过不眠之夜后起身对镜梳妆,顾影自怜。

邻鸡声已传,愁人竟不眠。月光侵曙后,霜明落晓前。萦鬟起照镜,谁忍插花钿[2]?

【注释】

〔1〕应令冬晓:题一作《冬晓》。
〔2〕插:一作"整"。

【今译】

邻家的鸡声已经传过来,忧愁的人儿始终未成眠。天虽渐亮大地仍有淡淡的月光,白霜降落却是在拂晓之前。盘起头发起身面对着明镜,有谁忍心在这秀美的云鬟上插上花钿?

刘孝威杂诗三首

刘孝威(约496—549),彭城(今江苏徐州市)人,刘孝绰六弟。初任晋安王萧纲法曹参军、主簿。萧纲立为皇太子,他任太子中庶子,兼通事舍人。南朝梁诗人,原有集十卷,已散佚,明人辑有《刘庶子集》。

侍宴赋得龙沙宵月明^{〔1〕}

【题解】
　　头上是秋日的新月，脚下是万里黄沙。一位男子戍守塞外，想念家中忧伤的妻子，决心奋勇立功，受封荣归。

　　鹊飞空绕树^{〔2〕}，月轮殊未圆^{〔3〕}。嫦娥望不出^{〔4〕}，桂枝犹隐残^{〔5〕}。落照移楼影，浮光动堑澜^{〔6〕}。枥马悲羌吹^{〔7〕}，城乌啼塞寒^{〔8〕}。传闻机杼妾^{〔9〕}，愁余衣服单。当秋终已脆^{〔10〕}，衔啼织复难^{〔11〕}。敛眉虽不乐^{〔12〕}，舞剑强为欢。请谢函关吏^{〔13〕}，行当泥一丸^{〔14〕}。

【注释】
　　〔1〕龙沙：指白龙堆沙漠，一说指卢龙山后大漠。也泛指北方塞外之荒漠。
　　〔2〕鹊：喜鹊。曹操《短歌行》："月明星稀，乌鹊南飞。绕树三匝，何枝可依？"
　　〔3〕月轮：月亮。月，一作"丹"。　　殊：犹，尚。　　圆：一作"团"。
　　〔4〕嫦娥：神话传说，嫦娥为后羿之妻，因偷服不死之药而奔月。
　　〔5〕桂枝：传说月中有丹桂，吴刚被罚砍树，随砍随合。
　　〔6〕堑（qiàn）：护城河。
　　〔7〕枥（lì）马：伏在马槽上的马。曹操《步出夏门行》："老骥伏枥，志在千里；烈士暮年，壮心不已。"　　羌（qiāng）吹：羌笛，羌管，指少数民族羌族的管乐器。羌，一作"笳"。
　　〔8〕塞：边塞。
　　〔9〕机杼（zhù）：织布机上的梭子，代织布机。
　　〔10〕秋：一作"愁"。　　终：一作"丝"。
　　〔11〕衔啼：衔悲，含泪。
　　〔12〕敛（liǎn）眉：皱眉。
　　〔13〕谢：告诉。　　函关：函谷关。

〔14〕行当：即将，将要。　　泥：一作"封"。　　一丸：指一丸之地。

【今译】

乌鹊空自绕树飞，新月初升尚未圆。仰望月中嫦娥不出来，月中的桂枝仍是隐约凋残。月光照临楼影慢慢移动，护城河水荡漾起微澜。槽中老马应和着羌笛吹奏而悲鸣，城上乌鹊感受着塞外严寒而啼声悲惨。听说家中坐在织布机前的妻子，正担心我在塞外衣服单。正当秋日机上白丝已是柔脆易断，她双目含泪要想继续纺织已很难。我紧皱双眉虽不乐，但仍起身舞剑勉力为欢。请告诉戍守边关的官长，我即将立功受封胜利把家还。

奉和湘东王应令冬晓⁽¹⁾

【题解】

冬日拂晓，家居洛阳城外的一位女子，思念戍边的丈夫，欲寄送书信，但天寒地冻，竟书写不成。

妾家边洛城⁽²⁾，惯识晓钟声。钟声犹未尽，汉使报应行⁽³⁾。天寒砚水冻⁽⁴⁾，心悲书不成。

【注释】

〔1〕奉和湘东王应令冬晓：题一无"和"字。
〔2〕边：靠近。
〔3〕汉使：汉之使者。梁元帝（湘东王）萧绎《燕歌行》："翻嗟汉使音尘断，空伤贱妾燕南垂。"这里代使者。　　应行：当行。
〔4〕水：一作"冰"。

【今译】

我这个小女子的家靠近洛阳城，听惯了洛阳城中拂晓的钟声。

今天钟声还没有敲尽,就听说使者即将启程。此时天寒地冻砚台里的墨水结了冰,心中悲伤一封书信竟然未写成。

䣝县遇见人织率尔寄妇⁽¹⁾

【题解】

诗人在䣝县见一女子织素,心有所感,想到妻子独处家中,也定然是寂寞难耐,恨不得立即驱马返家。

妖姬含怨情⁽²⁾,织素起秋声。度梭环玉动⁽³⁾,踏蹑珮珠鸣⁽⁴⁾。经稀疑杼涩⁽⁵⁾,纬断恨丝轻⁽⁶⁾。蒲萄始欲罢⁽⁷⁾,鸳鸯犹未成。云栋共徘徊⁽⁸⁾,纱窗相向开。窗疏眉语度⁽⁹⁾,纱轻眼笑来。昽昽隔浅纱⁽¹⁰⁾,的的见妆华⁽¹¹⁾。镂玉同心藕⁽¹²⁾,列宝连枝花⁽¹³⁾。红衫向后结⁽¹⁴⁾,金簪临鬓斜。机顶挂流苏⁽¹⁵⁾,机旁垂结珠。青丝引伏兔⁽¹⁶⁾,黄金绕鹿卢⁽¹⁷⁾。艳彩裾边出⁽¹⁸⁾,芳脂口上渝⁽¹⁹⁾。百城交问道⁽²⁰⁾,五马共峙崵⁽²¹⁾。直为闺中人⁽²²⁾,守故不要新。梦啼渍花枕⁽²³⁾,觉泪湿罗巾⁽²⁴⁾。独眠真自难,重衾犹觉寒。愈忆凝脂暖⁽²⁵⁾,弥想横陈欢⁽²⁶⁾。行驱金络骑⁽²⁷⁾,归就城南端⁽²⁸⁾。城南稍有期⁽²⁹⁾,想子亦劳思⁽³⁰⁾。罗襦久应罢⁽³¹⁾,花钗堪更治⁽³²⁾。新妆莫点黛,余还自画眉。

【注释】

〔1〕䣝(ruò)县:地名,在今湖北宜城市东南。䣝,一作"䣕"。率(shuài)尔:随便,轻松,无拘束的样子。　寄妇:一作"成咏"。

〔2〕妖姬：艳丽的女子。
〔3〕度梭：穿梭。梭，机杼。
〔4〕蹑（niè）：古代织布机上提综的踏板。　鸣：一作"明"。
〔5〕经：纵线。　稀：一作"移"。
〔6〕纬：横线。
〔7〕蒲萄：即"葡萄"，指葡萄花纹。
〔8〕云栋：云彩和屋梁。
〔9〕眉语：以眉目示意传情。　度：过。
〔10〕眬眬（lóng）：一作"笼笼"，隐约可见的样子。
〔11〕的的（dí）：清楚实在的样子。　妆华：梳妆打扮的模样。妆，一作"庄"。
〔12〕镂：雕刻。　藕：一作"带"。
〔13〕列：一作"杂"。　连枝花：枝干相连的花朵。
〔14〕衫：一作"巾"。
〔15〕流苏：用彩色羽毛或丝绒等制成的穗状垂饰物。
〔16〕引：牵，拉。　伏兔：古代车上勾连车厢底板和车轴的部件，形如蹲伏的兔。也指织布机上的部件。
〔17〕鹿卢：一作"辘轳"，机械上的绞盘，利用轮轴原理制成。
〔18〕裾（jū）：衣服的大襟。
〔19〕渝（yú）：满溢。
〔20〕百城：各个城邑，借指各地的地方官。　道：一作"遗"。
〔21〕五马：五匹马。古代太守出行用五马驾车，因而五马又代指太守。　踌躇：同"踟蹰"，徘徊。
〔22〕直为：只是，只不过是。
〔23〕渍（zì）：浸，浸湿。
〔24〕觉（jué）：醒。
〔25〕凝脂：凝固的油脂，形容女子洁白柔润的肌肤。　暖：一作"缓"。
〔26〕弥（mí）：更加。　横陈：横卧，横躺。
〔27〕金络骑：套着黄金马笼头的马。
〔28〕归就：回到。　城南：一作"南城"。曹植《美女篇》有"借问女安居，乃在城南端"之句，见卷二。
〔29〕稍：很，甚。　期：期望，期待。
〔30〕劳思：苦思苦想。
〔31〕罗襦（rú）：丝袄。　罢：脱下，指换新衣。
〔32〕堪：可以。　治：修理。

【今译】

　　一位艳丽的女子满含愁怨,织素之时四周秋风萧瑟令人心酸。梭子穿动她的玉环也在动,踏板踏下她的珮珠响声不断。经线稀疏怀疑是机梭不畅,纬线中断又恨丝线太细太轻纺织难。想停下开头所织的葡萄花纹,但鸳鸯花纹也还没有织完。此时白云在梁上缭绕,纱窗相对着打开一扇又一扇。窗格稀疏看得见她眉目传情,纱网又轻又薄料想她如能眉开眼笑更好看。朦朦胧胧的只隔着一层薄薄的窗纱,清清楚楚地看得见她的梳妆打扮。她的珮玉镂刻着同心藕,间杂着宝玉连枝花。红色的衣衫在后面打了一个结,金钗在云鬓边倾斜。织布机上悬挂着流苏,织布机旁垂结着珍珠一串串。青丝牵引着织布机上的伏兔,金丝绕着机上的绞盘。艳丽的色彩在衣襟边上尤其鲜明,芬芳的脂膏在口唇上溢红流丹。各地的地方官经过这里都来向她打听道路,连太守路过也会停下五马在她门前流连忘返。但她表示自己只是一个深居香闺的女子,只想与丈夫厮守不愿结交新官。但她在梦中啼哭泪水浸湿了花枕,醒过来时罗巾上也是泪痕斑斑。我想一个人孤枕独眠实在难,盖着两层被子还是觉得身上寒。此时更会忆起妻子洁白柔润肌肤的温暖,更加想念昔日妻子横卧床上夫妻的交欢。真想驱动我那黄金笼头的马,回到我日夜思念的城南。妻子在城南也有急切的期盼,想必你也是苦思苦想心难安。你穿的丝袄为时已久早应换,你头上的花钗也该整治一番。你梳妆时不要在眉上点黛,我回去时要亲自替你画眉为你精心打扮。

徐君倩杂诗二首

　　徐君倩(一作"蒨"),字怀简,东海郯(今山东郯城西南)人。曾任梁湘东王(即后来的梁元帝萧绎)谘议参军。

共内人夜坐守岁[1]

【题解】

除夕之夜,诗人与妻子一同守岁。

欢多情未极,赏至莫停杯。酒中挑喜子[2],粽里觅杨梅[3]。帘开风入帐,烛尽炭成灰。勿疑鬟钗重,为待晓光来[4]。

【注释】

〔1〕内人:室内之人,指妻子。 守岁:一种过年的习俗,即在农历除夕终夜不睡,以迎候新年到来。此诗一作刘孝威诗。

〔2〕挑喜:一作"喜挑"。 喜子:即蟢子,一种长脚的小蜘蛛,民间风俗认为喜子的出现是喜事将至的征兆。

〔3〕杨梅:常绿乔木,核果球形,表面有粒状突起,味酸甜,可食。

〔4〕来:一作"催"。

【今译】

欢乐多多但激情尚未达到极致,玩赏正浓千万不要停下酒杯。年酒中挑出了喜子,年粽里找到了杨梅。帘幕吹开寒风吹进了帷帐,脂烛燃尽火炭变成了灰。不要嫌鬟发上的金钗重,只为了等待拂晓之时东方现出光辉。

初春携内人行戏[1]

【题解】

初春时节,诗人带着妻子一同去春游,诗中所写就是诗人的见闻和感受。

梳饰多今世⁽²⁾，衣著一时新⁽³⁾。草短犹通屧⁽⁴⁾，梅香渐著人。树斜牵锦帔⁽⁵⁾，风横入红纶⁽⁶⁾。满酌兰英酒⁽⁷⁾，对此得娱神⁽⁸⁾。

【注释】

〔1〕行戏：游玩，指春游。
〔2〕今世：当代。
〔3〕新：新潮，时髦。
〔4〕屧（xiè）：木屐（jī），也泛指鞋。
〔5〕帔（pèi）：披在肩背上的服饰，即披肩。
〔6〕红纶：红纶披巾，妇女披在肩上的一种披巾。纶，一作"轮"。
〔7〕兰英酒：指同兰花一样香美的酒。语出枚乘《七发》："兰英之酒，酌以涤口。"兰英，兰花。
〔8〕娱神：使精神愉快，欢乐适意。

【今译】

春游的女子梳妆打扮多是当今的样式，她们衣着时髦服饰簇新。青草尚短还能穿着木屐走过，梅花清香渐渐沾上了人。树枝斜出牵扯住了丝织的披肩，春风劲吹吹动了肩上的红纶巾。满满斟上一杯兰花酒，面对这种春日美景真可以愉悦心神。

鲍泉杂诗二首

鲍泉（？—551），字润岳，东海（今江苏涟水县北）人。梁元帝时为信州刺史，后任郢州刺史长史，行府州事。侯景攻陷郢州，被杀。有文集一卷，已佚。

南苑看游者

【题解】

诗人在南苑游览,忽见一位女子走过,她的美丽吸引了众多的目光。

洛阳小苑地⁽¹⁾,车马盛经过。缘沟驻行幰⁽²⁾,傍柳转鸣珂⁽³⁾。履高含响珮⁽⁴⁾,袜轻半隐罗。浮云无处所,何用转横波⁽⁵⁾。

【注释】

〔1〕洛阳:借指京都建康。
〔2〕缘:沿,顺。　行幰(xiǎn):指行进的车子。幰,车的帷幔。
〔3〕珂(kē):白色的玉石,相击有声,常用作马勒的饰物。
〔4〕含:一作"全"。
〔5〕何用:用反问的语气表示不用、不须。　横波:横流的水波,比喻流动的眼光。

【今译】

京都皇宫一座小园林,有许多车马从这里经过。沿着清渠停着不少贵人的车辆,靠着绿柳马儿转动碰响了马勒上的玉珂。一位女子走来她穿着高靴响着玉珮,轻柔的丝袜在靴中露出不多。她像浮云一般转眼即过居无定所,不须向周围的男士递送秋波。

落日看还

【题解】

春日的黄昏,太阳快要落山,诗人注视着一些美艳的女子,在夕阳余晖中走回家去。

　　妖姬竞早春[1]，上苑逐名辰[2]。苔轻变水色[3]，霞浓掩日轮[4]。雕甍斜落影[5]，画扇拂游尘。衣香遥已度[6]，衫红远更新。谁家荡舟妾[7]？何处织缣人[8]？

【注释】

　　[1] 妖姬：妖媚艳丽的女子。
　　[2] 上苑：皇家园林。　辰：一作"晨"。
　　[3] 苔：青苔，又叫地衣，隐花植物，常于阴湿之地贴地面而生。
　　[4] 日轮：太阳。
　　[5] 雕甍（méng）：雕梁画栋，指有雕花、彩绘的屋梁。甍，屋脊。
　　[6] 度：过。
　　[7] 荡舟：摇动小舟。《史记·齐太公世家》："桓公与夫人蔡姬戏船中，蔡姬习水，荡公……"
　　[8] 缣（jiān）：细绢。古诗《上山采蘼芜》："新人工织缣，故人工织素。"见卷一。

【今译】

　　妖媚艳丽的女子在初春之时竞相出游，她们在皇家园林里争着享受这美景良辰。轻软的苔藓使水色变得更清，浓厚的云霞遮住了太阳这个火轮。雕绘美丽的屋梁上斜照着夕阳的光影，美人用手中的画扇拂拭着浮尘。她们越走越远衣上的芳香也随她们而去，但衣衫的鲜红虽远却更觉颜色新。这究竟是谁家在水上摇动小舟的女子？又是居住在哪里的在机上织绢的丽人？

刘缓杂诗四首

刘缓,字含度,平原高唐(今山东高唐)人,刘昭子。曾任湘东王(萧绎)安西府记室,又任通直郎、中录事。有集四卷,已佚。

敬酬刘长史咏名士悦倾城[1]

【题解】

这首诗所描写的是名士心目中的绝色女子。

不信巫山女[2],不信洛川神[3]。何关别有物,还是倾城人。经共陈王戏[4],曾与宋家邻[5]。未嫁先名玉[6],来时本姓秦[7]。粉光犹似面[8],朱色不胜唇。遥见疑花发,闻香知异春。钗长逐鬟鬓[9],袜小称腰身[10]。夜夜言娇尽,日日态还新[11]。工倾荀奉倩[12],能迷石季伦[13]。上客徒留目[14],不见正横陈。

【注释】

〔1〕酬:指诗文赠答。　刘长史:刘之遴,字思贞。一说,指其弟刘之亨,字嘉会。两人均做过湘东王长史。　名士:指以学术诗文著称的知名人士。　倾城:指绝世美人。可参阅卷七皇太子《和湘东王名士悦倾城》。

〔2〕巫山女:巫山神女,曾在高唐与楚王幽会,见宋玉《高唐赋》《神女赋》。

〔3〕洛川神:洛水女神宓妃,见曹植《洛神赋》。

〔4〕陈王:陈思王曹植。　戏:游玩。

〔5〕宋家:指宋玉的家。　邻:邻居。宋玉《登徒子好色赋》说:

"天下之佳人莫若楚国,楚国之丽者莫若臣里,臣里之美者莫若臣东家之子。"东家即东邻。

〔6〕名玉:名字叫玉。干宝《搜神记》卷十六说:"吴王夫差小女,名曰紫玉,年十八,才貌俱美。"她欲嫁韩重,不得,气结而死。后来韩重游学归来,玉在墓侧现身与韩重相见。一说,指秦穆公女儿弄玉,她嫁给萧史后同住在凤台,后来双双乘凤飞去,见《列仙传》。

〔7〕秦:指秦罗敷,古代传说中的美女,见卷一古乐府《日出东南隅行》(即《陌上桑》)。

〔8〕似:一作"自"。

〔9〕髲(bì):假发。一作"鬓"。

〔10〕袜(mò):抹胸,即兜肚。 称(chèn):相称,适合。

〔11〕日日:一作"朝朝"。

〔12〕工:一作"已"。 倾:倾倒。 荀奉倩:荀粲。《三国志·魏志·荀彧传》何劭注说:"粲常以妇人者才智不足论,自宜以色为主。骠骑将军曹洪女有美色,粲于是聘焉。"婚后夫妻生活极为和谐。数年后,女死,粲极悲哀,一年后也死去。

〔13〕石季伦:石崇,西晋渤海南皮(今属河北)人。他富甲一时,穷奢极侈。爱妾绿珠,美而艳。

〔14〕上贵:尊贵的客人。 徒:空。 留目:注目,目不转睛地注视。

【今译】

她的确不是巫山的神女,也不是洛水的女神。与别的人物也没有什么关联,但她仍然是一位倾城倾国的绝色美人。她曾与陈王曹植共同游玩,也曾居家与宋玉为邻。出嫁之前她就像紫玉一样美,出嫁之后她就像罗敷那样本姓秦。脸面白皙同搽过粉后一个模样,嘴唇鲜红好像口红涂不上嘴唇。远远望去像是一朵鲜花在绽放,闻到芳香知道这不同于芬芳的阳春。金钗顺插在发髻上,兜肚的大小正适合她苗条的腰身。每天晚上她说尽了娇媚的话语,每天早上她的衣着神态还是那样新。她已使荀粲爱慕倾倒,又能迷住富甲一时的石季伦。尊贵的客人只是徒然地对她注视,你难道没有看见她正横卧在床上多么柔顺。

杂咏和湘东王三首[1]

寒闺[2]

【题解】
　　寒冷的冬日，一位女子独守深闺，她的丈夫离家远出，她心灰意冷，既无心剪裁，也无心梳妆。

　　别后春池异，荷尽欲生冰。箱中剪刀冷，台上面脂凝[3]。纤腰转无力，寒衣恐不胜。

【注释】
　〔1〕湘东王：萧绎，即梁元帝。可参看卷七湘东王《寒宵三咏》《咏秋夜》。
　〔2〕寒闺：一作《冬宵》，一作《闺怨》。
　〔3〕面脂：润面的油脂。

【今译】
　　离别之后春日的池塘已经改变，荷花全无池水快结上了冰。箱中的剪刀长期不用冷冷地躺在箱里，梳妆台上润面的油脂也已冰凝。纤细的腰身再也无力转动，恐怕承受不住厚重的寒衣压在身。

秋夜

【题解】
　　秋天的夜里，一位女子独居香闺，相思已经绝望，泪流满面，苦受煎熬。

楼上起秋风，绝望秋闺中。烛溜花行满[1]，香燃奁欲空[2]。徒交两行泪[3]，俱浮妆上红。

【注释】
[1] 烛溜：烛泪，指蜡烛燃烧时流下的液态蜡。　花：灯花。行：将。
[2] 燃：一作"灯"。　奁（lián）：女子梳妆用的镜匣，也用来盛香。
[3] 徒：空。　交：一作"教"。

【今译】
楼上刮起了秋风，她已断绝了希望独居在秋日的深闺中。烛泪不住往下滴灯花也将满，香快燃尽盛香的镜匣也快空。空教脸上两行热泪，让胭脂全都浮起脸上一片红。

冬　宵[1]

【题解】
冬日的寒夜，一位独守空床的女子，伴着孤灯独坐，思绪万千。

不堪寒夜久，夜夜守空床。衣裾逐坐褶[2]，钗影近灯长。无怜四幅锦[3]，何须辟恶香[4]？

【注释】
[1] 冬宵：一作《寒闺》。
[2] 裾（jū）：衣服的大襟，也指衣服的前后部分。　逐：随。坐：座位。　褶（zhě）：衣裙上的褶皱。
[3] 幅：量词，用于布帛或纸张。　锦：有彩色花纹的丝织品。
[4] 辟（bì）恶：祛除恶气。

【今译】

不能忍受寒冷的冬夜竟是这般的漫长,每天夜里都是孤身一人独守空床。衣襟随着座席而起了褶皱,钗影靠近灯烛越拉越长。既然丈夫不顾惜那四幅锦的锦被,我又何必在衣裙上熏辟恶香?

邓铿杂诗二首

邓铿,梁南郡当阳(今属湖北)人,邓元起之子,继承其父爵位,为松滋县侯。

和阴梁州杂怨[1]

【题解】

这首诗主要抒发离别相思之情。

别离虽未久,遂如长别离[2]。丛桂频销叶,庭树几攀枝。君言妾貌改,妾畏君心移。终须一相见,并得两相知[3]。

【注释】

[1] 阴梁州:阴子春,字幼文,武威姑臧(今甘肃武威)人,曾任梁秦二州刺史。诗题一作《闺怨》,作者一作刘缓。
[2] "别离"二句:一作"暂别犹添恨,何忍别经时"。
[3] 相:一作"心"。

【今译】

别离虽然没有多久,但就好像是一次长久的别离。桂树丛中树叶不断凋落,为折芳寄远也已几次攀折庭中花枝。你大概会说我的容貌已经改变,我却担心你的爱心会转移。最终应当再见面,我俩是否真心相爱全可知。

奉和夜听妓声[1]

【题解】

这首诗写的是夜听年轻女艺人歌吹弹唱的感受。

烛华似明月[2],鬟影胜飞桥。妓儿齐郑舞[3],争妍学楚腰[4]。新歌自作曲,旧瑟不须调。众中俱不笑,座上莫相撩[5]。

【注释】

〔1〕妓声:艺人歌吹弹唱之声。
〔2〕烛华:蜡烛的火花。华,同"花"。
〔3〕妓儿:年轻的女艺人。 郑舞:郑国女子的舞蹈。郑女以善舞著称。舞,一作"乐"。
〔4〕妍(yán):美丽。 楚腰:指纤细的腰。《韩非子·二柄》:"楚灵王好细腰,而国中多饿人。"
〔5〕撩(liáo):撩拨,挑逗。

【今译】

烛光像明月一般明亮,高耸的发髻胜过飞桥架于急流。年轻的女艺人像郑女舞蹈那样娴熟,她们争美让腰身苗条细柔。新歌都是她们自己谱曲,旧瑟也不必调了再弹奏。观众之中都没有人嬉笑,座上的贵客千万不要把她来挑逗。

甄固奉和世子春情一首

甄固，生平事迹不详。

奉和世子春情[1]

【题解】
这首诗主要抒发一位女子春日的情思。

昨晚褰帘望，初逢双燕归。今朝见桃李，不啻数花飞[2]。已愁春欲度[3]，无复寄芳菲[4]。

【注释】
〔1〕世子：太子，通常是帝王和诸侯的嫡长子，这里指萧纲。萧纲有《春闺情》一首，见卷七。
〔2〕不啻（chì）：不仅，何止。
〔3〕已：一作"含"。
〔4〕芳菲：香花芳草。古人常折芳寄远，表示爱意。

【今译】
昨晚掀开窗帘往外望，初逢双燕归来筑巢栖。今早看到了窗外的桃和李，不止几朵花儿飞下地。满怀愁情眼看春天即将过去，无人再折芳寄远表达爱意。

庾信杂诗三首

庾信（513—581），字子山，南阳新野（今属河南）人。梁诗人庾肩吾之子。萧纲为太子时，庾肩吾为太子中庶子，掌管记，徐摛为右卫率，其子徐陵与庾信同为抄撰学士。庾氏父子与徐氏父子在太子东宫"出入禁闼，恩礼莫与比隆"，诗文均趋绮艳，世称"徐庾体"。庾信曾奉命出使东魏，回朝后为东宫学士，领建康令。侯景作乱，他奔赴江陵。梁元帝即位，他任右卫将军，封武康县侯，加散骑常侍。梁元帝承圣三年（554），时年四十二，奉元帝命出使西魏，正逢西魏攻陷江陵，元帝被杀，不得已而屈仕西魏，历官大都督、车骑大将军、仪同三司。后来陈朝代梁，北周灭魏，他又改仕北周，历官弘农郡守、骠骑大将军、开府仪同三司，世称庾开府。北周著名文学家，入北后诗风变得苍劲深沉。原有集二十一卷，已散佚，后人辑有《庾子山集》。

奉和咏舞[1]

【题解】

这首诗描写舞女优美的舞姿和美丽的容貌。

洞房花烛明[2]，燕余双舞轻[3]。顿履随疏节[4]，低鬟逐上声[5]。半转行初进[6]，衫飘曲未成[7]。鸾回镜欲满[8]，鹄顾市应倾[9]。已曾天上学，讵似世中生[10]？

【注释】

〔1〕奉和咏舞：一作《和咏舞》。梁简文帝萧纲有《咏舞》诗二首，均见卷七。

〔2〕洞房：幽深的内室。

〔3〕燕（yān）余：指燕地或燕地的美女，也泛指舞女。张衡《七

辩》:"淮南清歌,燕余材舞,列乎前堂,递奏代叙。"萧纲《筝赋》:"乃有燕余丽妾,方桃譬李,本住南城,经居东里。"

〔4〕顿履:踏足。　　疏节:舒缓的节拍。

〔5〕低鬟:低头。鬟,环形的发结。　　上声:上声歌,乐府吴声歌曲名。《古今乐录》说:"《上声歌》者,此因上声促柱得名。"《乐府诗集·清商曲辞·吴声歌曲》收晋宋梁辞《上声歌》八首,多哀思之音。

〔6〕半:一作"步"。　　行:行列。

〔7〕衫飘:一作"飘衫"。

〔8〕鸾回:鸾鸟回旋飞翔,这里比喻舞姿。一作"回鸾"。　　镜欲满:满镜几乎都是鸾影。南朝宋范泰《鸾鸟诗》序说:有人获一鸾鸟,三年不鸣。后让鸾鸟照镜,"鸾睹形感契,慨然悲鸣,哀响中霄,一奋而绝"。

〔9〕鹄(hú):天鹅。一作"鹤",一作"雀"。　　倾:倾心,指一心向往和爱慕。《吴越春秋》载,吴王阖闾葬女于闾门外,舞白鹤于吴市,万人随观。

〔10〕似:一作"是"。

【今译】

　　幽深的内室烛火通明,一对舞女翩翩起舞舞步轻。她们随着舒缓的节拍轻踏舞步,低垂发鬟配合着乐曲《上声》。腰身半转刚要向前进,衣衫飘举一曲尚未成。犹如飞鸾回旋满镜都是鸾影,又似天鹅回顾举世当会倾心。精妙的舞蹈定是从天上学来,难道会从尘世之中产生?

七 夕[1]

【题解】

　　七夕之夜,诗人歌咏牛郎织女,表达青年男女的离别相思。这首《七夕》诗,庾信本集不载,靠《玉台新咏》得以保存留传。

牵牛遥映水[2],织女正登车[3]。星桥通汉使[4],机石逐仙槎[5]。隔河相望近,经秋离别赊[6]。愁将今夕恨[7],复著明年花。

【注释】

〔1〕七夕:农历七月初七晚上。民间传说七夕之时织女渡过天河,与牛郎相会。

〔2〕牵牛:牵牛星,民间传说中的牛郎。

〔3〕织女:织女星,民间传说中的织女。

〔4〕星桥:民间传说中的鹊桥。每年七夕之时,有喜鹊在天河上架桥,让牛郎织女相会。汉使:指张骞。《荆楚岁时记》说,汉武帝令张骞使大夏,寻河源。乘槎经月,而至一处,见一女织,一丈夫牵牛饮河渚。织女取楦机石与骞而还。

〔5〕机石:指支撑织机之石。　槎(chá):竹筏或木筏。

〔6〕赊(shē):长久,长远。

〔7〕恨:遗憾,悔恨。

【今译】

天河的那一边映照着牛郎的身影,天河的这一边织女正登车出发。天河上的鹊桥曾有汉使经过,他曾乘坐仙槎把织女的机石带回家。平日牛郎织女隔河相望似很近,但离别长久历经漫长的秋冬和春夏。他们只有将今夜的忧愁和遗憾,再附着于明年盛开的鲜花。

仰和何仆射还宅怀故[1]

【题解】

这是一首和诗,诗中抒发的是诗人返回故居怀念故妻的感伤情怀。

紫阁旦朝罢[2]，中台文奏稀[3]。无复千金笑[4]，徒劳五日归[5]。步檐朝未扫[6]，兰房昼掩扉[7]。苔生理曲处[8]，网积回文机[9]。故瑟余弦断，歌梁秋燕飞[10]。朝云虽可望[11]，夜帐定难依。愿凭甘露入[12]，方假慧灯辉[13]。宁知洛城晚[14]，还泪独沾衣。

【注释】
〔1〕仰和：同"敬和"。　何仆射：不详何人。仆射为官名。
〔2〕紫阁：指帝王宫殿。紫，一作"内"。　旦：一作"早"。
〔3〕中台：指司徒或司空。三台为星名，古人以三台当三公之位，中台比司徒或司空。　文：一作"夕"。
〔4〕千金笑：指女子珍贵的笑容。
〔5〕五日：指任职时间不长，语出《汉书·张敞传》。张敞为京兆尹，因杨恽案受牵连，人们以为他将被免官，称他为"五日京兆"。
〔6〕步檐：檐下的走廊。
〔7〕兰房：指兰香熏染的女子闺房。
〔8〕理曲：弹奏乐曲。
〔9〕回文：回文锦。十六国时前秦苏蕙因其夫窦滔被徙流沙，而织锦为《回文旋图诗》以赠，该诗回环往复读之均成诗。
〔10〕歌梁：指曾为歌声飞绕的屋梁，语出《列子·汤问》："昔韩娥东之齐，匮粮，鬻歌假食，既去，而余音绕梁，三日不绝。"
〔11〕朝云：早上的云，指巫山神女，这里借指心爱的女子。语出宋玉《高唐赋》。楚王在高唐梦中与巫山神女幽会，神女自谓"旦为朝云，暮为行雨"。
〔12〕甘露：佛教语，梵语 Amrta 的意译，喻佛法、涅槃等。这里指甘露门，喻超脱生死，引入涅槃的无上妙法。《法华经·化城喻品》："普智天人尊，哀愍群萌类。能开甘露门，广度于一切。"
〔13〕方：将。　假：借。　慧灯：犹"慧炬"，指无幽不照的智慧。《华严经》："为燃智慧灯，善目于此深观察。"
〔14〕洛城：洛阳，指与情人幽会的地方。语出谢朓《赠王主簿二首》其二："徘徊韶景暮，惟有洛城隅。"见卷四。

【今译】

宫中早朝已经结束，府中文书稀少也无须劳累。但已不能再见到亡妻珍贵的笑容，我这做不长久的官也只是徒然把家回。檐下的走廊早上都没有打扫，芳香的内室白天还掩着门扉。曾经弹奏乐曲的地方生满了青苔，曾织回文锦的织机也积满了蛛网尘灰。琴瑟上留下的弦已经折断，曾被歌声飞绕的屋梁只见秋燕在飞。美丽的"朝云"虽可期盼，但在晚上的帷帐中定难入睡。真希望通过甘露门超越生死界去寻找她，我将要借助于智慧灯无所不照的光辉。哪里知道现在洛城已经日暮，独自返家泪水沾衣心伤悲。

刘邈杂诗四首

刘邈，南朝梁彭城（今江苏徐州）人，生卒年不详。侯景作乱，久攻台城不下，他曾劝侯景乞和，全师而退。

万山见采桑人[1]

【题解】

古乐府《日出东南隅行》（即《陌上桑》）写秦罗敷城南采桑，遭使君调戏，她盛夸其夫，拒绝了使君。后世的《采桑》诗，多承其意而加以发挥。这首诗写诗人在野外见到一位倡家女子在采桑，于是对她进行了刻画。

倡妾不胜愁[2]，结束下青楼[3]。逐伴西蚕路[4]，相携东陌头[5]。叶尽时移树，枝高乍易钩[6]。丝绳挂且脱[7]，金笼写复收[8]。蚕饥日已暮[9]，讵为使君留[10]。

【注释】

〔1〕万山见采桑人：在《乐府诗集》中，这首诗收入《相和歌辞·相和曲》，题作《采桑》，同题诗共收十四首。

〔2〕妾：一作"女"。

〔3〕结束：装束，穿衣打扮。　　青楼：漆成青色的楼，这里指倡家女子所居之处。

〔4〕蚕：一作"城"。

〔5〕东：一作"南"。

〔6〕乍（zhà）：忽。一作"下"。

〔7〕挂：一作"提"。

〔8〕写（xiè）：通"卸"，放下。

〔9〕已：一作"欲"。

〔10〕讵：一作"谁"。　　使君：东汉时称太守、刺史为"使君"。

【今译】

倡家的女子不胜忧愁，她穿衣束带梳妆打扮走下了青楼。跟随女伴走上了西城路，互相携手来到城东的田边地头。这一株桑叶采尽有时会移向另一株桑树，树枝太高忽然她会变换手中的钩。丝绳系着竹笼有时会脱下，金色的竹笼放下又重新拿在手。家中蚕儿饥饿天色已黄昏，她难道会为向她表示爱意的"使君"而逗留。

见人织聊为之咏[1]

【题解】

诗人见到一位女子在织布，于是写了这首诗。

纤纤运玉指，脉脉正蛾眉。振躞开交缕[2]，停梭续断丝。檐花照初月[3]，洞户未垂帷[4]。弄机行掩泪[5]，翻令织素迟[6]。

【注释】

〔1〕见人织聊为之咏：题一作《咏织妇》，作者一作徐陵。
〔2〕振蹑：踩动织布机上提综的踏板。　　交缕（lǚ）：纵横相交的线。
〔3〕花：一作"前"。　　照初月：一作"初月照"。
〔4〕洞户：门户。　　未垂：一作"垂朱"。
〔5〕行：正，方。
〔6〕翻：反而。一作"弥"。

【今译】

在机上她运动着纤细白皙的手指，但有时眉目含情默默无语在沉思。她踩动踏板让纵线横线相交织，但有时又停下梭来接上断了的丝。这时檐前有新月映照，门帘也未垂下遮住内室。只见她一面在机上织一面掩面而泣，反而使她织绢更慢更费时。

秋　闺

【题解】

秋夜，一位女子在灯下，忙着为戍边的丈夫织寒衣。

萤飞绮窗外，妾思霍将军[1]。灯前量兽锦，檐下织花纹。坠露如轻雨，长河似薄云[2]。秋还百种事，衣成未暇薰。

【注释】

〔1〕霍将军：霍去病，汉武帝时抗击匈奴的名将，这里代指出征戍边的丈夫。也指《琴操》中的《霍将军渡河操》，霍去病所作。
〔2〕长河：天河，银河。

【今译】

绮窗外是萤光闪烁的飞萤，我这个小女子思念着在边地戍守的夫君。灯前量着上有虎豹图形的缎锦，檐下织锦织出美丽的花纹。露水坠落像是落下小雨，天河当空好像一片薄云。秋天到来要做上百种事，新衣制成还来不及熏。

鼓吹曲　折杨柳⁽¹⁾

【题解】
　　春天到了，杨柳长出新枝。一位女子想念离家十年音信全无的丈夫，心中无限悲伤。

　　高楼十载别，杨柳擢丝枝⁽²⁾。摘叶惊开驶⁽³⁾，攀条恨久离⁽⁴⁾。年年阻音信⁽⁵⁾，月月减容仪。春来谁不望⁽⁶⁾，相思君自知。

【注释】
　　〔1〕鼓吹曲折杨柳：在《乐府诗集》中，这首诗收入《横吹曲辞·汉横吹曲》，题作《折杨柳》，同题诗共收二十五首。可参看卷七简文帝《折杨柳》。
　　〔2〕擢（zhuó）：拔，抽。
　　〔3〕开驶：指动身启程。
　　〔4〕条：一作"枝"。　　久：一作"别"。
　　〔5〕信：一作"息"。
　　〔6〕望：一作"思"。

【今译】
　　你离开高楼已有十年，如今杨柳又已抽出新枝。当年惊惶地摘下柳叶送你启程，攀条折枝哀叹我们的久别离。十年来年年都不通音信，我的容颜已是月月损毁瘦不胜衣。春天到来谁不怀抱希望，我的相思之情夫君你应知。

纪少瑜杂诗三首

纪少瑜,字幼玚,秣陵(今江苏南京)人。初为晋安王国中尉,梁武帝大同七年(541)任东宫学士,后为武陵王记室参军。

建 兴 苑〔1〕

【题解】

这首诗主要写游览建兴苑的欢乐。

丹陵抱天邑〔2〕,紫渊更上林〔3〕。银台悬百仞〔4〕,玉树起千寻〔5〕。水流冠盖影〔6〕,风扬歌吹音〔7〕。跱崛怜拾翠〔8〕,顾步惜遗簪〔9〕。日落庭花转〔10〕,方幰屡移阴〔11〕。终言乐未极〔12〕,不道爱黄金〔13〕。

【注释】

〔1〕建兴苑:在《乐府诗集》中,这首诗收入《杂曲歌辞》。《梁书·武帝纪》说,梁武帝于天监四年(505)在秣陵建兴里修建建兴苑。

〔2〕丹陵:地名,传说为尧的出生地。晋皇甫谧《帝王世纪》说:"(庆都)孕十四月,而生尧于丹陵。" 抱:怀抱,环绕。 天邑:天都,指国都。

〔3〕紫渊:深渊。紫是形容其色深。 更(gēng):历,经过。 上林:上林苑,汉代皇家园林。司马相如《上林赋》:"丹水更其南,紫渊径其北。"

〔4〕银台:传说中王母所居的地方。 仞(rèn):古时以八尺或七尺为一仞。

〔5〕玉树:传说中的仙树。 寻:古时以八尺为一寻。

〔6〕冠盖:冠指礼帽,盖指车盖,冠盖泛指官员的冠服和车乘,也代指达官贵人。

〔7〕歌吹：歌声和吹奏的乐声。
〔8〕踌躇：同"踟蹰"，徘徊。　　怜：爱怜。　　拾翠：拾取翠鸟羽毛作为首饰，代指游春的女子。语出曹植《洛神赋》："或采明珠，或拾翠羽。"
〔9〕顾步：一面走一面回头看。　　遗簪（zān）：指青年男女嬉戏之后失落的簪子，语出《史记·滑稽列传》："前有堕珥，后有遗簪。"
〔10〕花：一作"光"。
〔11〕方：并列，并排。　　幰（xiǎn）：车前的帷幔，也指幰车。一作"幔"。
〔12〕终：一作"愿"。
〔13〕爱：吝惜，舍不得。

【今译】
　　神圣的丹陵环抱着天都，深深的河水流经建兴苑这座皇家园林。银白色的神仙楼台高百丈，白玉一般的仙树高千寻。河水流动倒映出达官贵人的身影，清风吹过播扬开歌唱吹弹的乐音。徘徊流连爱怜那拾翠的女子，一面走一面回顾痛惜那掉落地的金簪。太阳西沉庭中的花影在转动，并排的车也屡屡移向树荫。人们始终都在说欢乐还没有达到极致，从不说要吝惜黄金。

拟吴均体应教[1]

【题解】
　　春天到来，蚕妇织女纷纷出游，她们的绰约风姿，迷住了许多游客。

　　庭树发春晖，游人竞下机。却匣擎歌扇[2]，开箱择舞衣。桑萎不复惜，看光遽将夕[3]。自有专城居[4]，空持迷上客[5]。

【注释】

〔1〕吴均体：吴均，南朝梁文学家，诗文清秀拔俗，人们纷纷仿效，称这类诗文风格为"吴均体"，见《南史·文学传》。　　应教：奉诸王之命而作诗叫"应教"。

〔2〕却匣（xiá）：放下镜匣。　　擎（qíng）：举起。　　歌扇：歌舞时所持之扇。

〔3〕光：光影，景色。一作"花"。　　遽（jù）：急促，很快。

〔4〕专城居：一城之主，即太守。语出古乐府《日出东南隅行》（即《陌上桑》）。罗敷盛夸其夫"三十侍中郎，四十专城居"，从而拒绝了"使君"的求爱，见卷一。

〔5〕上客：尊贵的客人。

【今译】

庭中的大树在春日阳光下焕发了生机，蚕妇织女为出游纷纷走下织布机。她们放下了镜匣拿起了歌唱时所用的扇，打开衣箱认真挑选舞衣。桑树凋萎不再痛惜，看看四周景色只是担心太阳很快沉向西。她们自言已有专城而居的夫婿，拿着这些空话使尊贵的客人情绪低迷。

春　日 (1)

【题解】

这首诗主要写女子春日的愁思。

愁人试出牖，春色定无穷。参差依网日 (2)，澹荡入帘风 (3)。落花还绕树，轻飞去隐空 (4)。徒令玉箸迹，双垂明镜中。

【注释】

〔1〕春日：作者一作闻人倩。

〔2〕网：指雕刻有网状花纹的门窗。
〔3〕澹（dàn）荡：舒缓和畅的样子。
〔4〕轻飞：指轻快飞去的鸟。

【今译】
　　忧愁的人啊你试走到窗外去看一看，美丽的春色定然无穷。那参差不齐的是照在窗格上的阳光，那舒缓和畅的是吹入帘幕中的春风。花儿坠落但仍环绕着大树，鸟儿高飞却隐身在云空。空教相思的两行泪水，双双垂下映照在明镜中。

闻人倩春日一首

　　闻人倩，南朝梁时人，生平事迹不详。倩，一作"蒨"。

春　日

【题解】
　　这首诗主要写思妇春日的情思。

　　高台动春色，清池照日华。绿葵向光转，翠柳逐风斜。林有惊心鸟，园多夺目花。相与咸知节⁽¹⁾，叹子独离家⁽²⁾。行人今不返⁽³⁾，何劳空折麻⁽⁴⁾。

【注释】
〔1〕相与：互相，共同。　咸：都。　节：时节，节令。
〔2〕子：你。指丈夫。

〔3〕行人：一作"人行"。

〔4〕折麻：把麻折下。麻，指大麻，茎皮纤维长而坚韧，可以用来织成麻布缝制衣裳。《楚辞·九歌·大司命》："折疏麻兮瑶华，将以遗兮离居。"后人又以"折麻"来比喻离别相思之情。

【今译】

高台上春色已经涌动，清池中映照着太阳的光华。绿色的向日葵向着阳光转，青翠的柳枝随着春风倾斜。树林中有鸣叫惊心的鸟，园子里多鲜艳夺目的花。它们全都能够感知春天的好时节，只哀叹你却孤身一人离开了家。远行的人如今不回来，何必劳神徒然苦恋着他。

徐孝穆杂诗四首

徐陵（507—583），字孝穆，徐摛子，东海郯（今山东郯城西南）人。梁时任晋安王萧纲（即梁简文帝）参军。萧纲为太子，任东宫学士。入陈，历任吏部尚书、中书监、左光禄大夫、太子少傅等职。南朝陈文学家，原有集三十卷，已散佚，明人辑有《徐孝穆集》。又曾编辑《玉台新咏》十卷，即本书。详见本书《前言》。

走笔戏书应令[1]

【题解】

一位歌女曾经得宠，取代了旧人。如今失宠，被新人取代。这首诗写出了她的辛酸。

此日乍殷勤[2]，相嫌不如春[3]。今宵花烛泪，非是夜迎人。舞席秋来卷，歌筵无数尘。曾经新代故，那恶故迎新⁽⁴⁾。片月窥花簟⁽⁵⁾，轻寒入帔巾⁽⁶⁾。秋来应瘦尽，偏自著腰身⁽⁷⁾。

【注释】
〔1〕走笔：指挥毫疾书。　戏书：以开玩笑的态度随意轻松地写下来。　应令：奉诏令而作。凡应皇帝令叫应诏，应皇太子令叫应令，应诸王公令叫应教。
〔2〕乍（zhà）：暂，暂时，短暂。　殷勤：情意深厚的样子。
〔3〕嫌：嫌弃，厌恶，不愿接近。
〔4〕那：哪。　恶（wù）：憎恶，讨厌。
〔5〕片月：半圆的月。　花簟（diàn）：有花纹的竹席。
〔6〕帔（pèi）巾：披巾。帔，一作"锦"。
〔7〕著（zhù）：显著，明显地展露出。

【今译】
　　今天他只是暂时地表示出深情，其实他嫌弃我待我已比不上今春。今天夜里花烛也在淌泪，因为不是在今夜欢迎我这旧人。歌舞筵席秋来已经收起，筵席上早已布满了无数灰尘。过去我这个新人曾经取代了旧人，如今我哪里会憎恶他抛开我这个旧人再去迎新。半个月亮照进来照亮了花席，轻微的寒凉透进了我的披巾。入秋以来我应是消瘦殆尽，但今天偏偏要穿上紧身衣凸显我的纤细的腰身。

奉和咏舞⁽¹⁾

【题解】
　　这首诗主要咏一位美丽热情的舞女。

十五属平阳[2]，因来入建章[3]。主家能教舞[4]，城中巧旦妆[5]。低鬟向绮席[6]，举袖拂花黄[7]。烛送窗边影[8]，衫传铪里香[9]。当关好留客[10]，故作舞衣长。

【注释】

〔1〕奉和咏舞：梁简文帝萧纲有《咏舞》诗二首，均见卷七。同本卷庾信《奉和咏舞》一样，这也是一首和诗。

〔2〕平阳：指汉武帝的姐姐平阳公主。《汉书·外戚传》说，卫子夫是平阳家"讴者"（歌舞艺人），汉武帝来平阳家时，"子夫侍尚衣轩中，得幸"，被带回宫中，后来又立为皇后。

〔3〕建章：汉宫名。

〔4〕主家：公主之家。《汉书·外戚传》："孝成赵皇后，本长安宫人。……及壮，属阳阿主家，学歌舞，号曰飞燕。"

〔5〕旦：早晨。一作"画"。

〔6〕绮席：有美丽图案的席子。

〔7〕花黄：古代女子的面饰，即用金黄色的纸剪成花鸟星月诸形贴在额上。

〔8〕窗边：一作"空回"。

〔9〕铪（kē）：一作"箧"（qiè），箱子。

〔10〕当关：应是。关，一作"繇"（yóu），通"由"，由于。　好（hào）：喜好。

【今译】

她就像十五岁就歌舞于平阳公主家的卫子夫，也像卫子夫进入建章宫那样来到大殿上。又像赵飞燕在阳阿公主家能教习歌舞，在城中能巧妙地化出美丽的晨妆。她低下环形的发结向着精美的舞席，起舞举袖衣袖拂过额上的花黄。烛光传送着她在窗边的倩影，衣衫上还散发出衣箱中所熏的异香。大约是由于她喜好挽留贵客，有意将舞衣拖得很长。

和王舍人送客未还闺中有望[1]

【题解】

这是一首和诗,写丈夫送客未还,妻子在家急切地盼望丈夫早些归来。

倡人歌吹罢[2],对镜览红颜。拭粉留花称[3],除钗作小鬟。绮灯停不灭[4],高飞掩未关[5]。良人在何处[6]?惟见月光还[7]。

【注释】

〔1〕王舍人:王褒,字子渊,梁时曾任秘书郎、太子舍人。
〔2〕倡人:乐人,歌舞艺人。
〔3〕花称(chèn):花胜,剪彩做成的一种首饰。
〔4〕绮灯:华美的灯。
〔5〕高飞:指大门。
〔6〕良人:古代妇女称丈夫为良人。
〔7〕惟见月光:一作"光惟见月"。

【今译】

艺人们的歌唱吹奏已经结束,容貌美丽的女主人对着镜子看。她擦去脂粉只留下头上的花胜,取下金钗头发梳成一个小鬟。精美的灯停止不用但还未熄灭,高大的门只轻掩而没有关。丈夫出外送客现在到了何处?只见月光照人不见丈夫还。

为羊兖州家人答饷镜[1]

【题解】
　　这是代羊侃妻子写的一首诗。羊侃派人给妻子送去一面镜子，这首诗就是妻子的回答。

　　信来赠宝镜[2]，亭亭似圆月[3]。镜久自逾明[4]，人久情逾歇[5]。取镜挂空台，于今莫复开。不见孤鸾鸟[6]，亡魂何处来[7]？

【注释】
　　[1]羊兖（yǎn）州：羊侃，字忻祖，泰山梁父（在今山东泰安）人，曾任兖州刺史。　饷（xiǎng）：赠送。
　　[2]信：使者。
　　[3]亭亭：明亮美好的样子。　圆：一作"团"。
　　[4]逾（yú）：超过。
　　[5]逾：一作"愈"（yù），更，越。
　　[6]孤鸾鸟：指失偶的鸾鸟。南朝宋范泰《鸾鸟诗》序说，有人获一鸾鸟，三年不鸣。后让鸾鸟照镜，"鸾睹形感契，慨然悲鸣，哀响中霄，一奋而绝"。
　　[7]亡：一作"香"。

【今译】
　　承蒙你派人送来了一面宝镜，它光洁明亮像一轮明月。明镜用得越久就越明亮，但亲人相处越久感情却越消歇。把镜取来放在空台上，至今还没有再打开。你难道没有看见孤单的鸾鸟，它照镜而绝亡魂会从何处来？

吴孜杂诗一首

吴孜,南朝梁时人,梁武帝太清二年(548)任学士。

春 闺 怨

【题解】

丈夫戍守边关,音信断绝,春天到来,妻子独处香闺,心中充满哀怨。

玉关信使断⁽¹⁾,借问不相谙⁽²⁾。春光太无意,窥窗来见参⁽³⁾。久与光音绝⁽⁴⁾,忽值日东南。柳枝皆嬲燕⁽⁵⁾,桑叶复催蚕。物色顿如此⁽⁶⁾,孀居自不堪⁽⁷⁾。

【注释】

〔1〕玉关:玉门关,在今甘肃,这里代指边关。　信使:传递信息的人。
〔2〕谙(ān):熟悉。
〔3〕参(cān):问候。
〔4〕久:一作"分"。　音:一作"阴"。
〔5〕嬲(niǎo):戏弄,戏耍。
〔6〕物色:风物,景色。　顿:顿时,同时,全都。
〔7〕孀(shuāng)居:夫亡守寡。　自:一作"似"。

【今译】

边关信使往来已经中断许久,无人熟悉情况找人打听也不能够。春光太没有怜恤人心的情意,竟从窗外窥视殷勤来向我问候。我久已不理会时光是怎样消逝,忽然碰上今天日出东南景色清幽。柳枝轻拂都在戏弄飞燕,桑叶茂盛又在催促蚕女采收。春天的风物景色全都这样美好,如果夫亡守寡我怎么能忍受。

汤僧济杂诗一首

汤僧济,南朝梁时人,生平事迹不详。济,一作"齐"。

咏渫井得金钗[1]

【题解】

人们淘井,清除井底泥污,忽然拾得一只金钗,这引起诗人遐想。他想象着,多年以前,一位美丽而多情的歌女,出嫁以后,丈夫远出,她独处深闺。一天,摘花自插,临井照影,顾影自怜,自怨自艾,不慎将金钗掉落水里。

昔日倡家女[2],摘花露井边[3]。摘花还自插[4],照井还自怜[5]。窥窥终不罢[6],笑笑自成妍。宝钗于此落,从来不忆年[7]。翠羽成泥去,金色尚如先[8]。此人今不在[9],此物今空传。

【注释】

〔1〕渫(xiè)井:清除井底泥污。《易·井》:"九三,井渫不食,为我心恻。"

〔2〕倡家女:歌女,舞女。《古诗十九首·青青河畔草》:"昔为倡家女,今为荡子妇。荡子行不归,空床难独守。"

〔3〕露井:没有覆盖的井。

〔4〕插：一作"比"。
〔5〕照井：一作"插映"。
〔6〕罢：一作"已"。
〔7〕不忆：一作"非一"。
〔8〕先：一作"鲜"。
〔9〕不：一作"何"。

【今译】

出嫁之前她是一位美丽多情的歌女，现在独守深闺的她为摘花来到露井边。她摘下鲜花又亲自把花插在鬓发上，一面临井照影一面自艾自怜。她看了又看始终不走开，笑了又笑欣赏自己的美丽明艳。宝贵的金钗就在这时落到了井底，从那时到今天不知过了多少年。钗上的翠羽已经化成了泥土，但宝钗的金色还同从前一样地新鲜。这位失落金钗的女子今天已不在，只有这只金钗空传到今天。

徐悱妻刘氏杂诗一首

和婕妤怨[1]

【题解】

这首诗的作者为徐悱妻刘令娴（见卷六）。她同情班婕妤的遭遇，通过这首和诗，代班婕妤，也是代所有遭谗失宠的女子抒发心中的怨恨和不平。

日落应门闭[2]，愁思百端生。况复昭阳近[3]，风传歌吹声。宠移终不恨[4]，谗枉太无情[5]。只言争分理[6]，非妒舞腰轻[7]。

【注释】

〔1〕和婕妤怨：在《乐府诗集》中，这首诗收入《相和歌辞·楚调曲》，题作《班婕妤》，作者作"王叔英妻沈氏"。班婕妤，为汉成帝婕妤，因赵飞燕姐妹得宠，她遭谗失宠，便自求供养太后于长信宫。可参看卷一班婕妤《怨诗》。
〔2〕应门：皇宫的正门。
〔3〕昭阳：昭阳宫，后妃所居。当时赵飞燕得宠，为皇后。
〔4〕终：一作"真"。
〔5〕谗（chán）枉：进谗言冤枉好人。
〔6〕分理：分辨事理。
〔7〕舞腰轻：指赵飞燕，传说她体态轻盈，能作掌上舞。

【今译】

太阳落山皇宫正门已关闭，千愁万绪从心底萌生。何况与得宠皇后赵飞燕的昭阳宫靠得这样近，风中传来了昭阳宫里歌唱吹奏的音乐声。君王宠爱的转移我始终不抱憾，可恨的是她们屡进谗言冤枉好人太无情。我只是想把是非曲直分辨清楚，并不是嫉妒善舞的赵飞燕腰细体轻。

王叔英妻刘氏杂诗一首

王叔英，琅玡（在今山东南部）人。妻刘氏，彭城（今江苏徐州）人，南朝梁文学家刘孝绰之妹。

和昭君怨⁽¹⁾

【题解】

　　《西京杂记》说，由于画工索贿不得，不肯画出王昭君的美丽真容，致使她含冤抱屈，被迫远嫁匈奴。这首诗据此代昭君抒发怨恨，也表示了深切的同情。

　　一生竟何定，万事良难保⁽²⁾。丹青失旧图⁽³⁾，玉匣成秋草⁽⁴⁾。相接辞关泪⁽⁵⁾，至今犹未燥⁽⁶⁾。汉使汝南还⁽⁷⁾，殷勤为人道⁽⁸⁾。

【注释】

　　〔1〕和昭君怨：在《乐府诗集》中，这首诗收入《琴曲歌辞》，题作《昭君怨》，同题诗共收七首。昭君，王昭君，名嫱（字昭君），南郡秭归（今属湖北）人，汉元帝宫女，后远嫁匈奴单于，为阏氏（皇后）。事见《后汉书·南匈奴传》。可参看卷二石崇《王昭君辞》。
　　〔2〕良：真，的确。
　　〔3〕丹青：绘画的颜料，代指图画。《西京杂记》说："元帝后宫既多，不得常见，乃使画工图形，案图召幸之。诸宫人皆赂画工，独王嫱不肯，遂不得见。匈奴入朝求美人为阏氏，于是上案图，以昭君行。及去，召见，貌为后宫第一。画工杜陵毛延寿、安陵陈敞、新丰刘白龚、宽下杜阳望，同日弃市。"　图：一作"仪"。
　　〔4〕玉匣（xiá）：玉盒。一作"匣玉"。石崇《王昭君辞》："昔为匣中玉，今为粪土英。"
　　〔5〕相接：一作"想妾"。
　　〔6〕燥：干。
　　〔7〕汝南：东汉汝南郡治平舆，在今河南。诗人认为这是王昭君故乡。一说，应是"漠南"，大漠之南，匈奴所居之地。　还：一作"来"。
　　〔8〕殷勤：频繁，反复，恳切叮咛。

【今译】

一生命运究竟怎样定,万事纷繁的确很难保证无祸端。昔日的画图已经消失无踪影,从前的匣中玉也已化成秋草备受摧残。昭君离开边关时连续不断的泪水,到今天还没有干。汉代使者从漠南归来,还向人们反复说起昭君的苦难。

萧子云春思一首

萧子云(487—549),字景乔,南兰陵(今江苏常州市)人。齐高帝萧道成之孙,萧子范之弟。齐时封新浦县侯。入梁,历任秘书郎、太子舍人、侍中、国子祭酒。南朝梁史学家、文学家。所著《晋书》一百十一卷、《东宫新记》二十卷、文集十九卷,皆佚。

春 思

【题解】

春天到来,一位弃妇倾诉自己的哀思。

春风荡罗帐,余花落镜奁[1]。池荷正卷叶,庭柳复垂檐[2]。竹柏君自改[3],团扇妾方嫌[4]。谁能怜故素[5],终为泣新缣[6]。

【注释】

〔1〕余花:落花。
〔2〕檐:一作"帘"。
〔3〕竹柏:竹和柏历经冬天的霜雪而不凋,因而用来比喻人的坚贞品

质。晋孙绰《司空庾冰碑》:"竹柏以蒙霜保荣,故见殊列树。"宋颜延之《阳给事诔》:"如彼竹柏,负雪怀霜。"

〔4〕团扇:圆形的扇。汉成帝班婕妤失宠,作《怨诗》,以纨扇秋凉见弃喻自己失宠,见卷一。　嫌:厌恶,埋怨。

〔5〕故素:原来的白绢,喻原来的妻子。古诗《上山采蘼芜》写一位弃妇在路上遇见"故夫",问起"新人"情况。"故夫"说:"新人工织缣,故人工织素。……将缣来比素,新人不如故。"见卷一。

〔6〕新缣(jiān):喻新人。缣,黄色绢。

【今译】

春风在罗帐中鼓荡,落花飘落在镜盒前。池中荷叶正开始卷起,庭中柳枝又低垂到屋檐。你独自改变了竹柏一般坚贞的本性,我正为自己好似团扇秋凉见弃的命运而哀怨。谁能怜悯我这个被遗弃的女子,最终我还是要为丈夫另娶新人而涕泪涟涟。

萧子晖春宵一首

萧子晖,字景光,南兰陵(今江苏常州市)人,齐高帝萧道成之孙,萧子云之弟。历任临安令、新繁令、骠骑长史。南朝梁文学家,有集十一卷,已佚。

春　宵

【题解】

春天的晚上,一位独宿的女子思念远在辽西的丈夫。

夜夜妾偏栖[1],百花含露低。虫声绕春岸,月色思空闺。传语长安驿⁽²⁾，辛苦寄辽西⁽³⁾。

【注释】
〔1〕偏栖：独宿。
〔2〕长安驿：长安的驿站。
〔3〕辽西：辽西郡，在今辽宁省西部，是诗中女子的丈夫戍守服役之地。

【今译】
　　每天晚上我这个小女子都是独宿独栖，百花因含露而把头低。春虫环绕春岸而鸣声不断，月光照进空寂的闺房令人深深相思。替我给长安的驿站传句话，请他辛苦一遭为我将书信送往辽西。

萧子范春望古意一首

　　萧子范（486—549），字景则，南兰陵（今江苏常州市）人，齐高帝萧道成之孙。齐时封祁阳县侯。梁时历官司徒主簿、建安太守、南平王从事中郎、廷卫卿，位终秘书监。南朝梁文学家，有文集三十卷，已佚。有《千字文》传世。

春望古意⁽¹⁾

【题解】
　　一位女子对着迷人的春色凝望，心头涌起独守空床的哀伤。

　　光景斜汉宫⁽²⁾，横桥照彩虹⁽³⁾。春情寄柳色，鸟语出梅中。氛氲闺里思[4]，逶迤水上风。落花徒入户，何解妾床空？

【注释】
〔1〕春望：春日凝望。　古意：将古诗原有的意境加以点染发挥。
〔2〕光景：阳光，光辉。
〔3〕桥：一作"梁"。
〔4〕氛氲（fēn yūn）：浓郁旺盛的样子，这里比喻心事重重。

【今译】
　　阳光斜照着汉宫，横桥映照着彩虹。春日情怀寄托在柳色上，鸟语呢喃出自梅花中。独处深闺心事重重，风行水上曲折涌动。落花徒然飘进门里，有谁了解我的卧床夜夜空？

萧悫秋思一首

　　萧悫（què），字仁祖，南兰陵（今江苏常州市）人，梁武帝萧衍侄孙。北齐文宣帝高洋天保年间入北齐，北齐后主高纬武平年间任太子洗马。后入北周、隋。隋时，为记室参军。北齐诗人，原有集九卷，已佚。

秋　思

【题解】
　　这首诗主要写一位与丈夫分居的女子秋日的情思。颜之推《颜氏家训·文章篇》说："兰陵萧悫……工于篇什，尝有秋思云：'芙蓉露下落，杨柳月中疏。'时人未之赏也。吾爱其萧散，宛然在目。"

清波收潦日[1]，华林鸣籁初[2]。芙蓉露下落[3]，杨柳月中疏。燕帏湘绮被[4]，赵带流黄裾[5]。相思阻音信[6]，结梦感离居。

【注释】
　　[1]潦（lǎo）：很大的雨水，也指雨后地面上的积水。
　　[2]籁（lài）：孔穴中发出的声音，也泛指各种声音。
　　[3]芙蓉：木芙蓉，即木莲，落叶大灌木，秋季开花，花大有柄。
　　[4]燕帏：燕地的帏帐。　湘绮被：有浅黄色花纹的精美的被子。湘，一作"缃"。
　　[5]赵带：赵地的衣带。　流黄裾（jū）：褐黄色的大襟。
　　[6]信：一作"息"。

【今译】
　　雨过天晴清清的水面上微波荡漾，茂密的树林中开始听到虫鸟的鸣声。木莲树下还有水滴往下落，月上柳梢照出了杨柳稀疏的树影。眼前只见燕地的帏帐和黄色精美的被褥，还有赵地的衣带和褐黄色的衣襟。苦苦相思但道路阻隔中断了音信，只有在梦中去感受我们离别分居后的悲情。

王筠杂诗五首

闺情二首[1]

【题解】
　　两首《闺情》写的都是独守空闺的女子的情思。第一首写黎明之时，第二首写夜半时分。

北斗行欲没[2],东方稍已晞[3]。晨鸡初振羽[4],晓露方沾衣[5]。锦衾徒有设[6],兰约果相违[7]。谁忍开朝镜[8],羞恨掩空扉。

月出宵将半,星流晓未央。空闺易成响,虚室自生光。娇羞悦人梦,犹言君在傍。

【注释】
〔1〕闺情二首:第一首题一作《向晓闺情》。
〔2〕北斗:北斗星,在北天排列成斗形的七颗星,属大熊星座。行欲:将要。行欲,一作"欲行"。
〔3〕稍:渐。　晞(xī):拂晓,天明。
〔4〕振羽:一作"下栖"。
〔5〕方:一作"尚"。
〔6〕锦衾(qīn):一作"衾裯"。
〔7〕兰约:美好的约会。一作"信誓"。
〔8〕谁:一作"讵"。

【今译】
　　北斗星将要沉没,东方已渐放亮。晨鸡开始拍动翅膀,晓露还沾着衣裳。闺房里空设锦被,美好的约期他果然已遗忘。谁还忍心打开明镜来梳妆,又羞又恨只好把门扉来关上。
　　月亮升起长夜将过半,眼看星星移动天明仍未隐藏。空荡的闺房中静寂无声容易听到音响,空洞的居室内自会生出亮光。我又娇又羞因为做了一个令人欣喜的美梦,在依稀仿佛的梦境中你来到了我身旁。

有 所 思[1]

【题解】
　　一位女子思念远方的情人。

丹墀生细草，紫殿纳轻阴[2]。暧暧巫山远[3]，悠悠湘水深[4]。徒歌鹿卢剑[5]，空贻玳瑁簪。望君终不见，屑泪且长吟[6]。

【注释】

〔1〕有所思：在《乐府诗集》中，这首诗收入《鼓吹曲辞·汉铙歌》，同题诗共收二十六首。在《汉铙歌》古辞十八首中，《有所思》是第十二首。可参看卷五沈约《有所思》。
〔2〕紫殿：帝王的宫殿。
〔3〕暧暧：隐约迷蒙的样子。　巫山：宋玉《高唐赋》写楚王在高唐梦中与巫山神女幽会。
〔4〕湘水：《楚辞·九歌》中《湘君》和《湘夫人》写湘水一对配偶神相恋相寻觅。
〔5〕鹿卢剑：剑柄上装有鹿卢绞盘形玉饰的剑。鹿卢，即"辘轳"。
〔6〕屑泪：眼泪不住地往下流。　长：一作"微"。

【今译】

红色台阶上已经生出了小草，紫色宫殿里一片阴凉寂静。迷蒙的巫山是那样的遥远，悠长的湘水又是那样的幽深。当年你徒然手持鹿卢剑而歌，我也是徒然地以玳瑁簪相赠。盼望着你来但始终盼不到，泪水直流暂且长吟以疏解愁闷。

三 妇 艳[1]

【题解】

古乐府《相逢狭路间》（又名《相逢行》，见卷一）描写富贵人家的景象，诗中有"三妇"的描写。这首《三妇艳》集中描写富贵人家的三个媳妇。

大妇留芳褥，中妇对华烛。小妇独无事，当轩理清曲。丈人且安卧[2],艳歌方断续[3]。

【注释】
〔1〕三妇艳:在《乐府诗集》中,这首诗收入《相和歌辞·清调曲》,同题诗共收二十一首。关于"三妇艳",可参看卷五沈约《拟三妇》。
〔2〕丈人:指丈夫。
〔3〕艳歌:即古乐府《艳歌行》,也指艳情的诗歌。

【今译】
大媳妇还留在芳香的床褥上,二媳妇面对着华贵明亮的灯烛。只有小媳妇没有什么事,面对着窗户弹奏清雅的歌曲。"丈夫啊你暂且安静地躺着吧,我弹奏的《艳歌行》正断断续续。"

咏灯擎[1]

【题解】
这是一首咏物诗,诗有寄托,一位女子借灯烛喻志,剖析自己冰清玉洁的心迹。

百华耀九枝[2],鸣鹤映冰池[3]。末光本内照[4],丹花复外垂。流辉悦嘉客,翻影泣生离[5]。自销良不悔[6],明白愿君知。

【注释】
〔1〕灯擎(qíng):即"灯檠",灯台,灯架。擎,一作"檠"。
〔2〕华:花,指灯花。 九枝:指一干九枝的烛灯。
〔3〕鸣鹤:鸣叫的白鹤,指灯台的造型。
〔4〕末光:微光。末,一作"朱"。
〔5〕翻影:指蜡烛跳动的光影。

〔6〕自销：自消，指蜡烛自己燃尽消失。　良：诚，真。

【今译】

　　像百朵鲜花闪耀在一干多枝的灯架上，形如白鹤的灯台映照着清凉洁净的水池。微弱的烛光本来只是照着自己，但红色的灯花下落又展现了它的风姿。流动的光辉使贵客无比高兴，但跳动的光影却使离人悲泣难以自持。它自己燃尽消失的确不后悔，它的明明白白的心迹希望你深知。

刘孝绰杂诗五首

赠　美　人[1]

【题解】

　　诗人写这首诗，是为了送给一位美丽的女子，向她表达爱情。

　　巫山荐枕日[2]，洛浦献珠时[3]。一遇便如此，宁关先有期[4]。幸非使君问[5]，莫作秦罗辞[6]。夜长眠复坐，谁知暗敛眉？欲寄同花烛，为照遥相思。

【注释】

〔1〕赠美人：一作《为人赠美人》。
〔2〕巫山荐枕：语出宋玉《高唐赋》："昔者先王尝游高唐，怠而昼寝，梦见一妇人，曰：'妾巫山之女也，为高唐之客，闻君游高唐，愿荐枕席。'王因幸之。"荐枕，进献枕席，是"侍寝"的含蓄说法。
〔3〕洛浦献珠：语出曹植《洛神赋》，诗人在洛水之滨与洛水女神宓

妃相遇，女神向诗人表示："无微情以效爱兮，献江南之明珰；虽潜处于太阴，长寄心于君王。"

〔4〕期：约定。

〔5〕使君：东汉时对太守、刺史的称呼。古乐府《日出东南隅行》（即《陌上桑》）写一位"使君"调戏采桑女秦罗敷，遭到拒绝，见卷一。

〔6〕秦罗：即秦罗敷，美丽的采桑女子。　辞：拒绝。一说，指秦罗敷婉拒"使君"的言辞。

【今译】

巫山神女向楚王自荐枕席之日，洛水女神向陈王进献明珠之时。他们一见面便如此钟情，岂是先有约会早已山盟海誓。幸好我不是"使君"向你发问，你也不要像秦罗敷那样坚辞。长夜漫漫我睡下又再坐起，我紧锁双眉又有谁知？我打算寄去一对同花的灯烛，为的是让它照亮我们两地遥远的相思。

古　意[1]

【题解】

丈夫外出十年，妻子独处家中。这首诗写的是女子独守空床的寂寞和悲苦。

燕赵多佳丽，白日照红妆。荡子十年别[2]，罗衣双带长[3]。春楼怨难守[4]，玉阶空自伤。对此归飞燕[5]，衔泥绕曲房[6]。差池入绮幕，上下傍雕梁。故居尤可念[7]，故人安可忘[8]？相思昏望绝[9]，宿昔梦容光[10]。魂交忽在御[11]，转侧定他乡[12]。徒然居枕席[13]，谁与同衣裳[14]？空使兰膏夜[15]，炯炯对繁霜[16]。

【注释】

（1）古意：将古诗原有的意境加以点染发挥。题一作《古意送沈宏》。

（2）荡子：指在外游荡不归的丈夫。梁元帝《荡妇秋思赋》："荡子之别十年，倡妇之居自怜。登楼一望，惟见远树含烟。平原如此，不知道路几千。"

（3）双带长：衣带长是由于人消瘦。双，一作"舞"。

（4）难守：指难守空床。《古诗十九首·青青河畔草》："荡子行不归，空床难独守。"

（5）对：一作"复"。

（6）曲房：隐秘的内室。

（7）尤：一作"犹"。

（8）安：一作"何"。

（9）昏：黄昏。

（10）宿昔：早晚。　容光：仪容的光彩。

（11）魂交：梦中精神交接，也指梦中交合。　御：近旁陪侍，也指交合。

（12）转侧：指醒来时辗转反侧。

（13）居：一作"顾"。

（14）同衣裳：犹"同衾""同袍"，形容夫妻共同生活，亲密无间。

（15）兰膏：指灯。古代用兰泽子炼制的油脂来点灯。

（16）炯炯（jiǒng）：明亮的样子。　繁霜：浓霜，比喻白发。

【今译】

燕赵之地多美丽的女子，明亮的阳光映照着她们艳丽的红妆。游荡在外的丈夫一去就是十年，独处家中的她日渐消瘦衣更宽带愈长。春楼之中悲叹难独守，玉阶之上徒然自哀伤。眼看着那些归来的飞燕，衔泥筑巢飞绕着隐秘的闺房。它们先后飞进了华美的帷幕，飞上飞下紧靠着雕画精美的屋梁。它们对故居尚且这般的依恋，丈夫啊怎么会把故人忘？苦苦相思直到黄昏希望已断绝，早晚都梦想再见到他的容光。梦中交合忽然他就在身旁，醒来辗转反侧才确知他滞留在他乡。只身徒然留在枕席上，在外的他究竟与谁双宿双飞同衣共裳？徒然让华灯高照的漫漫长夜，明亮的灯光照着她的白发似繁霜。

春 宵[1]

【题解】
　　一位女子在春夜里发出独守空床的哀叹。

　　春宵犹自长,春心非一伤。月带园楼影,风飘花树香。谁能对双燕,暝暝守空床[2]?

【注释】
　　[1] 春宵:与下一首《冬晓》,题又作《奉和湘东王应令诗二首》。
　　[2] 暝暝(míng):黑暗的样子。　守空床:语出《古诗十九首·青青河畔草》:"荡子行不归,空床难独守。"见卷一枚乘《杂诗》。

【今译】
　　春天的夜晚还是那样漫长,春天的景色不止一处令人心伤。月光移动着园中高楼的阴影,春风飘过来花树的芳香。谁能面对着衔泥筑巢的双燕,在黑夜里仍能独守空床?

冬 晓

【题解】
　　冬日的早晨,一位女子想念着边地的丈夫,无心梳妆,急忙为他缝制寒衣。

　　冬晓风正寒,偏念客衣单[1]。临妆罢铅黛[2],含泪剪绫纨[3]。寄语龙城下[4],讵知书信难[5]?

【注释】

〔1〕偏：独。
〔2〕铅黛：女子搽脸的铅粉和画眉的黛墨。
〔3〕绫纨（líng wán）：绫和纨，都是薄而细的丝织品。
〔4〕龙城：汉时匈奴地名，是匈奴祭天的地方。这里指边境征战之地。
〔5〕书信：指传送书札的使者。书指函札，信指使者。

【今译】

冬天的早上正是北风刺骨寒，一心只想丈夫客居边地衣裳单。临到梳妆又放下了铅粉和黛墨，含着眼泪剪裁细绢让他能有寒衣穿。但我要给边地的丈夫捎去一句话，你难道不知信使来往有多难？

三 妇 艳[1]

【题解】

这首诗写的是一个富贵人家的三个儿媳妇的日常生活场景。

大妇缝罗裙，中妇料绣文[2]。惟余最小妇，窈窕舞昭君[3]。丈人慎勿去[4]，听我驻浮云[5]。

【注释】

〔1〕三妇艳：在《乐府诗集》中，这首诗收入《相和歌辞·清调曲》，同题诗共收二十一首。关于"三妇艳"，可参看卷五沈约《拟三妇》。
〔2〕料绣文：在绢上刺绣花纹。料，料理。
〔3〕窈窕（yǎo tiǎo）：身材苗条姿态娇媚的样子。　昭君：乐曲名，今《乐府诗集·相和歌辞·吟叹曲》收有《王昭君》《明君词》《昭君叹》等歌辞。
〔4〕丈人：指丈夫。　去：离开。

〔5〕驻浮云：即"响遏行云"，形容歌声高昂激越，能使行云留驻。《列子·汤问》说："薛谭学讴于秦青，未穷青之技，自谓尽之，遂辞归。秦青弗止，饯于郊衢，抚节悲歌，声振林木，响遏行云。薛谭乃谢求反，终身不敢言归。"

【今译】

大媳妇正在缝制轻软的丝裙，二媳妇在细绢上刺绣花纹。只剩下最小的媳妇，她踏着《昭君》曲起舞旋转着娇美的腰身。"丈夫啊你千万不要就离去，听我高歌一曲响遏行云。"

刘孝仪闺怨一首

刘孝仪（484—550），名潜，字孝仪，彭城（今江苏徐州）人。刘孝绰三弟。历官尚书殿中郎、阳羡令、建康令、中书郎、尚书左丞、御史右丞、都官尚书，官终豫章内史。南朝梁文学家，原有文集二十卷，已散佚，明人辑有《刘豫章集》。

闺　怨

【题解】

这首诗写的是失宠的女子即弃妇的哀怨。

本无金屋宠〔1〕，长作玉阶悲〔2〕。一乖西北丽〔3〕，宁复城南期〔4〕。永巷愁无尽〔5〕，应门闭有时〔6〕。空劳织素巧〔7〕，徒为团扇辞〔8〕。匡床终不共〔9〕，何由横自私。

【注释】

〔1〕金屋宠：金屋藏娇的宠爱。《汉武故事》说，汉武帝幼年时，他的姑母指着自己的女儿阿娇问他是否喜欢，他说："若得阿娇作妇，当作金屋贮之。"阿娇就是后来的汉武帝陈皇后。但后来她失宠，幽居于长门宫。

〔2〕玉阶悲：指宫怨，即后妃宫女失宠的哀怨。古有宫怨诗，《乐府诗集·相和歌辞·楚调曲》所收《长门怨》《婕妤怨》《长信怨》《玉阶怨》就是这一类宫怨诗。玉阶，用玉石砌成或装饰的台阶，也代指宫殿、朝廷。

〔3〕乖（guāi）：背离。　丽：偶，伴，匹配。《古诗十九首·西北有高楼》："西北有高楼，上与浮云齐。……愿为双鸿鹄，奋翅起高飞。"见卷一枚乘《杂诗》。

〔4〕期：期盼，约会。曹植《美女篇》："借问女安居，乃在城南端。……佳人慕高义，求贤良独难。"见卷二。

〔5〕永巷：汉宫中幽禁嫔妃、宫女的地方。　尽：一作"歇"。

〔6〕应门：帝王宫殿的正门。

〔7〕织素巧：代指失宠的弃妇。古诗《上山采蘼芜》："故人工织素。"见卷一。

〔8〕团扇辞：指班婕妤《怨诗》，见卷一。

〔9〕匡床：方正安适的床。

【今译】

本来就没有得到"金屋藏娇"的宠爱，却长久怀着《玉阶怨》中的悲哀。西北高楼上的知音一旦遭离散，怎么能够再盼望他到城南来。幽居永巷忧愁无止境，皇宫正门已是长久紧闭不打开。我这个失宠之人空有织素之巧，也只是徒然写作团扇诗抒写情怀。始终不能同你一起睡在方正安适的床上，为什么我还要横卧床上私自怜爱。

刘孝威杂诗三首

奉和逐凉诗[1]

【题解】

这首诗写的是夜间乘凉的感受。

钟鸣夜未央,避暑起彷徨。长河似曳素[2],明星若散珰[3]。倚岩欣石冷,临池爱水凉。月纤张敞画[4],荷妖韩寿香[5]。对此游清夜,何劳娱洞房。

【注释】

〔1〕逐凉:乘凉。
〔2〕长河:银河。 曳(yè):拖拉,牵引。
〔3〕珰(dāng):女子珠玉耳饰。
〔4〕张敞:汉代人,曾为京兆尹。他曾为妻子画眉,一时传为美谈。见《汉书·张敞传》。
〔5〕妖:娇艳妩媚。 韩寿:晋人,美男子。贾充之女贾午和他私通,并把皇帝赐给其父的外域异香送给他。贾充发现后,便把贾午嫁给他。见《晋书·贾谧传》《世说新语·惑溺》。

【今译】

钟声鸣响暑夜尚未尽,为避暑气起身不知应去何方。天上的银河像拖着一条白丝带,明星点点像是散落的玉珰。靠着岩石喜欢岩石冷,走到池边喜爱池水凉。新月纤细就像张敞所画的美眉,荷花娇媚散发出韩寿身上的异香。面对此景在清夜中畅游,何必劳神追求欢娱在闺房。

塘上行　苦辛篇⑴

【题解】

　　这首诗与甄皇后《塘上行》题旨相同，也是一位女子自诉遭谗失宠后的冤苦。

　　蒲生伊何陈⑵，曲中多苦辛⑶。黄金坐销铄⑷，白玉遂淄磷⑸。裂衣工毁嫡⑹，掩袖切谗新⑺。嫌成迹易已⑻，爱去理难申。秦云犹变色⑼，鲁日尚回轮⑽。妾歌已肠断⑾，君心终未亲。

【注释】

　　〔1〕塘上行苦辛篇：在《乐府诗集》中，这首诗收入《相和歌辞·清调曲》。魏文帝甄皇后有《塘上行》一首，自诉遭谗失宠后的冤苦，见卷二，可参看。
　　〔2〕蒲：香蒲，多年生草本植物。　伊：水名，在今河南。　何：一作"阿"（ē），水边。　陈：陈列。
　　〔3〕曲：曲折，隐秘。这是双关语，既指水边弯曲之处，也指心中隐秘之处。
　　〔4〕坐：渐，将。　销铄（shuò）：熔化。《国语·周语下》："众口铄金。"
　　〔5〕淄（zī）：通"缁"，黑色。　磷（lìn）：薄，减损。《论语·阳货》："不曰坚乎，磨而不磷；不曰白乎，涅而不缁。"
　　〔6〕"裂衣"句：指小妾自伤其身、自裂其衣以陷害嫡妻嫡子。《韩非子·奸劫弑臣》载，楚国春申君有爱妾名余，她自伤其身，说是正妻所为，春申君便抛弃了正妻。她又自裂其衣，说是正妻之子甲调戏她而撕裂其衣，春申君便杀了甲。
　　〔7〕"掩袖"句：指郑袖陷害美人。《战国策·楚策》载，楚王新得美人，十分喜爱。楚王夫人郑袖欲害新人，故意对新人说，大王不喜欢你的鼻子，见大王时定要以袖掩鼻。郑袖又对楚王说，美人讨厌你身上的臭气，所以掩鼻。楚王怒，下令割下美人之鼻。又见《韩非子·内储

说下》。

〔8〕嫌：猜疑，厌恶。　迹：足迹。

〔9〕变色：改变颜色。

〔10〕鲁：指鲁阳公。《淮南子·览冥训》说："鲁阳公与韩构难，战酣日暮，援戈而撝（同"挥"）之，日为之反三舍。"说他挥戈使太阳倒退，后人便以"鲁阳挥戈""鲁阳回日"比喻力挽危局。

〔11〕肠：一作"唱"。

【今译】

香蒲在伊水之滨成片生，心中的隐曲包藏着多少苦辛。众口铄金黄金也要被熔化，白玉也会变黑遭磨损。春申君宠妾善于自裂其衣陷害嫡长子，郑袖"恳切"进言让美人掩鼻结果害了这新来的美人。猜疑已成厌恶心生君王再也不上门，恩爱抛弃有理也难申。虽然西方的云霞尚可改变颜色，鲁阳挥戈也能阻止太阳西沉。但我这个小女子反复歌唱肠已断，郎君始终不回心转意与我再相亲。

怨[1]

【题解】

这是一首宫怨诗，抒发后妃宫女失宠遭遗弃的哀怨。

退宠辞金屋[2]，见谴斥甘泉[3]。枕席秋风起，房栊明月悬[4]。烛避窗中影，香回炉上烟。丹庭斜草径[5]，素壁点苔钱[6]。歌起蒲生曲[7]，乐奏下山弦[8]。新声昔广宴[9]，余杯今自传[10]。王嫱向绝漠[11]，宗女入祁连[12]。雁书犹未返，角马无归年[13]。昭台省媵御[14]，曾坂无弃捐[15]。后薪随复积[16]，前鱼谁复怜[17]？

【注释】

〔1〕怨：在《乐府诗集》中，这首诗收入《相和歌辞·楚调曲》，题作《怨诗》，同题诗共收七首。

〔2〕退宠：宠爱衰减。　辞：离开。　金屋：汉武帝陈皇后阿娇所居之屋。年幼时，汉武帝曾表示要"金屋藏娇"。长大后阿娇做了皇后，后来失宠，幽居长门宫。见《汉武故事》。

〔3〕见谴：被谴责。　甘泉：汉代甘泉宫。《汉书·外戚传》说："钩弋婕妤（汉武帝婕妤，汉昭帝之母）从幸甘泉，有过见谴，以忧死。"

〔4〕房栊：窗棂。

〔5〕丹庭：红色的庭院。

〔6〕苔钱：即青苔，又叫地衣，因苔点形圆如钱，又叫苔钱。

〔7〕蒲生曲：即《塘上行》，古辞和甄皇后诗首句均为"蒲生我池中"。甄皇后诗见卷二。

〔8〕下山弦：指古诗《上山采蘼芜》的曲调，《上山采蘼芜》（见卷一）中有"下山逢故夫"之句。

〔9〕昔：一作"惜"。　广筵：盛大的宴会。

〔10〕余杯：指杯中尚未喝干的酒。　传：指传递酒杯劝酒。

〔11〕王嫱：王昭君，汉元帝宫女，远嫁匈奴单于，为阏氏。可参看卷二石崇《王昭君辞》。　绝漠：极远的沙漠地区。

〔12〕宗女：指乌孙公主，即汉代江都王之女细君，汉武帝时，她以公主名义远嫁西域乌孙国国王。可参看卷九乌孙公主《歌诗》。　祁连：祁连山，即天山，匈奴称天为祁连。

〔13〕角马：即马生角，比喻不可能的事。《燕丹子》载，燕太子丹为质于秦，求归，秦王说："乌头白，马生角，乃许耳。"

〔14〕昭台：昭台宫，在长安上林苑中。《汉书·外戚传》说，汉成帝许皇后，先有宠，后坐废，处昭台宫。　省：一作"有"。　媵（yìng）御：指姬妾。媵，陪嫁的女子。

〔15〕曾坂（céng bǎn）：高坡。曾，通"层"。《战国策·楚策》说，骐骥拉着盐车上太行山，走到半山坡上不去，伯乐看见了，"下车攀而哭之，解纻衣以幂之"，骐骥以伯乐为知己。

〔16〕后薪：后来运到的柴薪。语出《史记·汲郑列传》："陛下用群臣如积薪耳，后来者居上。"指新人反居旧人之上。

〔17〕前鱼：先钓到的鱼。《战国策·楚策》说，龙阳君对魏王说，我开始钓到鱼，很高兴，后来钓到更大的鱼，"直欲弃臣前之所得鱼矣"。后人便以"前鱼"比喻失宠而被遗弃之人。

【今译】

　　陈皇后失宠离开了金屋,钩弋夫人遭谴在甘泉。在独宿的枕席边秋风忽起,窗户外面又有明月高悬。不让烛光在窗中照出自己的身影,灭了薰香不让它再冒烟。红色庭院中的斜径长满了草,白色墙壁上点点青苔像铜钱。唱起《塘上行》"蒲生我池中"的悲歌,弹奏起"上山采蘼芜,下山逢故夫"更感悲切。从前盛大的宴会歌吹新声,如今只能自斟自酌独自呜咽。就像王昭君走向渺无边际的沙漠,乌孙公主进入祁连。传书的大雁尚未返回长安,马不能长角回归不知在何年。听说昭台宫中已减少了姬妾,千里马遇伯乐也不再被弃捐。但从来用人总是后来居上,我像"前鱼"遭弃又有谁再来爱怜。

刘遵应令咏舞一首

应令咏舞[1]

【题解】
　　这首诗描写的是舞女美丽的舞姿和特有的心态。

　　倡女多艳色[2],入选尽华年[3]。举腕嫌衫重,回腰觉态妍[4]。情绕阳春吹,影逐相思弦。履度开裾褶[5],鬟转匝花钿[6]。所愁余曲罢,为欲在君前[7]。

【注释】
　　[1] 应令:指奉诏令而作诗。
　　[2] 倡女:歌舞艺人。

〔3〕华年：青春妙年。

〔4〕妍（yán）：美。

〔5〕履：鞋。　度：过。　裾（jū）：衣服的前后襟。一作"裙"。

〔6〕匝（zā）：环绕，满。

〔7〕为欲：指怎样追求欲望的满足。《吕氏春秋·离俗览》有《为欲》篇，主张君主既要使民众"欲多"，又要使民众看重"行义"而"不争"。

【今译】

　　舞女多半娇艳美丽，入选之时全是青春妙年。举起手腕似乎嫌衣衫太重，旋转腰身便觉体态鲜妍。她的激情环绕着阳春曲的吹奏而泛起，她的身影随着相思曲的弹奏而回旋。她放开舞步舞过去张开了衣裙的褶皱，她转过头来圆形的发结上满是花钿。她所愁的是一曲奏罢，如何为满足欲求来到你的面前。

王训应令咏舞一首

应令咏舞

【题解】

　　这首诗描写一位舞女美丽的容态和舞姿。

　　新妆本绝世[1]，妙舞亦如仙。倾腰逐韵管，敛衽听张弦[2]。袖轻风易入，钗重步难前。笑态千金重[3]，衣香十里传[4]。时持比飞燕[5]，定当谁可怜[6]？

【注释】

〔1〕绝世：冠绝当世。

〔2〕敛衽（rèn）：整饬衣襟，即提起衣襟，以表恭敬。衽，一作"色"。

〔3〕"笑态"句：犹"千金买一笑"。语出贾氏《说林》，可参看卷六王僧孺《咏歌姬》注〔8〕。南朝宋鲍照《代白纻曲》："齐讴秦吹庐女弦，千金顾笑买芳年。"

〔4〕衣香十里传：《述异记》说，香州，在珠崖郡。洲中出诸异香，千里松香，闻于十里，亦谓之十里香。

〔5〕时：是，此。　飞燕：汉成帝皇后赵飞燕，体态轻盈，善舞。

〔6〕怜：怜爱。

【今译】

　　时新的梳妆打扮本来就冠绝当世，精妙的舞姿也好像天仙。她弯下腰身顺从箫管的韵律，收敛衣襟依随正在弹奏的琴弦。衣袖轻举微风容易进入，金钗沉重步履似难移前。一笑倾城真是千金难买，衣衫芳香十里传遍。拿她来比赵飞燕，究竟谁更会令人爱怜？

庾肩吾杂诗六首

有所思行[1]

【题解】

　　一位男子思念久别的情人。

　　佳人远于隔[2]，乃在天一方。望望江山阻，悠悠道路长。别前秋叶落，别后春花芳。雷叹一声响[3]，雨泪忽成行。怅望情无极,倾心还自伤[4]。

【注释】

〔1〕有所思行:在《乐府诗集》中,这首诗收入《鼓吹曲辞·汉铙歌》,题作《有所思》,作者作昭明太子,即萧统。同题诗共收二十六首。在《汉铙歌》古辞十八首中,《有所思》为第十二首。

〔2〕佳人:一作"公子"。 远于:一作"路远"。

〔3〕雷叹:如雷鸣般的叹息声。 声:一作"流"。

〔4〕倾心还:一作"引领心"。

【今译】

这位美丽的女子相距是这样的遥远,竟在天的另一方。望了又望千山万水相隔,千里迢迢道路多么漫长。分别之前正是秋天树叶落,分别之后如今已是春花盛开遍地香。叹息一声如雷一般响,泪水下落忽成行。惆怅地远望激情无限,倾心相爱仍然是独自心伤。

陇 西 行[1]

【题解】

一位男子即将征戍陇西,边地环境艰险,但他仍希望家中妻子不要牵挂。

借问陇西行,何当驱马征[2]?草合前迷路[3],云浓后暗城[4]。寄语幽闺妾,罗袖勿空萦[5]。

【注释】

〔1〕陇西行:在《乐府诗集》中,这首诗收入《相和歌辞·瑟调曲》,同题诗共收十一首。卷一古乐府《陇西行》即《陇西行》古辞。后人写作

的《陇西行》"但言辛苦征战，佳人怨思而已"（《乐府解题》）。陇西，郡名，战国时代秦国所置，辖地在今甘肃境内。
〔2〕何当（dāng）：何日，何时。
〔3〕前迷：一作"迷前"。
〔4〕后暗：一作"暗后"。
〔5〕萦（yíng）：缠绕，牵挂。

【今译】
　　请问要前往陇西，何时可策马远征？边地杂草丛生会迷失前面的道路，浓云密布会遮蔽身后的孤城。给幽处深闺的妻子捎去一句话，不要罗袖掩泣徒然魂牵梦萦。

和徐主簿望月[1]

【题解】
　　月光徘徊，愁思袭人。诗人在观赏了迷人的歌舞后，献上了这首赏月诗。

　　楼上徘徊月，窗中愁思人。照雪光偏冷，临花色转春。星流时入晕[2]，桂长欲侵轮[3]。愿以重光曲[4]，承君歌扇尘[5]。

【注释】
〔1〕徐主簿：何人不详。
〔2〕星流：星移。　　晕（yùn）：日光或月光通过云层时因折射作用而在太阳或月亮周围形成的光圈，叫日晕或月晕。这里指月晕。
〔3〕桂：传说月中有桂树。　　轮：月轮。
〔4〕重光曲：曲名。重光，指日、月之光。
〔5〕歌扇：歌舞时所用的扇子，代指歌舞。承尘：承受尘土，比喻紧随其后。

【今译】

楼上月光正徘徊,窗里愁思愁煞人。照在雪地上月光特别冷,照临花丛中月色变成春。星星移位有时移到月晕里,桂树伸长像是要刺破月轮。我希望能用这首日月重光曲,紧随你家迷人歌舞步其后尘。

爱妾换马[1]

【题解】

用自己爱妾来换马的故事,出自魏代曹璋,可参看卷七简文帝《和人以妾换马》。庾肩吾这首诗,对被用来换马的这位女子,表示了同情。

渥水出腾驹[2],湘川实应图[3]。来从西北道[4],去逐东南隅[5]。琴声悲玉匣[6],山路泣蘼芜。似鹿将含笑[7],千金会不俱[8]。

【注释】

〔1〕爱妾换马:在《乐府诗集》中,这首诗收入《杂曲歌辞》,同题诗共收六首。《爱妾换马》古辞已失传。

〔2〕渥(wò)水:水名,即渥洼水,在今甘肃安西,传说产神马之处。《汉书·武帝纪》说,汉武帝元鼎四年,"秋,马生渥洼水中,作……《天马》之歌"。　腾驹:公马。

〔3〕湘川:湘水,在今湖南。《楚辞·九歌》有《湘君》和《湘夫人》,描写湘水女神的美丽多情。

〔4〕"来从"句:指马来自西北方。《汉书·张骞传》说:"初,天子发书《易》,曰'神马当从西北来'。得乌孙马好,名曰'天马'。及得宛汗血马,益壮,更名乌孙马曰'西极马',宛马曰'天马'云。"

〔5〕东南隅:东南方。《古诗为焦仲卿妻作》(见卷一)有"孔雀东南飞"之句,后人以"东南雀飞"喻夫妻分离。

〔6〕玉匣:指盒中之玉钏,喻爱妾。卷七简文帝《和人以妾换马》:

"必取匣中钏,回作饰金羁。"

〔7〕似鹿:指千金之马。《韩非子·外储说右上》载:卫嗣君曰:"夫马似鹿者,而题之千金。然而有百金之马,而无千金之鹿者,何也?马为人用,而鹿不为人用也。"

〔8〕俱:同。

【今译】

这边的骏马产自渥洼水,那边的爱妾正如画中的湘水女神多妖娆。骏马从西北大道来,爱妾却要朝着东南方向驱赶跑。琴声悲诉匣中玉钏被毁掉,在"上山采蘼芜"的山道上不禁泪水滔滔。得到好马定然会欢笑,但失去爱妾千金也不会再得到。

咏 美 人[1]

【题解】

这首诗主要描写美女的美貌和多情。

绛树及西施[2],俱是好容仪。非关能结束[3],本自细腰肢。镜前难并照,相将映绿池[4]。看妆畏水动,敛袖避风吹。转手齐裾乱[5],横簪历鬓垂[6]。曲中人未取,谁堪白日移?不分他相识[7],惟听使君知[8]。

【注释】

〔1〕咏美人:题一作《咏美人看画》。
〔2〕绛树:古代美丽的歌女。曹丕《答繁钦书》:"今之妙舞,莫巧于绛树。" 西施:春秋时期越国的美女。
〔3〕结束:装束,打扮。
〔4〕相将(jiāng):相偕,相共。
〔5〕裾(jū):衣服的大襟。

〔6〕历：乱。

〔7〕不分：不平，不服气，不愿意。　他：他人。

〔8〕使君：对人的尊称。

【今译】

　　就像绛树和西施，她们都有美丽的容貌。这与她们会梳妆打扮无关，因为她们本来就有纤细的腰。在明镜前难于同时并照，于是相偕来到绿池同往水里瞧。细看梳妆担心水面动，收拢袖子避免风吹衣袖飘。转过手来整齐的衣襟却已乱，横抽金簪乱发垂下更妖娆。乐曲声中人们对她们未加赞赏，谁能忍受白日西沉空把光阴抛。不愿意再与他人来相识，她们的心意只让您知晓。

七　夕⁽¹⁾

【题解】

　　这首诗咏七夕，对离多聚少的牛郎织女充满同情。

　　玉匣卷悬衣，高楼开夜扉⁽²⁾。嫦娥随月落⁽³⁾，织女逐星移。离前忿促夜⁽⁴⁾，别后对空机。倩语雕陵鹊⁽⁵⁾，填河未可飞⁽⁶⁾。

【注释】

〔1〕七夕：农历七月初七晚上。神话传说，平时牛郎织女分居天河两岸，每年七月初七，有喜鹊在天河上搭桥，让他们相会。

〔2〕扉（fēi）：门。

〔3〕嫦娥：神话传说，她为后羿之妻。后羿从西王母处得不死之药，她偷吃后飞升月宫。嫦，一作"姮"。

〔4〕忿（fèn）：恨，生气。

〔5〕倩语（qìng yù）：请告诉。倩，请，恳求。　雕陵鹊：寓言中

的巨鹊。《庄子·山木》:"庄周游于雕陵之樊,睹一异鹊自南方来者,翼广七尺,目大运寸。"雕陵,栗林名。

〔6〕填河:即"填桥",指群鹊在天河上衔接为桥。

【今译】
　　卷起悬挂之衣放入玉匣,七夕之夜高楼之门大开。嫦娥已经随着月儿落下,织女随着星移渡到天河这边来。短暂相聚后又将分离他们痛恨此夜太短促,分别之后织女对着织机空发呆。恳请告诉那些搭桥的雕陵鹊,在天河上架桥就不要再飞开。

庾成师远期篇一首

　　庾成师,生平事迹不详。

远 期 篇[1]

【题解】
　　一位女子盼望丈夫早日返家,但希望一次次落空。

　　忆别春花飞,已见秋叶稀。泪粉羞明镜,愁带减宽衣。得书言未反[2],梦见道应归。坐使红颜歇[3],独掩青楼扉[4]。

【注释】
　　〔1〕远期篇:在《乐府诗集》中,这首诗收入《鼓吹曲辞·汉铙歌》,题作《远期》,同题诗只收两首。在《汉铙歌》古辞十八首中,《远如期》

是第十七首。

〔2〕反：同"返"。一作"及"。

〔3〕坐：空，徒然。

〔4〕青楼：青漆涂饰的豪华精致的楼房。

【今译】

　　回忆从前分别之时春花正乱飞，如今却见秋叶凋零草枯萎。泪满粉脸羞于照明镜，衣带渐宽人儿消瘦心伤悲。收到书信只说不回来，梦中相见却说应来归。空使红颜日渐消歇，只好独上高楼轻掩门扉。

鲍泉杂诗三首

和湘东王春日[1]

【题解】

　　春天带来了新景象，但也带来了春愁。这首《春日》写出了一位女子春天的感受。

　　新燕始新归[2]，新蝶复新飞。新花满新树，新月丽新晖[3]。新光新气早，新望新盈抱[4]。新水新绿浮，新禽新音好。新景自新还，新叶复新攀。新枝虽可结，新愁谁解颜？新思独氤氲[5]，新知不可闻。新扇如新月，新盖学新云[6]。新落连珠泪，新点石榴裙[7]。

【注释】

〔1〕湘东王：即梁元帝萧绎。卷七简文帝二十七首中最后九首（即《伤别离》以后的九首）徐刻俱作元帝诗。这九首诗的最后一首，即《春日》。鲍泉这首《春日》，是它的和诗。题前一有"奉"字。

〔2〕燕：一作"莺"。

〔3〕丽：光彩焕发。

〔4〕盈：满。　抱：怀抱，胸怀。

〔5〕氛氲（fēn yūn）：盛，浓郁。

〔6〕盖：车盖。

〔7〕点：滴落，污。

【今译】

新的乳燕开始了新的回归，新的彩蝶又重新起飞。新的花朵开满在新长高的树，新月东升放出新的光辉。新的光景新的气象来得早，新的希望充满新的怀抱。新的湖水浮出了新绿，新的禽鸟新的鸣唱好。新的景致本是新回还，新的枝叶又再重新往上攀。新枝虽可开花结果实，新愁有谁能解令心宽？新的情思只有我最浓郁，新的知己至今了无佳音。新的纨扇像新的月牙，新的冠盖却如新的彩云。新的泪珠连缀而下，新落泪水浸湿了新的红裙。

咏 蔷 薇[1]

【题解】

这首诗歌咏蔷薇，兼喻佳丽。

经植宜春馆[2]，霏靡上兰宫[3]。片舒犹带紫[4]，半卷未全红。叶疏难蔽日，花密易伤风[5]。佳丽新妆罢，含笑折芳丛。

【注释】

〔1〕蔷薇：落叶灌木，茎细长，蔓生，羽状复叶，花白色或淡红色，有芳香。

〔2〕宜春馆：汉代宫殿名，在长安。

〔3〕靃（suǐ）靡：纤细柔弱、随风摆动的样子。　　上兰宫：汉代宫观名，长安上林苑有上兰观。

〔4〕片：叶片。　　舒：展开。

〔5〕伤：妨碍。

【今译】

美丽的蔷薇曾经种植在宜春馆，也曾迎风招展在上兰宫。新的叶片刚张开还带着紫色，新的花蕾半卷还未全变红。叶片稀疏难于遮蔽强烈的阳光，花朵太密容易妨碍吹来的和风。这位美丽的女子刚刚梳妆罢，她含笑折芳走进了花丛。

寒闺诗[1]

【题解】

丈夫远行，妻子独处深闺，刻骨的相思使她更为消瘦。

行人消息断，空闺静复寒[2]。风急朝机燥[3]，镜暗晚妆难。从来腰自小，衣带就中宽[4]。

【注释】

〔1〕寒闺诗：题一作《寒闺》。

〔2〕复寒：一作"雕栏"。

〔3〕风急：一作"杼冽"。　　机：织布机。

〔4〕就中：其中。一作"近犹"。

【今译】

　　远行的丈夫消息已中断，空荡的香闺里寂静又凄寒。早上风急织机更干燥，晚上镜暗梳妆更加难。从来腰身本就小，近来消瘦衣带更加宽。

邓铿闺中月夜一首

闺中月夜[1]

【题解】

　　这首诗主要写一位独处深闺的女子月夜的情思。

　　闺中日已暮，楼上月初华[2]。树阴缘砌上，窗影向床斜。开帷伤只凤[3]，吹灯惜落花。谁能当此夕，独处类倡家[4]。

【注释】

　　[1] 闺中月夜：一作《月夜闺中》。
　　[2] 华：光华。
　　[3] "开帷"二句：一作"开屏为密书，卷帐照垂花"。只凤，孤单的凤。
　　[4] 倡家：倡家女，歌女，乐人。《古诗十九首·青青河畔草》："昔为倡家女，今为荡子妇。荡子行不归，空床难独守。"

【今译】

　　深闺之中又是黄昏天色已晚，高楼之上明月东升刚吐光华。庭院中的树影沿着台阶而上，纱窗里的月光照亮了卧榻。掀开帷帐看到孤单的凤鸟更伤感,吹灭灯烛更加痛惜遍地的落花。谁能平静地面对这样一个夜晚,孤身独处就像"今为荡子妇"的倡家。

阴铿杂诗五首

阴铿,字子坚,武威姑臧(今甘肃武威)人。梁时任湘东王法曹参军,入陈,历任晋陵太守、员外散骑常侍。南朝陈著名诗人,原有集三卷,已佚,明人辑有《阴常侍集》。

侯司空宅咏妓[1]

【题解】

这首诗主要描写歌舞艺人的美丽多情。

佳人遍绮席,妙曲动鹍弦[2]。楼似阳台上[3],池如洛浦边[4]。莺啼歌扇后,花落舞衫前。翠柳将斜日,偏照晚妆鲜[5]。

【注释】

〔1〕侯司空:陈南徐州刺史侯安都,陈文帝时进位司空。
〔2〕鹍弦:用鹍鸡筋做的琵琶弦。
〔3〕阳台:巫山神女所在之处。宋玉《高唐赋》写楚王在高唐梦中与巫山神女幽会,神女临走时说:"妾在巫山之阳,高丘之阻。旦为朝云,暮为行雨。朝朝暮暮,阳台之下。"
〔4〕洛浦:洛水之滨,洛水女神宓妃所在之处,见曹植《洛神赋》。浦,一作"水"。

〔5〕偏：一作"俱"。　　照：一作"是"。

【今译】

　　华美的筵席上都是美丽的女子，她们唱着精妙的歌曲拨动着琵琶弦。她们登楼就像巫山神女走到阳台上，她们临池就像洛水女神走到洛水边。莺燕般地鸣唱出自歌扇后，鲜花纷纷坠落在她们的舞衫前。太阳将要落到青翠的柳树下，夕阳的光辉照着她们的晚妆格外光鲜。

侍宴赋得竹[1]

【题解】

　　这首诗咏竹，并带出与竹有关的人和事，饱含深情。

　　夹池一丛竹，青翠不惊寒[2]。叶酝宜城酒[3]，皮裁薛县冠[4]。湘川染别泪[5]，衡岭拂仙坛[6]。欲见葳蕤色[7]，当来兔苑看[8]。

【注释】

　　〔1〕侍宴赋得竹：题一作《侍宴赋得夹池竹》，一作《夹池竹》。
　　〔2〕青：一作"垂"。　　惊：惧。
　　〔3〕宜城酒：古代襄州宜城（今属湖北）所产的美酒。
　　〔4〕裁：一作"治"。　　薛县冠：即"刘氏冠"，汉高祖刘邦创制的一种竹皮冠。《史记·高祖本纪》："高祖为亭长，乃以竹皮为冠，令求盗之薛治之，时时冠之。及贵常冠，所谓'刘氏冠'乃是也。"
　　〔5〕湘川：湘水，在今湖南。　　染别泪：指湘妃竹。《初学记》引张华《博物志》说："舜死，二妃（指尧之二女娥皇、女英，为舜妃）泪下，染竹即斑。妃死为湘水神，故曰湘妃竹。"
　　〔6〕衡岭：即南岳衡山，在今湖南中部，有七十二峰，历代帝王南岳祀典，均在此山。　　仙坛：祭坛，也指仙人住处。

〔7〕葳蕤色：一作"凌冬质"。
〔8〕当来兔苑看：一作"当为雪中看"。中，一作"后"。兔苑，园囿名，又叫"梁园"，汉代梁孝王刘武所筑，在今河南商丘市东。

【今译】

紧靠着清池长着一丛翠竹，它是那样青翠从不惧严寒。竹叶曾用来酿成宜城酒，竹皮曾裁制成刘氏冠。湘水之滨它曾染上湘妃生离死别的血泪，衡山之巅它又曾轻轻拂拭仙坛。你如果想看到它枝叶茂盛的景色，应当到兔苑来看一看。

和樊晋侯伤妾〔1〕

【题解】

这是一首和诗，与原诗主旨一样，都是悼亡。

画梁朝日尽，芳树落花辞〔2〕。忽以千金笑〔3〕，长作九原悲〔4〕。镜前尘素粉〔5〕，机上网红丝〔6〕。户余双燕入〔7〕，床有一空帷。名香不可得〔8〕，何见反魂时〔9〕？

【注释】

〔1〕和樊晋侯伤妾：一作《和悼亡》。樊晋侯，人名，不详。伤妾，哀悼去世的妾。
〔2〕落：一作"晚"。
〔3〕千金笑：一笑价值千金，极言美人一笑之难得。语出崔骃《七依》："回顾百万，一笑千金。"可参看卷六王僧孺《咏歌姬》注〔8〕。
〔4〕九原：犹"九泉"，黄泉。一说九原为春秋时晋国卿大夫墓地。刘向《新序·杂事》："晋平公过九原而叹曰：'嗟乎！此地之蕴吾良臣多矣，若使死者起也，吾将谁与归乎？'"后来以九原泛指墓地。
〔5〕素：一作"剧"。
〔6〕红：一作"多"。

〔7〕燕入：一作"入燕"。
〔8〕名香：指返生香，传说中能令死人复活的一种香。《太平御览》所引《十洲记》说，聚窟洲中有返魂树，"于玉釜中煮取汁，如黑粘，名之为返生香。香气闻数百里，死尸在地，闻气乃活"。
〔9〕何：一作"讵"。

【今译】

雕绘精美的屋梁上早晨的阳光已经退尽，芬芳鲜美的大树上掉落的花朵也已枯萎。她的千金一笑竟是这样的短暂，如今化作了长埋九泉的永久的伤悲。梳妆镜前积满了洁白的铅粉，织布机上红丝像网一般低垂。门里只剩下一双燕子飞出飞进，床上只有一张空空的屏帷。名贵的返生香不可能找到，何时才能看到她的魂魄会来归？

南征闺怨

【题解】

丈夫南行，妻子独处深闺，她深深地思念和牵挂自己的丈夫。

湘水旧言深⁽¹⁾，征客理难寻⁽²⁾。独愁无处道，长悲不自禁。逢人憎解珮⁽³⁾，幽居懒听音⁽⁴⁾。惟当有夜鹊⁽⁵⁾，南飞似妾心⁽⁶⁾。

【注释】

〔1〕湘水：湘江，在今湖南。张衡《四愁诗》："我所思兮在桂林，欲往从之湘水深。"
〔2〕征客：远行之人，指丈夫。　难：一作"南"。
〔3〕逢：一作"作"。　解珮：解下身上玉珮以赠人。刘向《列仙传·江妃二女》说，江妃二女游于江汉之滨，遇见郑交甫，交甫求珮，她们便将身上玉珮解下送给了他。

〔4〕幽居：一作"从来"。

〔5〕鹊：乌鹊，即喜鹊。古人认为鹊噪而行人至，就是说喜鹊的鸣叫预示远人将归。

〔6〕南飞：飞到南方去。曹操《短歌行》："月明星稀，乌鹊南飞。绕树三匝，何枝可依？"

【今译】

　　从前有人说湘水是那样的深，按理说远行的人真是很难找寻。独处深闺愁怨无处说，深长的悲思总是情不自禁。逢人便表示我憎恨那解珮赠人蛊惑男人的女子，寂寞的家居生活也懒得去欣赏好音。晚上只爱听预示行人到的喜鹊叫，而乌鹊急促南飞也正像我此刻的苦心。

班婕妤怨[1]

【题解】

　　这首诗承班婕妤《怨诗》题旨，代班婕妤以及天下所有失宠的女子，抒发心中的哀怨。

　　柏梁新宠盛[2]，长信昔恩倾[3]。谁谓诗书巧[4]？翻为歌扇轻[5]。花月分窗进，苔草共阶生。妾泪衫前满[6]，单眠梦里惊。可惜逢秋扇[7]，何用合欢名[8]？

【注释】

〔1〕班婕妤怨：在《乐府诗集》中，这首诗收入《相和歌辞·楚调曲》，题作《班婕妤》，同题诗共收十三首。班婕妤，先汉汉成帝宠爱。后成帝宠爱赵飞燕姐妹，班婕妤失宠，"求供养太后长信宫"，并作纨扇诗以自伤悼。可参看卷一班婕妤《怨诗》。

〔2〕柏梁：柏梁台，汉代台名，汉武帝所建，在今陕西长安。也泛指宫殿。　　新宠：指赵飞燕姐妹。

〔3〕长信:长信宫,班婕妤失宠后所居。　　倾(qīng):尽。

〔4〕谓:一作"为"。　　诗书巧:指班婕妤善用诗书。《汉书·外戚传》说,班婕妤"诵《诗》及《窈窕》《德象》《女师》之篇,每进见上疏,依则古礼"。

〔5〕翻:反。　　歌扇轻:指赵飞燕善歌舞。《汉书·外戚传》说,赵飞燕本长安宫人,"及壮,属阳阿主家,学歌舞,号曰飞燕。成帝常微行出,过阳阿主,作乐。上见飞燕而说(悦)之,召入宫,大幸"。扇,一说当作"舞"。

〔6〕妾:一作"忆"。

〔7〕逢秋扇:指到了秋凉之时被捐弃之扇,喻失宠的女子。

〔8〕合欢:合欢扇,即团扇,上有对称图案花纹,象征男女交欢。

【今译】

柏梁台上新获宠的女子气焰盛,长信宫里昔日的恩宠尽。谁说班婕妤诗书用得巧,反不如赵飞燕轻歌曼舞更令人倾心。花影和月色分别从窗外涌进,青苔和杂草共同在台阶上萌生。我的眼泪落满了前面的衣衫,孤身独眠常在梦中惊醒。可怜那到了秋凉之时便遭捐弃的团扇,为什么要用"合欢"作为它的名称?

朱超道赋得荡子行未归一首

朱超道,又名朱超,梁时为中书舍人,有集一卷。

赋得荡子行未归[1]

【题解】

这首诗写一位女子春日的愁思。春天到了,她盼望着远行的丈夫早日归来。

坐楼愁回望，息意不思春。无奈园中柳，寒时已报人。捉梳羞理鬓，挑朱懒向唇[2]。何当上路晚[3]，风吹还骑尘[4]。

【注释】
〔1〕赋得：古人作诗，凡摘取前人成句为诗题，在题前多冠以"赋得"二字。《古诗十九首·青青河畔草》："荡子行不归，空床难独守。"
〔2〕朱：指红色的唇膏。
〔3〕何当：犹"合当"，应是。
〔4〕还骑：归来的车马。

【今译】
坐在楼上满怀愁思回头望，停思息虑下定决心不思春。无奈园中青翠的杨柳，天气尚寒之时已在挑逗人。拿起梳子羞于梳理鬓发，拿起唇膏懒得涂向红唇。他应当是启程太晚，此刻尚在途中奔驰的车骑扬起了灰尘。

裴子野咏雪一首

裴子野（469—530），字几原，河东闻喜（今属山西）人。齐时任武陵王国左常侍、江夏王参军。梁时历任诸暨令、著作郎、中书侍郎等职，官至鸿胪卿领步兵校尉。南朝梁史学家、文学家，原有文集二十卷，已佚。曾著《雕虫论》，抨击当时专尚辞藻的文风。

咏 雪

【题解】
　　这首诗主要写美丽的雪景和离居者的相思。

　　飘飖千里雪,倏忽度龙沙⁽¹⁾。从云合且散,因风卷复斜。拂草如连蝶,落树似飞花。若赠离居者,折以代瑶华⁽²⁾。

【注释】
　　〔1〕倏（shū）忽：顷刻，指极短的时间。　　龙沙：指今河北喜峰口外卢龙山后的大漠，也泛指塞外的大沙漠。
　　〔2〕瑶华：玉花，洁白如玉的花，也指传说中的仙花。

【今译】
　　千里之内大雪纷纷扬扬地飘落，很快地便越过了万里黄沙。它随着云忽聚忽散，顺着风时卷时斜。它拂过草地像联翩飞舞的蝴蝶，落在树梢又像空中飘动的鲜花。如果把它拿来赠给离别已久的人，它也可代替折芳寄远的鲜花将绵绵情意送达。

房篆金石乐歌一首

　　房篆，生平事迹不详。

金 石 乐[1]

【题解】
这首诗主要描写一位少女的年轻美貌，并提醒她要珍惜青春年华。

前溪流碧水，后渚映清天[2]。登台临宝镜，开窗对绮钱[3]。玉颜光粉色[4]，罗袖拂金钿。春风散轻蝶，明月映新莲。摘花竞时侣[5]，催指及芳年[6]。

【注释】
〔1〕金石乐（yuè）：在《乐府诗集》中，这首诗收入《杂曲歌辞》，题作《金乐歌》，同题诗共收三首。可参看卷七简文帝《金乐歌》。金石乐，指使用钟磬等乐器演奏的音乐。
〔2〕渚（zhǔ）：通"潴"，水停聚的地方，这里指蓄水的池塘。
〔3〕绮（qǐ）钱：钱形图案的窗户雕饰。
〔4〕光粉色：一作"耀光彩"。
〔5〕时侣：时髦的伴侣。
〔6〕指：一作"柏"，通"迫"。

【今译】
前面流淌着碧绿的溪水，后面池水映照着蓝天。她登上高台走近宝镜，打开纱窗面对着绘饰华美的窗帘。玉颜施粉后容色更加光彩，她用罗袖轻拂头上的金钿。春风吹散了轻快飞舞的粉蝶，明月映照着池中刚刚开放的睡莲。她摘下花朵与时髦的伴侣竞相比美，光阴催人老行乐当及时不要虚度青春妙年。

陆罩闺怨一首

陆罩（517—?），字洞元，吴郡（今江苏苏州）人。梁代萧纲立为皇太子后，曾任太子中庶子，掌管记。官终光禄卿。

闺　怨

【题解】

这首诗主要写女子被丈夫遗弃的哀怨。

自怜断带日[1]，偏恨分钗时。留步惜余影，含意结离眉[2]。徒知今异昔，空使怨成思。欲以别离意，独向蘼芜悲[3]。

【注释】

〔1〕断带：与下句"分钗"，均指夫妻离异。晋袁宏《后汉纪·灵帝纪上》："夏侯氏父母曰：'妇人见去，当分钗断带。'"
〔2〕含意：所怀的心意。　离：一作"愁"。
〔3〕蘼芜悲：指女子被遗弃的悲哀。可参看卷一古诗《上山采蘼芜》。

【今译】

独自怜惜那夫妻离异的日子，尤其怨恨那夫妻分别之时。欲走还留顾念我留下的身影，心怀哀愁紧锁双眉。徒然感知今日异于往昔，空使哀怨变成愁丝。打算将自己痛伤离别的情意，化作遭遗弃后痛苦无奈的悲思。

庾信杂诗六首

昭君辞[1]

【题解】
这首诗主要抒发王昭君远嫁匈奴的哀怨。

拭泪辞戚里[2],回顾望昭阳[3]。镜失菱花影[4],钗除却日梁[5]。围腰无一尺,垂泪有千行。绿衫承马汗[6],红袖拂秋霜。别曲真多恨,哀弦须更张。

【注释】
〔1〕昭君辞:在《乐府诗集》中,这首诗收入《相和歌辞·吟叹曲》,题作《王昭君》,同题诗共收二十九首。王昭君,即王嫱,汉元帝宫女。匈奴请和亲,元帝将她远嫁匈奴单于。可参看卷二石崇《王昭君辞》。
〔2〕泪:一作"啼"。 戚里:本指京城附近皇帝外戚聚居之地,这里指故国、故乡。
〔3〕昭阳:汉宫殿名。
〔4〕菱花:一年生水生草本植物,水上叶略呈三角形,开白花,果实称菱角。古有菱花镜,为铜镜,背面刻有菱花图形。这里语义双关,菱花也喻昭君。
〔5〕却日:一作"却月"。古有金梁却月钗,呈半月之形。龙辅《女红余志》说,燕昭王赐旋娟以金梁却月之钗,玉角红纶之帔。
〔6〕绿衫:一作"衫身"。

【今译】
擦着眼泪告别故里家邦,回头远望皇宫昭阳。镜中已无菱花的倩影,半月金钗也失去一股弃一旁。人儿消瘦腰围已无一尺长,心中悲痛泪下早已有千行。绿衫沾上了许多马汗,红袖拂拭着秋日的寒霜。离别之曲当有多少憾怨,哀弦已断须重新续上。

明 君 辞⁽¹⁾

【题解】
　　这首诗与上首诗诗旨相同，也是抒发王昭君远嫁匈奴的哀怨凄怆。

　　敛眉光禄塞⁽²⁾，遥望夫人城⁽³⁾。片片红颜落⁽⁴⁾，双双泪眼生。冰河牵马渡，雪路把鞍行⁽⁵⁾。胡风入骨冷，汉月照心明。方调琴上曲⁽⁶⁾，变入胡笳声⁽⁷⁾。

【注释】
　〔1〕明君辞：在《乐府诗集》中，这首诗收入《相和歌辞·吟叹曲》，同题诗共收十三首。题一作《昭君辞应诏》。明君，即昭君，晋代避司马昭（文帝）讳，改称明君。
　〔2〕光禄塞：边塞名，汉武帝时光禄卿徐自为筑，在今内蒙古乌拉特旗。
　〔3〕夫人城：指范夫人城。《汉书·匈奴传》："汉军乘胜追北，至范夫人城。"颜师古注引应劭曰："本汉将筑此城。将亡，其妻率余众完保之，因以为名也。"
　〔4〕颜：一作"妆"。
　〔5〕把：一作"抱"。
　〔6〕琴：一作"马"。
　〔7〕入：一作"作"。　　胡笳：我国古代北方民族的管乐器，传说由西汉张骞从西域传入。

【今译】
　　紧锁双眉走过光禄塞，远远望见夫人城。红颜上的脂粉片片往下落，双目中的泪水齐飞迸。河水结冰牵着马儿走过去，道路降雪抱着马鞍向前行。北地的寒风刺骨冷，汉室的明月照心明。正当调拨琴弦奏一曲，忽然变成胡笳吹奏的哀声。

结客少年场行[1]

【题解】

这首诗歌咏少年任侠,义胆侠肠,深得女子欢心。

结客少年场,春风满路香[2]。歌撩李都尉[3],果掷潘河阳[4]。折花遥劝酒[5],就水更移床[6]。今年喜夫婿,新拜羽林郎[7]。定知刘碧玉[8],偷嫁汝南王。

【注释】

〔1〕结客少年场行:在《乐府诗集》中,这首诗收入《杂曲歌辞》,同题诗共收九首。诗题出自曹植《结客篇》:"结客少年场,报怨洛北邙。"《乐府解题》说:"《结客少年场行》,言轻生重义,慷慨以立功名也。"《乐府广题》说:"言少年时结任侠之客,为游乐之场。"

〔2〕满路:一作"路满"。　香:侠骨香。指英武刚强,见义勇为,死于道路,侠骨留香。晋张华《博陵王宫侠曲》之二:"生从命子游,死闻侠骨香。"

〔3〕撩:一作"嫌"。　李都尉:指汉武帝时音乐家李延年,他曾在乐府机关中任协律都尉。可参看卷一李延年《歌诗》。

〔4〕潘河阳:指晋代文学家潘岳,他曾任河阳令。《晋书·潘岳传》说,潘岳貌美,"少时常挟弹出洛阳道,妇人遇之者,皆连手萦绕,投之以果,遂满载以归"。

〔5〕折:一作"隔"。

〔6〕更:一作"便"。　床:古代坐具。

〔7〕羽林郎:禁卫军的官名。可参看卷一李延年《羽林郎》。

〔8〕刘碧玉:人名,旧说为南朝宋汝南王妾。南朝梁元帝《采莲赋》:"碧玉小家女,来嫁汝南王。"《乐府诗集·清商曲辞·吴声歌曲》收《碧玉歌》六首。《乐苑》说:"《碧玉歌》者,宋汝南王所作也。碧玉,汝南王妾名。以宠爱之甚,所以歌之。"按,宋无汝南王,"宋"当作"晋"。

【今译】

在游乐场所结交年轻侠士,他们英武刚强见义勇为像春风吹拂满路香。女子对他们唱歌歌声更胜李都尉,向他们掷果场面超过当年潘河阳。隔着花丛相距尚远便劝酒,走近水边为求亲近更移近坐床。今年她们更为自己的夫婿而高兴,因为她们的夫婿新近当上了羽林郎。这就知道为什么美貌的刘碧玉,定会偷偷地嫁给汝南王。

对 酒[1]

【题解】

这首诗的题旨,正如《乐府解题》所说,"但当行乐,勿徇名自欺"。诗人认为,人生百年,欢笑极少,对酒当歌,便应及时行乐。

春水望桃花,春洲藉芳杜[2]。琴从绿珠借[3],酒就文君取[4]。牵马向渭桥[5],日落山头晡[6]。山简接䍦倒[7],王戎如意舞[8]。筝鸣金谷园[9],笛韵平阳坞[10]。人生一百年,欢笑惟三五[11]。何处觅钱刀[12]?求为洛阳贾[13]。

【注释】

〔1〕对酒:在《乐府诗集》中,这首诗收入《相和歌辞·相和曲》,同题诗共收九首。可参看卷六张率《对酒》。题一作《对酒歌》。

〔2〕藉(jiè):坐卧在某物上。　芳杜:芬芳的杜若。杜若,香草名。《楚辞·九歌·湘君》:"采芳洲兮杜若,将以遗兮下女。"

〔3〕绿珠:晋石崇爱妾,美而艳,善吹笛。

〔4〕文君:卓文君,汉临邛富商卓王孙之女,与司马相如私奔至成都,后又回临邛当垆卖酒。

〔5〕渭桥:汉代长安附近渭水上的桥梁,人们送客多在此相别。

〔6〕晡（bū）：傍晚。

〔7〕山简：晋人，字季伦。刘义庆《世说新语·任诞》说："山季伦为荆州，时出酣畅，人为之歌曰：'山公时一醉，径造高阳池。日莫（暮）倒载归，酩酊无所知。复能乘骏马，倒著白接䍦。举手问葛强，何如并州儿？'"　接䍦（lí）：古代一种头巾。

〔8〕王戎：魏晋之间"竹林七贤"之一。《晋书·王戎传》说："戎以晋室方乱，慕蘧伯玉之为人，与时舒卷，无謇谔之节。"《世说新语·任诞》载："王长史（王濛）、谢仁祖（谢尚）同为王公（王导）掾。长史云：'谢掾能作异舞。'谢便起舞，神意甚暇。王公熟视，谓客曰：'使人思安丰（即王戎，曾封安丰县侯）。'"

〔9〕筝：拨弦乐器，似瑟。　金谷园：晋代石崇在河南洛阳金谷所筑之豪华园馆，他常在此与宾客饮宴。

〔10〕平阳坞：平阳里，在今陕西眉县。汉代马融作《长笛赋》，序中说，一天，他在平阳坞独卧，听到旅店中传来美妙的笛声。

〔11〕三五：指一月之中，开口而笑的日子只有三五天。《庄子·盗跖》："人上寿百岁，中寿八十，下寿六十，除病瘦死丧忧患，其中开口而笑者，一月之中不过四五日而已矣。"一说，三五指农历每月十五日月圆之时。

〔12〕钱刀：指古代一种刀形钱币，后泛指钱币，金钱。

〔13〕贾（gǔ）：商人。

【今译】

　　春水边望着桃花数百株，春洲上芬芳杜若作草褥。琴从绿珠手中借，酒在文君店里取。牵着马走向渭桥送行人，眼看太阳落山天色暮。正像山简那样倒戴着头巾，又像王戎那样从容适意地起舞。古筝在金谷园中鸣响，长笛的神韵传遍平阳坞。人生在世最多一百年，一月之中欢笑的日子三天五天屈指可数。到何处去可以找到钱币发财致富，我只要求到洛阳去做一个行商坐贾。

看　妓[1]

【题解】

　　这首诗描写一位歌女技艺的高超。

绿珠歌扇薄[2]，飞燕舞衫长[3]。琴曲随流水[4]，箫声逐凤凰[5]。膺风蝉鬓乱[6]，映日凤钗光[7]。悬知曲不误[8]，无事顾周郎[9]。

【注释】
〔1〕看妓：题一作《和赵王看妓》。
〔2〕绿珠：晋代石崇爱妾，美而艳，善歌舞。
〔3〕飞燕：赵飞燕，汉成帝皇后，体态轻盈，能作掌上舞。
〔4〕"琴曲"句：《列子·汤问》说，伯牙善鼓琴，钟子期善听，钟子期能听出伯牙琴声中高山和流水的曲意，两人遂引为知己。
〔5〕"箫声"句：刘向《列仙传·萧史》说，萧史善吹箫，秦穆公把女儿弄玉嫁给他，并筑凤台让他们居住。一天，他们吹箫引凤，双双乘凤飞去。
〔6〕膺（yīng）：承受，接受。　蝉鬓：古代妇女的一种发式，两边的鬓发薄如蝉翼，所以叫蝉鬓。
〔7〕凤钗：钗头上饰以凤凰形的金钗。
〔8〕悬知：预知，料想。
〔9〕无事：无须，没有必要。　顾周郎：即周郎顾。《三国志·吴志·周瑜传》说："瑜少精意于音乐，虽三爵之后，其有阙误，瑜必知之，知之必顾，故时人谣曰：'曲有误，周郎顾。'"顾，一作"畏"。

【今译】
　　她的歌扇像绿珠歌扇那样薄，她的舞衫像赵飞燕舞衫那样长。琴里弹出的曲调描摹着高山流水，箫中吹出的乐声追随并引来了凤凰。迎着清风蝉翼一般薄的鬓发开始散乱，映着太阳头上的凤钗闪闪发光。她早知道曲调不会弹错，不需要周郎顾视相帮。

春日题屏风[1]

【题解】
　　这是一首就屏风画中的画意而题写的诗。

昨夜鸟声春，惊鸣动四邻。今朝花树下[2]，定有咏花人[3]。流星浮酒泛[4]，粟瑱逐杯唇[5]。何劳一片雨，唤作阳台神[6]。

【注释】

〔1〕春日题屏风：庾信有《咏画屏风诗》二十五首，这是第四首。
〔2〕花：一作"梅"。
〔3〕咏：一作"折"。
〔4〕流星：指酒上泛起的泡沫，又叫浮蚁。晋张协《七命》："浮蚁星沸。"张铣注道："酒上有浮者如蚁；星沸，言多乱也。"
〔5〕粟瑱（tiàn）：形如粟米的耳饰。　逐：一作"绕"。
〔6〕阳台神：指巫山神女。宋玉《高唐赋》说，巫山神女在高唐与楚王梦中幽会，神女临去时说："妾在巫山之阳，高丘之阻。旦为朝云，暮为行雨。朝朝暮暮，阳台之下。"

【今译】

春天到来昨夜鸟声喧闹，鸟鸣之声惊动了四邻。今天早上在鲜花盛开的树下，一定会有饮酒咏花的美人。酒入杯中浮蚁如流星，形如粟米的耳饰几乎碰到了举杯而饮的嘴唇。何必烦劳上天降下一片雨，才把她叫作巫山阳台的女神。

卷　九

本卷所录，多为杂言古诗和近体歌行。

杂言古诗有三言、四言、五言、七言、杂言等不同形式，在句式上与歌行相类似，但多有词无声（不入乐）。

近体歌行则有声有词（后人拟作则有词无声）。这类诗歌多以"篇""辞""行""引""吟""曲""歌""谣""叹""怨"命名。

作者有文人制作，也有民间童谣。本卷所录，没有明显按时代顺序编排，且不少诗人，在《玉台新咏》前面的卷次中已出现。由于作品内容多半仍以"艳情"为主题，可以看成以上各卷的补遗。而句式以七言为主，则可以窥见古代七言诗的产生和发展轨迹。

七言诗的起源与先秦时代的楚辞、汉代的骚体诗、乐府诗以及古谣谚有密切关系。

卷首所录《歌辞二首》均被收入《乐府诗集·杂曲歌辞》之中，均为七言。《越人歌》为杂言骚体，后两句"山有木兮木有枝（与"知"双关），心悦君兮君不知"，千古传诵。《汉成帝时童谣歌》与《汉桓帝时童谣歌》虽均为杂言，但后者已出现较多的七言句。

西汉司马相如的《琴歌二首》是文人早期的歌行，诗中仍有"兮"字，仍属骚体诗，但除此一字外，其余全为七言句。司马相如与卓文君的爱情故事也是流传很广的。

乌孙公主远嫁乌孙，其《歌诗》为典型的骚体诗，她自抒远嫁乌孙的凄凉和悲哀，情深感人。

东汉张衡的《四愁诗》与司马相如《琴歌》一样，除首句用了

"兮"字外，也是一首颇具规模的七言诗。这组诗虽写恋情，诗人却是以女子的口吻来写，抒发对远方情人的爱恋与思念，据说在政治上有所寄托（表示自己对明君或理想的追求），对后世影响深远，仿作很多。本卷所载西晋傅玄《拟四愁诗四首》，其序说张衡所作七言"体小而俗"，有意"张大其词"，变俗为雅，但其成就未能超过张衡。本卷还载西晋张载《拟四愁诗四首》，语句虽趋雅，但韵味仍逊于张衡原作。

秦嘉《赠妇诗》为四言体，其夫妻赠答诗已见于卷一。

到了汉末三国时期，曹丕的《燕歌行二首》已是一首完整的七言诗，只是句句押韵，时人称为"柏梁体"。说明当时文人写作七言诗还未臻成熟。这两首诗都是写女子独守空闺的忧思，名为"歌行"，其语自然流畅，其情缠绵婉曲，也是传诵千古的名作。

本卷还录西晋陆机《燕歌行》，虽已无"兮"字，是一首完整的歌行，但完全是模仿曹丕，步其后尘，成就远不及曹丕之作。

曹植是创作五言诗的巨匠，但本卷所录《妾薄命行》则是一首六言诗，别具一格。

傅玄《拟北乐府三首》，歌颂了夫妻的欢爱与女子的忠贞，前者为骚体六言诗，后二者为骚体七言诗。

晋人苏伯玉妻的《盘中诗》，以三言为主，杂以七言，类似乐府歌谣，名为"盘中"，盘旋而书，表达的正是主人公思念为官在外的丈夫，愁思缠绕，愁肠百结。

南朝宋鲍照是南北朝时代著名文学家，他努力学习并大力写作乐府诗，在今存二百多首诗中，就有乐府诗八十多首。他写的以七言句为主而杂以其他句式的乐府歌行，是他的首创，在七言诗发展史上具有里程碑意义。从此，七言"体小而俗"的观念才逐渐改变，文人写作七言诗才逐渐多起来。他的诗笔力雄健，豪放俊逸。本卷所录《杂首八首》均为乐府诗。他的杂言式七言歌行《行路难》十八首（本卷录四首）是他的代表作，对后世影响深远。明代胡应麟说他"上挽曹、刘之逸步，下开李、杜之先鞭"（《诗薮》），评价极高。

齐代释宝月、梁代吴均、费昶、王筠所作，均保留着古《行路难》"备言世路艰难及离别悲伤之意，多以君不见为首"的古意。

陆厥《李夫人及贵人歌》为杂言歌行，也是一首宫怨诗，写妃嫔失宠后的孤寂和哀伤，全诗着力描写周围环境，以景衬情，触景生情，感人至深。

沈约有《八咏》诗，曾题于他为太守的浙江金华玄畅楼。本卷所录八首，分置两处。前为《八咏二首》，一为咏月，一为咏春风，均凸显月下、风中的女子，写出了她们的纯洁美丽和绵绵情思。后为《古诗题六首》，前四首写男女相思，后二首写自己辞官归隐的心情。诗句为杂言，注重对偶和用典，与他所倡导的"永明体"相符。

本卷后部所录张率、萧纲、萧绎、萧子显、刘孝威等诗作，都可看到他们继鲍照之后学习乐府、写作七言诗的成绩。

歌辞二首

东飞伯劳歌[1]

【题解】

　　这首诗主要说女子当及时出嫁，不要耽误了青春。首句"东飞伯劳西飞燕"给后世留下成语"劳燕分飞"，比喻亲人离别。

　　东飞伯劳西飞燕[2]，黄姑织女时相见[3]。谁家女儿对门居[4]，开华发色照里闾[5]。南窗北牖挂明光[6]，罗帏绮帐脂粉香。女儿年岁十五六，窈窕无双颜如玉。三春已暮花从风[7]，空留可怜与谁同[8]。

【注释】

　　[1] 东飞伯劳歌：原无题，此题是据《乐府诗集》所加。在《乐府诗集》中，这首诗作为"古辞"收入《杂曲歌辞》，题作《东飞伯劳歌》，同题诗共收十一首。此诗作者一作"梁武帝"（萧衍）。
　　[2] 伯劳：鸟名，又名鵙或䴂，善鸣。伯劳五月而鸣，俗以为贼害之鸟。
　　[3] 黄姑：即河鼓，也就是牵牛星。
　　[4] 女儿：一作"儿女"。
　　[5] 华：一作"颜"。色：一作"艳"。
　　[6] 挂明：一作"桂月"。
　　[7] 三春：指春季，因春季三个月，故称"三春"。也指春季第三个月，即暮春。　从：一作"随"。
　　[8] 与谁：一作"谁与"。

【今译】

　　东飞的伯劳西飞的燕，牛郎织女远隔天河时时可望见。谁家的女儿对门而居，鲜花般的美丽容颜光照里间。南窗北牖都高照着明月光，罗帏绮帐都散发出脂粉香。女儿年岁只有十五六，美貌如玉苗条无双。三春已暮花儿随风将落尽，空留可怜她能与谁结同心。

河中之水歌⑴

【题解】

　　这首诗歌咏美女莫愁，反映妇女们对爱情生活的向往。余冠英说："末二句言莫愁这样富贵应该没有什么怨望了，但她仍不免有所恨，恨所嫁的人不是她所慕的东家王昌。"（见《汉魏六朝诗选》）

　　河中之水向东流，洛阳女儿名莫愁。莫愁十三能织绮，十四采桑南陌头⑵。十五嫁为卢家妇⑶，十六生儿字阿侯⑷。卢家兰室桂为梁⑸，中有郁金苏合香⑹。头上金钗十二行⑺，足下丝履五文章⑻。珊瑚挂镜烂生光⑼，平头奴子提履箱⑽。人生富贵何所望⑾，恨不嫁与东家王⑿。

【注释】

　　〔1〕河中之水歌：原无题，此题是据《乐府诗集》所加。在《乐府诗集》中，这首诗收入《杂曲歌辞》，作者题作"梁武帝"（萧衍）。
　　〔2〕南：一作"东"。　陌（mò）：田间小路。
　　〔3〕家：一作"郎"。
　　〔4〕字：表字。一作"似"。
　　〔5〕兰室：芳香高雅的闺房。
　　〔6〕郁金：多年生草本植物，姜科，块根有香气，可制作香料。苏合：金缕梅科乔木，树脂称苏合香，可提制苏合香油。
　　〔7〕金钗十二行：指头上插十二行金钗。十二喻其多。
　　〔8〕文章：美丽的花纹，斑斓的色彩。

〔9〕珊瑚：一种腔肠动物所分泌的石灰质的东西，形如树枝，可用作装饰品。　烂：烂漫，色彩鲜明美丽的样子。烂生，一作"生辉"。

〔10〕平头奴子：不戴冠巾的奴仆。　提：一作"擎"。　履箱：藏鞋之箱。

〔11〕望：怨恨，责怪。

〔12〕恨：遗憾。　嫁与：一作"早嫁"。　东家王：指王昌。《襄阳耆旧传》："王昌，字公伯，为东平相，散骑常侍。早卒。妇任城王曹子文女。"

【今译】

　　黄河里的水总是向东流，洛阳有位女子叫莫愁。莫愁十三岁就能织出精美的丝绢，十四岁就能采桑走向南面的田边地头。十五岁嫁到卢家为媳妇，十六岁生了儿子叫阿侯。卢家芳香雅致的闺房用桂木为梁，房中充满郁金和苏合的芳香。她的头上插着金钗十二行，脚上的丝鞋色彩斑斓刺绣精良。珊瑚为饰的明镜熠熠生光，未戴头巾的奴仆提着鞋箱。人生如此富贵还有什么怨望，但她感到遗憾的是没有嫁给东家的王昌。

越人歌一首 并序

越 人 歌 并序[1]

【题解】

　　这首《越人歌》的序，介绍了《越人歌》产生的背景。这位越女所唱的歌，后两句中的"枝"字，语意双关。因"枝"与"知"谐音，意思是说，树木尚有知觉，为什么你却无知觉（对我的爱意没有反应）呢？这首《越人歌》翻译成楚语后，就成了一首楚歌，对后来楚辞的出现有很大影响。《楚辞·九歌·少司命》有"悲莫悲兮生别离,乐莫乐兮新相知"之句,可见一斑。当代学者萧兵著《楚辞的文化破译》(湖北人民出版社1991年11月版),第七章《〈九歌〉远亲的启示:〈越人歌〉及其译解》论之甚详,可以参阅。

楚鄂君子脩者[2],乘青翰之舟[3],张翠羽之盖[4]。榜枻越人悦之[5],棹楫而越歌[6],以感鄂君,欢然举绣被而覆之。其辞曰:

今夕何夕兮[7],搴舟中流[8]。今日何日兮[9],得与王子同舟!蒙羞被好兮[10],不訾诟耻[11]。心几顽而不绝兮[12],得知王子。山有木兮木有枝,心悦君兮君不知!

【注释】
〔1〕越人歌:其本事载于汉代刘向《说苑·善说》,其歌先用汉字记音,经"越译""楚说",便译成了这首《越人歌》。在《乐府诗集》中,这首诗收入《杂歌谣辞》。越,古代南方少数民族名,又称"百越"或"百粤"。
〔2〕子脩(xiū):刘向《说苑·善说》作"子晳(xī)",并说他是楚王同母所生的弟弟。
〔3〕青翰之舟:刻饰鸟形涂成青色的船。
〔4〕翠羽之盖:指船上翠鸟羽毛为饰的篷盖。
〔5〕榜枻(bàng yì):持桨划船。
〔6〕棹楫(zhào jí):同"榜枻",也指持桨划船。　越歌:用越人之语唱越地的歌曲。
〔7〕今夕何夕:一作"今日何日"。《诗经·唐风·绸缪》:"今夕何夕,见此良人。"
〔8〕搴(qiān)舟:划船。搴,取。　中流:河流之中。
〔9〕今日何日:一作"今夕何夕"。
〔10〕蒙羞:蒙受羞耻。　被好:承受爱意。
〔11〕訾(zī):衡量,计较。　诟(gòu)耻:耻辱。

〔12〕几（jī）：及，达到。　顽：固执。一作"烦"。

【今译】
（序）有一天，楚王同母弟鄂君子皙，乘坐着鸟形的青色的船在河上游玩，船上张着翠鸟羽毛为饰的篷盖。划船的越女爱上了他，她一面划船一面唱着越地的歌，用歌声来感动鄂君子皙。经人翻译成楚歌以后，鄂君子皙听懂了这首歌的意思，十分高兴，便用绣被覆盖着，同她相拥在一起。

（歌）今夜是怎样一个夜晚啊，能够乘舟在河中漂流。今日是怎样一个好日子啊，能够与王子同舟。不怕蒙受羞辱接受你的爱意啊，我不计较羞耻。心意十分固执爱意不断啊，能够交上你这位王子。山有树木啊树木都有枝，可是我喜欢你啊你却不知。

司马相如琴歌二首 并序

司马相如（前179—前118），字长卿，小名犬子，后慕蔺相如为人，改名相如。蜀郡成都（今属四川）人。汉景帝时为武骑常侍，武帝时为中郎将，曾奉使西南。后转迁孝文园令。西汉著名辞赋家，代表作为《子虚赋》《上林赋》。原有集一卷，已散佚，明人辑有《司马文园集》。

琴歌二首 并序[1]

【题解】
关于司马相如与卓文君私奔的故事，《史记·司马相如列传》有具体的记载。文中说，司马相如曾客游于梁，梁孝王死，相如回到成都。听说临邛卓王孙有女文君新寡,喜好音乐,便想"以琴声挑之"。一日,来到临邛,在卓家饮酒弄琴,卓文君从窗户偷看,"心悦而好之"。于是,"文君夜亡奔相如,相如乃与驰归成都"。

司马相如游临邛[2],富人卓王孙有女文君新寡,窃于壁间窥之,相如鼓琴,歌以挑之[3],曰:

凤兮凤兮归故乡[4],遨游四海求其凰。时未通遇无所将[5],何悟今夕升斯堂[6]。有艳淑女在此方[7],室迩人遐独我肠[8]。何缘交颈为鸳鸯[9]?

皇兮皇兮从我栖[10],得托字尾永为妃[11]。交情通体心和谐[12],中夜相从知者谁[13]。双兴俱起翻高飞[14],无感我心使予悲[15]。

【注释】
〔1〕琴歌二首:在《乐府诗集》中,这两首诗收入《琴曲歌辞》。
〔2〕司马相如:一作"相如"。 临邛(qióng):县名,今为四川成都西南邛崃市。
〔3〕挑(tiǎo):挑逗。
〔4〕凤:传说中的神鸟,雄的叫凤,雌的叫凰。通称为凤或凤凰。这里用凤和凰比喻婚恋中的男和女。
〔5〕通遇:一作"遇兮"。 将:从。
〔6〕今夕:一作"今夕兮"。 升:登。
〔7〕淑女:一作"淑女兮"。淑,善。 此方:一作"闺房"。
〔8〕迩(ěr):近。 遐(xiá):远。 独:一作"毒"。 肠:一作"伤"。
〔9〕"何缘"句:此句后一有"胡颉颃兮共翱翔"。
〔10〕皇兮皇兮:一作"凤兮凤兮"。皇,同"凰"。
〔11〕字尾:交尾,动物交配。字,一作"孳"。 妃:配偶。
〔12〕体:一作"意"。

〔13〕中夜：半夜。
〔14〕兴：一作"翼"。
〔15〕感（hàn）：通"憾"，遗憾，怨悔。　　心：一作"思"。

【今译】

（序）司马相如到临邛游玩，富人卓王孙有女名叫文君，不久前夫死寡居。相如来到卓家，文君从壁缝中偷瞧他，相如正弹琴，便一面弹琴一面唱歌来挑逗她。

（歌一）凤啊凤啊回到了故乡，它曾遨游四海去求它的凰。但未遇时机无所适从，想不到今晚竟会登上这厅堂。有一位美丽善良的女子正独处在闺房，但室近人远让我伤心断肠。有什么机缘能令我俩相配成为鸳鸯？

（歌二）凰啊凰啊请跟随我一同栖息，让我们托身交尾永远结为夫妻。情感相通心意和谐，半夜相从私奔有谁会知悉。我们张开双翼一同向高处飞去，请你不要让我留下遗憾使我一生悲凄。

乌孙公主歌诗一首 并序

乌孙公主，即刘细君。她原为江都王刘建之女。汉武帝实行和亲睦邻政策，令她以公主身份远嫁西域乌孙国国王昆莫，世称乌孙公主，其事载《汉书·西域传》。

歌　诗 并序[1]

【题解】

细君公主自抒远嫁乌孙的凄凉和悲哀。

汉武元封中[2]，以江都王女细君为公主，嫁与乌孙昆弥[3]。至国，而自治室宫[4]，岁时一再会，言语不通，公主悲愁，自作歌曰：

吾家之嫁我兮天一方[5]，远托异国兮乌孙王[6]。穹庐为室兮毡为墙[7]，肉为食兮酪为浆[8]。常思汉土兮心内伤[9]，愿为飞黄鹄兮还故乡[10]。

【注释】
〔1〕歌诗：在《乐府诗集》中，这首诗收入《杂歌谣辞》，题作《乌孙公主歌》。
〔2〕汉武：一作"汉武帝"。
〔3〕乌孙：古代西域国名，其地在今伊犁河谷。　昆弥：昆指昆莫，为王号；弥指猎骄靡，为乌孙国王之名。弥，即"靡"。
〔4〕室宫：一作"宫室"，一无"室"字。
〔5〕之：一无"之"字。
〔6〕兮：一无"兮"字。
〔7〕穹（qióng）庐：古代游牧民族居住的毡房。　兮：一无"兮"字。　毡（zhān）：毡帐。
〔8〕肉：一作"以肉"。　酪（lào）：用动物乳汁炼制成的食品，干者成块，湿者为浆。
〔9〕常思汉土：一作"居常土思"。
〔10〕飞：一无"飞"字。　黄鹄（hú）：即天鹅。　还：一作"归"。

【今译】
（序）汉武帝元封年间，以江都王之女刘细君作为公主，嫁给乌孙国王猎骄靡。到了乌孙国，公主自己建造宫室居住，乌孙国王每年只同她相会一两次，言语又不通，公主悲伤忧愁，自己便作了这首歌。

（歌）我家嫁我啊嫁到天一方，远远托身异国啊嫁给乌孙王。毡房就是我的居室啊毡帐就是墙，以肉作为主食啊渴了就用奶酪作为浆。时常想念汉家故土啊心中悲伤,真希望变成一只天鹅啊飞回故乡。

汉成帝时童谣歌二首 并序

汉成帝时童谣歌二首 并序[1]

【题解】
　　这两首童谣,都是反映汉代人民对汉成帝皇后赵飞燕的议论和讥讽。

　　　　汉成帝赵皇后名飞燕[2],宠幸冠于后宫[3],常从帝出入[4]。时富平侯张放亦称佞幸[5],为期门之游[6],故歌云"张公子时相见"也。飞燕娇妒,成帝无子,故云"啄皇孙",华而不实。王莽自云代汉者德土[7],色尚黄,故云"黄雀"。飞燕竟以废死[8],故"为人所怜"者也。

　　　　燕燕尾殿殿[9],张公子,时相见。木门仓琅根[10],燕飞来,啄皇孙[11]。
　　　　桂树华不实,黄雀巢其颠。昔为人所羡[12],今为人所怜。

【注释】
　　[1] 汉成帝时童谣歌二首:这两首童谣均见于《汉书·五行志》。在《乐府诗集》中,这两首童谣都收入《杂歌谣辞》。第一首后尚有"皇孙

死，燕啄矢"两句，第二首前尚有"邪径败良田，谗口乱善人"两句。

〔2〕皇：一无"皇"字。　飞燕：赵飞燕。《汉书·五行志》说："帝为微行出游，常与富平侯张放俱称富平侯家人，过阳阿主作乐，见舞者赵飞燕而幸之……后遂立为皇后。"

〔3〕宠幸冠于后宫：一作"宠冠后宫"。

〔4〕入：一作"游"。

〔5〕佞（nìng）幸：指通过谄谀而得到君主宠幸。

〔6〕期门之游：指天子与善骑射的扈从期约在殿门会合然后微服出游。这些扈从官也叫期门，汉武帝置。

〔7〕德土：一作"德者土"。古代阴阳家邹衍提出"五德终始说"，认为王朝的变更便是五行的交替。汉为水德，色尚黑。西汉末年，王莽篡汉，建立新朝，便宣布新朝为土德，色尚黄，见《汉书·王莽传》。

〔8〕废死：成帝死后，哀帝立，尊赵飞燕为皇太后。哀帝死，赵飞燕被废为庶人，于是自杀。

〔9〕殷殷：一作"涎涎"，湿润有光泽的样子。

〔10〕仓琅（láng）根：指门上的铺首和铜环。琅，一作"狼"。

〔11〕啄：一作"琢"。

〔12〕羡：一作"爱"。

【今译】

（序）汉成帝赵皇后名叫飞燕，她所得到的宠爱和临幸在后宫中居首位，经常跟随成帝出游。当时富平侯张放也被人称作"佞幸"，成帝常同他期约在殿门会合然后微服出游，所以歌中说"张公子，时相见"。赵飞燕既任性撒娇又嫉妒别人，不许成帝接近其他女子，自己又不能生育，致使成帝无子，所以说"啄王孙"，只开花而不结果。王莽自称取代汉王朝是因为得土德，服色便崇尚黄色，所以说"黄雀"。赵飞燕最后是因为被废为庶人而自杀，所以就成了"为人所怜"的人。

（第一首）飞燕的尾巴湿润又光鲜，张放这位贵公子，时常引着皇帝来相见。铺首和铜环紧闭着皇宫的大门，有燕子飞进来，啄死皇子皇孙。

（第二首）桂树开花不结果，黄雀筑巢在树颠。从前被人所称羡，如今为人所哀怜。

汉桓帝时童谣歌二首

汉桓帝时童谣歌二首⁽¹⁾

【题解】

这两首童谣产生背景和谣辞含意,在《后汉书·五行志》中有介绍和说明。第一首是说战事已起,战将无能,男子多从军,仍不能取胜,而百姓也只能低声私语,发发牢骚。第二首是对统治者无能而又贪婪的讥刺。

大麦青青小麦枯⁽²⁾,谁当获者妇与姑,丈夫何在西击胡⁽³⁾。吏买马,君具车。请为诸君鼓咙胡⁽⁴⁾。

城上乌,尾毕逋⁽⁵⁾。公为吏,儿为徒⁽⁶⁾。一徒死,百乘车。车班班⁽⁷⁾,至河间⁽⁸⁾。至河间⁽⁹⁾,姹女能数钱⁽¹⁰⁾。钱为室,金为堂,户上春瞴梁⁽¹¹⁾。瞴梁之下有悬鼓⁽¹²⁾,我欲击之丞相怒⁽¹³⁾。

【注释】

〔1〕汉桓帝时童谣歌二首:在《乐府诗集》中,这两首童谣都收入《杂歌谣辞》,均见于《后汉书·五行志》。
〔2〕大:一作"小"。　小:一作"大"。
〔3〕胡:指当时凉州诸羌。
〔4〕鼓咙胡:指低声私语,不敢公开说。咙胡,喉咙。
〔5〕毕:尽。　逋(bū):欠。
〔6〕儿:一作"子"。徒:卒徒。
〔7〕班班:车行的声音。
〔8〕至:一作"入"。　至河间:指桓帝死后,群臣至河间迎立刘宏为帝,即灵帝。河间,汉代所封侯国,在今河北。
〔9〕至:一无"至"。

〔10〕姹（chà）女：少女，美女。指灵帝母永乐太后。姹，一作"妖"。　善：一作"工"。

〔11〕户上：一作"石上慊慊"。　 膴（wū）：同"膴"，肥美。一作"黄"。

〔12〕膴梁之下：一作"梁下"。

〔13〕丞：一作"卿"。

【今译】

　　大麦青青小麦已黄枯，谁应在地里收割看来只有媳妇和小姑，丈夫何在原来应征向西去击胡。就连官吏也要买马，就连你也要准备车。请让我替你们发发牢骚诉诉苦。

　　城上的栖乌，尾巴全无真狠毒。父亲既为军吏，其子从军也要为卒徒。前面一人已战死，后面百辆兵车也要上征途。此时桓帝将死群臣慌忙上车一路腾越，为了迎接灵帝来到河间。群臣迎接灵帝来到河间，才知其母永乐太后最贪婪最善于数钱。她用钱做成内室，用金做成厅堂，但在家中还时时叫人舂黄粱。屋梁之下悬着一面鼓，我想击鼓上诉却怕丞相怒。

张衡四愁诗四首　并序

四愁诗四首　并序[1]

【题解】

　　这首组诗是一首恋情诗，诗人以女子的口吻，写她对远方情人的爱恋和思念。从《昭明文选》所加的序来看，张衡写作此诗有政治上的寄托，也就是用女子对情人（或丈夫）的思念比喻自己对国君的期望或对理想的追求。自此以后，用女子作比兴成为诗歌中独特的一景。历代较著名的诗篇有三国时代曹植的《美女篇》《七哀诗》

《杂诗·南国有佳人》，魏代阮籍《咏怀》中的《二妃游江滨》《西方有佳人》，唐代杜甫的《佳人》，张籍的《节妇吟》。最有趣的是唐代朱庆余的《闺意献张水部》（题一作《近试上张水部》）："洞房昨夜停红烛，待晓堂前拜舅姑。妆罢低声问夫婿，画眉深浅入时无？"他把张籍（时任水部郎中）比喻成自己的"夫婿"，他想问张籍，在应进士试之时，自己的文章不知能不能让主考官满意。张籍的回答也很巧妙，他以《酬朱庆余》作答："越女新妆出镜心，自知明艳更沉吟。齐纨未是人间贵，一曲菱歌敌万金。"他把朱庆余比作西施，说他的文章之好如同西施那样明艳美丽。张衡的《四愁诗》，如果不从比兴寄托上去理解，仅从形象塑造上看，也是一首极好的情诗。

张衡不乐久处机密[2]，阳嘉中[3]，出为河间相[4]。时国王骄奢[5]，不遵法度，又多豪右并兼之家[6]。衡下车[7]，治威严，能内察属县，奸猾行巧劫，皆密知名。下吏收捕[8]，尽服擒，诸豪侠游客，悉惶惧逃出境。郡中大治，争讼息，狱无系囚。时天下渐弊[9]，郁郁不得志，为《四愁诗》。屈原以美人为君子[10]，以珍宝为仁义，以水深雪雰为小人[11]。思以道术相报[12]，贻于时君[13]，而惧谗邪不得以通[14]。其辞曰：

【注释】
〔1〕序：吴兆宜笺注本原注："序文原本不载，今采《文选》补入。"
〔2〕机密：张衡时为太史令，主天文玄象，故称机密。
〔3〕阳嘉：汉顺帝年号。据《后汉书·顺帝纪》载，"改阳嘉五年为永和元年"，而张衡是"永和初，出为河间相"。
〔4〕河间：汉代所封侯国，在今河北。当时汉王朝在各王侯之国置相，以加强中央政府的控制。
〔5〕国王：指河间惠王刘政，"政傲狠，不奉法宪"（见《后汉书·河间孝王开传》）。
〔6〕豪右并兼之家：残酷欺凌兼并弱小的豪门大族。
〔7〕下车：指初到任。

〔8〕下吏：委托交付下属官吏。
〔9〕弊：凋敝，指社会衰败，政治黑暗。
〔10〕屈原："屈原"前一本有"依"字。
〔11〕氛：云气，雾气，古人多以为凶险之象。
〔12〕道术：学术，学说。
〔13〕贻（yí）：赠送。
〔14〕谗邪：指谗佞邪恶之人。

一思曰：我所思兮在太山[1]，欲往从之梁甫艰[2]，侧身东望涕沾翰[3]。美人赠我金错刀[4]，何以报之英琼瑶[5]。路远莫致倚逍遥[6]，何为怀忧心烦劳[7]！

【注释】
〔1〕太山：即泰山，在今山东泰安。
〔2〕从：跟从，追随。　梁甫（fǔ）：泰山下的小山。甫，一作"父"。　艰：艰险难至。
〔3〕涕：泪。　沾：浸湿。　翰：衣襟。
〔4〕美人：品德美好的人，诗中指男性情人。　金错刀：刀柄镀金的佩刀。错，镀金。
〔5〕报：回报，回赠。　英琼瑶：均为美玉。英，即"瑛"。
〔6〕致：送达。　倚：同"猗"，语助词，无义。　逍遥：彷徨不安，徘徊不进。
〔7〕劳：忧。

二思曰：我所思兮在桂林[1]，欲往从之湘水深[2]，侧身南望涕沾襟。美人赠我琴琅玕[3]，何以报之双玉盘。路远莫致倚惆怅[4]，何为怀忧心烦怏[5]！

【注释】
〔1〕桂林：郡名，秦置，郡治在今广西桂平西南，汉改称郁林郡。
〔2〕湘水：湘江，发源于广西，东北流入湖南，与潇水会合，北入洞庭湖。

〔3〕琴：一作"金"。　琅玕（láng gān）：似珠玉的美石。
〔4〕惆怅（chóu chàng）：因失意而烦恼感伤的样子。
〔5〕怏：一作"伤"。

三思曰：我所思兮在汉阳[1]，欲往从之陇坂长[2]，侧身西望涕沾裳[3]。美人赠我貂襜褕[4]，何以报之明月珠。路远莫致倚踌躇[5]，何为怀忧心烦纡[6]！

【注释】
〔1〕汉阳：郡名，西汉时称天水郡，东汉明帝时改为汉阳郡，郡治在冀县，在今甘肃甘谷县南。
〔2〕陇坂：即陇坻，山名。《后汉书·郡国志》载汉阳郡"有大坂名陇坻"，注引《三秦记》："其坂九回，不知高几许，欲上者，七日乃越。"坂，山坡。
〔3〕裳：指下身穿的衣裙。
〔4〕貂（diāo）：动物名，形似黄鼠狼，毛皮是极珍贵的衣料。襜褕（chán yú）：直襟的单衣。
〔5〕踌躇（chí chú）：同"踟蹰"，心头犹豫，徘徊不前的样子。
〔6〕纡（yū）：曲折，指心绪烦乱不舒畅。

四思曰：我所思兮在雁门[1]，欲往从之雪纷纷，侧身北望涕沾巾。美人赠我锦绣段[2]，何以报之青玉案[3]。路远莫致倚增叹[4]，何为怀忧心烦惋[5]！

【注释】
〔1〕雁门：郡名，在今山西西北部，郡治在今山西代县。
〔2〕锦绣：花纹色彩都十分鲜艳精美的丝织品。
〔3〕案：小几。
〔4〕增叹：一再叹息。
〔5〕惋（wǎn）：怨恨，烦闷。

【今译】

（序）张衡不乐于长久地处在掌管天文玄象的太史令位置上，在顺帝阳嘉年间，出京外放担任河间郡国的宰相。当时河间惠王刘政骄横奢靡，不遵守国家的法令制度，国中残酷欺凌兼并弱小的豪门大族又多。张衡初到任，用威严的手段来治理，于内能够明察所管之县，对那些奸猾之徒专行巧取豪夺之人，全都秘密地了解了他们的姓名。于是委派下属的官吏去拘捕，这些人全都束手就擒，众多所谓的豪侠游客，也全都惊惶恐惧地逃出了国境。郡国出现了极为太平的局面，民间争讼也逐渐平息，狱中没有被关押拘禁的囚犯。但当时天下社会衰败政治黑暗，张衡忧郁苦闷不得志，于是写作《四愁诗》抒写情怀。这首组诗模仿屈原用美人来比喻君子，用珍宝来比喻仁义，用水深雪浓来比喻小人。他想用自己的学说来报效国君，赠给当时的君主，但是又害怕那些谗佞邪恶之人阻挠而不能通达。这首组诗《四愁诗》的文辞是这样的：

一思道：我所思念之人啊远在泰山，想去追寻他啊翻越梁甫又是那样艰难，转身东望泪水沾湿了我的衣衫。我的心上人送我一把刀柄镀金的佩刀，我用什么报答他呢用的是美玉琼瑶。可是路途遥远无法送达啊我内心彷徨，我究竟为什么这样深怀忧思心中烦恼忧伤！

二思道：我所思念之人啊远在桂林，想去追寻他啊湘水又是那样深，转身南望泪水沾湿了我的衣襟。我的心上人送我一张美玉为饰的琴，我用什么报答他呢用的是一双白玉盘。可是路途遥远无法送达啊我内心惆怅，我究竟为什么这样深怀忧思心中烦恼忧伤！

三思道：我所思念之人啊远在汉阳，想去追寻他啊陇坻山坡长又长，转身西望泪水沾湿了我的衣裳。我的心上人送我直襟的貂皮衣，我用什么报答他呢用的是明月般的宝珠。可是路途遥远无法送达啊我犹豫不安，我究竟为什么这样深怀忧思心中烦乱！

四思道：我所思念之人啊远在雁门，想去追寻他啊大雪纷纷，转身北望泪水沾湿了我的披巾。我的心上人送我锦绣一段，我用什么报答他呢用的是一张青玉为饰的几案。可是路途遥远无法送达啊我一再悲叹，我究竟为什么这样深怀忧思心中烦乱！

秦嘉赠妇诗一首

赠 妇 诗

【题解】

东汉秦嘉与其妻徐淑感情甚笃（秦嘉与徐淑的夫妻赠答诗均见卷一）。这首《赠妇诗》是秦嘉写给其妻徐淑的一首四言诗。徐淑因病回娘家居住，秦嘉非常想念她。

暧暧白日⁽¹⁾，引曜西倾⁽²⁾。啾啾鸡雀，群飞赴楹⁽³⁾。皎皎明月，煌煌列星⁽⁴⁾。严霜凄怆，飞雪覆庭。寂寂独居，寥寥空室。飘飘帷帐，荧荧华烛⁽⁵⁾。尔不是居⁽⁶⁾，帷帐焉施⁽⁷⁾？尔不是照，华烛何为？

【注释】

〔1〕暧暧：昏暗不明的样子。
〔2〕曜（yào）：光辉。
〔3〕楹：厅堂前面的柱子。
〔4〕煌煌：明亮的样子。
〔5〕荧荧：烛光闪烁的样子。
〔6〕尔不是居：即"尔不居是"。尔，你。是，此，"居"的宾语，否定句中，代词宾语提到动词之前。
〔7〕焉：一作"何"。

【今译】

连太阳也变得昏暗不明，它带着余晖向西沉。那些叽叽喳喳的鸡雀，一齐朝着楹柱间飞奔。天空升起皎洁的明月，繁星闪烁夜空澄明。严霜降下心中悲伤，雪花飞舞覆盖了前庭。独居的日子多么寂寞凄凉，空虚的卧室空空荡荡。随风飘动的是轻柔的帷帐，跳动闪烁的是微弱的烛光。你不居住在这里,帷帐为什么还要施张?你不需要照亮这里,华烛为什么还要照亮?

魏文帝乐府燕歌行二首

燕歌行二首[1]

【题解】

《乐府解题》说:"晋乐奏魏文帝《秋风》《别日》二曲,言时序迁换,行役不归,妇人怨旷无所诉也。"《广题》说:"燕,地名也,言良人从役于燕,而为此曲。"可见,两首《燕歌行》的题旨都是写女子因丈夫在外服役而独守空闺的忧思。曹丕之前的张衡所写的《四愁诗》,是一首七言诗,但首句用了"兮"字,还有骚体诗的痕迹。而曹丕的《燕歌行》,虽用的是句句押韵的"柏梁体",但却是我国现存最早最完整的七言诗,在文学发展史上有重要的意义。

秋风萧瑟天气凉[2],草木摇落露为霜[3],群燕辞归雁南翔[4]。念君客游多思肠[5],慊慊思归恋故乡[6],君为淹留寄他方[7]。贱妾茕茕守空房[8],忧来思君不可忘[9],不觉泪下沾衣裳。援琴鸣弦发清商[10],短歌微吟不能长。明月皎皎照我床,星汉西流夜未央[11]。牵牛织女遥相望,尔独何辜限河梁[12]!

【注释】

〔1〕燕歌行二首：其中第一首被收入《昭明文选》。在《乐府诗集》中，两首均收入《相和歌辞·平调曲》，同题诗共收十四首。
〔2〕萧瑟：形容风吹树木的声音。
〔3〕摇落：凋残，零落。
〔4〕辞：一作"争"。
〔5〕君：一作"吾"。　多思：一作"思断"。
〔6〕慊慊（qiàn）：心觉不足，感到空虚。
〔7〕君为：一作"何为"。　淹留：久留。
〔8〕茕茕（qióng）：孤独的样子。
〔9〕可：一作"敢"。
〔10〕援：执，持。　弦：一作"瑟"。　清商：即商声，古代五音（宫商角徵羽）之一。古人认为商声凄清悲凉，所以叫清商。
〔11〕星汉：银河。　央：尽。
〔12〕独：却。　幸：一作"辜"。何辜，即"何故"。　河梁：河上的桥，这里指银河。

别日何易会日难，山川悠远路漫漫。郁陶思君未敢言⁽¹⁾，寄声浮云往不还。涕零雨面毁容颜，谁能怀忧独不叹。展诗清歌聊自宽，乐往哀来摧肺肝，耿耿伏枕不能眠。披衣出户步东西⁽²⁾，仰看星月观云间⁽³⁾。飞鸧晨鸣声可怜⁽⁴⁾，留连顾怀不能存⁽⁵⁾。

【注释】

〔1〕郁陶（yáo）：忧思郁积的样子。
〔2〕西：一作"偏"。此句下一有"悲风清厉秋气寒，罗帏徐动经秦轩"二句。
〔3〕看：一作"西"。
〔4〕鸧（cāng）：鸧鹒，即黄鹂。宋玉《登徒子好色赋》："鸧鹒喈喈，群女出桑。"
〔5〕留连：留恋不舍。　顾怀：眷顾怀念。　存：抚慰。

【今译】

秋风萧萧天气已渐凉,草木零落白露凝成霜,群燕纷纷归去大雁向南飞翔。想到你仍客游他乡我更牵心挂肠,人人都寂寞思归爱恋自己的故乡,你为什么滞留寄居在远方。我这个小女子孤孤单单地独守空房,忧思涌来想念你啊旧情不能忘,不觉泪珠落下沾湿了衣裳。我拿起琴来拨动琴弦发声悲凉,音节短促低声吟唱哽咽气塞不能久长。皎洁的月光照亮了我的床,银河西移夜已深沉寂静无声响。牵牛织女隔着银河遥遥相望,你们为什么要受银河阻隔各自滞留在一方!

为何分别容易会面难,山川悠长遥远路漫漫。我对你的爱恋积聚心头不敢说,把心声寄托浮云但浮云一去不回还。眼泪洗面改变了我的容颜,谁能深怀忧伤却不悲叹。诵一首诗唱一首歌暂且把心宽,但欢乐已去悲哀袭来刺伤我的肺腑心肝,伏在枕上不能入眠心烦意乱。披衣而起走出户外东西观看,抬头只见星星月亮徘徊在云端。黄鹂清晨的鸣叫声令人怜悯心烦,我眷恋旧情无论如何自我抚慰也不能心安。

曹植乐府妾薄命行一首

妾薄命行[1]

【题解】

《乐府解题》说:"《妾薄命》,曹植云'日月既逝西藏',盖恨燕私之欢不久。"可见这首诗主要描写酒宴的欢乐,当然,诗人更欣赏筵席上歌舞的精美以及他与歌女的恩爱。

日月既是西藏[2],更会兰室洞房[3]。花灯步障舒光⁽⁴⁾，皎若日出扶桑⁽⁵⁾，促樽合坐行觞⁽⁶⁾。主人起舞娑盘⁽⁷⁾，能者冗触别端⁽⁸⁾。腾觚飞爵阑干⁽⁹⁾，同量等色齐颜。任意交属所欢⁽¹⁰⁾，朱颜发外形兰。袖随礼容极情⁽¹¹⁾，妙舞仙仙体轻⁽¹²⁾。裳解履遗绝缨⁽¹³⁾，俯仰笑喧无呈⁽¹⁴⁾。览持佳人玉颜，齐接金爵翠盘⁽¹⁵⁾。手形罗袖良难⁽¹⁶⁾，腕弱不胜珠环⁽¹⁷⁾，坐者叹息舒颜。御巾裹粉君傍⁽¹⁸⁾，中有霍纳都梁⁽¹⁹⁾，鸡舌五味杂香⁽²⁰⁾。进者何人齐姜⁽²¹⁾，恩重爱深难忘。召延亲好宴私⁽²²⁾，但歌杯来何迟。客赋既醉言归⁽²³⁾，主人称露未晞⁽²⁴⁾。

【注释】

〔1〕妾薄命行：在《乐府诗集》中，这首诗收入《杂曲歌辞》，题作《妾薄命》，同题诗共收二十首。所收曹植《妾薄命》二首，这是第二首。可参看卷七皇太子（即梁简文帝萧纲）《圣制乐府三首》中的《妾薄命篇十韵》。

〔2〕是：一作"逝"。

〔3〕洞房：深闺。

〔4〕步障：一种屏幕，用来遮挡视线和遮蔽风尘。此句一作"华烛步帐辉煌"。

〔5〕扶桑：神话中的东方神树，每天太阳从扶桑升起。

〔6〕樽：一作"酒"。　坐：一作"座"。　行觞（shāng）：即行酒，指依次敬酒。

〔7〕娑（suō）盘：盘娑，即婆娑，指优美的舞姿。

〔8〕冗（rǒng）触：犹"冗扰"，指繁杂。　别端：指另外的舞姿。

〔9〕觚（gū）：古代青铜制饮酒器，直身大口，形如喇叭。　爵（jué）：古代三足饮酒器，像雀形。　阑干：纵横交错的样子。

〔10〕交属：相互连接。

〔11〕礼容：礼仪容止。　极：尽。

〔12〕妙：一作"屡"。　仙仙：舞姿轻盈飘逸的样子。

〔13〕裳解：一作"解裳"。　履遗：鞋子脱下。可参看《史记·滑稽列传》淳于髡语。　绝缨：帽带扯断。刘向《说苑·复恩》："楚庄王

宴群臣，日暮酒酣，灯烛灭。有人引美人之衣。美人援绝其冠缨，以告王……"

〔14〕无呈：毫无拘束。呈，通"程"，程式，法规。

〔15〕接：一作"举"。

〔16〕形：显示，露出。

〔17〕环：一作"鬓"。

〔18〕御：使用。　裛（yì）：香气熏染侵袭。

〔19〕霍纳、都梁：均为香名。

〔20〕鸡舌：香名。

〔21〕齐姜：周代齐国为姜姓，齐姜指齐国国君宗室之女，后也借指名门官宦人家的女儿。《诗经·陈风·衡门》："岂其取妻，必齐之姜。"

〔22〕召延：邀请。　宴私：指公余之时的游宴玩乐。

〔23〕赋：赋诗言志。　《既醉》：《诗经·大雅》中的一篇，描写贵族的饮宴。

〔24〕晞（xī）：干。

【今译】

日月已经潜藏到西方，与歌女们再相会在芬芳深邃的闺房。花灯在屏幕上放射出辉光，歌女们皎洁光鲜好像太阳出于扶桑，大家坐在一起碰杯举觞。主人翩翩起舞舞姿多么优美，技能高超者还能舞出多种花样。杯爵纵横交错地举起来，同等的酒量一样的容颜神采飞扬。任意交接自己喜欢的对象，红颜显露于外就像兰花开放。配合着仪容尽情挥动衣袖，舞姿飘逸体态轻盈精妙无双。下裳解下绣鞋脱落冠缨也断绝，俯仰欢笑毫无拘束高声喧嚷。抱持着美人娇体玉颜，一同接过金杯玉盘痛饮琼浆。要让她的玉手露出罗袖确是很难，只见她的纤纤玉腕好像戴不上手镯珠环，在座的人全都动容赞叹。她们挥动舞巾散发粉香围在你身旁，粉香中就有著名的霍纳和都梁，还有鸡舌等五味杂色香。进呈粉香为何人那肯定是官宦人家美貌的姑娘，她们恩重爱深令人永难忘。请来亲朋好友参加家庭的私宴，席上只将"杯来何迟"来歌唱。客人如赋《既醉》表示已醉要归去，主人便说白露未干天还未大亮。

傅玄杂诗七首

拟北乐府三首[1]

历九秋篇　董逃行[2]

【题解】

　　这首组诗共十二章，前十章写一位女子回顾往日新婚夫妻生活的恩爱欢乐，后两章写夫君欲远走高飞，但自己的爱心却坚贞不渝。

　　历九秋兮三春[3]，遗贵客兮远宾[4]。顾多君心所亲，乃命妙妓才人[5]，炳若日月星晨[6]。

　　序金罍兮玉觞[7]，宾主递起雁行[8]。杯若飞电绝光[9]，交觞接卮结裳，慷慨欢笑万方。

　　奏新诗兮夫君，烂然虎变龙文[10]。浑如天地未分，齐讴楚舞纷纷，歌声上激青云[11]。

　　穷八音兮异伦[12]，奇声靡靡每新[13]。微笑素齿丹唇[14]，逸响飞薄梁尘[15]，精爽眇眇入神[16]。

　　坐咸醉兮沾欢[17]，引樽促席临轩。进爵献寿翻翻[18]，千秋要君一言[19]，愿爱不移若山。

　　君恩爱兮不竭，譬若朝日夕月。此景万里不绝，长保初醮结发[20]，何忧坐生胡越[21]。

　　携弱手兮金环，上游飞阁云间。穆若鸳凤双鸾[22]，还幸兰房自安[23]，娱心极乐难原[24]。

乐既极兮多怀,盛时忽逝若颓。寒暑革御景回〔25〕,春荣随风飘摧,感物动心增哀。

妾受命兮孤虚〔26〕,男儿堕地称姝〔27〕。女弱难存若无〔28〕,骨肉至亲更疏,奉事他人托躯。

君如影兮随形,贱妾如水浮萍。明月不能常盈,谁能无根保荣,良时冉冉代征〔29〕。

顾绣领兮含辉〔30〕,皎日回光侧微〔31〕。朱华忽尔渐衰,影欲舍形高飞,谁言往恩可追〔32〕!

荠与麦兮夏零〔33〕,兰桂践霜逾馨〔34〕。禄命悬天难明〔35〕,委心结意丹青〔36〕,何忧君心中倾〔37〕!

【注释】

〔1〕北乐府:指主要产生于北方的《鼓吹曲》《相和歌》等,以别于主要产生于南方的《清商曲》中的《吴歌》和《西曲》。

〔2〕历九秋篇董逃行:在《乐府诗集》中,这首组诗收入《相和歌辞·清调曲》,题作《董逃行历九秋篇》。历,经过。九秋,九月深秋,即秋天。董逃行,曲名。崔豹《古今注》说:"《董逃歌》,后汉游童所作也。终有董卓作乱,卒以逃亡。后人习之为歌章,乐府奏之以为儆诫焉。"《乐府解题》说:"晋傅玄有《历九秋篇》十二章,具叙夫妇离别之思,亦题云《董逃行》,未详。"全诗十二章,前十章一作简文帝萧纲诗。

〔3〕三春:指春天(春季三个月),也指暮春(春季第三个月)。

〔4〕遗贵:一作"分遣"。一说"遗",当作"邀"。

〔5〕妙妓才人:多才多艺的艺妓。

〔6〕炳:明亮。　星晨:同"星辰"。

〔7〕序:排列。　罍(léi):古代一种容器,似壶,小口深腹,可以用来盛酒或水。

〔8〕雁行:指排列整齐有序。

〔9〕绝光:飞光,光迅速闪过。

〔10〕烂然:色彩绚丽的样子。　虎变:指虎皮的花纹斑斓多彩。龙文:指龙身上的绚丽花纹。

〔11〕激:冲撞。

〔12〕八音：古代乐器按制作材料可分金、石、丝、竹、匏、土、革、木八类，称八音，这里泛指音乐。　异伦：非常，不同寻常。

〔13〕靡靡（mǐ）：指乐声的柔和动听。

〔14〕笑：一作"披"，分。

〔15〕飞：一作"飘"。　薄：近。　梁尘：屋梁上的尘土。《七略》说，汉代鲁人虞公善歌，歌声洪亮，可以振动屋梁，使梁上尘土飞扬。

〔16〕精爽：指神清气爽。　眇眇（miǎo）：高远的样子。

〔17〕咸：全，都。　沾：添，增益。

〔18〕进爵：敬酒。　翻翻：犹"翩翩"，敬酒时的优美姿势。一作"翩翩"。

〔19〕千秋：千年，形容岁月长久。　要（yāo）：约。

〔20〕初醮（jiào）：新婚。醮，古代冠礼或婚礼中以酒祭神的简单仪式，也指女子嫁人。　结发：指成婚。按古礼，成婚之夕，男左女右共髻束发，所以叫结发。结发也指原配。

〔21〕坐：空，徒然。　胡越：胡在北，越在南，指相距遥远。

〔22〕穆：和睦。　鸾：一作"燕"。

〔23〕还幸：回到。　兰房：兰草熏香的闺房。

〔24〕极乐：一作"乐意"。　原：推求。

〔25〕革御（yù）：改变，代谢。

〔26〕受命：指出生承受天命。

〔27〕堕：一作"随"。　姝（shū）：美好。

〔28〕难：一作"虽"。

〔29〕冉冉：时光渐渐流逝的样子。　代征：交替运行。

〔30〕顾：一作"绿"。

〔31〕侧：一作"则"。

〔32〕恩：一作"思"。

〔33〕荠（jì）：荠菜，一、二年生草本植物，嫩叶可食。　零：凋零。

〔34〕霜：一作"履"。　馨（xīn）：散布很远的香气。

〔35〕禄命：命运，定数。禄，指禄食。　悬：一作"缘"。

〔36〕委：一作"妾"。　丹青：原指绘画的原料，丹青色艳而不易泯灭，因而用来比喻始终不渝的情意。

〔37〕中倾：中途倾覆变心。

【今译】

　　经过了萧瑟的清秋又迎来了阳春，邀请远方的贵客光临家门。

看看这些贵客多是夫君的密友，于是召来了歌舞艺人，她们容光焕发就像日月星辰。

在筵席上摆好金壶和玉觞，宾主相继敬酒有如大雁成行。杯爵交晃好像飞电闪光，杯碰杯啊衣裳碰衣裳，人人豪爽欢笑神态万方。

献上一首新诗啊我的夫君，新诗绚丽斑斓文质彬彬。气势浑厚又像天地未分时的混沌，齐歌楚舞一时热闹纷纷，歌声向上冲撞着青云。

八音齐奏啊优美绝伦，新鲜奇妙的声音柔和动听。歌女们微微张口露出了皓齿朱唇，飘逸的歌声飞升振起了梁尘，使人神清气爽高妙入神。

座上宾主都已醉啊更是心欢，近席举杯走到了窗下。敬酒祝福风度翩翩，千秋万世只求夫君一句话，但愿夫妻恩爱不移就像巍峨的高山。

夫君的恩爱永不衰竭，就好像白天的太阳晚上的明月。日月光照万里永不中绝，永保结发夫妻白首相偕，哪里还会忧虑夫妻相弃如同胡越。

夫君牵携我纤弱之手啊套上金环，上游飞阁升到了云端。夫妻和睦就像一对鸳鸯和凤鸾，然后回到芳香的闺房心中自安，这种极度的欢乐很难用言辞来表达。

欢乐已到极点啊令人难以忘怀，盛时忽然逝去就像房屋一旦崩坏。寒暑代谢大地春回，春天的鲜花却被风摧残衰败，万物变迁有感于心更增添了悲哀。

我这个小女子接受的天命啊本来就孤单和空虚，不像男孩坠地被人称美誉为千里驹。女子孱弱难于存活就像本来无此人，连骨肉至亲也有意疏远不加照顾，只好奉事他人以寄托自己的身躯。

结婚之后夫君就像影子啊紧随着形，但我这个微贱的小女子啊却好像水上的浮萍。明月不能常满盈，谁能够没有根基却能永保鲜花的芳馨，美好的时光就这样渐渐流逝不少停。

回头看看昔日的绣领啊还饱含光辉，但皎洁的阳光回照却已轻微。红花不觉得已渐渐衰败，夫君这个影正打算离开形而高飞，谁说往日的恩情今日尚可追！

荠菜和小麦啊到了夏天便凋零，兰花和桂花啊历经寒霜却更芳馨。禄食命运被上天操持很难弄分明，但我的心意始终不渝情不尽，哪里会担心夫君中途变了心！

车遥遥篇[1]

【题解】

丈夫远游于秦,妻子表示要如影随形远随丈夫而去。

车遥遥兮马洋洋[2],追思君兮不可忘。君安游兮西入秦[3],愿为影兮随君身[4]。君在阴兮影不见,君依光兮妾所愿[5]。

【注释】

〔1〕车遥遥篇:在《乐府诗集》中,这首诗收入《杂曲歌辞》,但作者署名为梁代车敩。同题诗共收五首。
〔2〕遥遥:犹"摇摇",摇摆不定的样子。《楚辞·九章·悲回风》:"漂翻翻其上下兮,翼遥遥其左右。" 洋洋:行走迟缓,无所适从的样子。《楚辞·九章·哀郢》:"顺风波以从流兮,焉洋洋而为客。"
〔3〕游:一作"逝"。
〔4〕为影兮:一作"将微影"。
〔5〕依光兮:一作"仰日月"。

【今译】

车子摇摆不定马儿也不知何往,追念夫君的恩爱啊不能忘。夫君出游到何处啊原来是向西进入秦邦,我愿如影随形啊追随在夫君的身旁。夫君在树荫下影儿看不见,夫君啊请你走到阳光下以满足我的愿望。

燕人美篇[1]

【题解】

一位男子爱恋一位美丽的女子,但他感到两人似隔着重重高山，难于追求因而愁思万端。

　　燕人美兮赵女佳，其室则迩兮限层崖[2]。云为车兮风为马，玉在山兮兰在野[3]。云无期兮风有止，思心多端兮谁能理[4]？

【注释】
　　[1] 燕人美篇：一作《燕人美兮歌》。在《乐府诗集》中，这首诗收入《杂歌谣辞》，题作《吴楚歌》，同题诗共收两首。
　　[2] 迩（ěr）：近。一作"远"。《论语·子罕》："'唐棣之华，偏其反而。岂不尔思？室是远而。'子曰：'未之思也，夫何远之有？'"
　　[3] 山：一作"泥"。
　　[4] 心：一无"心"字。

【今译】
　　她就像燕赵佳丽啊那样美丽娴雅，她的居室虽近啊却像隔着重重高山。我想以云为车啊以风为马去追寻，但她就像玉在深山啊兰在原野怎样能找到她。云来无期啊风有时而止，愁思万端啊谁能抚慰我使我心安？

拟四愁诗四首 并序

【题解】
　　这首诗有意模拟张衡《四愁诗》。但诗人认为，张衡《四愁诗》"体小而俗"，即体貌狭小而语言浅俗，因而写作时，有意"张大其词"，内容由"伤时"变为"忧世"，语言由浅俗变为高雅，诗人由女性口吻变为男性口吻。但其艺术成就与在文学史上的地位，平心而论，仍未能超过张衡《四愁诗》。显然这首诗也有寄托。诗人所思在君王和理想，诗人的"不遇"就是不能与君王遇合以实现自己济世的理想,诗人的"愁"就是怀才不遇、惆怅失意的哀愁。

  昔张平子作《四愁诗》[1],体小而俗,七言类也[2]。聊拟而作之,名曰《拟四愁诗》。其辞曰[3]:

  我所思兮在瀛洲[4],愿为双鹄戏中流[5]。牵牛织女期在秋[6],山高水深路无由,愍余不遘婴殷忧[7]。佳人贻我明月珠[8],何以要之比目鱼[9]。海广无舟怅劳劬[10],寄言飞龙天马驹。风起云披飞龙逝[11],惊波滔天马不俪[12],何为多念心忧世。

【注释】

〔1〕昔:一无"昔"字。　张平子:张衡,可参看本卷张衡《四愁诗》。

〔2〕七言:七字一句的诗。东汉和魏晋,诗歌是五言诗占优势,七言诗句和七言诗,被认为俗而不雅。

〔3〕其辞曰:一无此三字。

〔4〕瀛(yíng)洲:神话传说中的仙山。《史记·秦始皇本纪》:"齐人徐市等上书,言海中有三神山,名蓬莱、方丈、瀛洲,仙人居之。"

〔5〕鹄(hú):天鹅。

〔6〕期:约。

〔7〕愍(mǐn):忧伤。　遘(gòu):遇。　婴:遭受。　殷忧:深深的忧伤。殷,深,盛,大。

〔8〕贻(yí):赠送。

〔9〕比目鱼:一种平卧在海底的鱼,身体扁平,两眼均位于头部的一侧。古人常用比目来比喻恩爱的夫妻和相爱的情人。

〔10〕怅(chàng):惆怅,失望。　劳劬(qú):劳苦,劳累。

〔11〕披:分。

〔12〕惊波滔天:一作"波滔天兮"。　俪(lì):成双成对。一作"厉"。

我所思兮在珠崖⁽¹⁾，愿为比翼浮清池⁽²⁾。刚柔合德配二仪⁽³⁾，形影一绝长别离⁽⁴⁾，愍余不遘情如携⁽⁵⁾。佳人贻我兰蕙草，何以要之同心鸟。火热水深忧盈抱⁽⁶⁾，申以琬琰夜光宝⁽⁷⁾。卞和既没玉不察⁽⁸⁾，存若流光忽电灭，何为多念独蕴结⁽⁹⁾。

【注释】
〔1〕珠崖：即"珠厓"，郡名，汉武帝所置，在今海南海口市琼山区东南。
〔2〕浮：一作"游"。
〔3〕二仪：指天地。
〔4〕绝：断。
〔5〕携（xié）：离散，离心。
〔6〕抱：怀抱，胸怀。
〔7〕申：表达。　琬琰（wǎn yǎn）：泛指美玉。琬，琬圭，上端呈圆形的圭。琰，琰圭，上端呈尖锐形的圭。
〔8〕卞（biàn）和：春秋时期楚人，相传他得到一块玉璞，先后献给楚厉王和楚武王，都被认为是欺诈，被砍去双脚。楚文王即位，他抱着玉璞哭于荆山之中。文王使人琢开玉璞，得宝玉，即著名的"和氏璧"。见《韩非子·和氏》。
〔9〕蕴：一作"郁"。

我所思兮在昆山⁽¹⁾，愿为鹿麚窥虞渊⁽²⁾。日月回曜照景天，参辰旷隔会无缘，愍余不遘罹百艰⁽³⁾。佳人贻我苏合香，何以要之翠鸳鸯。县度弱水川无梁⁽⁴⁾，申以锦衣文绣裳。三光骋迈景不留⁽⁵⁾，鲜矣民生忽如浮⁽⁶⁾，何为多念只自愁。

【注释】
〔1〕昆山：昆仑山。

〔2〕麆（zhù）：同"麆"，鹿子。一作"蛩"。　　虞渊：传说中日落之处。

〔3〕罹（lí）：遭遇。

〔4〕县（xuán）度：汉代西域的一座山，其山溪谷不通，只能用绳索悬缒而过，所以叫县度。见《汉书·西域传》。　　弱水：传说中险恶难渡、鸿毛不浮的河流。见《山海经·大荒西经》。一说，县度，即远渡。　　梁：桥。

〔5〕三光：指日、月、星。

〔6〕鲜（xiǎn）：少。　　矣：一作"似"。　　民生：人生。　　如：一作"似"。　　浮：浮生。《庄子·刻意》："其生若浮，其死若休。"

我所思兮在朔方[1]，愿为飞雁俱南翔[2]。焕乎人道著三光[3]，胡越殊心生异乡，憨余不遘罹百殃[4]。佳人贻我羽葆缨[5]，何以要之影与形。增冰忧结繁华零[6]，申以日月指明星。星辰有翳日月移[7]，驽马哀鸣惭不驰[8]，何为多念徒自亏[9]。

【注释】

〔1〕朔方：北方。

〔2〕雁：一作"燕"。

〔3〕人道：人事，为人之道。

〔4〕百殃：各种灾难。

〔5〕羽葆：帝王仪仗中以鸟羽连缀为饰的华盖。　　缨：以丝、线等制成的穗子，用在服装、器物上作装饰。

〔6〕增冰：一作"永增"。　　华：花。

〔7〕翳（yì）：遮蔽，隐没。

〔8〕驽（nú）马：劣马。

〔9〕徒：一作"心"。　　亏：亏损。

【今译】

（序）从前张衡作《四愁诗》，体貌狭小而语言浅俗，是"七言"一类的作品。我姑且模拟它而写了这首诗，题名叫《拟四愁诗》。四首诗的文辞如下：

　　我所思念的人啊远在瀛洲，希望我俩变成一对天鹅游戏在河水的中流。但就像牛郎织女在天上的热烈期盼，山高水深没有通达的道路可以走，为我的不遇而忧伤啊我遭到深深的烦忧。我的心上人送我一颗明月珠，用什么取她欢心啊就用比目鱼。但大海广阔无舟可渡我又失望又忧伤，给她捎句话只能拜托天龙飞马驹。但风起云散飞龙已远去，巨浪滔天天马也不与我结伴为侣，为什么这么多愁思啊我内心只为世道而忧虑。

　　我所思念的人啊远在珠崖，希望我俩变成一对比翼鸟浮游于清池。刚性和柔性相合正好配天地，但不料形影一别就永远分离，为我的不遇而忧伤啊我实际上已遭到离弃。我的心上人送我几株兰蕙草，用什么取她欢心啊就用同心鸟。火热水深啊忧伤充满我的怀抱，表达我的心意就用美玉和夜光宝。卞和已死美玉没有人知晓，就像流星闪电光亮一闪便灭掉，为什么这么多愁思啊只有我气结心焦。

　　我所思念的人啊远在昆仑山，我希望变成一头小鹿去窥探日落的虞渊。日月光辉返照照亮了西天，但我俩就像参星和辰星相距遥远相会终无缘，为我的不遇而忧伤啊我遭受了多少危艰。我的心上人啊送我一盒苏合香，用什么取她欢心啊就用翠鸟和鸳鸯。我想远渡弱水啊面对大川却无桥梁，表达我的心意就用锦绣的衣裳。日月星飞驰远去光景不停留，人生在世生命短促就像浮萍在水上浮，为什么这么多愁思啊我只能独自发愁。

　　我所思念的人啊远在北方，我希望变成一只大雁啊与你一同向南方飞翔。光辉灿烂啊人间正道也像日月星那样闪光，但我俩如同胡越既不同心又各处他乡，为我的不遇而忧伤啊我遭受了许多祸殃。我的心上人啊送我羽葆上的珠缨，用什么取她欢心啊就随她而去如影随形。但忧思郁结就像冰雪增厚繁花凋零，我指着日月明星把誓言申。可是星辰有时被遮蔽日月也会移动下沉，劣马不断哀鸣内心羞惭不能再驰骋，为什么这么多愁思啊徒然让自己的身心亏损。

苏伯玉妻盘中诗一首

苏伯玉妻，晋人苏伯玉的妻子，姓名不详。苏伯玉出使于蜀，久而不归，其妻独留长安，思念丈夫，便写了这首诗。

盘 中 诗[1]

【题解】

这首盘中诗，盘旋而书，正像诗人愁思缠绕，愁肠百结。清人沈德潜在《古诗源》中说，这首《盘中诗》"似歌谣，似乐府，杂乱成文，而用意忠厚，千秋绝调"。

山树高，鸟鸣悲[2]。泉水深，鲤鱼肥。空仓雀，常苦饥。吏人妇，会夫稀。出门望，见白衣[3]。谓当是，而更非。还入门，中心悲。北上堂，西入阶。急机绞[4]，杼声催。长叹息，当语谁？君有行[5]，妾念之。出有日，还无期。结中带[6]，长相思。君忘妾，天知之[7]。妾忘君，罪当治。妾有行，宜知之。黄者金，白者玉。高者山，下者谷。姓为苏[8]，字伯玉。作人才多智谋足[9]，家居长安身在蜀，何惜马蹄归不数[10]。羊肉千斤酒百斛[11]，令君马肥麦与粟。今时人，智不足[12]。与其书，不能读。当从中央周四角[13]。

【注释】

〔1〕盘中诗：写在盘中的一首诗，读时从盘中读起，从内向外盘旋读下去。

〔2〕鸣悲：一作"悲鸣"。

（3）白衣：当时有白衣官服。
（4）绞（jiǎo）：急切。
（5）行（xíng）：旧读xìng，德行，品行，指道德品质。
（6）中：一作"巾"。
（7）夭：一作"未"。
（8）为：一作"者"。
（9）作：一无"作"字。
（10）数（shuò）：通"速"，快。
（11）斛（hú）：古代容器，也是容量单位，十斗为一斛，南宋改为五斗。
（12）不：一作"四"。
（13）周：环绕。

【今译】

山中大树高又高，山间鸟儿鸣声悲。山中泉水深又深，水中鲤鱼大又肥。空仓中的小黄雀，苦于无食常腹饥。可叹身为府吏妻，与夫少聚心悲凄。出得门来放眼望，看见有人穿白衣。先是以为丈夫回，走近一看才知非。转身走进自家门，满脸愁苦心中悲。朝北向着堂上走，向西沿阶迈开腿。坐在机前急开机，机杼摇动声声催。伤心不禁长叹息，心中苦楚告诉谁？夫君自有好品行，我当时时念在心。夫君外出已多时，归期至今无音信。衣带越来越束紧，只为相思情意深。夫君如果忘了我，那是只有天知之。我如把你来遗忘，其罪当治不敢辞。我如也有好品行，夫君也该心中知。颜色黄的那是金，颜色白的那是玉。高耸向上那是山，低洼在下那是谷。我的夫君姓为苏，他的表字叫伯玉。足智多谋有才气，家住长安身在蜀，为何痛惜马蹄不急忙归家来团聚。我准备了羊肉千斤酒百斛，还有能让夫君马儿肥壮的麦与粟。现今之人，智谋不足。给他书信，竟不能读。我这首盘中诗当从中央向外盘旋读。

张载拟四愁诗四首

张载（生卒年不详），字孟阳，安平（今河北安平）人。晋时历官肥乡令、著作郎、太子中舍人、弘农太守、中书侍郎。西晋文学家，原有集七卷，已散佚，明人辑有《张孟阳集》。

拟四愁诗四首[1]

【题解】

同张衡的《四愁诗》一样，这首《拟四愁诗》组诗也是用女子的口吻来写，抒发对远方丈夫的思念，并寄托自己对理想的追求。

我所思兮在南巢[2]，欲往从之巫山高。登崖远望涕泗交[3]，我之怀矣心伤劳[4]。佳人遗我筒中布[5]，何以赠之流黄素[6]。愿因飘风超远路[7]，终然莫致增想慕[8]。

【注释】

〔1〕拟四愁诗：可参阅本卷张衡《四愁诗》。《昭明文选》选了第四首。

〔2〕南巢：位于南方的古国名。《楚辞·远游》："顺凯风以从游兮，至南巢而壹息。"姜亮夫说："南巢为南方之远国。"

〔3〕涕：眼泪。　泗：鼻涕。

〔4〕我之怀矣：语出《诗经·邶风·雄雉》："我之怀矣，自诒伊阻。"怀，指怀念夫君。　劳：愁苦。

〔5〕遗（wèi）：赠送。　筒中布：一种贵重的细布，又叫"黄润"。筒，一作"笥（sì）"，用来盛衣物饭食的方形竹器。

〔6〕流黄：黄绢。　素：白色生绢。

〔7〕飘风：旋风，暴风。

〔8〕想：一作"永"。

　　我所思兮在朔湄⁽¹⁾，欲往从之白雪霏⁽²⁾。登崖永眺涕泗穨⁽³⁾，我之怀矣心伤悲。佳人遗我云中翮⁽⁴⁾，何以赠之连城璧⁽⁵⁾。愿因归鸿起遐隔⁽⁶⁾，终然莫致增永积⁽⁷⁾。

【注释】
〔1〕朔湄（méi）：北方的水边。
〔2〕雪：一作"云"。　霏（fēi）：飘扬。
〔3〕永眺：一作"远望"。　穨（tuí）：同"颓"，水向下流。一作"颓"。
〔4〕翮（hé）：鸟羽的茎，中空透明。刘向《说苑·尊贤》："鸿鹄高飞远翔，其所恃者六翮也。"
〔5〕赠：一作"报"。　连城璧：价值连城的玉璧。
〔6〕起：一作"超"。　遐（xiá）：远。
〔7〕积：郁积。

　　我所思兮在陇原⁽¹⁾，欲往从之隔太山⁽²⁾。登崖远望涕泗连⁽³⁾，我之怀矣心伤烦。佳人遗我双角端⁽⁴⁾，何以赠之雕玉环。愿因行云超重峦，终然莫致增永叹。

【注释】
〔1〕陇：今甘肃一带。　原：高原。
〔2〕太山：大山。太，一作"秦"，今陕西一带。
〔3〕连：一作"涟"。
〔4〕角端：即"角䚎"，异兽名，状如牛，角在鼻上，角可作弓。这里指用角端牛的角制成的弓。

　　我所思之在营州⁽¹⁾，欲往从之路阻修⁽²⁾。登崖远望涕泗流，我之怀矣心伤忧。佳人遗我绿绮琴⁽³⁾，何以赠之双南金[4]。愿因流波超重深,终然莫致增永吟。

【注释】

〔1〕营州:古九州之一。《尔雅·释地》:"齐曰营州。"齐在今山东。
〔2〕修:长。
〔3〕绿绮琴:古代的名琴,相传司马相如曾用过此琴。后世作琴的通称。
〔4〕南金:南方荆州、扬州出产的黄金。

【今译】

　　我所思念之人啊远在南方的南巢,想去追寻他啊巫山又太高。登山远望啊涕泪纵横多心焦,思念夫君啊心伤肠断受煎熬。我的心上人啊送我珍贵的筒中布,用什么回赠他啊就用黄绢和白素。但愿顺着狂风超越漫长的道路,但最终仍不能送达徒然增添怀想和思慕。
　　我所思念之人啊远在北方的水边,想去追寻他啊白雪纷飞。登山远望啊涕泪往下坠,思念夫君啊我心伤悲。我的心上人啊送我高飞云中的六翮,用什么回赠他啊就用价值连城的玉璧。但愿随着回归的大雁飞越远方的屏障,但最终仍不能送达徒然增添心头长久的郁积。
　　我所思念之人啊远在西方陇山的高原,想去追寻他啊隔着高大的秦山。登山远望啊涕泪涟涟,思念夫君啊心伤意烦。我的心上人啊送我一双角端弓,用什么回赠他啊就用雕琢精美的玉环。但愿凭借浮云超越重重山峦,但最终仍不能送达徒然增添悲伤的长叹。
　　我所思念之人啊远在东方的营州,想去追寻他啊道路艰险无尽头。登山远望啊涕泪往下流,思念夫君啊心伤又烦忧。我的心上人啊送我名贵的绿绮琴,用什么回赠他啊就用两块南方出产的黄金。但愿随着流水越过重重深渊,但最终仍不能送达徒然增添深长的嗟吟。

晋惠帝时童谣歌一首

晋惠帝时童谣歌[1]

【题解】

西晋惠帝时,发生了"八王之乱",统治阶级内部自相残杀,后来又引来了被称为"五胡"(匈奴、羯、鲜卑、氐、羌)的各游牧民族的互相攻伐,北方战乱频仍,百姓大量死亡。晋惠帝光熙元年(306)十一月,惠帝死。晋怀帝永嘉元年(307)五月,羯人石勒攻陷邺城,火烧邺宫,大火十日不熄,杀万余人。这首在惠帝时出现的童谣,预示了来年邺城被攻陷的惨祸。可以想见,在战乱中有多少不幸的女子被人强暴,惨遭凌辱。

邺中女子莫千妖[2],前至三月抱胡腰[3]。

【注释】

〔1〕晋惠帝:司马衷,西晋皇帝,公元291—306年在位。这首童谣见于《晋书》。《乐府诗集》卷八十八说:"《晋书》曰:'惠帝时洛阳童谣。明年而胡贼石勒、刘羽反。'"

〔2〕邺(yè):曾为三国魏的都城,故址在今河北临漳县西南邺镇东,魏晋之时,与洛阳、长安、谯、许昌合称五都。　妖:妩媚娇艳。

〔3〕胡:中国古代对北方和西方各族的泛称。

【今译】

邺中的女子不要自恃百媚千娇,明年三月你们就会抱着胡人的腰。

陆机乐府燕歌行一首

燕 歌 行(1)

【题解】

　　这首《燕歌行》的题旨，与曹丕《燕歌行二首》相同，都是写女子因丈夫在外服役而独守空闺的忧思。

　　四时代序逝不追(2)，寒风习习落叶飞(3)。蟋蟀在堂露盈阶(4)，念君远游常苦悲(5)。君何缅然久不归(6)？贱妾悠悠心无违(7)。白日既没明灯辉，寒禽赴林匹鸟栖(8)。双鸠关关宿河湄(9)，忧来感物涕不晞(10)。非君之念思为谁(11)？别日何早会何迟(12)！

【注释】

　〔1〕燕歌行：在《乐府诗集》中，这首诗收入《相和歌辞·平调曲》，同题诗共收十四首。可参看本卷魏文帝（曹丕）《乐府燕歌行二首》。
　〔2〕四时：四季。　代序：时序（季节）更替，一个接一个。逝：一作"远"。
　〔3〕寒：一作"秋"。　习习：象声词，风声。
　〔4〕蟋蟀：一种昆虫，随着天气变冷常从户外进入室中。　阶：一作"墀"（chí），台阶。
　〔5〕远：一作"客"。
　〔6〕缅然：久远的样子。
　〔7〕无违：没有违背。
　〔8〕寒：一作"夜"。　匹鸟：成双的鸟。鸟，一作"乌"。
　〔9〕关关：象声词，鸟鸣声。《诗经·周南·关雎》："关关雎鸠，在河之洲。窈窕淑女，君子好逑。"　湄：水边。
　〔10〕涕：一作"泪"。　晞：干。

〔11〕非君之念：即"非念君"，"君"是"念"的宾语，在否定句中提到了动词谓语之前。

〔12〕别日：一作"日别"。魏文帝（曹丕）《燕歌行》有"别日何易会日难"之句。

【今译】

四季轮替时光飞逝不可追，寒风呼啸落叶满天飞。蟋蟀进入堂室露水满台阶，想到你远游他乡心中常苦悲。你为什么遥遥无期久不归？我情思悠长忠心于你永不违。太阳已经落下明灯闪耀着光辉，晚上禽鸟飞回树林栖身巢中相依偎。一双雎鸠关关鸣叫栖息在水边，为物所感忧愁袭来落不尽的眼泪。如果不是思念你我还会思念谁？为什么早早分别而又迟迟不能再相会！

鲍照杂诗八首

代淮南王二首⑴

【题解】

淮南王刘安笃信神仙，追求长生，幻想通过服药炼气脱离尘世，飞升成仙。这两首《代淮南王》，却描写宫女的情爱，表达思恋之情，不忍心他的仙去。张萌嘉《古诗赏析》："此讥淮南王徒好神仙，致后宫生怨之诗。"

淮南王⑵，好长生，服食炼气读仙经⑶。琉璃药碗牙作盘⑷，金鼎玉匕合神丹⑸。合神丹，戏紫房⑹，紫房彩女弄明珰⑺，鸾歌凤舞断君肠。

朱城九门门九开[8],愿逐明月入君怀。入君怀,结君珮,怨君恨君恃君爱。筑城思坚剑思利,同盛同衰莫相弃。

【注释】

〔1〕代淮南王二首:在《乐府诗集》中,这两首诗收入《舞曲歌辞·杂舞·拂舞歌》。代,犹"拟"。《淮南王》,古曲名。崔豹《古今注·音乐》说:"《淮南王》,淮南小山(是汉淮南王刘安一部分门客的总称)之作也。王服食求仙,遍礼方士,遂与八公相携俱去,莫知所在。王之徒思恋不已,乃作《淮南王》之曲。"

〔2〕淮南王:指刘安。其父刘长(刘邦子)死后,他袭封为淮南王。他既好文学,又喜神仙之术,民间关于他的传说很多。

〔3〕服食:指服食丸药仙丹以求强身长生。

〔4〕琉璃:一种有色半透明的玉石,也指玻璃。　碗:一作"枕"。　牙:象牙。

〔5〕匕(bǐ):古代取食的用具,类似后世之羹匙。

〔6〕紫房:指道家炼丹房。

〔7〕彩女:宫女。　珰(dāng):妇女的耳饰,用珠玉制成。

〔8〕朱城九门:一作"朱门九重"。　开:一作"闱"。

【今译】

淮南王,求长生,服食又炼气,觅方遍读经。琉璃做药碗,象牙做药盘,金鼎和玉匙,精心合神丹。精心合神丹,游戏在紫房,紫房多宫女,搔首弄明珰,鸾歌又凤舞,歌舞断君肠。

朱门九重九重门大开,愿随明月投入君之怀。投入君之怀,系上君玉珮,怨君恨君但又依仗君之爱。构筑城墙求城坚,铸造利剑求剑利,与君同盛又同衰,白首偕老莫相弃。

代白纻歌辞二首⁽¹⁾

【题解】
《乐府解题》说:"(《白纻舞歌诗》)古词盛称舞者之美,宜及芳时为乐。"这也是这两首《代白纻歌辞》的题旨。

朱唇动,素腕举⁽²⁾,洛阳少童邯郸女⁽³⁾。古称绿水今白纻⁽⁴⁾,催弦急管为君舞⁽⁵⁾。穷秋九月荷叶黄,北风驱雁天雨霜,夜长酒多乐未央⁽⁶⁾。

春风澹荡使思多⁽⁷⁾,天色净绿气妍和。桃含红萼兰紫芽⁽⁸⁾,朝日灼烁发园花⁽⁹⁾。卷杦结帏罗玉筵⁽¹⁰⁾,齐讴秦吹卢女弦⁽¹¹⁾,千金顾笑买芳年⁽¹²⁾。

【注释】
〔1〕代白纻(zhù)歌辞二首:在《乐府诗集》中,这两首诗为鲍照《白纻歌六首》中的第五首和第六首,收入《舞曲歌辞·杂舞·白纻舞辞》中。白纻是用纻麻织成的细密洁白的夏布。当时宫廷流行白纻舞,舞者手持白纻作舞巾翩翩起舞。白纻歌是配合白纻舞的歌辞。鲍照这六首白纻歌辞,均奉诏而作。
〔2〕腕:一作"袖"。
〔3〕童:一作"年"。
〔4〕绿:一作"渌"。渌水,即《渌水曲》,今《乐府诗集》中《舞曲歌辞》和《琴曲歌辞》均有《渌水曲》。
〔5〕弦:弦乐器,琴瑟之类。　管:管乐器,箫笛之类。
〔6〕央:尽。
〔7〕澹(dàn)荡:犹"骀荡",指使人感到和畅。　使:一作"侠"。侠思:犹"丽思",美好的思绪。
〔8〕萼(è):花萼,包在花瓣外面的萼片,有时也指花。　兰:一作"莲"。
〔9〕灼烁(zhuó shuò):光彩鲜明的样子。　花:一作"葩"。

〔10〕幌（huǎng）：同"幌"，帷幔之类。　　罗：陈列。

〔11〕齐讴：即齐歌，因齐甯戚饭牛作歌，而为齐桓公相，故以齐称歌。　　秦吹：因秦穆公女弄玉及其夫萧史善吹箫，故以秦称吹。　　卢女弦：因汉代宫女卢女善鼓琴，故以卢女称弦。

〔12〕千金顾笑：同"千金买笑"，指花费千金，买得美人一笑，形容不惜代价，去博取美人欢心。可参看卷六王僧儒《咏歌姬》注〔8〕。顾，一作"一"。

【今译】

　　红色的嘴唇微动，洁白的玉腕高举，这就是标致的洛阳少年和善舞的邯郸歌女。古时演奏《渌水曲》如今演唱《白纻歌》，急促的管弦乐声催动歌女们为君起舞。暮秋九月荷叶已枯黄，北风驱赶着大雁天空降下了白霜，夜长酒多欢乐未尽再饮一杯又何妨。

　　春风和畅美好的思绪多，天色澄碧景色美丽又晴和。桃花含苞兰花吐出紫芽，朝阳明亮催开了园中的花。卷起帷帐摆好精美的酒筵，歌唱欢奏拨动了琴弦，千金买笑欢乐趁芳年。

行路难四首[1]

【题解】

　　《乐府解题》说："《行路难》，备言世路艰难及离别悲伤之意，多以君不见为首。"鲍照这几首《行路难》虽不以"君不见"开头，但都是写女子的"离别悲伤"以及对世道艰难的感叹。

　　中庭五株桃，一株先作花。阳春妖冶二三月[2]，从风簸荡落西家。西家思妇见之悗[3]，零泪沾衣抚心叹[4]。初送我君出户时，何言淹留节回换[5]。床席生尘明镜垢，纤腰瘦削发蓬乱。人生不得恒称意，惆怅徙倚至夜半[6]。

【注释】

〔1〕行路难：乐府歌曲名，古辞已佚。《乐府诗集·杂曲歌辞》收鲍照《行路难》（又作《拟行路难》）十八首，这里的《行路难》四首分别是十八首中的第八首、第九首、第一首和第三首。

〔2〕妖冶：艳丽。一作"沃若"。

〔3〕之：一作"悲"。

〔4〕零泪：落泪。

〔5〕言：一作"意"。　淹留：久留。　节：季节。

〔6〕徒倚：徘徊。

剉蘗染黄丝⁽¹⁾，黄丝历乱不可治⁽²⁾。昔我与君始相值⁽³⁾，尔时自谓可君意⁽⁴⁾。结带与我言⁽⁵⁾，死生好恶不相置。今日见我颜色衰，意中错漠与先异⁽⁶⁾。还君玉钗玳瑁簪⁽⁷⁾，不忍见之益悲思⁽⁸⁾。

【注释】

〔1〕剉（cuò）：斩截，截断。　蘗（bò）：黄檗，落叶乔木，树皮味苦，可入药，也可用作染料。

〔2〕历乱：纷乱。　治：一作"持"。

〔3〕昔我：一作"我昔"。　值：遇。

〔4〕尔时：那时。　可：适，称。

〔5〕"结带"二句：一作"结带与君同死生，好恶不拟相弃置"。结带，连结衣带，表示相爱成婚。置，弃置。

〔6〕错漠：冷落，冷淡。一作"索寞"。

〔7〕玉：一作"金"。

〔8〕之：一作"此"。　益：增。　悲：一作"愁"。

奉君金卮之酒碗⁽¹⁾，玳瑁玉匣之雕琴，七彩芙蓉之羽帐⁽²⁾，九华葡萄之锦衾。红颜零落岁将暮，寒花宛转时欲沉⁽³⁾。愿君裁悲且灭思⁽⁴⁾，听我抵节行路吟⁽⁵⁾。不见柏梁铜雀上⁽⁶⁾，宁闻古时清吹音⁽⁷⁾？

【注释】

〔1〕卮（zhī）：盛酒的杯子。一作"匜"。　酒碗：一作"美酒"，一作"旨酒"。

〔2〕羽帐：用翠鸟羽毛装饰的帏帐。

〔3〕花：一作"光"。　宛转：光阴缓缓流逝的样子。　沉：沉没，消逝。

〔4〕裁：削减。　灭：一作"减"。

〔5〕抵（zhǐ）节：击节，打拍子。节为一种竹制乐器，上合下开，拍之成声，可用以节乐。

〔6〕柏梁：台名，汉武帝所筑，在当时京城长安。　铜雀：台名，曹操所筑，在邺城西北。

〔7〕清吹：指笙笛一类的清越的管乐。

璇闺玉墀上椒阁[1]，文窗绣户垂绮幕[2]。中有一人字金兰，被服纤罗蕴芳藿[3]。春燕差池风散梅，开帏对影弄禽爵[4]。含歌揽泪不能言[5]，人生几时得为乐？宁作野中双飞凫[6]，不愿云间别翅鹤[7]。

【注释】

〔1〕璇（xuán）：美玉。　椒：香椒，古代常用来和泥涂墙壁。

〔2〕绮：一作"罗"。

〔3〕蕴：一作"采"。　藿：藿香，一种有香味的植物。

〔4〕禽：一作"春"。　爵：同"雀"。

〔5〕歌：一作"泪"。　泪：一作"涕"。　不能言：一作"恒抱愁"。

〔6〕双飞：一作"之双"。　凫（fú）：野鸭。

〔7〕别翅：一作"之别"。　鹤：一作"鹄"。

【今译】

（原第八首）庭中五株桃花树，其中一株先开花。到了艳丽的阳春二三月，桃花随风飘荡落到了西家。西家愁思的女子见到落花心中悲痛惋惜，泪落衣衫抚摸胸口发出长叹。当初刚送夫君出门的时候，怎么会想到他竟滞留他乡眼见季节轮番更换。床席满是尘土明镜也有了污垢,我的细腰更加消瘦头发更蓬乱。人生不能永远都称心如意,我惆怅失意徘徊不安一直到夜半。

(原第九首)斩断黄檗用它来染黄丝,黄丝纷乱已是不可治。从前我刚同夫君相遇,那时自以为还称夫君之意。夫君同我相爱结婚并且对我说,不论死生好恶都不相抛弃。今天看到我容颜衰退,对我冷漠同从前的态度大为相异。还给夫君玉钗和玳瑁簪,我不忍心看见它们更增加心中的悲思愁绪。

(原第一首)为君献上金杯和酒碗,以及玳瑁玉匣中的雕绘精美的琴,还有绣有七彩芙蓉以翠羽为饰的幕帐,绣有九花葡萄的锦绣被衾。红颜凋零一年又将到年末,寒冬之时光阴缓缓流逝天色渐昏沉。但愿夫君能够减少一些悲哀和愁思,听我一面击节一面歌诵《行路吟》。你难道没有看见柏梁台和铜雀台上,哪里还能够听到古时清越的笙笛声?

(原第三首)从美玉砌成的台阶登上椒泥涂饰的香阁,在彩绣的窗户前放下华丽的帷幕窗箔。闺中有一女子名字叫金兰,她穿着轻薄的丝衣熏透了芬芳的香蘁。春燕参差飞来春风吹散了梅花,揭起帷帐面对光景戏弄禽雀。歌声含而不发泪水收而不落不能说出一句话,人生在世何时才能得到快乐?我宁愿做郊野中双飞双宿的野鸭,不愿做高飞云中失去配偶的孤鹤。

释宝月行路难一首

释宝月,南朝齐武帝时僧人,生平事迹不详。

行 路 难[1]

【题解】

丈夫客居关外,妻子独居江南。她日日夜夜都在想念丈夫,年年岁岁都在盼望丈夫归来。

君不见孤雁关外发,酸嘶度扬越⁽²⁾。空城客子心肠断,幽闺思妇气欲绝。凝霜夜下拂罗衣,浮云中断开明月。夜夜遥遥徒相思,年年望望情不歇。寄我匣中青铜镜,倩人为君除白发⁽³⁾。行路难,行路难。夜闻南城汉使度⁽⁴⁾,使我流泪忆长安。

【注释】

〔1〕行路难:在《乐府诗集》中,这首诗收入《杂曲歌辞》,同题诗共收五十九首。

〔2〕酸嘶:悲鸣。　扬越:又称"扬粤",我国古族名,"百越"的一支,曾生活于长江下游及岭南一带。

〔3〕倩(qìng):请,恳求。一作"情"。

〔4〕度:过。

【今译】

你难道没有看见孤雁已经从关外出发,哀叫着向着南方飞越万里关山。空荡的孤城中客居的丈夫心肠断,幽深的香闺里愁思的妻子气将殚。寒霜夜里落下沾湿了锦衣,浮云空中散开明月浮出云端。日日夜夜遥望远方空相思,年年岁岁满怀期望情思更牵缠。夫君寄给我宝匣中的青铜镜,我请人为你去掉我头上的白发。人生之路行走实在难,人生之路行走实在难。晚上听说朝廷使者从城南经过,使我泪流满面想起了夫君所在的长安。

陆厥李夫人及贵人歌一首

李夫人及贵人歌[1]

【题解】

这是一首宫怨诗,写嫔妃失宠后的孤寂和哀伤。

属车挂席尘[2],豹尾香烟灭[3]。彤殿向蘼芜[4],青蒲复萎绝[5]。坐萎绝[6],对蘼芜。临丹阶[7],泣椒涂[8]。寡鹤羁雌飞且上[9],雕梁翠壁网蜘蛛。洞房明月夜,对此泪如珠。

【注释】

〔1〕李夫人及贵人歌:在《乐府诗集》中,这首诗收入《杂歌谣辞》。李夫人,李延年之妹,美丽善舞,被汉武帝娶为夫人,极受宠幸,死后武帝十分哀伤,亲自作诗赋哀悼她。可参看卷一李延年《歌诗》及《汉书·外戚传》。贵人,与"夫人"同为皇帝的妾,也是嫔妃的封号。

〔2〕属车:帝王出行时的侍从车。

〔3〕豹尾:豹尾车,皇帝出行时走在最后的属车。因悬豹尾,故称豹尾车。

〔4〕彤殿:红色的宫殿,指皇宫。　蘼芜:一种香草。可参看卷一古诗《上山采蘼芜》。此诗写一位弃妇的悲哀。

〔5〕蒲:香蒲,一种香草。甄皇后《乐府塘上行》有"蒲生我池中,其叶何离离"之句,见卷一。　萎绝:枯萎凋谢。萎,一作"委"。

〔6〕坐:空。

〔7〕丹阶:红色的台阶。丹,一作"玉"。

〔8〕椒涂:后妃所居的宫室,因用香椒和泥涂壁,故称"椒涂"。

〔9〕羁雌:失偶的雌鸟。　上:一作"止"。

【今译】

　　侍从车久置不用满是尘土，豹尾车的香烟也早已散尽消除。红色的宫殿中终日面对着蘼芜，那枯萎凋谢的还有香蒲。空自面对着枯萎凋谢的香蒲，面对着令人心酸的蘼芜，走到红色的台阶上，在椒泥涂壁的香闺中啼哭。孤单的白鹤失偶的雌鸟欲飞又止，在精美的梁柱四壁上结网的是蜘蛛。独居幽深的闺房里正值明月夜，面对此情此景泪水滚滚落下似珍珠。

沈约八咏二首　白纻曲二首

八咏二首[1]

登台望秋月[2]

【题解】

　　这首诗描绘秋天月下的景致并抒发望月的感受。

　　望秋月，秋月光如练[3]。照耀三爵台[4]，徘徊九华殿[5]。九华玳瑁梁[6]，华榱与壁珰[7]。以兹雕丽色，持照明月光[8]。凝华入黼帐[9]，清辉悬洞房。先过飞燕户[10]，却照班姬床[11]。桂宫袅袅落桂枝[12]，露寒凄凄凝白露。上林晚叶飒飒鸣[13]，雁门早鸿离离度[14]。湛秀质兮似规[15]，委清光兮如素[16]。照愁轩之蓬影[17]，映金阶之轻步[18]。居人临此笑以歌，别客对之伤且慕[19]。经衰圃，映寒丛。凝清夜，带秋风。随庭雪以偕素[20]，与池荷而共红。临玉墀之皎皎，含霜霭之濛濛[21]。辚天衢而徒步[22]，轹长汉而飞空[23]。隐岩崖而半出[24]，隔帷幌而才通[25]。散朱庭之弈弈[26]，入青琐而玲珑[27]。闲阶悲寡鹄，沙洲怨别鸿。昭姬泣胡殿[28]，明君思汉宫[29]。余亦何为者，淹留此山东。

【注释】

〔1〕八咏：沈约所作组诗。《金华志》说："《八咏》诗，南齐隆昌元年，太守沈约所作。题于玄畅楼，时号绝唱。后人因更玄畅楼为八咏楼云。"这里为八咏诗中的两首，其余六首即本卷下文沈约《古诗题六首》。

〔2〕登台望秋月：一无"登台"二字。

〔3〕练：白绢。

〔4〕三爵台：传说中的仙台。《法苑珠林》说："自谓神仙者，可上三爵台。"

〔5〕九华殿：魏时的宫殿，在洛阳。

〔6〕玳瑁梁：画梁的美称。

〔7〕榱（cuī）：椽子。　璧：一作"璧"。

〔8〕持：一作"特"。

〔9〕黼（fǔ）帐：绣有黑白斧形的帷帐。

〔10〕飞燕：赵飞燕，汉成帝皇后，身轻善舞。

〔11〕班姬：班婕妤，汉成帝婕妤，见卷一班婕妤《怨诗》。

〔12〕桂宫：月宫。传说月中有桂树，故名。　袅袅（niǎo）：细长柔软的东西随风摆动的样子。

〔13〕上林：上林苑，汉代长安的皇家园林。　飒飒（sà）：风吹树叶发出的声音。

〔14〕雁门：雁门关，在山西代县北部。　离离：孤独忧伤的样子。

〔15〕湛：清澈。　规：圆规，这里指圆形。

〔16〕委：指向下照射。

〔17〕蓬影：蓬乱的身影。

〔18〕轻：一作"微"。

〔19〕且慕：一作"旦暮"。

〔20〕偕：一作"比"。

〔21〕霜：一作"雪"。

〔22〕轥（lìn）：车轮碾过。　　天衢（qú）：天街。　　徒步：一作"从度"。

〔23〕轹（lì）：车轮碾过。　　长汉：指天上的银河。

〔24〕岩崖：险峻的山崖。　　出：一作"至"。

〔25〕幌：一作"广"。

〔26〕朱庭：指皇宫。　　弈弈：高大美盛的样子。

〔27〕青琐：装饰皇宫门窗的青色连环花纹，这里借指门窗。　　玲珑：灵活精巧的样子。

〔28〕昭姬：王昭君。可参看卷二石崇《王昭君辞》。昭，一作"文"。文姬，即蔡文姬，名琰，汉代学者蔡邕之女，在汉末战乱中为匈奴俘获，嫁匈奴左贤王，历时十二年，曹操统一中国后，将她赎回。

〔29〕明君：即王昭君。

【今译】

　　登上高台望秋月，秋月光辉如白练。它照耀着三爵台，徘徊在九华殿。殿上精美的画梁，华丽的椽子和玉墙。以它雕饰华美的彩色，映照着明月的辉光。洁白的光华进入花帐，清丽的光辉高照在闺房。它先经过赵飞燕的门，转过来照亮了班婕妤的床。月宫轻轻地飘落了桂枝，寒露凄冷地凝成了白露。上林苑晚上树叶飒飒作响，雁门关早晨鸿雁孤单忧伤地飞度。清澈秀丽啊像一面圆镜，清光四射啊又像千万缟素。照见了愁人窗前蓬乱的身影，映照着她在金阶上轻移的脚步。闺中之人对月既笑又歌，他乡之客对月既伤感又羡慕。月光轻过衰败的园圃，映照着寒凉的树丛。凝结在清夜里，带来了阵阵秋风。它伴随着庭中的白雪一同变成白绢，与池中荷花在一起也与荷花一样红。照在玉阶上是那样的皎洁，蕴含着霜雾又是那样的空濛。它走过天街像是从容信步，越过银河却又像是腾跃凌空。有时隐在悬崖峭壁后露出半张脸，有时隔着帷幔才完全现出真容。散入皇宫多么美盛，照进门窗又变得精巧玲珑。它使孤鹤在闲静的台阶前不断悲鸣，使孤雁在沙洲上哀怨惊动。它使蔡文姬哭泣于胡殿，使王昭君更加思念汉宫。我究竟为了什么，竟长久淹留在山东。

会圃临春风[1]

【题解】

这首诗描绘春风吹拂下的种种景致并抒发女子春日的情思。

临春风,春风起春树。游丝暧如网[2],落花雰似雾[3]。先泛天渊池[4],还过细柳枝。蝶逢飞摇扬,燕值羽差池。扬桂斾[5],动芝盖[6]。开燕裾[7],吹赵带[8]。赵带飞参差,燕裾合且离。回簪复转黛[9],顾步惜容仪[10]。容仪已炤灼[11],春风复回薄[12]。氛氲桃李花[13],青柎含素萼[14]。既为风所开,复为风所落。摇绿带[15],抗紫茎[16]。舞春雪,杂流莺。曲房开兮金铺响[17],金铺响兮妾思惊。梧桐未阴,淇川如碧[18]。迎行雨于高唐[19],送归鸿于碣石[20]。经洞房,响纨素。感幽闺,思帷幔[21]。想芳园兮可以游,念兰翘兮渐堪摘[22]。拂明镜之冬尘,解罗衣之秋襞[23]。既铿锵以动珮,又氤氲而流麝[24]。始摇荡以入闺,终徘徊而缘隙[25]。鸣珠帘于绣户,散芳尘于绮席。是时怅思妇,安能久行役?佳人不在兹,春风为谁惜[26]?

【注释】

〔1〕会圃临春风:一无"会圃"二字。
〔2〕暧(ài)如网:一作"暧如烟"。暧,弥漫,朦胧。
〔3〕雰(fēn):雾气。
〔4〕天渊池:池名,南朝宋元嘉年间开凿,在江宁府(今南京)华林园中。

〔5〕桂旆（pèi）：同"桂旗"。香洁的旌旗。《楚辞·九歌·山鬼》："乘赤豹兮从文狸，辛夷车兮结桂旗。"旆，泛指旌旗。

〔6〕芝盖：指车盖或伞盖。芝，芝草，菌类植物，芝形如盖，故名"芝盖"。

〔7〕燕：指赵飞燕，汉成帝皇后，身轻善舞。 裾（jū）：裙裾。

〔8〕赵：也指赵飞燕。一说，"燕"当作"娟"，指丽娟，汉武帝宠妃。《拾遗录》说她身轻体弱，武帝怕她被风吹去，常用衣带把她拴系在重重帷幕之中。

〔9〕回簪：回头。簪为头饰，代头。 转黛：目光流转。黛为画眉颜料，代眉眼。

〔10〕顾步：边走边回顾。

〔11〕炤（zhào）灼：光彩照人。

〔12〕薄：近。

〔13〕氛氲：香气浓郁的样子。

〔14〕青柎（fǔ）：一作"枕枝"。柎，花萼。

〔15〕带：一作"蒂"。

〔16〕抗：一作"枕"。

〔17〕曲房：幽深隐秘的内室。 金铺：金属制成的兽形门环的底座。

〔18〕淇川：淇水，在今河南北部，流入黄河。 如：一作"始"。

〔19〕高唐：战国时楚国台观名。宋玉《高唐赋》说：在高唐观上，楚王与巫山神女在梦中幽会，神女临去时说："妾在巫山之阳，高丘之阻。旦为朝云，暮为行雨。朝朝暮暮，阳台之下。"

〔20〕碣（jié）石：山名，在河北昌黎县北。

〔21〕帏：帷帐。 幪（luán）：帐幕。

〔22〕翘（qiáo）：茂盛。

〔23〕襞（bì）：折叠衣服，也指衣服上的褶皱。

〔24〕氤氲：香气浓郁的样子。

〔25〕隙：缝隙。

〔26〕为：一作"与"。

【今译】

面对着春风，春风发生于春日的树。树上游丝朦胧就像一张网，落花纷飞如烟似雾。春风先荡起天渊池的水，回转来又穿过柔细的柳枝。蝴蝶遇风摇动着双翼飞起，燕子遇风振起双翼参差。春风扬起了桂旗，吹动了车盖。吹开了赵飞燕的裙，又吹动了赵飞燕的带。赵飞燕的带参差飞舞，赵飞燕的裙合拢又分开。她回头又转目，边走边看顾惜自己的美容娇态。她的美容娇态已是十分光彩，春风又转回她的身边来。芳香的桃李花正盛开，白花躺在青萼的胸怀。花儿既被春风所吹开，又被春风吹落而残败。春风摇动着绿色的树枝，撞击着紫色的花茎。舞动着春日的残雪，夹杂着流莺的嘤嘤。深闺打开门环响，门环响啊这个小女子顿觉心惊。梧桐还未长大成荫，淇水已像碧玉一般碧绿。在高唐观中迎来朝云暮雨，在碣石山上送走归雁南去。春风经过幽深的闺房，吹动女子着的纨素窸窣作响。它使春闺中的思妇感伤，使帷帐中的女子相思断肠。料想芬芳的园林啊可以去畅游，顾念盛开的兰花啊能够采摘寄给远方。拂去明镜上冬天积下的尘土，舒开罗衣上秋天的褶皱整理好衣裳。听她轻步行走身上的玉珮铿锵作响，她身上还散发出浓郁的麝香。春风开始摇荡就一直进入闺房，最后徘徊于房中顺着缝隙自在徜徉。它在精美的门窗上吹响了珠帘，又在华丽的座席上散播芳香。这个时候愁思的女子多么惆怅，夫君怎能长久行役滞留他乡？心上人啊不在此处，还能同谁一起珍惜春风带来的大好时光？

白纻曲二首

春日白纻曲[1]

【题解】

　　这首诗主要写春天的景致和春日的情思。

　　兰叶参差桃半红，飞芳舞縠戏春风[2]。翡翠群飞飞不息[3]，愿在云间长比翼。

【注释】

〔1〕春日白纻（zhù）曲：在《乐府诗集》中，这首诗为沈约《四时白纻歌五首》中的第一首，收入《舞曲歌辞·杂舞》中。这五首《白纻歌》分别题为《春白纻》《夏白纻》《秋白纻》《冬白纻》《夜白纻》。《古今乐录》说："沈约云：'《白纻》五章，敕臣约造，武帝造后两句。'"可见是沈约奉诏而作，他写前两句，梁武帝萧衍接着写后两句。这"后两句"大约就是见于《乐府诗集》而《玉台新咏》未收的句子（见注释〔2〕〔3〕）。白纻是用纻麻织成的细密洁白的夏布。当时宫廷流行白纻舞，舞者手持白纻作舞巾翩翩起舞。白纻歌是配合白纻舞的歌辞。

〔2〕縠（hú）：绉纱。此句之后尚有"如娇如怨状不同，含笑流盼满庭中"二句，当为梁武帝续作。

〔3〕翡翠：鸟名，嘴长，生水边，以吃鱼虾为生。三、四句之后尚有"佩服瑶草驻容色，舜日尧年欢无极"二句，当为梁武帝续作。

【今译】

兰叶已参差长出桃花已半红，鲜花飞动歌女轻舞一同游戏在春风。翡翠成群飞起一直飞不息，希望永远比翼双飞在云中。

秋日白纻曲〔1〕

【题解】

这首诗主要写秋天的景致和秋日的情景。

白露欲凝草已黄〔2〕，金琯玉柱响洞房〔3〕。双心一影俱回翔〔4〕，吐情寄君君莫忘〔5〕。

【注释】

〔1〕秋日白纻（zhù）曲：在《乐府诗集》中，这首诗为沈约《四时白纻歌五首》中的第三首，收入《舞曲歌辞·杂舞》中。可参看上一首注〔1〕。

〔2〕已：一作"色"。

〔3〕琯（guǎn）：用玉制成的管状乐器，六孔，似笛。　柱：弦柱，

弦乐器上的系弦木。　　洞房：幽深的内室。
　　〔4〕影：一作"意"。　　回翔：盘旋，遨游。
　　〔5〕吐情：吐露情怀。此句之后一有"翡翠群飞飞不息，愿在云间长比翼。珮服瑶草驻容色，舜日尧年欢无极"四句。

【今译】
　　白露将要凝成霜秋草也已变枯黄，幽深的闺房中管乐弦乐纷纷奏响。两颗心一个影一同在空中翱翔，我向你吐露真情你可千万不要忘。

吴均行路难二首

行路难二首〔1〕

【题解】
　　《乐府解题》说："《行路难》，备言世路艰难及离别悲伤之意，多以君不见为首。"第一首写的正是宫廷之中嫔妃失宠的悲伤。如果说第一首写宫女们的命运"由荣到枯"的话，第二首便是以桐木琵琶作比方写她们的"由枯到荣"。

　　君不见上林苑中客〔2〕，冰罗雾縠象牙席〔3〕。尽是得意忘言者〔4〕，探肠见胆无所惜〔5〕。白酒甜盐甘如乳，绿觞皎镜华如碧。少年持名不肯尝〔6〕，安知白驹应过隙〔7〕。博山炉中百和香〔8〕，郁金苏合及都梁〔9〕。逶迤好气佳容貌〔10〕，经过青琐历紫房〔11〕。已入中山阴后帐〔12〕，复上皇帝班姬床〔13〕。班姬失宠颜不开，奉帚供养长信台。日暮耿耿不能寐,秋风切切四面来⁽¹⁴⁾。玉阶行路生细草,金炉香炭变成灰。得意失意须臾顷⁽¹⁵⁾,非君方寸逆所裁⁽¹⁶⁾。

【注释】
〔1〕行路难:《乐府诗集·杂曲歌辞》收吴均《行路难》四首,这里的两首分别是其中的第四首和第一首。
〔2〕上林苑:汉代皇家园林,在都城长安。
〔3〕罗:轻柔的丝织品。　縠(hú):绉纱。
〔4〕得意忘言:指已领会意旨,便不再需要言词来表达。语出《庄子·外物》:"言者所以在意,得意而忘言。"这里的得意忘言者,是指宫中得意获宠之人。
〔5〕探肠见胆:指坦诚待人毫无保留。
〔6〕尝:品尝,尝试。
〔7〕白驹(jū):白色少壮的好马。　过隙:穿过缝隙。语出《庄子·知北游》:"人生天地之间,若白驹之过郤,忽然而已。"《史记·留侯世家》载:"吕后德留侯,乃强食之,曰:'人生一世间,如白驹过隙,何至自苦如此乎!'"　应:一作"如"。
〔8〕博山炉:古代香炉名,因炉盖上的造型似传说中的名山博山而得名。　百合香:用各种香料制成的香。
〔9〕郁金、苏合、都梁:均为香名。
〔10〕逶迤:舒展自如的样子。
〔11〕青琐:原指装饰皇宫门窗的青色连环花纹,也代指宫门或宫廷。　紫房:即紫宫。古代以星官紫微垣比喻皇帝的居室,故紫宫即为皇宫。
〔12〕中山阴后:中山王王后。《战国策·中山》说,中山王之阴姬和江姬争立为王后,司马憙用计分别游说赵王与中山王,使阴姬立为中山王王后。一说,阴,当作"冯"。《汉书·外戚传》说,汉元帝冯昭仪之子立为信都王,元帝死,冯昭仪为信都太后,后徙中山,被人诬告咒诅皇帝及太后,乃饮药自杀。
〔13〕班姬:汉成帝班婕妤,见卷一班婕妤《怨诗》。
〔14〕切切:形容声音凄切。
〔15〕顷:顷刻,极短的时间。一作"间"。
〔16〕方寸:指心。　逆:逆料,预测。　裁:裁定,定夺,安排。

洞庭水上一株桐，经霜触浪困严风。昔时搊心耀白日[1]，今旦卧死黄沙中。洛阳名工见咨嗟[2]，一剪一刻作琵琶。白璧规心学明月，珊瑚映面作风花。帝王见赏不见忘，提携把握登建章[3]。掩抑摧藏张女弹[4]，殷勤促柱楚明光[5]。年年月月对君子[6]，遥遥夜夜宿未央[7]。未央彩女弃鸣篪[8]，争见拂拭生光仪[9]。朱英锦衣玉作匣[10]，安念昔日枯树枝。不学衡山南岭桂，至今千年犹未知[11]。

【注释】

〔1〕搊（chōu）：引，抽。
〔2〕咨嗟：赞叹。
〔3〕建章：建章宫，汉代长安宫殿名。
〔4〕掩抑：压抑，使声音低沉。　摧藏（cáng）：极度悲伤。张女弹：古乐曲名，其声悲哀。潘岳《笙赋》："辍张女之哀弹，流广陵之名散。"
〔5〕殷勤：急切，频繁。　促柱：急弦。楚明光：琴曲名。《琴操》说："楚明光者，楚大夫也。昭王得和氏璧，欲以贡于赵。于是遣明光奉璧之赵。羊由甫知赵无反意，乃谗之于王曰……及明光还，怒之，明光乃作歌曰《楚明光》。"
〔6〕子：一作"王"。
〔7〕未央：未央宫，汉代宫殿名。
〔8〕彩女：宫女。　弃：一作"弄"。　篪（chí）：用竹管制成的乐器，似笛，有八孔。
〔9〕见：一作"先"。
〔10〕朱英锦衣：指上面有朱英图案的丝绸套袋。朱英，落叶乔木。匣：一作"匜"。
〔11〕年：一作"载"。

【今译】

你难道没有看见上林苑中的女子，穿的是素净轻柔的绸缎睡的是象牙的床席。她们都是宫中获宠得意扬扬的女子，她们坦诚热情即使掏出胆肠也在所不惜。白酒甜盐就好像甜美的乳汁,绿色的酒杯明亮的台镜光华像玉碧。有一位年轻女子自恃名高却不肯去尝试,她哪里知道时光易逝就如白驹之过隙。博山炉中已燃起各种香料配成的百合香,有郁金、苏合还有都梁。这位年轻女子有着娴雅的风韵和美丽的容貌,她经过宫门来到了宫中的洞房。她已经进入中山阴后的帷帐,又登上了班婕妤的床。但她也像班婕妤那样一旦失宠愁眉不展,只能自求拿着扫帚侍奉太后在长信台。黄昏之时心怀耿耿睡不着,秋风萧瑟从四面八方吹起来。白玉石的台阶人行的小道都长满了小草,金色的香炉中燃过了的香炭也早已成尘埃。人生得意与失意只在很短的时间里就发生了变化,并不是你内心可以预测而及早做出安排。

  洞庭湖水上长着一株桐,它历经霜雪巨浪又受困于严寒的北风。从前捧出一片心任凭阳光照耀,今日却死去横卧在黄沙中。洛阳有名的工匠见了低声赞叹,又剪又刻制成了一张琵琶。内心镶嵌白璧就像明月,面上装饰珊瑚就像迎风摇摆的鲜花。帝王赏识它没有把它遗弃,拿着它登上建章宫去欣赏。弹出《张女弹》声音低沉悲伤,急弦快弹又弹出了《楚明光》。年年月月它都陪伴着君王,漫漫长夜都寄宿在皇宫未央。未央宫中的宫女纷纷抛弃了鸣箎,争着来拂拭它让它熠熠生光。把它装进茱萸图形的套衣放在玉盒中,它哪里还能想起从前只是一段枯树枝被弃在路旁。它不学那衡山南岭上的桂树,至今已有千年还不能为人所鉴赏。

张率杂诗四首

拟乐府长相思二首[1]

【题解】

  两首《长相思》写的都是女子对情人热烈的爱恋和深长的相思。

长相思，久离别。美人之远如雨绝[2]。独延伫[3]，心中结[4]。望云去去远[5]，望鸟飞飞灭[6]。空望终若斯，珠泪不能雪[7]。

长相思，久别离。所思何在若天垂[8]，郁陶相望不得知[9]。玉阶月夕映罗帷[10]，罗帷风夜吹。长思不能寝[11]，坐望天河移[12]。

【注释】

〔1〕长相思：在《乐府诗集》中，这两首诗收入《杂曲歌辞》，同题诗共收二十二首。

〔2〕如雨绝：好像雨水落地，不能再返回天空，比喻事情不可挽回。

〔3〕延伫（zhù）：长久地站立。

〔4〕结：愁思郁结。

〔5〕去去：一作"云去"。

〔6〕飞飞：一作"鸟飞"。

〔7〕雪：擦拭，洗涤。

〔8〕天垂：天边。垂，通"陲"。

〔9〕郁陶（yáo）：忧思积聚的样子。

〔10〕罗帷：一无此二字。

〔11〕寝：一作"寐"。

〔12〕坐：空，徒然。　　天河：银河。

【今译】

深长的相思，长久的离别。心上人这样遥远相见永无缘。孤身长久痴站立，心中自有千千结。仰望浮云浮云越飘越远，仰望飞鸟飞鸟越飞越高直到看不见。空怀希望最终也会像这样落空，泪如珠落无法擦干仍不停地哽咽。

深长的相思，长久的别离。所思何在就好像远在天一隅，忧思郁积空自怀想不能相偎依。玉阶被明月照亮，罗帷被晚风吹起。深长的相思扰人不能入睡，起来徒然仰望银河向西移。

白纻歌辞二首⁽¹⁾

【题解】

这两首诗盛赞歌童舞女歌舞精妙以及她们的脉脉含情。

歌儿流唱声欲清⁽²⁾，舞女趁节体自轻⁽³⁾。歌舞并妙会人情，依弦度曲婉盈盈⁽⁴⁾，扬蛾为态谁目成⁽⁵⁾？

妙声屡唱轻体飞，流津染面散芳菲⁽⁶⁾。俱动齐息不相违⁽⁷⁾，令彼嘉客憺忘归⁽⁸⁾，时久玩夜明星稀⁽⁹⁾。

【注释】

〔1〕白纻（zhù）歌辞二首：在《乐府诗集·舞曲歌辞·杂舞·白纻舞辞》中，收张率《白纻歌》九首，这里的两首是其中的第一首和第二首。白纻，是用纻麻织成的细密洁白的夏布。当时宫廷流行白纻舞，舞者手持白纻作舞巾翩翩起舞。白纻歌是配合白纻舞的歌辞。

〔2〕歌儿：歌童。

〔3〕趁节：合着舞曲的节拍。

〔4〕依：一作"调"。　度曲：按曲谱歌唱。　盈盈：仪态美好的样子。

〔5〕蛾：指蛾眉，女子秀长的美眉。　目成：以眉目传情。《楚辞·九歌·少司命》："满堂兮美人，忽独与余兮目成。"

〔6〕津：汗液。　芳菲：芳香。

〔7〕俱：一作"举"。　息：指呼吸的气息。

〔8〕憺（dàn）：安乐。《楚辞·九歌·东君》："羌声色兮娱人，观者憺兮忘归。"一作"澹"。

〔9〕玩夜：赏夜，夜间赏玩。

【今译】

歌童放声而歌歌声清，舞女按着节拍起舞体态轻。歌舞俱妙随顺着观者的心情，按着乐曲歌唱舞蹈仪态柔婉又轻盈，她们扬眉作态究竟同谁在眉目传情?

歌声不断舞者腾起似欲飞,汗流满面四座散芳菲。她们动作一致呼吸整齐无人相违背,使得那些嘉宾安乐而忘归,彻夜赏玩直到明星稀疏向西坠。

费昶行路难二首

行路难二首[1]

【题解】

以《行路难》古题写作的乐府诗,多"备言世路艰难,及离别悲伤之意"。这两首《行路难》,写的是"宫怨"——宫女的哀怨悲伤。

君不见长安客舍门[2],倡家少女名桃根[3]。贫穷夜纺无灯烛,何言一朝奉至尊[4]。至尊离宫百余处[5],千门万户不知曙。唯闻哑哑城上乌,玉栏金井牵辘轳。丹梁翠柱飞屠苏[6],香薪桂火炊雕胡[7]。当年翻覆无常定,薄命为女何必粗[8]。

【注释】

〔1〕行路难二首:在《乐府诗集》中,这两首《行路难》收入《杂曲歌辞》中,同题诗共收三十四首。第一首一作吴均诗。关于《行路难》古题,可参看本卷鲍照《行路难四首》。

〔2〕客舍:旅客寄居的处所。

〔3〕桃根:人名。王献之《情人桃叶歌》:"桃叶复桃叶,桃叶连桃根。"见卷十。桃叶,王献之爱妾。

〔4〕何言：说什么，是"想不到"的意思。　　至尊：指皇帝。

〔5〕离宫：正宫之外供帝王出巡时居住的宫室。

〔6〕屠：一作"流"。流苏，用彩色的丝线或羽毛制成的穗状垂饰物，常用在帷帐、车马上。

〔7〕雕胡：即菰（gū）米，菰米，是茭白的果实，可食，可做成雕胡饭。

〔8〕何必粗：一作"必已粗"。粗，粗陋，粗贱。

　　君不见人生百年如流电，心中坎壈君不见[1]。我昔初入椒房时[2]，讵减班姬与飞燕？朝逾金梯上凤楼[3]，暮下琼钩息鸾殿。柏台昼夜香[4]，锦帐自飘扬[5]。笙歌膝上吹[6]，琵琶陌上桑。过蒙恩所赐，余光曲沾被[7]。既逢阴后不自专[8]，复值程姬有所避[9]。黄河千年始一清，微躯再逢永无议[10]。蛾眉偃月徒自妍[11]，傅粉施朱欲谁为？不如天渊水中鸟[12]，双去双归长比翅。

【注释】

〔1〕坎壈（lǎn）：即"坎壈"，困顿，不得志。

〔2〕椒（jiāo）房：即椒房殿，汉代皇后所居住的宫殿。殿内用花椒子和泥涂墙壁，既温暖，又芬芳。

〔3〕逾：一作"踏"。

〔4〕柏台：一作"柏梁"。

〔5〕飘扬：一作"飞扬"。

〔6〕膝上吹：一作"枣下曲"。

〔7〕余光：太阳的余晖，喻皇恩。

〔8〕阴后：东汉光武帝刘秀的皇后阴丽华。《后汉书·皇后纪》说："帝以后雅性宽仁，欲崇以尊位，后固辞，以郭氏有子，终不肯当，故遂立郭皇后。"（阴时为贵人，十七年后，废郭皇后立贵人阴丽华为后。）

〔9〕值：一作"遇"。　　程姬：汉景帝姬妾。《汉书·景十三王传》说："长沙定王发，母唐姬，故程姬侍者。景帝召程姬，程姬有所避（指来了月事，不能同房），不愿进，而饰侍者唐儿使夜进。上醉，不知，以为程姬而幸之，遂有身。"　　程：一作"班"。

〔10〕无议：指不可能。议，商议，讨论。

〔11〕偃（yǎn）月：横卧形的半弦月。
〔12〕鸟：一作"凫"。

【今译】
　　您难道没有看见寄居长安的旅客中，有一位出身乐籍的少女名叫桃根。她家境贫穷深夜纺织却没有灯烛，想不到一旦选进宫中要去侍奉皇帝至尊。但皇帝离宫有一百多处，千门万户不知天亮一派阴沉。只听到城上乌鸦哑哑地啼叫，玉栏金井传来辘轳转动的悲声。红梁翠柱帷帐上飘着丝穗，香薪桂火煮着菰米羹。当年贫富贵贱反复无常定，既是红颜薄命昔日何必要堕入风尘。
　　您难道没有看见人生百年就好像闪电，心中的困顿烦恼您就是看不见。我从前刚进入皇后的椒房时，难道比不上班婕妤和赵飞燕？早上踏着金梯登上凤楼，晚上放开玉钩落下帷帐安息在金銮殿。柏梁台上日日夜夜在飘香，台上的锦帐无风自飘扬。将笙放在膝上一面吹笙一面歌，琵琶里弹出了《陌上桑》。过分地蒙受皇恩的厚赐，侥幸地承受皇帝的宠光。既逢阴皇后那样的不专房，又碰到程姬那样的因月事而避让。但黄河一千年才有一次河水清，让微贱的我再交好运简直不可想。我徒有弯月一般的蛾眉也只是空自美，搽粉涂脂究竟为谁而打扮梳妆？我还不如化作天池水中的鸟，与伴侣双宿双飞永远比翼飞翔。

皇太子圣制十二首

乌栖曲四首[1]

【题解】
　　以乐府古题《乌夜啼》《乌栖曲》写的诗，多写男女恋情，这四首《乌栖曲》写的也是男女的相思相恋。

芙蓉作船丝作笮⁽²⁾，北斗横天月将落。采莲渡头碍黄河⁽³⁾，郎今欲渡畏风波。

浮云似帐月成钩⁽⁴⁾，那能夜夜南陌头⁽⁵⁾。宜城酝酒今行熟⁽⁶⁾，停鞍系马暂栖宿⁽⁷⁾。

青牛丹毂七香车⁽⁸⁾，可怜今夜宿倡家。倡家高树乌欲栖，罗帏翠帐向君低⁽⁹⁾。

织成屏风银屈膝⁽¹⁰⁾，朱唇玉面镫前出。相看气息望君怜，谁能含羞不自前。

【注释】

〔1〕乌栖曲：在《乐府诗集》中，这四首诗收在《清商曲辞·西曲歌》中，作者题为梁简文帝（萧纲），同题诗共收二十四首。乐府古曲有《乌夜啼》。《乐府解题》说："亦有《乌栖曲》，不知与此同否。"

〔2〕芙蓉：荷花的别名。　笮：同"筰"（zuó），竹索，渡水的工具。

〔3〕莲：一作"桑"。　采桑渡：即采桑津，黄河上的一个渡口。

碍：阻隔。一作"拟"。

〔4〕成：一作"如"。

〔5〕能：一作"得"。　南陌：南面的道路。

〔6〕酝：酿酒。《北堂书钞》说："宜城九酝酒曰酘酒。"酝，一作"醖"。　行：一作"夜"。

〔7〕停鞍系马：一作"莫惜停鞍"。

〔8〕毂（gǔ）：车毂，车轮中心的圆木，也指车轮。

〔9〕帐：一作"被"。　向：一作"任"。

〔10〕银：一作"金"。　屈膝：即"屈戌"，门窗、橱柜和屏风上的环纽、搭扣，形如人之屈膝，故名。

【今译】

荷花作船丝作索，北斗横天月儿将西落。采桑渡头黄河相隔阻，情郎今日打算渡河又怕河上起风波。

浮云似帐月儿就是钩，那能夜夜守在南边小路头。宜城酝酒今夜将酿熟，停鞍系马暂在此寄宿停留。

黑色的牛拉着红毂七香车，可怜的郎君今夜就寄宿在倡家。倡家大树上乌鸦将栖息，锦绣的帏帐为了郎君而低低地放下。
　　丝绸织成的屏风用银环纽相连，红唇玉面在灯下露出美丽的容颜。两眼相看感受对方气息希望得到郎君的怜爱，谁能含羞却情不自禁地走向前。

杂句从军行〔1〕

【题解】

　　古代以乐府古题《从军行》写的诗，"皆军旅苦辛之辞"。但这首《从军行》写的却是出征的威武和胜利的豪情，以及凯旋后家中妻妾侍女对他的盛妆相迎。

　　云中亭障羽檄惊〔2〕，甘泉烽火通夜明〔3〕。贰师将军新筑营〔4〕，嫖姚校尉初出征〔5〕。复有山西将〔6〕，绝世受雄名〔7〕。三门应遁甲〔8〕，五垒学神兵〔9〕。白云随阵色〔10〕，苍山答鼓声。逦迤观鹅翼〔11〕，参差睹雁行。先平小月阵〔12〕，却灭大宛城〔13〕。善马还长乐〔14〕，黄金付水衡〔15〕。小妇赵人能鼓瑟，侍婢初笄解郑声〔16〕。庭前桃花飞已合〔17〕，必应红妆起见迎〔18〕。

【注释】

　　〔1〕从军行：在《乐府诗集》中，《相和歌辞·平调曲》共收《从军行》六十六首，含梁简文帝（萧纲）两首，这里所选为第二首。《乐府广题》说，三国魏左延年写过一首《从军行》，其辞为："苦哉边地人，一岁三从军。三子到敦煌，二子诣陇西。五子远斗去，五妇皆怀身。"《乐府解题》说："《从军行》，皆军旅苦辛之辞。"
　　〔2〕云中：古郡名，战国时为赵地，秦时置郡，郡治在云中县（今内蒙古托克托东北）。　　亭障：古代在边塞要地设置的堡垒。障，一作

"嶂"。　　羽檄（xí）：古代插上鸟羽的军事文书，表示情况紧急，必须迅速传递。

〔3〕甘泉：甘泉宫，本秦宫，汉武帝扩建，故址在今陕西淳化西北甘泉山。　　烽火：古代边防之地报警的烟火。

〔4〕贰师将军：指汉代贰师将军李广利，他曾奉命围攻西域大宛国贰师城取善马，故号贰师将军。

〔5〕嫖（piào）姚校（jiào）尉：指汉代霍去病，他曾任嫖姚校尉。嫖姚，刚健轻捷的样子。

〔6〕山西将：指出自山西的将军。《汉书·赵充国传赞》说："秦汉已来，山东出相，山西出将。"

〔7〕受：一作"爱"。

〔8〕三门：指休门、生门、开门。占验家立休、生、伤、杜、景、死、惊、开为八门，以休、生、开三门为吉，其余为凶。　　遁甲：古代方士术数之一，其法以十干的乙、丙、丁为三奇，以戊、己、庚、辛、壬、癸为六仪。三奇六仪，分置九宫，而以甲统之，视其加临吉凶，以为趋避，所以叫"遁甲"。

〔9〕五垒：指军事营垒及布阵。《隋志》著录黄石公《五垒图》二卷。汉代有五垒城，在今河北沧州市。

〔10〕阵：一作"施"，一作"旃"。

〔11〕逦迤（yí）：一作"迤逦"，一作"逶迤"，都是连绵曲折的样子。　　鹅翼：与下句"雁行"，均指布阵的阵形。

〔12〕小月：指小月氏（zhī），西域国名。《汉书·西域传》说，西域大月氏国被匈奴击败后，"乃远去"，"其余小众不能去者，保南山羌，号小月氏"。小，一作"少"。

〔13〕却：再。　　大宛（yuān）：古国名，为西域三十六国之一。产良马汗血马。

〔14〕长乐：长乐宫，西汉高帝时，就秦兴乐宫改建而成。

〔15〕水衡：水衡都尉，官名，掌管皇家上林苑，兼管税收、铸钱。

〔16〕初笄（jī）：刚成年。古代女子十五岁，将发盘起，用笄（簪）贯发使发固定，表示已成年，叫"及笄"。　　郑声：指先秦时代郑国的民间音乐，即新声，多柔靡之音，适于表达男女恋情。

〔17〕桃花：一作"柳絮"。　　已：一作"欲"。

〔18〕起见：一作"来起"。

【今译】

前方云中郡的军营传来紧急文书令人惊，甘泉宫燃起烽火整夜通明。贰师将军在前线刚筑好军营，嫖姚校尉今天也初次出征。还有出身山西的大将，他的威武英雄举世闻名。他布阵中的生三门均依循遁甲之法，他所构建的军阵五垒体现出神奇的用兵。白云随着阵形的变化而变色，苍山应和着阵阵军鼓声。举目所见连绵曲折的阵形如鹅翼，前后有序排列整齐又像大雁列队在飞行。先扫平了小月氏的战阵，接着又灭掉了大宛城。取得汗血宝马回到长乐宫，缴获的黄金交付水衡。小妾是赵人善于弹瑟，侍女刚及笄最善柔靡的郑声。家中庭前的桃花飞舞相交合，回家之时她们必定盛妆来相迎。

和萧侍中子显春别四首[1]

【题解】

这四首和诗写的都是春日与情人离别的感伤。

别观葡萄带实垂[2]，江南豆蔻生连枝[3]。无情无意犹如此，有心有恨徒别离[4]。

蜘蛛作丝满帐中，芳草结叶当行路。红脸脉脉一生啼[5]，黄鸟飞飞有时度。故人虽故昔经新，新人虽新复应故。

可怜淮水去来潮，春堤杨柳覆河桥。泪迹未燥讵终朝[6]，行闻玉珮已相要[7]。

桃红李白若朝妆，羞持憔悴比新杨[8]。不惜暂住君前死[9]，愁无西国更生香[10]。

【注释】

〔1〕萧子显：见卷八。萧子显有《春别》诗四首，见本卷。这里的四首是和诗。第二首一作江总诗，题为《闺怨》。

〔2〕别观（guàn）：离宫别馆。观，台榭。《后凉录》说，龟兹国胡人

奢侈，家有至千斛葡萄，汉使取实来离宫别馆旁尽种。

〔3〕豆蔻（kòu）：多年生草本植物，花未大开之时形如怀孕之身，称为"含胎花"，秋季结实，有香味，可入药。后世诗文常用"豆蔻"来比喻少女。

〔4〕别离：一作"自知"。

〔5〕脉脉（mò）：两眼含情的样子。

〔6〕迹：一作"痕"。 燥（zào）：干燥。一作"燥"。 终朝（zhāo）：早晨，也指整天。

〔7〕行（xíng）：又。 要（yāo）：邀，约。一作"邀"。

〔8〕杨：一作"芳"。

〔9〕住：一作"往"。

〔10〕西国：指西方佛国。 生香：散发香气。

【今译】

离宫别馆旁的葡萄沉沉下垂，江南的豆蔻长出了连理枝。它们无情无意尚能如此相伴结实，我俩有心有恨徒然生别离。

蜘蛛结网蛛丝满帐中，芳草纠结使人路难行。红颜含情一生啼哭不尽，黄鸟翻飞有时也会飞临。旧人虽旧但在昔日曾经为新侣，新人虽新将来也应变旧人。

可怜淮水水流已去又来潮，春日堤上杨柳依依覆盖着河桥。泪痕未干岂能整天把泪流，却又听到玉珮之声新人已相邀。

桃花鲜红李花雪白好像早上的艳妆，羞将憔悴的容颜去比新发杨柳的芬芳。不惜微躯暂往情郎面前去寻死，只愁不能转生西方佛国再生香。

杂句春情

【题解】

这首诗写春日丽景和女子春日情思。

蝶黄花紫燕相追，杨低柳合路尘飞。已见垂钩挂绿树[1]，诚知淇水沾罗衣[2]。两童夹车问不已[3]，五马城南犹未归[4]。莺啼春欲驶[5]，无为空掩扉[6]。

【注释】

〔1〕垂钩：犹"垂丝"，指下垂的丝状柳条，易牵人衣。
〔2〕淇水：水名，在今河南北部，为黄河支流。《诗经》中描绘男女幽会，多在桑中淇上。
〔3〕两童夹车：古乐府《相逢狭路间》有"如何两少年，夹毂问君家"之句，见卷一。
〔4〕五马：汉代太守乘车用五匹马驾车，后以五马代指太守，也代指达官贵人，这里指女子的丈夫。　城南：城的南端。古乐府《日出东南隅行》（即《陌上桑》）说"罗敷善蚕桑，采桑城南隅"，从南来的使君（即太守）向她示爱。见卷一。
〔5〕驶：马疾速奔跑，这里指时光快速流逝。
〔6〕无为：无事可为。　扉（fēi）：门。

【今译】

蝶黄花紫飞燕在相追，杨柳低垂路上尘土飞。已见牵人的柳枝从绿树垂下，也知淇水的岸边罗衣沾上了河水。两童夹在车旁问不完，郎君滞留城南尚未归。黄莺不断啼叫春日的时光飞快地流逝，孤独的我无所事事徒然掩好门扉。

拟　古[1]

【题解】

一位女子想念离去多时的情人。

窥红对镜敛双眉[2]，含愁拭泪坐相思[3]。念人一去许多时，眼语笑靥迎来情[4]，心怀心想甚分明。忆人不忍语,衔恨独吞声⁽⁵⁾。

【注释】
〔1〕拟古:诗体之一,指仿效古人的风格形式写诗。古代拟古诗多写恋情。此诗作者一作萧统。
〔2〕敛:收敛。
〔3〕坐:因。
〔4〕眼语:以目传情示意。　靥(yè):面颊上的微窝(酒窝),也泛指面颊。　迎:一作"近"。
〔5〕衔恨:一作"含情"。　吞声:不说话,无声地悲泣。

【今译】
红妆对镜只看到紧锁的双眉,含愁拭泪只因又把他想起。想到他离去虽已多时,但当年眉开眼笑饱含深情,至今心中怀想仍历历在目多清晰。回忆起他来真不忍心再说什么,只是深感遗憾独自无声地悲泣。

倡楼怨节⁽¹⁾

【题解】
一位歌女为光阴易逝、红颜易老而悲叹。

朝日斜来照户,春鸟争飞出林。片光片影皆丽⁽²⁾,一声一啭煎心⁽³⁾。上林纷纷花落⁽⁴⁾,淇水漠漠苔浮⁽⁵⁾。年驰节流易尽,何为忍忆含羞⁽⁶⁾。

【注释】
〔1〕倡楼:倡女(艺人)所居之楼。　节:时节,指时光。
〔2〕皆:一作"景"。

〔3〕啭：鸟婉转地叫。
〔4〕上林：上林苑，汉代皇家园林。
〔5〕淇水：水名，在今河南北部，为黄河支流。《诗经》描写男女幽会，多在桑中淇上。
〔6〕忆：一作"意"。

【今译】
　　早上的阳光斜照进家门，春天的鸟儿争飞出树林。每一片光每一片影都是那样的美丽，每一个声每一次鸣都煎熬着我的心。上林苑的鲜花纷纷飘落，淇水边上的苔藓也浓密如茵。时光迅速流驶年岁易尽，为什么要克己含羞而不把欢乐追寻。

湘东王春别应令四首

春别应令四首⁽¹⁾

【题解】
　　四首《春别》都是写春日离别的相思。

　　昆明夜月光如练⁽²⁾，上林朝花色如霰⁽³⁾。花朝月夜动春心，谁忍相思不相见⁽⁴⁾。
　　试看机上交龙锦⁽⁵⁾，还瞻庭里合欢枝⁽⁶⁾。映日通风影朱幔⁽⁷⁾，飘花拂叶度金池⁽⁸⁾。不闻离人当重合，惟悲合罢会成离。
　　门前杨柳乱如丝，直置佳人不自持⁽⁹⁾。适言新作裂纨诗[10]，谁悟今成织素辞[11]。

　　日暮徙倚渭桥西[12]，正见凉月与云齐[13]。若使月光无近远，应照离人今夜啼。

【注释】

〔1〕应令：指奉命作诗，凡应皇帝称应诏，应皇太子称应令，应诸王公称应教。

〔2〕昆明：昆明池，汉武帝时为让士兵习水战而开凿，在都城长安近郊。　练：白色丝绢。

〔3〕上林：上林苑，汉代皇家园林。　　霰（xiàn）：小冰粒。

〔4〕不相：一作"今不"。

〔5〕交：一作"蛟"。

〔6〕合欢：落叶乔木，羽状复叶，小叶对生，夜里成对相合。

〔7〕幔：帐幕。

〔8〕拂：一作"摇"。

〔9〕直置：只是，只如此。　不自持：控制不住自己的感情或欲望。

〔10〕适：刚，才。　　裂纨诗：即班婕妤《怨诗》："新裂齐纨素，鲜洁如霜雪。裁为合欢扇，团团似明月。出入君怀袖，动摇微风发。……"见卷一。纨，细绢。

〔11〕织素辞：指弃妇辞。古诗《上山采蘼芜》是一首弃妇诗，中有"新人工织缣，故人工织素"之句，见卷一。素，白绢。

〔12〕徙倚：流连徘徊的样子。　　渭桥：汉时长安附近渭水上的桥梁，有东、中、西三座，当时送行多在西渭桥上相别。

〔13〕凉：一作"流"。

【今译】

　　昆明池畔晚上月光如白练，上林苑中早上鲜花像雪霰。早上的鲜花夜里的明月拨动了春心，谁能忍受苦苦相思却不能够相见。

　　试看机上两龙相交的花锦，再看庭中两叶相合的合欢枝。微风吹动映照着阳光的红色帐幕，吹动花叶吹过金色的水池。没有听说离别之人又会重相聚，只为相聚之后便会分离而悲戚。

　　门前青青杨柳乱如丝，使得美貌佳人情动不自持。刚说新作团扇诗要出入君怀袖,谁会想到现在却写成了弃妇辞。

黄昏之时徘徊在渭桥西,正看见月儿在浮云间升起。如果让月光普照不分近和远,应当照见离别的人儿今夜在悲啼。

萧子显杂诗七首

春别四首[1]

【题解】

四首《春别》都是写春日离别的相思。

翻莺度燕双比翼,杨柳千条共一色。但看陌上携手归,谁能对此空中忆[2]。

幽宫积草自芳菲[3],黄鸟芳树情相依。争风竞日常闻响,重花叠叶不通飞。当知此时动妾思,惭使罗袂拂君衣[4]。

江东大道日华春,垂杨挂柳扫轻尘。淇水昨送泪沾巾[5],红妆宿昔已应新[6]。

衔悲揽涕别心知[7],桃花李色任风吹[8]。本知人心不似树,何意人别似花离。

【注释】

〔1〕春别四首:第二首一作萧子云诗。
〔2〕中:一作"相"。

〔3〕芳菲：花草芳香盛美。
〔4〕惭：羞愧，羞涩。　袂（mèi）：袖。
〔5〕淇水：水名，在今河南北部，为黄河支流，《诗经》描写男女幽会，多在桑中淇上。
〔6〕宿昔：旦夕，早晚，比喻短时间之内。
〔7〕揽涕：挥泪。
〔8〕色：一作"花"。

【今译】

　　黄莺乳燕双双比翼飞，杨柳千条全都一色青。只看见田间道上青年男女携手回家去，谁能面对此景只是相忆不动心。

　　深宫中的花草原是芳香又茂密，黄鸟芳树情深两相依。日下风中争飞常闻树叶响，花叶重叠飞不出林子里。你该知道这时激起了我的相思意，满怀羞涩忆起昔日用衣袖轻拂你的衣。

　　江东大道好阳春，杨柳低垂轻扫地上的浮尘。淇水之滨昨日送别泪沾巾，早晚之间红妆想必已更新。

　　含悲挥泪离别的心情你应知，桃花李花任凭风吹难护持。本来就知人心不似树，哪里想到人的离别就像花儿离开了树枝。

乌栖曲应令二首⁽¹⁾

【题解】

　　两首《乌栖曲》，都是描写女子的情思。第二首后两句是说良辰易尽，欢会难得，当倍加珍惜。

　　握中酒杯玛瑙钟⁽²⁾，裾边杂珮琥珀龙⁽³⁾。欲持寄君心不惜，共指三星今何夕⁽⁴⁾。

　　泪黛红轻点花色⁽⁵⁾，还欲令人不相识。金壶夜水谁能多⁽⁶⁾，莫持赊用比悬河⁽⁷⁾。

【注释】

〔1〕乌栖曲：在《乐府诗集》中，这两首诗收入《清商曲辞·西曲歌》中，同题诗共收二十六首。这两首诗的作者，《乐府诗集》作梁元帝。

〔2〕握中：掌中。握，一作"喔"。　　酒杯：一作"清酒"。　　玛瑙（nǎo）：矿物名，玉髓的一种，有光泽，可制器皿及装饰品。　　钟：盛酒器。

〔3〕裾：衣服的前襟。　　琥珀：古代松柏树脂的化石，可用作装饰品。　　龙：一作"红"。

〔4〕三星：指参宿三星。《诗经·唐风·绸缪》："绸缪束薪，三星在天。今夕何夕，见此良人。"后人便以"三星在天"为男女嫁娶之时。

〔5〕泪：一作"浓"。　　红轻：一作"轻红"。　　花色：喻女子如花的容颜。

〔6〕金壶：指金色的壶漏，古人滴水计时的工具。　　水：一作"永"。　　谁：一作"讵"。　　多：一作"过"。

〔7〕赊（shē）用：过分地使用，挥霍。赊，同"奢"。

【今译】

手中握着盛满清酒的玛瑙钟，裙边杂佩交体的琥珀龙。打算把它们寄赠郎君心中不痛惜，只希望成婚之日同指三星吟诵"今夕是何夕"。

重描黛眉轻点朱唇打扮得花枝一般俏，还想叫人认不出旧日的容貌。金色壶漏里的水谁能任意去增多，不要仗恃它如悬河一般可肆意挥霍。

燕 歌 行[1]

【题解】

丈夫在外服役，长久不归，春天到了，妻子发出深深的悲叹。

风光迟舞出青蘋[2]，兰条翠鸟鸣发春[3]。洛阳梨花落如雪[4]，河边细草细如茵[5]。桐生井底叶交枝[6]，今看无端双燕离[7]。五重飞楼入河汉[8],九华阁道暗清池[9]。遥看白马津上吏[10],传道黄龙征戍儿[11]。明月金光徒照妾[12],浮云玉叶君不知[13]。思君昔去柳依依[14],至今八月避暑归。明珠蚕茧勉登机,郁金香蘤特香衣[15]。洛阳城头鸡欲曙,丞相府中乌未飞。夜梦征人缝狐貉[16],私怜织妇裁锦绯[17]。吴刀郑绵络[18],寒闺夜被薄[19]。芳年海上水中凫[20],日暮寒夜空城雀[21]。

【注释】

〔1〕燕(yān)歌行:在《乐府诗集》中,这首诗收入《相和歌辞·平调曲》,同题诗共收十四首。关于"燕歌行",可参看本卷魏文帝《乐府燕歌行二首》。

〔2〕蘋:植物名,多年生草本,生浅水中,叶有长柄,柄端四片小叶成田字形,所以又叫田叶菜,田字草。宋玉《风赋》:"夫风生于地,起于青蘋之末。"

〔3〕条:一作"苕"。

〔4〕落:一作"白"。

〔5〕细如茵:一作"组如茵",一作"青如茵"。茵,褥子。

〔6〕桐生井底:魏明帝曹叡《猛虎行》有"双桐生空井,枝叶自相加。……上有双栖鸟,交颈鸣相和"等句。可参看卷七萧纲《双桐生空井》。 枝:一作"加"。

〔7〕无端:无故,无缘由。

〔8〕重:一作"车"。 河:一作"云"。

〔9〕九华:宫名。 阁道:复道,各宫殿楼阁间的通道。

〔10〕津:渡口。

〔11〕黄龙:古要塞名。 征戍儿:远征并戍守边境的士兵。

〔12〕光:一作"波"。 徒:一作"从"。

〔13〕玉叶:喻云彩。晋陆机《浮云赋》:"金柯分,玉叶散,绿翘明,岩英焕。"南朝梁简文帝《咏云》:"玉叶散秋影,金风飘紫烟。"

〔14〕依依:柳条低垂柔弱的样子。《诗经·小雅·采薇》:"昔我往矣,杨柳依依。"

〔15〕蘤:同"花"。 特:一作"持"。 香衣:一作"春衣"。

〔16〕狐貉(hé):狐狸和貉,这里指用狐狸与貉的皮毛制成的衣服。

〔17〕绯(fēi):赤色丝绢。

〔18〕络：缠绕。

〔19〕被：一作"披"。

〔20〕海凫（fú）：一种海鸟。古代传说，海凫出，天下大乱。《晋书·张华传》："惠帝中，人有得鸟毛长三丈，以示华。华见，惨然曰：'此谓海凫毛也，出则天下乱矣。'"

〔21〕空城雀：乐府杂曲歌辞名。南朝宋鲍照《空城雀》："雀乳四鷇，空城之阿。朝拾野粟，夕饮冰阿。高飞畏鸱鸢，下飞畏网罗。……"以比兴手法，描写乱世民众的痛苦。

【今译】

春风缓缓舞出青蘋的末梢，兰枝上翠鸟鸣叫已是春回大地。洛阳梨花飘落白如雪，河边细草像一片绿席。桐树生在枯井底枝叶已相交，现在却看到双燕没来由地分离。五重高楼高耸入河汉，九华复道遮盖了清池。遥望白马渡口上的官吏，听说正在黄龙要塞集中了服役的兵士。明月的光辉空照在我的身上，玉叶一般的浮云遮挡你是全然不知。想起你从前离去之时杨柳依依，至今八月应当避暑归乡里。明珠一般的蚕茧已结我勉力走上织布机，郁金香的花香香透了我的衣。洛阳城头鸡鸣天快亮，丞相府中乌鸦尚未飞起。晚间梦见征人亲自动手缝制狐貉皮袍，暗自可怜我这织妇还在剪裁丝绢作寒衣。吴刀郑绵紧紧缠绕着，深闺寒夜衣被多单薄。正当青春年华海凫出现天下将大乱，日暮天寒百姓痛苦唱起《空城雀》。

王筠行路难一首

行 路 难 [1]

【题解】

情人已离开自己而远去，伤心的女子满怀悲怨，抒发自己刻骨的相思。

千门皆闭夜何央[2],百忧俱集断人肠。探揣箱中取刀尺[3],拂拭机上断流黄[4]。情人逐情虽可恨[5],复畏边远乏衣裳[6]。已缲一茧摧衣缕[7],复捣百合裛衣香[8]。犹忆去时腰大小,不知今日身短长。裲裆双心共一抹[9],袥複两边作八襵[10]。襻带虽安不忍缝[11],开孔裁穿犹未达。胸前却月两相连[12],本照君心不照天。愿君分明得此意,勿复流荡不如先。含悲含怨判不死[13],封情忍思待明年。

【注释】

〔1〕行路难:在《乐府诗集》中,这首诗收入《杂曲歌辞》,同题诗共收五十九首。关于"行路难",可参看本卷鲍照《行路难四首》。

〔2〕央:尽。

〔3〕揣:一作"取"。

〔4〕流黄:指褐黄色的绢。

〔5〕逐情:一作"逐恨"。

〔6〕畏:一作"恨"。

〔7〕缲(sāo):把蚕茧放在滚水中抽丝。一作"缫"。 一茧:指独茧,即独茧丝,独茧缕。相传仙人园客养蚕得一大茧,一茧缲丝数十日始尽。独茧抽丝,语义双关,也用以比喻单方面的思慕。 摧:同"催"。

〔8〕百合:百合香,汇合多种原料制成的香料。 裛(yì):熏衣。一作"薰"。

〔9〕裲裆(liǎng dāng):遮蔽胸背的上衣,形如今之背心。因有前后两片,形同且相连,故常用来比喻热恋中的男女双方。 一抹(mǒ):一条,一片。

〔10〕袥(rì)複:一作"袹(mò)複",即兜肚。 八襵(cuō):衣服上的褶子。

〔11〕襻(pàn)带:系衣服的带子。 缝:一作"系"。

〔12〕却月：半月形。这里指胸前裆上半月形的装饰图形。
〔13〕判：断定，裁定。

【今译】
　　千门都已关闭长夜为何没有尽头总也不见天亮，百忧一齐涌上心头真叫人伤心断肠。伸手到工具箱中取出刀尺，拂拭织机剪下一段黄绢做衣裳。情人追逐新欢虽然可恨，但又担心边地遥远他缺少衣服会着凉。早已用蚕茧抽出了丝缕，又捣和了各种香料制成了熏衣香。还能记起他离去时腰围的大小，但不知今天他的身材是短是长。背心遮挡前后但又一条相连，兜肚又有许多衣褶分在两边。衣带虽已做好却不忍心缝上，开孔裁剪引线穿针一切都未妥帖。胸前的衣上绣上两片相连的半月，它本是用来照亮郎君的心而不照天。希望郎君明明白白地了解我的心意，不要再在外游荡不要再像从前。我满含悲怨如果没有死去，便将情思封闭暂且忍耐等待出现转机的明年。

刘孝绰元广州景仲座见故姬一首

元广州景仲座见故姬[1]

【题解】
　　一名男子在一个偶然的场合，见到了前妻。诗人代他写了这首诗，希望这位女子回到自己丈夫的身边。

　　留故夫[2]，不跱崛[3]。别待春山上[4]，相看采蘼芜[5]。

【注释】

〔1〕元广州景仲座见故姬：一作《代人咏见故姬》。元景仲，南朝梁人，元法僧次子，封枝江县公。梁武帝大通三年（529）出为平越中郎将，广州刺史。侯景作乱，他起兵响应，西江督护陈霸先起兵攻之，他自缢而死。故姬，同"故妇"，指前妻。

〔2〕故夫：前夫。

〔3〕跱躇（chí chú）：即"踟蹰"，心里犹豫不决，要走不走的样子。

〔4〕别：莫，不要。

〔5〕采：一作"咏"。　靡芜：香草名。古诗《上山采靡芜》："上山采靡芜，下山逢故夫。长跪问故夫：'新人复何如？'"见卷一。两句意为，不要重演《上山采靡芜》的悲剧。

【今译】

你要挽留住你的前夫，不要再犹豫跱躇。不要等到有一天来到春山上，两人相对同咏《上山采靡芜》。

刘孝威拟古应教一首

拟古应教⁽¹⁾

【题解】

这首诗描写一位女子的美丽，并担心她所嫁不当，抱憾终身。

双栖翡翠两鸳鸯⁽²⁾，巫云落月乍相望⁽³⁾。谁家妖冶折花枝⁽⁴⁾，蛾眉矇睇使情移⁽⁵⁾。青铺绿琐琉璃扉⁽⁶⁾，琼筵玉筩金缕衣⁽⁷⁾。美人年几可十余⁽⁸⁾，含羞转笑敛风裾⁽⁹⁾。珠丸出弹不可追⁽¹⁰⁾，空留可怜持与谁？

【注释】

〔1〕拟古应教：在《乐府诗集》中，这首诗收入《杂曲歌辞》，题作《东飞伯劳歌》。这里的"拟古"即拟《古东飞伯劳歌》。应教，指奉诸王公之命而作诗。

〔2〕翡翠：翡翠鸟，羽毛蓝绿，嘴长而直，捕食鱼及昆虫。

〔3〕巫云：巫山之云，暗指巫山神女，语出宋玉《高唐赋》。　　落：一作"洛"。洛月，洛水之月，暗指洛水女神宓妃，见曹植《洛神赋》。

乍（zhà）：正。

〔4〕妖冶：艳丽。

〔5〕曼睇（màn dì）：目光流盼的样子。

〔6〕青铺：漆成青色或用青铜铸成的铺首（门环底座），上有兽头，口中含环。　　绿：一作"玉"。　　琐：门窗上绘画或镂刻的连环图案。

琉璃：一种有色半透明的玉石。　　扉：门。

〔7〕筵（yán）：座席。　　笥（sì）：竹箱。　　金缕衣：用金丝编织成的衣服。此句一作"花钿宝镜织成衣"。

〔8〕年几（jì）：年纪，岁数。几，通"纪"。

〔9〕转：一作"骋"。　　裾（jù）：衣服的前襟。

〔10〕珠丸出弹：以珠玉作弹丸弹出去。比喻美丽的女子所嫁不当，辜负了天生丽质。

【今译】

翡翠鸳鸯总是双飞又双栖，巫山神女洛水宓妃正游嬉。谁家艳丽的女子在采折花枝，她弯弯的蛾眉流盼的眼神使人心动情移。她的住所青铺绿琐还有琉璃门，琼玉为饰的座席、竹箱还有金缕衣。美丽的少女年纪大约十多岁，含羞带笑收拢随风飘动的裙裾。就怕她所嫁不当就像珠丸弹出不可挽回，到那时空留可怜令人同情叹息。

徐君蒨别义阳郡二首

别义阳郡二首[1]

【题解】

诗人离开义阳郡,但仍十分留念那里动人的歌舞和美丽的艺人。

翔凤楼[2],遥望与云浮[3]。歌声临树出,舞影入江流。叶落看村近,天高应向秋。

饰面亭[4],妆成更点星[5]。颊上红疑浅,眉心黛不青[6]。故留残粉絮[7],挂看箔帘钉[8]。

【注释】

〔1〕义阳郡:即今河南信阳市。
〔2〕翔凤楼:晋代宫阙有翔凤楼。
〔3〕与云浮:指似与云一样飘浮在空中。枚乘《杂诗九首》之一:"西北有高楼,上与浮云齐。"
〔4〕饰面:修饰容貌。 亭:亭匀,指均匀,妥帖。
〔5〕星:古代妇女面颊上涂饰的装饰物。
〔6〕黛:古代女子画眉用的青黑色颜料。
〔7〕粉絮:用丝绵做成的粉扑,用来蘸粉敷脸。
〔8〕看:一作"著"。 箔(bó)帘:帘子。

【今译】

高高的翔凤楼,远远望去它像似与云一样在空中飘浮。歌声从树丛中传出,舞姿倒影在青绿的江流。树叶坠落看到的村庄似很近,天高气爽天下又已秋。

她修饰面容真妥帖均匀,梳妆已成还要在两颊上点上两颗星。

颊上的红色担心太浅,眉心的青黛又嫌不够青。她故意留下一个用过的粉扑,把它挂在帘幕上的钉。

王叔英妇赠答一首

赠　答⁽¹⁾

【题解】
　　王叔英的妻子刘氏,为南朝梁代诗人刘孝绰之妹,有才学。卷八已收她的《和昭君怨》,这首《赠答》是她写给丈夫王叔英的,含蓄地表达了她对丈夫的爱恋和相思。

　　妆铅点黛拂轻红⁽²⁾,鸣环动珮出房栊⁽³⁾。看梅复看柳,泪满春衫中。

【注释】
　〔1〕赠答:一作《赠夫》。
　〔2〕铅:铅粉,古代女子用来搽脸。　黛:古代女子用来画眉的青黑色颜料。
　〔3〕房栊:泛指房屋。

【今译】
　　敷粉画眉又在唇上涂口红,走出闺房身上环珮齐响动。看看这边的雪梅再看看那边的绿柳,不觉泪水落满在春日单薄的衣衫中。

沈约古诗题六首[1]

岁暮愍衰草[2]

【题解】
　　一年将尽，寒风萧瑟。一位不幸的女子，既哀悯百草的衰萎，又为丈夫久役不归而自伤。

　　愍衰草，衰草无容色。憔悴荒径中，寒荄不可识[3]。昔时兮春日，昔日兮春风。含华兮珮实[4]，垂绿兮散红。氛氲鳲鹊右[5]，照耀望仙东[6]。送归顾暮泣淇水[7]，嘉客淹留怀上宫[8]。岩陬兮海岸[9]，冰多兮霰积[10]。烂漫兮客根[11]，欑幽兮寓隙[12]。布绵密于寒皋[13]，吐纤疏于危石。既惆怅于君子，倍伤心于行役[14]。露高枝于初旦，霜红天于始夕[15]。凋芳卉之九衢[16]，贾灵茅之三脊[17]。风急崤道难[18]，秋至客衣单。既伤檐下菊，复悲池上兰。飘落逐风尽[19]，方知岁早寒。流萤暗明烛，雁声断才续。萎绝长信宫[20]，芜秽丹墀曲[21]。霜夺茎上紫，风销叶中绿。山变兮青薇，水折兮平芷[22]。秋鸿兮疏引[23]，寒鸟兮聚飞[24]。径荒寒草合[25]，桐长旧岩围。夜渐蘼芜没，霜露日沾衣。愿逐晨征鸟，薄暮共西归。

【注释】
　　[1] 古诗题六首：沈约有《八咏》组诗八首，本卷前面已有沈约《八

咏二首》,即《登台望秋月》《会圃临春风》,这里是《八咏》诗另外的六首。可参看本卷沈约《登台望秋月》注〔1〕。

〔2〕岁暮:年终,一年将尽之时。　　愍(mǐn):同"悯",怜悯,忧伤。

〔3〕荄(gāi):草根。一作"萎"。

〔4〕含:一作"衔"。

〔5〕氤氲:繁盛的样子。　鸡(zhī)鹊:鸟名,但这里指鸡鹊宫,汉代宫殿。

〔6〕望仙:汉代宫殿名。

〔7〕送归:送人归乡。宋玉《九辩》:"登山临水兮送将归。"　　暮:一作"慕"。　　淇水:水名,在今河南北部,古为黄河支流。《诗经》中描写男女密约幽会,多在桑中、淇上。《诗经·鄘风·桑中》:"期我乎桑中,要我乎上宫,送我乎淇之上矣。"

〔8〕淹留:滞留,久留。　　上宫:地名,一说宫名。

〔9〕陬(zōu):山角。　　岸:高起。

〔10〕霰积:一作"雾散"。

〔11〕烂漫:散乱的样子。　　客:一作"岩"。

〔12〕攒(cuán):积聚。一作"攒"。　　寓:一作"石"。

〔13〕皋(gāo):沼泽,一说水边高地。

〔14〕行役:因服兵役、劳役或因公务在外奔波,也泛指行旅、出行。

〔15〕红:一作"江"。

〔16〕九衢(qú):本指大道四通八达,这里指枝叶繁茂交错。

〔17〕霣(yǔn):通"陨",坠落。　　三脊:三脊茅,江淮间产的一种茅草,茎有三稜,又叫菁茅,古人以为祥瑞之物,多用于祭祀。

〔18〕崤(yáo):地名,亦山名,在今河南。　　道:一作"路"。

〔19〕尽:一作"转"。

〔20〕长信宫:汉代宫殿名,汉成帝班婕妤失宠后退居长信宫。

〔21〕曲:曲折之处。

〔22〕"山变"二句:一作"山峦兮水围,青薇兮黄苇"。薇,菜名,俗称野豌豆,蔓生,可食。

〔23〕秋鸿:一作"秋鸿嗥"。

〔24〕寒鸟:一作"寒鸟聚"。　　聚:一作"轻"。

〔25〕"径荒"句:一作"草长荒径微"。

【今译】

哀怜那些在寒风中衰萎的百草,衰萎的百草全无青春的面容。它们容色憔悴分布在荒凉的小道中,草根露在寒风里已看不到昔日的繁荣。回想从前啊春天美好的日子,从前的日子啊吹拂着和煦的春风。百草有的将要开花啊有的已结实,垂下绿叶啊又遍布着花红。在鹓鹊宫旁茂盛地生长,在望仙殿东映照长空。当时送他归去眼看夜幕降临只好哭于淇水,他却淹留他乡空念我们约会的上宫。在山脚下啊海水已涨平,漫天冰雪啊冰霰也聚积。杂乱无章啊到处都是岩石,百草只能聚集在幽谷和生长在缝隙。它在寒冷的沼泽里密密分布,又在乱石中稀疏地伸出纤细的身躯。既为思念郎君而惆怅,又为他行役艰辛倍感伤心而哭泣。早上高高的树枝上已降下了露水,黄昏到来时已是霜天万里。茂密交错的花枝花朵已经凋零,吉祥的三脊茅也掉进了污泥。在狂风中走在崎山的山道上多么艰难,秋天到来他客居于外衣衫正单。既伤檐下已凋零的秋菊,又悲池边已枯萎的芳兰。菊兰随风飘落尽,才知道时节早已寒。流萤飞舞蜡烛时明时暗,大雁鸣叫声音时续又时断。百草在长信宫里凋萎而死,在红色台阶的角落残秽变枯。严霜夺去了茎上的青紫,寒风销毁了叶中的碧绿。在山中改变了薇菜的青翠,在水边折断了整齐的芦苇。秋天鸿雁啊稀疏地相引而去,寒冬鸟儿啊聚集在一起飞。小道荒芜寒草盖满了路面,梧桐生长在昔日山岩上已成环围。夜渐深沉藤芜也隐没不见,霜露沾衣衣上天天都有露水。希望追随那早上飞出去的鸟,黄昏之时一同西飞而来归。

霜来悲落桐[1]

【题解】

一位女子以梧桐自喻,自诉本性清高但地位低贱,深得郎君厚爱,决心尽力相报。

悲落桐,落桐早霜露。燕至叶未抽[2],鸿来枝已素⁽³⁾。本出龙门山⁽⁴⁾,长枝仰刺天。上峰百丈绝,下趾万寻悬⁽⁵⁾。幽根已盘结,孤枝复危绝。初不照光景⁽⁶⁾,终年负霜雪⁽⁷⁾。自顾无羽仪⁽⁸⁾,不愿生曲池⁽⁹⁾。芬芳本自乏,华实无可施⁽¹⁰⁾。匠者特留盼⁽¹¹⁾,王孙少见之⁽¹²⁾。分取生孤枿⁽¹³⁾,徙置北堂陲⁽¹⁴⁾。宿茎抽晚干⁽¹⁵⁾,新叶生故枝。故枝虽辽远,新叶颇离离⁽¹⁶⁾。春风一朝至,荣户坐如斯⁽¹⁷⁾。自惟良菲薄⁽¹⁸⁾,君恩徒照灼⁽¹⁹⁾。顾己非嘉树,空用凭阿阁⁽²⁰⁾。愿作清庙琴⁽²¹⁾,为舞双玄鹤⁽²²⁾。薜荔可为裳⁽²³⁾,文杏堪作梁⁽²⁴⁾。勿言草木贱,徒照君末光⁽²⁵⁾。末光不徒照,为君含噭眺⁽²⁶⁾。阳柯绿水弦⁽²⁷⁾,阴枝苦寒调。厚德非可任⁽²⁸⁾,敢不虚其心。若逢阳春至,吐绿照清浔⁽²⁹⁾。

【注释】

〔1〕落:零落,稀疏。
〔2〕抽:抽芽,长出来。
〔3〕枝:一作"波"。 素:净。
〔4〕本:一作"末"。 龙门山:山名,在今河南洛阳市南。
〔5〕趾:脚,这里指根。 寻:古代长度单位,八尺为寻。
〔6〕光景:风光景色。
〔7〕负:背负。
〔8〕羽仪:语出《周易·渐》"鸿渐于陆,其羽可用为仪"。孔颖达疏:"处高而能不以位自累,则其羽可用为物之仪表,可贵可法也。"后世便以"羽仪"来比喻居高位而有才德,被人尊重或堪为楷模。
〔9〕曲池:曲折回环的水池。
〔10〕施:用。
〔11〕匠者:匠人,木匠。 特:一作"时"。 盼(xì):怒视。一作"盱"。
〔12〕王孙:指贵族子弟。 之:一作"知"。
〔13〕"分取"句:一作"自分孤生枿"。枿(niè),树木砍伐后又生

的新芽或分枝。

〔14〕徙：一作"从"。　陲（chuí）：边。

〔15〕抽：一作"搯"。

〔16〕离离：浓密的样子。

〔17〕户：一作"启"，一作"华"。　坐：自然，无故。

〔18〕惟：思。　菲薄：微薄。

〔19〕照灼：照耀，关照。

〔20〕凭：依靠。　阿（ē）阁：四面有檐的楼阁。

〔21〕清庙：即太庙，古代帝王的宗庙。

〔22〕舞双：一作"君舞"。

〔23〕薜（bì）荔：香草名。《楚辞·九歌·山鬼》："若有人兮山之阿，被薜荔兮带女罗。"

〔24〕文杏：即银杏，俗称白果树，木质细密，是高级建筑材料。

〔25〕末光：余光，指恩泽。

〔26〕含：怀藏。　嗷（jiào）咷：一作"嗷咷（táo）"，本指放声高歌，这里指高昂的乐曲。

〔27〕柯：树枝。一作"阿"。

〔28〕可：一作"所"。

〔29〕浔（xún）：水边。

【今译】

悲悯那零落凋残的梧桐，零落凋残的梧桐早早就承受了霜露。春天燕子飞来时尚未吐芽，秋天鸿雁归来时枝叶已稀疏。梧桐原来生长在龙门山，长长的树枝向上刺破天。头上的高峰高百丈，树根下面是万丈深渊。树根在土中盘根错节，孤枝向外伸展又是那样的悬绝。开始时它在风光景色中并不耀眼，常年在树上都覆盖着霜雪。我就像那梧桐自己看自己并没有堪为楷模的仪表，不愿生长在富贵人家曲折回环的水池。自己本来就缺少芬芳，花朵果实都没有什么使用价值。匠人走到身旁会恶狠狠地看我一眼，王孙公子却很少对我看视。后来从原树上取下了分枝，在北堂边上将它移植。不想昔日的老树长出了从前一样的茎，新的树叶竟萌生于这原来的老枝。老枝离开老树虽然十分遥远，但新叶仍长得浓密参差。春风一旦吹来，花朵自然就展现出绰约风姿。但我自思自己出身的确微薄，郎君的恩惠空对我施播。看看自己的确不是美材嘉树，徒然用它来支撑有檐的楼阁。我愿被制成一张在宗庙里演奏的琴，也愿为你起舞像一对黑鹤。薛荔可以制成美丽的衣裳，银杏也可以制成坚实的栋梁。不要说草木都很低贱，只是徒然地承受你的泽光。你的泽光不会空照，为了你我的心怀已是乐声激昂。向阳的树枝会弹出绿水一般的柔情，向阴的树枝会奏出苦寒的乐章。深厚的恩德我本来就不能承受，怎能不虚心倾诉衷肠。如果碰到阳春到来，我会长满绿叶倒映在清清的池水中央。

夕行闻夜鹤

【题解】

一位男子夜行，听到鹤鸣之声，引发了自己失偶后的悲伤。

闻夜鹤，夜鹤叫南池。对此孤明月，临风振羽仪[1]。伊吾人之菲薄[2]，无赋命之天爵[3]。抱踢促之长怀[4]，随春冬而哀乐。愍海上之惊凫[5]，伤云间之离鹤。离鹤昔未离，近发天北垂[6]。忽值疾风起，暂下昆明池。复值冬冰合，水宿非所宜。欲留不可住，欲去飞已疲。势逐疾风举，求温向衡楚[7]。复值南飞鸿[8]，参差共成侣。海上多云雾，苍茫失洲屿[9]。自此别故群，独向潇湘渚[10]。故群不离散，相依沧海畔。夜止羽相切，昼飞影相乱。刷羽共浮沉，湛澹泛清浔[11]。既不得离别[12]，安知慕侣心。九冬霜雪苦[13]，六翮飞不任[14]。且养凌云翅，俯仰弄清音。所望浮邱子[15]，旦夕来见寻。

【注释】

〔1〕羽仪：翼翅，语出《周易·渐》，见前《霜来悲落桐》注〔8〕。

〔2〕伊：发语词，无义。　　菲薄：微薄。

〔3〕赋命：指命运。　　天爵：指朝廷官爵。

〔4〕踢促：指处境窘迫。　　之：一作"而"。　　长怀：悠思，遐想。

〔5〕愍：怜悯。　　凫（fú）：野鸭。

〔6〕近：一作"迥"。　　垂：边。

〔7〕衡楚：指南方楚地。衡，衡山，在今湖南南部。

〔8〕值：碰到。

〔9〕失：消失，指看不清。一作"光"。

〔10〕潇湘：潇水和湘水。均在今湖南。　　渚：水边。

〔11〕湛（zhàn）澹：同"湛淡"，迅疾的样子。一说，清澈的样子。浔（xún）：水边。一作"阴"。

〔12〕得：一作"经"。

〔13〕九冬：指冬季。冬季九十日，故称。　　霜雪苦：一作"负霜雪"。

〔14〕六翮（hé）：指鸟类双翅中的正羽，也泛指翅膀或鸟。　　任：承担。

〔15〕浮邱子：即浮丘公，古代传说中的仙人。刘向《列仙传·王子乔》说："王子乔者，周灵王太子晋也。好吹笙作凤凰鸣。游伊洛间，道士浮丘公接上嵩高山。三十余年后，求之于山上，见柏良口：'告我家：七月七日待我于缑氏山巅。'至时，果乘鹤驻山头，望之不可到。举手谢时人，数日而去。"

【今译】

听到了夜间的鹤鸣，夜间鹤鸣于南池。对着这一轮孤单的明月，它迎风拍动着双翅。哀叹我出身的低微，没有命中注定的禄爵。处境窘迫而常怀遐想，随着季节变换也有自己的哀乐。悲悯海上受惊的野鸭，同情云中失偶的孤鹤。失偶的孤鹤从前尚未离群，它们从北方的天边飞起。忽然碰到刮起了狂风，暂时落到昆明池。又碰到冬天水面上结了冰，水上栖宿并不适宜。想留下又不能够栖止，想飞走又已神倦力疲。只好顺着风势再往高处飞，为求温暖飞向衡山南楚。这时它遇到了南飞的大雁，比翼而飞结成了伴侣。海上有许多云雾，一片苍茫看不清沙洲和岛屿。从此便离开了原来的鹤群，独自飞向潇湘的洲渚。原来的鹤群并没有离散，它们相互依偎停留在沧海畔。夜里停下来翅膀相摩擦，白天飞行时鹤影相迭乱。它们在水中洗刷毛羽同浮沉，飘浮在清澈的水面上多欢欣。它们既然没有经历过离别，又哪里知道追求伴侣的苦心。整个冬天漫天霜雪真辛苦，想要高飞翅膀已不能再胜任。暂且养护这凌云的双翅，俯仰之间发出清越的声音。只盼望仙人浮丘子，快快来把我搜寻。

晨征听晓鸿[1]

【题解】
　　一位女子早上踏上征途，去寻找客游在外的丈夫，忽然听到鸿雁的叫声，引起无穷的联想。

　　听晓鸿，晓鸿度将旦[2]。跨弱水之微澜[3]，发成山之远岸[4]。怅春归之未几[5]，惊此岁之云半[6]。出海涨之苍茫，入云途之杳漫[7]。无东西之可辨，孰遐迩之能算[8]。微昔见于洲渚[9]，赴秋期于江汉[10]。集劲风于弱躯，负重雪于轻翰[11]。寒溪可以饮，荒皋可以窜[12]。溪水徒自清，微容岂足玩[13]。秋蓬飞兮未极[14]，寒草萎兮无色[15]。楚山高兮杳难度[16]，越水深兮不可测。美明月之驰光[17]，愿征禽之骋翼[18]。伊余马之屡怀[19]，知吾行之未极[20]。夜绵绵而难晓，愁参差而盈臆[21]。望山川悉无似[22]，惟星河犹可识。闻雁夜南飞[23]，客泪夜沾衣。春鸿思暮反，客子方未归。岁去欢娱尽，年来容貌非。揽衽形虽是[24]，抚臆事多违。青蒲虽长复易解[25]，白云诚远讵难依。

【注释】

〔1〕晨征：早行。　鸿：大雁，一种候鸟，秋冬飞往南方，春夏飞往北方。

〔2〕度：过。旦：天亮。

〔3〕弱水：神话传说中的水名。《山海经·大荒西经》说："(昆仑之丘) 其下有弱水之渊环之。" 郭璞注："其水不胜鸿毛。"

〔4〕成山：山名，在今山东。《汉书·武帝纪》说，太始三年，幸琅琊，礼日成山。

〔5〕怵（chù）：惊惧，恐惧。

〔6〕云半：过了一半。

〔7〕杳：一作"弥"。

〔8〕遐迩：远近。

〔9〕微：无。

〔10〕江汉：长江和汉水。

〔11〕翰：长而坚硬的羽毛。

〔12〕皋：水边高地。

〔13〕容：一作"形"。　玩：赏玩，戏弄。

〔14〕蓬：飞蓬，多年生草本植物，秋天开黄白色花，秋枯根拔，遇风飞旋。　极：一作"绝"。

〔15〕寒：一作"塞"。　萎：一作"衰"。

〔16〕楚：一作"吴"。

〔17〕美：一作"羡"。

〔18〕愿：一作"顾"。

〔19〕伊：发语词，无义。　马：一作"鸟"。　怀：怀想。《诗经·周南·卷耳》："陟彼崔嵬，我马虺隤。我姑酌彼金罍，维以不永怀。"

〔20〕吾：一作"君"。

〔21〕参差（cēn cī）：繁杂纷纭的样子。　臆：胸。

〔22〕似：一作"以"。

〔23〕闻：一作"孤"。

〔24〕衽（rèn）：衣襟。

〔25〕青蒲：香蒲，蒲草，水生植物，茎叶可用来编织蒲席。《古诗为焦仲卿妻作》："君当作盘石，妾当作蒲苇。蒲苇纫如丝，盘石无转移。"见卷一。

【今译】

听到鸿雁早上在鸣叫，早上鸿雁飞过太阳快出山。鸿雁飞过弱水水面微微起波澜,它们从成山遥远的口岸出发。担心没有多少时候又将春归,惊惧今年又过了一半。出到海上海水涨潮一片苍茫,飞入云中云雾重重缭绕浩漫。东西方向无法分辨,道路远近谁能测算。没有从前所看到过的洲渚,只能按秋天的约定飞向江汉。强劲的寒风吹向瘦弱的身躯,厚重的积雪压着轻轻的羽翰。寒冷的溪水可以畅饮,荒凉的山坡可以伏窜。溪水空白清澈如镜,卑微的面容怎值得赏玩。秋蓬随风飞啊尚未飞尽,寒草凋萎啊全无青翠之色。楚山高啊浩渺得难于飞度,越水深啊深得不能预测。赞美明月能够放射光辉,希望飞鸟能够尽情展翅。我的马徘徊不前因为我常常心中怀想,知道我走的路还未走到终极。漫漫长夜总是难于天明,愁绪繁杂充满胸臆。望见山川全是陌生,只有天河还可辨识。听到鸿雁连夜向南飞去,他客游在外每晚泪水都沾湿裳衣。春天的鸿雁希望暮年能够飞回,他客游在外却尚未归来。一年已终欢乐也尽去,今年以来容貌憔悴已面目全非。提起衣襟身形虽然依旧,但抚胸回想今年多半事与愿违。青蒲虽长却易剖开我将织成蒲苇般的坚韧,白云虽远谁说难从我决心去同他相会。

解珮去朝市[1]

【题解】

诗人厌倦为官,决心辞官归隐。这首诗就是写他为官的状况和辞官的决心。

去朝市,朝市深归暮。辞北缨而南徂[2],浮东川而西顾。逢天地之降祥,值日月之重光。伊当仁之菲薄[3],非余情之信芳。充待诏于金马[4],奉高宴于柏梁[5]。观斗兽于虎圈[6],望宵窕于披香[7]。游西园兮登铜雀[8],举青璅兮眺重阳[9]。讲金华兮议宣室[10],昼武帷兮夕文昌[11]。珮甘泉兮履五柞[12],赞枌诣兮绂承光[13]。托后车兮侍华幄[14],游渤海兮泛清漳[15]。天道有盈缺,寒暑递炎凉。一朝卖玉琬[16],眷眷惜余香[17]。曲池无复处[18],桂枝亦销亡[19]。清庙徒肃肃[20],西陵久茫茫[21]。薄暮余多幸,嘉运重来昌。忝稽郡之南尉[22],曲千里之光贵[23]。别北荒于浊河[24],恋横桥于清渭[25]。望前轩之早桐[26],对南阶之初卉。非余情之屡伤,寄兹焉兮能慰[27]。眷昔日兮怀哉,日将暮兮归去来[28]。

【注释】

〔1〕解佩:解下官服上佩带的饰物及印绶等,指辞官。　去:离开。　朝市:指朝廷和集市等名利之场,这里指朝廷。

〔2〕缨:官帽上系在领下的带子,解缨即辞官。　徂(cú):往。一作"征"。

〔3〕伊:发语词,无义。　当仁:面临行仁之时。孔子说:"当仁不让于师。"(《论语·卫灵公》)　菲薄:微薄。

〔4〕待诏:官名。汉代征士,尚未正式封官,便让他们待诏金马门,其意是等待皇帝的诏命。　金马:金马门,汉代宫门。

〔5〕奉高:一作"眷齐"。　柏梁:柏梁台,汉代台名。

〔6〕圈(juàn):关养兽类的地方。

〔7〕窅(yǎo)窕:同"窈窕",文静而美好的样子,代美女。　披香:披香殿,汉代宫殿名。

〔8〕西园:园林名,在邺城(今河北临漳),传为曹操所建。铜雀:铜雀台,亦在邺城,为曹操所建。

〔9〕举:举目。　青琐:即"青琐",装饰宫殿门窗的青色连环图案,这里代宫殿。　重阳:指天。天为阳,古人认为天有九重,所以叫重阳。

〔10〕金华:金华殿,汉代宫殿。　宣室:汉代宫殿名,未央宫中有宣室殿。

〔11〕武帷:武帐。　文昌:文昌殿。

〔12〕甘泉:甘泉宫,汉代宫殿。　履:一作"屣"。　五柞(zuò):五柞宫,汉代宫殿。

〔13〕赞:选拔。一作"替"。　枍(yì)诣、承光:均为宫殿名。诣,一作"楷"。承,一作"冕"。　绂(fú):系印章的丝带,这里指

做官。

〔14〕后车：侍从者所乘的车。　　华幄：华丽的车帷，代指皇帝。

〔15〕清漳：河名。

〔16〕卖玉瑑：指辞官。瑑，瑑圭，上端为圆形的圭，古代赐圭表示封爵授官。瑑，一作"碗"。

〔17〕眷眷（juàn）：依恋回顾的样子。一作"眷暮"。

〔18〕曲池：曲折回环的水池。

〔19〕桂枝：犹"桂林一枝"，指中选为官。《晋书·郤诜传》："（诜）累迁雍州刺史。武帝于东堂会送，问诜曰：'卿自以为何如？'诜对曰：'臣举贤良对策，为天下第一，犹桂林之一枝，昆山之片玉。'"

〔20〕清庙：太庙，古代帝王的宗庙。　　肃肃：恭敬的样子。

〔21〕西陵：三国魏武帝寝陵，这里泛指帝王寝陵。

〔22〕忝（tiǎn）：有愧于。多为谦辞，表示不够格为官。　　稽郡之南尉：指会稽郡的南部尉。

〔23〕曲：周遍，详尽。一作"典"。　　光贵：荣宠尊贵。

〔24〕北荒：一作"北芒"。北芒城，在洛阳。　　浊河：指浑浊的黄河。

〔25〕清渭：清澈的渭水。

〔26〕轩：有窗户的长廊。也指窗。

〔27〕兹：此，代辞官隐居。　　兮：一作"之"。

〔28〕归去来：回家去。来，助词，无义。晋代陶渊明有《归去来兮辞》。

【今译】

我决心离开朝廷和闹市，离开朝廷闹市回家隐居日已暮。辞掉北边的官职而往南方去，渡过东边的河流而向西反顾。回想从前正逢天地降下吉祥，又碰上日月重放辉光。凭我微薄之力我竟然当仁不让，并不是我真有才华堪称栋梁。我充任待诏居于金马门，常在柏梁台上侍宴叨光。曾在虎圈观看人虎格斗，也曾在披香里将佳人眺望。畅游西园啊又登上铜雀台，举目远望重重宫殿啊抬头仰视九天重阳。在金华殿讲论啊又在宣室中议，白天待在武帷中啊晚上进入大殿文昌。在甘泉宫佩带印绶啊又在五柞宫里行走，在枌谕官里协理政务啊又在承光殿中把官当。坐在后车上啊随侍皇帝的车驾，东游渤海啊北游清漳。天体运行总是有盈缺，寒来暑往交替着炎凉。一旦辞官不再手执瑑圭，深情回顾念念不忘似有余香。宫廷曲池不再安处，"桂林一枝"中选为官已成往事而销亡。从前在宗庙里空存恭敬，先帝已入陵寝时光久远人事已茫茫。已至晚年我仍多有荣幸，好运再次降临仕途隆昌。官列会稽郡的南部尉，千里之内尽享荣宠和尊贵。告别了北芒和浑浊的黄河，留恋横桥横跨在清渭。但眼前我望着窗前早生的梧桐，面对着南阶下初开的花卉。并不是我内心常常感伤，而是寄情于隐居的生活啊实能得到最大的安慰。眷恋从前的日子啊心中有许多感喟，天色又将黄昏啊我要回家去以摆脱世上的种种牵累。

披褐守山东[1]

【题解】

诗人身着粗布短衣，短时居留在金华山的东坡，欣赏山间美景，心想为官当俭政化民，一旦官期任满，即归隐山林，去过神仙般的逍遥生活。

守山东，山东万岭郁青葱[2]。两溪共一写[3]，水洁望如空。岸侧青莎被[4]，岩间丹桂丛[5]。上瞻既隐轸[6]，下睇亦溟濛[7]。远林响咆兽，近树聒鸣虫[8]。路带若溪右[9]，涧吐金华东[10]。万仞倒危石，百丈注悬丛[11]。掣曳泻流电[12]，奔飞似白虹。洞并含清气[13]，漏穴吐飞风。玉窦膏滴沥[14]，石乳室空笼[15]。峭崿涂弥险[16]，崖岨步才通[17]。余舍平生之所爱[18]，歆暮年而逢此[19]。愿一去而不还，恨邹衣之未褫[20]。揖林壑之清旷[21]，事氓俗之纷诡[22]。幸帝德之方升，值天网之未毁[23]。既除旧而布新，故化民而俗徙[24]。播赵俗以南徂[25]，扇齐风以东靡[26]。乳雉方可驯[27]，流蝗庶能弭⁽²⁸⁾。清心矫世浊,俭政革民侈⁽²⁹⁾。秩满抚白云⁽³⁰⁾,淹留事芝髓⁽³¹⁾。

【注释】
〔1〕披褐(hè):身穿短褐,多指生活贫苦,有才但不愿或不能去做官。褐,粗布或粗布制成的衣服。　守:依傍,停留。　山东:山的东坡。山指金华山,在今浙江。
〔2〕岭:一作"里"。　青葱:翠绿色。
〔3〕写:一作"泻"。
〔4〕青莎(suō):即莎草,多年生草本植物,地下块根叫香附子,可入药。　被:一作"披"。
〔5〕丹桂:桂有三种,丹桂为其一。叶似柏,皮赤。
〔6〕轸(zhěn):车后横木,也代指车辆。一作"隐"。
〔7〕睇(dì):斜视,流盼。　溟濛:模糊不清的样子。
〔8〕聒(guō):声音嘈杂。
〔9〕带:一作"出"。　若溪:若邪溪,水名,流经若邪山下,在今浙江绍兴。
〔10〕涧:一作"泉"。　金华:金华山,在今浙江。
〔11〕丛:聚集。一作"淙"。
〔12〕掣曳(chè yè):牵拉,抽引。掣,一作"瀑"。
〔13〕洞并:一作"深洞"。
〔14〕玉窦(dòu):白玉般的石洞。窦,孔,洞。　膏:很稠的糊状的东西,这里指石灰岩中下滴的石钟乳。　滴沥:水往下滴。
〔15〕乳室:一作"室乳"。　空笼:指石灰岩中石钟乳笼罩的样子。
〔16〕峭崿(è):高峰,高崖。　涂:同"途",道路。
〔17〕岨(zǔ):同"阻",险要。
〔18〕舍:一作"拾"。
〔19〕欻(xū):忽然。　逢此:一作"斯逢"。
〔20〕邹衣:指邹君之服缨(帽子上系在领下的带子)。《韩非子·外储说左上》说:"邹君好服长缨,左右皆服长缨,缨甚贵,邹君患之,问左右,左右曰:'君好服,百姓亦多服,是以贵。'君因先自断其缨而出,国中皆不服长缨。"这里意为为官亲身化民。邹,一作"邦"。　褫(chǐ):剥夺。夺去或解下衣服,引申为革除职务。
〔21〕揖(yī):拱手行礼,指赞赏。一作"挹(yì)",汲取。

壑（hè）：山沟。

〔22〕事：从事。　　氓俗：世俗。

〔23〕天网：一作"天纲"，指天定的制度和伦理纲常。

〔24〕俗徙：易俗。徙，迁，移。

〔25〕赵俗：指赵武灵王胡服骑射，移风易俗。《史记·赵世家》说，战国时，赵武灵王教人民穿着西方和北方民族的服饰，学习骑射。　　徂（cú）：往。

〔26〕齐风：指齐地的民俗和地方音乐。《左传·襄公二十九年》载吴公子季札在鲁观乐："为之歌《齐》，曰：'美哉！泱泱乎，大风也哉，表东海者，其大公乎。'"大公，即姜太公，为齐始封之君，表东海，是说他成为东方各国诸侯的表率。　　东靡（mǐ）：使东方都顺服。靡，披靡，倒下。

〔27〕乳雉（zhì）：小野鸡。

〔28〕流蝗：飞蝗。　　庶：庶几，大约。　　弭（mǐ）：止。这两句用东汉鲁恭故事。《后汉书·鲁恭传》说，鲁恭为中牟令，当时发生蝗灾，但蝗虫不入中牟。河南尹袁安派了一个叫肥亲的人去察看。"恭随行阡陌，俱坐桑下，有雉过，止其旁。旁有童儿，亲曰：'儿何不捕之？'儿言'雉方将雏'。亲瞿然而起，与恭诀曰：'所以来者，欲察君之政迹耳。今虫不犯境，此一异也；化及鸟兽，此二异也；竖子有仁心，此三异也。久留，徒扰贤者耳。'"

〔29〕革：一作"救"。

〔30〕秩（zhì）满：官任期满。秩，指为官的俸禄，也指官位的品级。　　抚：一作"归"。

〔31〕淹留：久留。　　事：实践，从事。　　芝髓：灵芝和石髓（石钟乳），古代神仙家认为服食它们，可以成仙。髓，一作"体"。

【今译】

短时居留在金华山的东坡，金华山的东坡崇山峻岭郁郁葱葱。两条溪水汇成一条一泻百丈的瀑布，溪水清澈看去就像澄明的天空。岸边全被青青的莎草所覆盖，岩石之间丹桂一丛丛。向上看既看不到车辆经过，向下看也是一片模糊迷蒙。远处林子里传来了野兽的咆哮，近处的树上是叫声嘈杂的鸣虫。小路像一条飘带躺在若邪溪旁，山洞窜出在金华山之东。万仞危石像是将倾倒，百丈瀑布像是悬挂在空中。水流倾泻像电闪雷鸣，奔腾飞舞又像是白色的虹。山洞全都蕴含着清凉的气，相通的洞穴吐出飞动的风。白玉般的石洞里石钟乳在下滴，钟乳石遍布整个石洞。高山峻峭道路越来越险，山崖险阻道路狭小仅容一人通。我舍弃了平生最爱的山林，直至暮年才忽然又碰到了这山林的青翠。真希望一旦离开了官场就不再返回，遗憾的是我现在还不能离开我的官位。我赞赏这森林山谷的清幽空旷，但还得处理那些世事的杂乱奇诡。所幸皇帝的恩德正在上升，又碰上伦理纲常尚未弃毁。已经除旧而布新，因而要继续化民移俗有所作为。为发扬赵武灵王胡服骑射的精神而南行，为使齐风东化而使东方都走上常轨。仁风所至幼小的野鸡也可以驯化，飞蝗的灾害大概也能止息而解围。用自己心地的清淳去矫正世俗的浑浊，用自己政务的俭约去革除人事的浮华虚伪。一旦官职任满便归隐山林去抚弄白云，长留山林过神仙生活常服食灵芝和石髓。

张衡定情歌

定 情 歌[1]

【题解】

这首《定情歌》是《定情赋》中一位艳丽的女子思念情人的叹息。

大火流兮草虫鸣[2]，繁霜降兮草木零[3]。秋为期兮时已征[4]，思美人兮愁屏营[5]。

【注释】

〔1〕定情歌：《艺文类聚》载张衡《定情赋》："夫何妖女之淑丽，光华艳而秀容。断当时而呈美，冠朋匹而无双。叹曰：……""叹曰"后的四

句即这首《定情歌》。

〔2〕大火：星宿名，即心宿。　　流：指下沉。周代夏历六月黄昏之时，心宿出现于南方，方向最正，位置最高，到了七月，便向西沉，表示秋天已至。《诗经·豳风·七月》："七月流火，九月授衣。"　　草虫：指蟋蟀。秋冬之时，蟋蟀往往鸣叫着从野外躲到屋里来。

〔3〕零：零落，凋谢。

〔4〕秋为期：指以秋天为婚期。《诗经·卫风·氓》："将子无怒，秋以为期。"　　征：行，远去。

〔5〕美人：心中所称美的人，指容貌美，或品德美，一般指女性，也可指男性。　　屏营：彷徨，惶恐不安。

【今译】

　　大火星已西沉啊蟋蟀在哀鸣，重重的寒霜已降下啊草木已凋零。他曾说要把秋天作为婚期啊现在秋天已经过去，我想念他啊忧愁惶恐心不宁。

刘铄白纻曲一首

白　纻　曲[1]

【题解】

　　这首诗描写一位舞女容貌的秀丽和舞姿的优美。

　　迁迁徐动何盈盈[2]，玉腕俱凝若云行[3]。佳人举袖耀清蛾[4]，掺掺擢手映鲜罗[5]。状似明月泛云河[6]，体如轻风动流波。

【注释】

〔1〕白纻曲：在《乐府诗集》中，这首诗收入《舞曲歌辞·杂舞·白纻舞辞》。白纻是用纻麻织成的细密洁白的夏布。当时宫廷流行白纻舞，舞者手持白纻作舞巾翩翩起舞。

〔2〕迁迁：一作"仙仙"，同"跹跹"，翩翩起舞的样子。　盈盈：舞姿轻盈美好的样子。

〔3〕凝：指凝脂。《诗经·卫风·硕人》："手如柔荑，肤如凝脂。"

〔4〕耀：一作"辉"。　清蛾：清秀的蛾眉。

〔5〕掺掺（shān）：女子玉手纤美的样子。　擢（zhuó）手：举手。罗：轻软的丝织品。

〔6〕泛：一作"沉"。　云河：云汉，天河，均指银河。

【今译】

她翩翩起舞缓缓而动体态多么轻盈，摆动凝脂白玉一般的手腕好像天上白云在飘行。美貌的佳丽举起衣袖清秀的眉目扬起光辉，她抬起的纤美的玉手与鲜美的罗衣交相辉映。她的模样就像一轮明月漂浮在银河，她的体态就像一阵清风吹过水面泛起微波。

鲍照北风行一首

北 风 行〔1〕

【题解】

《诗经·邶风·北风》首章有"北风其凉，雨雪其雱。惠而好我，携手同行"之句（第四句二、三章作"携手同归"，"携手同车"）。诗旨一说卫行虐政，百姓惧祸而相携离去，一说情人相恋，愿在大雪之中一同归去。鲍照这首《北风行》发挥后者之意，写一位女子为丈夫远行不归而悲伤。

北风凉,雨雪雱⁽²⁾,洛阳女儿多妍妆⁽³⁾。遥艳帷中自悲伤⁽⁴⁾,沉吟不语若为忘⁽⁵⁾。问君前行何当归,苦使妾坐自伤悲⁽⁶⁾。虑年去⁽⁷⁾,虑颜衰,情易复⁽⁸⁾,恨难追。

【注释】

〔1〕北风行:一作《代北风凉行》。在《乐府诗集》中,这首诗收入《杂曲歌辞》。郭茂倩说:"《北风》,本卫诗也。《北风》诗曰:'北风其凉,雨雪其雱。'传云:'北风寒凉,病害万物,以喻君政暴虐,百姓不亲也。'若鲍照'北风凉',李白'烛龙栖寒门',皆伤北风雨雪,而行人不归,与卫诗异矣。"

〔2〕雨(yù)雪:下雪。　雱(páng):雪下得很大的样子。

〔3〕洛阳:一作"京洛"。　妍(yán):美。一作"严"。

〔4〕遥艳:犹"妖艳",妩媚美丽的样子。遥,通"姚",姚冶,妖冶,妖艳,义同。

〔5〕若为忘:一作"若有忘",怅然若失、丧魂失魄的样子。

〔6〕坐:居留。

〔7〕去:一作"至"。

〔8〕复:一作"远"。

【今译】

北风多么寒凉,大雪纷飞四野白茫茫,洛阳女儿多半爱美爱梳妆。她们妩媚艳丽但在帷帐中却独自悲伤,沉默不语怅然若失好像已把自己忘。她们要问郎君远行何时该回归,为何让自己独守空闺独自伤悲。她们担心一年又将过去,担心容颜衰老失去光辉。双方的情爱虽然容易重燃,但留下的遗憾却难以挽回。

汤惠休杂诗四首

汤惠休,字茂远。原为僧,宋孝武帝命他还俗,官至扬州从事史。常与鲍照以诗赠答,时人称为"休鲍"。南朝宋齐间诗人,原有集四卷,已佚。

楚明妃曲[1]

【题解】

这首诗主要描写一位女子像仙女一般地美丽而多情。

琼台彩楹[2],桂寝雕甍[3]。金闺流耀,玉牖含英[4]。香芬幽蔼[5],珠彩珍荣[6]。文罗秋翠[7],纨绮春轻[8]。骖驾鸾鹤[9],往来仙灵。含姿绵视[10],微笑相迎。结兰枝[11],送目成[12],当年为君荣[13]。

【注释】

〔1〕楚明妃曲:在《乐府诗集》中,这首诗收入《琴曲歌辞》。明妃,汉元帝宫人王嫱字昭君,晋代避司马昭(文帝)讳,改称明君,后人又称她为明妃。匈奴求和亲时,她自请远嫁匈奴单于,可参看卷二石崇《王昭君辞》。王昭君为西汉南郡秭归(今属湖北)人,秭归古属楚地,所以称"楚明妃"。

〔2〕琼:玉。　楹:厅堂前面的柱子。
〔3〕寝:寝宫,卧室。　甍(méng):屋脊。
〔4〕牖(yǒu):窗户。　英:光华,光彩。
〔5〕蔼(ǎi):通"霭",云气。
〔6〕荣:显耀。
〔7〕文罗:彩色的丝绢。　翠:鲜明。
〔8〕纨绮(wán qǐ):精美的丝织品。

〔9〕骖驾鸾鹤：指仙游或成仙。骖（cān）驾，驾御。骖，三马所驾的车，或同驾一车的三匹马。鸾，传说中凤凰一类的神鸟。

〔10〕含姿：带着美好的姿态。　　绵视：脉脉含情地注视。

〔11〕结兰枝：犹"结兰交"，指结成知心朋友。《周易·系辞上》："二人同心，其利断金；同心之言，其臭如兰。"

〔12〕目成：指眉目传情。《楚辞·九歌·少司命》："满堂兮美人，忽独与余兮目成。"

〔13〕当年：正当其时之年，即青春妙年。当，适宜，适当。

【今译】

琼玉般的楼台彩色的柱楹，桂木建造的寝宫雕龙画凤的屋顶。金碧的闺房里流出耀眼的光，白玉的窗户中含着玉英。香气芬芳像清幽的云气，光彩的珍珠亮晶晶。彩色的丝绢秋天多么鲜艳，精美的纨素春天又多么柔轻。她时常骖鸾驾鹤，往来于仙界神灵。她对你带着美好的姿态默默注视，又微笑着热情相迎。她与你结成知心朋友，频频以目传情，正当妙年的她为你焕发青春。

白 纻 歌 [1]

【题解】

诗中描写一位舞女美丽而多情，她希望获得君子深情的爱。

少年窈窕舞君前 [2]，容华艳艳将欲然 [3]。为君娇凝复迁延 [4]，流目送笑不敢言 [5]。长袖拂面心自煎 [6]，愿君流光及盛年 [7]。

【注释】

〔1〕白纻歌：在《乐府诗集》中，汤惠休《白纻歌二首》收入《舞曲歌辞·杂舞·白纻舞辞》，这是其中的第二首。白纻，见前《白纻曲》注。

〔2〕窈窕（yǎo tiǎo）：妩媚艳丽的样子。
〔3〕然：同"燃"，燃烧。
〔4〕迁延：徘徊，停留不前。
〔5〕流目：目光流盼。
〔6〕煎：煎熬。
〔7〕流光：光辉照耀，指恩泽。　　盛年：青春妙年。

【今译】
　　这位年轻美貌的女子翩翩起舞在你的面前，她容光焕发明艳热情好像燃烧的火焰。她为你娇羞伫立欲前不前，目光流盼笑脸相迎却不敢言。她用长袖掩面心中私自熬煎，希望你施布恩泽要赶上她这青春妙年。

秋 风 歌 (1)

【题解】
　　这首诗主要写一位女子秋夜里想念远方的丈夫，题旨与曹丕的《燕歌行》（秋风萧瑟天气凉）一脉相承。

　　秋风袅袅入曲房 (2)，罗帐含月思心伤。蟋蟀夜鸣断人肠，夜长思君心飞扬。他人相思君相忘 (3)，锦衾瑶席为谁芳？

【注释】
　〔1〕秋风歌：在《乐府诗集》中，这首诗收入《琴曲歌辞》，题作《秋风》，同题诗共收五首。
　〔2〕袅袅（niǎo）：轻轻吹拂的样子。　　曲房：隐秘的内室。
　〔3〕他人：别人，犹言"人家"，实指自己。

【今译】

秋风轻轻地吹进了我的闺房,月光照进罗帐我因相思而心伤。蟋蟀晚上的哀鸣使人伤心断肠,漫漫长夜我想着他心儿已经飞向远方。我是这样强烈地思念着他他却把我忘,锦被玉席究竟为谁而散发出芬芳?

歌 思 引[1]

【题解】

这首诗主要写一位女子的相思。

秋寒依依风过河[2],白露萧萧洞庭波[3]。思君末光光已灭[4],眇眇悲望如思何[5]!

【注释】

〔1〕歌思引:一作《秋思引》。引,乐曲体裁名,有弹奏先后有序的意思,这里指乐曲。
〔2〕依依:依稀、隐约的样子。
〔3〕萧萧:凄清、寒冷的样子。　洞庭:洞庭湖,在今湖南省北部,长江南岸。《楚辞·九歌·湘夫人》:"袅袅兮秋风,洞庭波兮木叶下。"
〔4〕末光:余晖,喻恩泽。陆机《塘上行》:"愿君广末光,照妾薄暮年。"见卷三。
〔5〕眇眇(miǎo):眯眼远望的样子。

【今译】

秋天的寒风依稀隐约吹过河,白露凄冷洞庭湖面微微泛清波。希望得到你的余晖照耀啊你的光辉已熄灭,我悲伤远望秋思绵绵又如何!

梁武帝杂诗七首

江 南 弄[1]

【题解】

在皇家园林的轻歌曼舞之中,一位宫女心事重重。

众花杂色满上林[2],舒芳耀绿垂轻阴,连手躞蹀舞春心[3]。舞春心,临岁腴[4]。中人望[5],独踟蹰[6]。

【注释】

[1] 江南弄:《古今乐录》说:"梁天监十一年冬,武帝改西曲,制《江南上云乐》十四曲,《江南弄》七曲:一曰《江南弄》,二曰《龙笛曲》,三曰《采莲曲》,四曰《凤笛曲》,五曰《采菱曲》,六曰《游女曲》,七曰《朝云曲》。"在《乐府诗集》中,《江南弄》七曲收入《清商曲辞·江南弄》。这首《江南弄》与以下四首,均属七曲。弄,乐曲,曲调。

[2] 上林:上林苑,汉代皇家园林。

[3] 躞蹀（xiè dié）:同"蹀躞",原指小步行走的样子,这里指轻盈的舞步。

[4] 岁腴:年丰,丰年。

[5] 中人:指宫女。　望:盼望,期待。一说,指怨望。

[6] 踟蹰（chí chú）:心中犹豫,徘徊不前的样子。

【今译】

百花盛开各种花色充满了上林,芳香四溢绿叶滴翠树下一片阴,舞女们手牵手踏着轻盈舞步舞出春日的欢欣。舞出春日的欢欣,面临丰年太平。一位宫女却在期盼,她独自徘徊心中似有悲情。

龙笛曲⑴

【题解】

诗中描写一位美人吹笛,笛声清亮,情思绵绵。

美人绵眇在云堂⑵,雕金镂竹眠玉床,婉爱寥亮绕红梁⑶。绕红梁,流月台⑷。驻狂风,郁徘徊⑸。

【注释】

〔1〕龙笛:即笛,据说笛声似水中龙鸣,故名,后来也指管首为龙形的笛。马融《长笛赋》:"近世双笛从羌起,羌人伐竹未及已。龙鸣水中不见己(一作"已"),截竹吹之声相似。"

〔2〕绵眇(miǎo):同"绵眇",深远奥妙的样子。　云堂:华美的殿堂。

〔3〕婉爱:柔美可爱。　寥亮:同"嘹亮"。　红:一作"虹"。

〔4〕月台:赏月的露天平台。

〔5〕郁:纡曲,盘旋。

【今译】

情思渺远的美人端坐在华美的殿堂,雕龙绘凤的竹笛白玉匣中藏,柔美可爱的美人嘹亮笛声绕红梁。环绕着红梁,流过了月台。停驻了狂风,纡曲又徘徊。

采菱曲⑴

【题解】

这首诗描写一位采菱女的美丽和情思。

江南稚女珠腕绳⁽²⁾，金翠摇首红颜兴⁽³⁾，桂棹容与歌采菱⁽⁴⁾。歌采菱，心未怡⁽⁵⁾。翳罗袖⁽⁶⁾，望所思。

【注释】
〔1〕菱：一年生水生草本植物，水上叶略呈三角形，开白花，果实有硬壳，一般有角，叫"菱角"。
〔2〕稚女：年轻的小女孩。　珠腕绳：手腕上系着穿有珍珠的绳子。
〔3〕金翠：黄金和翡翠，指首饰。　红颜：女子美丽红润的容颜。兴：起，焕发。
〔4〕桂棹（zhào）：桂木制的船桨。　容与：安闲从容的样子。
〔5〕怡：愉快。
〔6〕翳（yì）：遮盖。

【今译】
江南小女孩手上系着珍珠绳，黄金翡翠首饰头上晃红润脸上生，她拿着桂木做的船桨一面划船一面唱《采菱》。她虽然唱着《采菱》，心中却并不高兴。她用罗袖遮住眼睛，期盼着心中思念的情人。

游 女 曲⁽¹⁾

【题解】
这首诗描写仙女的美丽。

氛氲兰麝体芳滑⁽²⁾，容色玉耀眉如月，珠珮㛠姬戏金阙⁽³⁾。戏金阙，游紫庭⁽⁴⁾。舞飞阁⁽⁵⁾，歌长生。

【注释】
〔1〕游女：出游的女子，也指汉水女神。《诗经·周南·汉广》："汉有

游女，不可求思。"
　　〔2〕氤氲（yūn）：香气浓郁的样子。　　兰麝（shè）：兰香和麝香。　　芳滑：芬芳滑润。
　　〔3〕婑媠（wǒ nuǒ）：柔美的样子，即婀娜多姿。　　金阙：传说中仙人或天帝所居的宫阙。
　　〔4〕紫庭：帝王宫廷，这里也指天帝的宫廷。
　　〔5〕飞阁：凌空耸立的高阁。

【今译】

　　她遍体兰麝芳香皮肤滑润洁白似霜雪，容颜如玉容光焕发眉毛如弯月，身佩珠玉体态柔美游戏在天帝的宫阙。游戏在天帝的宫阙，畅游在天帝的宫殿。飞舞在高耸的楼阁间，唱着长生之歌逍遥在蓝天。

朝　云　曲[1]

【题解】

　　这首诗主要描写巫山神女的容光艳丽和迷离恍惚。

　　张乐阳台歌上歇[2]，如寝如兴芳晻暧[3]，容光既艳复还没。复还没，望不来。巫山高，心徘徊。

【注释】

　　〔1〕朝云：指巫山神女。宋玉《高唐赋》说，楚王在高唐梦中与巫山神女幽会，神女临去时说："妾在巫山之阳，高丘之阻。旦为朝云，暮为行雨。朝朝暮暮，阳台之下。"
　　〔2〕张乐：在乐器上张弦奏乐。　　上歇：当作"上邪"。汉乐府铙歌中的《上邪》是一首女子表达热烈爱情的诗："上邪，我欲与君相知，长命无绝衰。山无陵，江水为竭，冬雷震震，夏雨雪，天地合，乃敢与君绝。"歇，一作"谒"。

〔3〕寝:睡下。　兴:起身。　芳:一作"若"。　晻(ǎn)暧:浓郁的样子。一说昏暗的样子。

【今译】
　　巫山阳台上张设琴瑟弹奏着《上邪》,她好像躺下又好像起来芳香浓烈,容光焕发美艳绝伦忽隐又忽现。忽隐又忽现,盼望久不来。巫山高又高,心思长徘徊。

白纻辞二首⁽¹⁾

【题解】
　　两首《白纻辞》描写的都是伴着急促乐调轻盈起舞的妙年舞女。

　　朱丝玉柱罗象筵⁽²⁾,飞琯促节舞少年⁽³⁾。短歌流目未肯前⁽⁴⁾,含笑一转私自怜⁽⁵⁾。
　　纤腰袅袅不任衣⁽⁶⁾,娇态独立特为谁⁽⁷⁾?赴曲君前未忍归,上声急调中心飞⁽⁸⁾。

【注释】
　　〔1〕白纻辞二首:在《乐府诗集》中,这两首诗收入《舞曲歌辞·杂舞》,题作《梁白纻辞二首》。《古今乐录》说:"梁三朝乐第二十,设《巾舞》,并《白纻》,盖《巾舞》以《白纻》四解送也。"
　　〔2〕丝:琴瑟丝弦。　柱:乐器上的系弦木,可调节弦的松紧。罗:陈列。　象筵:象牙做成的席子,形容豪华的筵席。
　　〔3〕琯(guǎn):用玉制成的管形乐器,似笛,有六孔。　促节:音节短促,音调高,节奏快。
　　〔4〕短歌:声调短促的歌。汉乐府有《短歌行》。　流目:目光流盼。
　　〔5〕私自:一作"自知"。

〔6〕袅袅（niǎo）：纤弱的样子。　　任：胜任，承受。
〔7〕独：一作"特"。　特：一作"独"。
〔8〕上声：声调急促的乐歌。晋宋梁代有《上声歌八首》，收入《乐府诗集·清商曲辞》。　　中心：内心。

【今译】
　　红弦玉柱在象牙筵席上陈列，伴随着欢快乐曲年轻舞女舞翩跹。她歌声急促目光流盼却不肯上前，面带笑容将身一转多惹人爱怜。
　　她腰身柔细好像弱不胜衣真秀美，弄娇含羞独自站立究竟为了谁？奔向你的面前献上一首乐曲不忍就归去，听着一曲急促的《上声歌》不禁情动心飞。

昭明太子杂曲三首[1]

江南曲[2]

【题解】
　　春到江南，日将黄昏，诗人不惜重金，希望佳人能将自己留住。

　　枝中水上春并归[3]，长杨扫地桃花飞[4]，清风吹人光照衣。光照衣，景将夕[5]。掷黄金，留上客[6]。

【注释】
　　〔1〕杂曲三首：即《江南弄三首》。在《乐府诗集》中，这三首诗收

入《清商曲辞·江南弄》,题作《江南弄三首》。作者当为梁简文帝萧纲。
〔2〕江南曲:和下面的《龙笛曲》《采莲曲》均属梁武帝萧衍所制《江南弄》七曲。
〔3〕枝:一作"桂"。
〔4〕扫:一作"拂"。
〔5〕景:日光,亮光。
〔6〕上客:尊贵的客人,这里是自指。

【今译】

树枝中水面上春日已回归,长长的杨柳枝轻拂地面桃花四处飞,清风吹人阳光照人衣。阳光照人衣,夕阳沉向西。不惜将黄金抛掷,只求将我留下不嫌弃。

龙 笛 曲〔1〕

【题解】

一位女子非常娇美,诗人希望情人不要疏远她。

金门玉堂临水居,一嚬一笑千万余〔2〕,游子去还愿莫疏。愿莫疏,意何极。双鸳鸯,两相忆。

【注释】

〔1〕龙笛:即笛,据说笛声似水中龙鸣,故名,后来也指管首为龙形的笛。可参看本卷梁武帝《龙笛曲》注〔1〕。
〔2〕嚬(pín):同"颦",皱眉。

【今译】

黄金为门白玉为堂面水而居,她的一颦一笑价值千万余,游荡的人来来去去千万不要同她疏远两分离。千万不要同她疏远两分离,深情厚意怎会有终极。鸳鸯双宿双飞起,两人定会长相忆。

采 莲 曲

【题解】
　　采莲的女子在江面上采莲，一曲《采莲曲》让人迷醉。

　　桂楫兰桡浮碧水[1]，江花玉面两相似，莲疏藕折香风起[2]。香风起，白日低。采莲曲，使君迷。

【注释】
　〔1〕楫（jí）：船桨。　　桡（ráo）：船桨。
　〔2〕莲：莲蓬。

【今译】
　　摇着桂桨兰桨在碧水上漂移，江花玉面交相辉映无比美丽，莲蓬稀疏莲藕折断香风从江面上吹起。香风从江面上吹起，白日缓缓沉向西。一曲悠扬的《采莲曲》，使你心醉神迷。

简文帝东飞伯劳歌二首

东飞伯劳歌二首[1]

【题解】
　　两首诗都是写歌女的年轻美貌，使人爱怜。

翻阶蛱蝶恋花情，容华飞燕相逢迎⁽²⁾。谁家总角歧路阴⁽³⁾，裁红点翠愁人心⁽⁴⁾。天窗绮井暧徘徊⁽⁵⁾，珠帘玉匣明镜台⁽⁶⁾。可怜年几十三四⁽⁷⁾，工歌巧舞入人意。白日西倾杨柳垂⁽⁸⁾，含情弄态两相知。

【注释】

〔1〕东飞伯劳歌：在《乐府诗集》中，这两首诗收入《杂曲歌辞》，同题诗共收十一首。《东飞伯劳歌》古辞："东飞伯劳西飞燕，黄姑织女时相见。谁家女儿对门居，开颜发艳照里间。南窗北牖桂月光，罗帷绮帐脂粉香。女儿年几十五六，窈窕无双颜如玉。三春已暮花从风，空留可怜谁与同。"伯劳，鸟名，又名鹀或鴂，善鸣。伯劳五月而鸣，俗以为贼害之鸟。简文帝此诗诗题一作《绍古歌》。

〔2〕容华：美丽的容貌。　　飞燕：赵飞燕。

〔3〕总角：指少年人。古代少年儿童束发为两结，向上分开，形如两角，故称总角。　　歧路：岔路。

〔4〕裁红点翠：指采摘花卉。

〔5〕绮（qǐ）井：藻井，即有彩色图案的天花板。因形似井口围栏，故称。　　暧：昏暗，朦胧。

〔6〕匣：一作"箧"。

〔7〕可怜：可爱。　　年几：年纪。几，通"纪"。

〔8〕倾：一作"落"。

西飞迷雀东羁雉⁽¹⁾，倡楼秦女乍相值⁽²⁾。谁家妖丽邻中止⁽³⁾，轻妆薄粉光闾里⁽⁴⁾。网户珠缀曲琼钩⁽⁵⁾，芳茵翠被香气流⁽⁶⁾。少年年几方三六⁽⁷⁾，含娇聚态倾人目⁽⁸⁾。余香落蕊坐相催⁽⁹⁾，可怜绝世谁为媒⁽¹⁰⁾。

【注释】

〔1〕羁（jī）：羁绊，羁留。　　雉（zhì）：野鸡。

〔2〕倡楼：倡家歌舞艺人所居之处。　　秦女：秦穆公之女弄玉，其夫萧史，善吹箫，能吹箫引凤。这里指歌舞艺人。　　乍（zhà）：正，恰

好。　　相值：相当。
〔3〕妖丽：妩媚艳丽。　　邻中：邻里。　　止：居住。
〔4〕闾里：里巷，乡里。
〔5〕网户：雕刻着网状花纹的门窗。《楚辞·招魂》："网户朱缀，刻方连些。"
〔6〕茵（yīn）：垫子，褥子。
〔7〕年几：年纪。　　三六：十八岁。
〔8〕倾：侧。
〔9〕坐：空，徒然。
〔10〕绝世：冠绝当世。

【今译】

　　飞过台阶的蝴蝶留恋花儿真多情，容貌美丽的飞燕正好相逢迎。谁家的女子站在路边树荫下，采摘花卉使人发愁动人心。她在光线昏暗的小屋里独自徘徊，有时又掀开珠帘打开玉匣走上明镜台。可爱的她年纪只有十三四，能歌善舞处处称人意。太阳西沉杨柳向下垂，她含情弄态内心所想只同情人两相知。

　　西边是迷路的飞雀东边是受羁绊的山雉，倡楼里的歌女同它们正好可相比。谁家妩媚艳丽的女子在邻家栖息，她淡施脂粉稍加打扮就已光耀乡里。花窗上的珠帘挂上白玉钩，芬芳的褥被香气四处流。她年纪轻轻只有十八岁，饱含娇态使人侧目而视心怀忧。香将尽花将落徒然相催促，可爱的绝世佳人谁能为媒使她有个好归宿。

元帝杂诗七首

燕 歌 行[1]

【题解】

　　这首诗作者元帝指梁元帝萧绎，即湘东王。南北朝时期，南方是汉族政权，北方是少数民族建立的政权。这首诗写的是一位燕地的女子，丈夫南去"入汉"，心中因思念而产生许多愁怨。

燕赵佳人本自多⁽²⁾，辽东少妇学春歌⁽³⁾。黄龙戍北花如锦⁽⁴⁾，玄菟城前月似蛾⁽⁵⁾。如何此时别夫婿，金羁翠旄往交河⁽⁶⁾。还闻入汉去燕营⁽⁷⁾，怨妾心中百恨生⁽⁸⁾。漫漫悠悠天未晓，遥遥夜夜听寒更⁽⁹⁾。自从异县同心别，偏恨同时成异节。横波满脸万行啼，翠眉渐敛千重结⁽¹⁰⁾。并海连天合不开，那堪春日上春台⁽¹¹⁾。惟见远舟如落叶⁽¹²⁾，复看遥舸似行杯⁽¹³⁾。沙汀野鹤啸羁雌⁽¹⁴⁾，妾心无趣坐伤离⁽¹⁵⁾。翻嗟汉使音尘断⁽¹⁶⁾，空伤贱妾燕南陲⁽¹⁷⁾。

【注释】

〔1〕燕歌行：在《乐府诗集》中，这首诗收入《相和歌辞·平调曲》，同题诗共收十四首。《乐府广题》说："燕，地名也，言良人从役于燕，而为此曲。"可参看本卷魏文帝乐府《燕歌行》二首。

〔2〕燕赵佳人：指美女或舞女歌姬。《古诗十九首·东城高且长》："燕赵多佳人，美者颜如玉。"燕赵，指战国时燕国和赵国，其地今属河北、山西等省。相传两地多美女，且能歌善舞。

〔3〕辽东：辽东城，在今辽宁辽河以东。

〔4〕黄龙戍（shù）：即黄龙城，故址在今辽宁朝阳市，古属燕。

〔5〕玄菟（tù）城：在今朝鲜境内。古属燕。　前：一作"南"。

〔6〕金羁：以黄金为饰的马笼头。　翠旄（mào）：以翠羽为饰的旗帜。旄，通"旄"（máo）。　交河：地名，在今新疆吐鲁番附近。

〔7〕去：离开。

〔8〕心中：一作"愁心"。

〔9〕寒：一作"严"。

〔10〕渐：一作"暂"。

〔11〕堪：一作"宜"。

〔12〕惟：一作"乍"。

〔13〕舸（gě）：大船。

〔14〕沙汀（tīng）：小沙洲。　野：一作"夜"。　羁雌：指被关在笼中的雌鹤。

〔15〕无趣坐伤离：一作"无怨生伤离"。

〔16〕翻：反转。　汉使：指入汉的丈夫。　断：一作"绝"。

〔17〕陲（chuí）：边境。

【今译】

　　燕赵美女本来就很多，辽东少妇在学唱春歌。黄龙城北鲜花似锦，玄菟城前月儿弯弯像黛蛾。为什么就在此时夫婿要别去，骑着骏马高举旌旗赴交河。又听说他又入汉离开了燕营，哀怨的我心中千愁百恨生。漫漫长夜天色尚未亮，长夜漫漫只听到寒风中传来的残更声。自从分别两人各在他乡异县，只恨同时两人却过着不同的节。满脸泪水泪珠万行下，黛眉深锁似有千重结。海天相连苍茫一片分不开，怎能忍受春光明媚独自登春台。只见远处的舟船像落叶，再看远方的巨舰又像小杯移过来。沙洲上的野鹤为雌鹤被缚而哀嘶，我内心毫无生趣只因痛伤久别离。反教我嗟叹丈夫入汉音信又断绝，让我独留燕南边陲空悲凄。

乌栖曲四首[1]

【题解】

　　这四首《乌栖曲》都是写诗人（梁元帝）与美丽的宫女嬉游的情景和感受。

　　沙棠作船桂为楫[2]，夜渡江南采莲叶。复值西施新浣纱[3]，共泛江干瞻月华[4]。

【注释】

〔1〕乌栖曲四首：在《乐府诗集》的《清商曲辞·西曲歌》中，收梁

元帝《乌栖曲》六首,第一、二首《玉台新咏》作萧子显诗,已见前。这里所收是第三、四、五、六首。

〔2〕沙棠:木名,木材可造船,据说食其果实入水不溺,见《山海经·西山经》。晋郭璞《沙棠》诗:"安得沙棠,制为龙舟,泛彼沧海,眇然遐游。"《拾遗记》说,汉成帝常与赵飞燕戏太液池,沙棠为舟,贵其不沉没也。　楫(jí):船桨。

〔3〕西施:春秋越国美女,常在溪边浣纱。越王勾践将她献给吴王夫差,迷乱吴王。越灭吴后,她随范蠡同泛五湖。　浣(huàn):洗。

〔4〕泛:一作"向"。　江干(gān):江边。　瞻:一作"眺"。月华:月光。

月华似碧星如珮[1],流影灯明玉堂内[2]。邯郸九投朝始成[3],金卮银碗共君倾[4]。

【注释】

〔1〕碧:一作"璧"。

〔2〕灯:一作"澄"。

〔3〕邯郸(hán dān):指酒。邯郸在战国时为赵国都城(今属河北),所造之酒淳厚。　九投:即"九酘",指多次酿造。投,一作"枝"。

〔4〕卮(zhī):古代盛酒器。　银:一作"玉"。　倾:倾杯,即饮酒干杯。

交龙成锦斗凤纹[1],芙蓉为带石榴裙[2]。日下城南两相忘[3],月没参横掩罗帐[4]。

【注释】

〔1〕锦:有彩色图案花纹的丝织品。

〔2〕芙蓉:荷花的别名。《楚辞·离骚》:"制芰荷以为衣兮,集芙蓉以为裳。"　石榴裙:红裙。

〔3〕相忘:指相忘形骸,彼此不拘形迹,无所顾忌。《庄子·大宗师》:"相濡以沫,不如相忘于江湖。"

〔4〕参(shēn)横:参星下沉。

七彩随珠九华玉[1],蛱蝶为歌明星曲[2]。兰房椒阁夜方开[3],那知步步香风逐。

【注释】

〔1〕随珠:传说中随侯所得的宝珠。　九华:多彩,十分华丽。
〔2〕明星:传说中华山仙女名。
〔3〕兰房:兰香熏染的香闺。　椒(jiāo)阁:椒泥涂壁的香阁。椒,花椒,有香气,种子可用来涂壁。

【今译】

沙棠做的船桂木做的桨,为了采莲夜渡江湖来到江南水乡。正碰到西施般的美女刚到水边来洗纱,一同泛游江边共赏美丽的月光。

明月就像璧玉星星就像玉珮,灯下官女起舞弄影欢舞在玉堂内。邯郸美酒反复酿造今朝刚酿成,她们举起金卮银碗要同你干一杯。

她们的锦衣龙凤相交多美的花纹,荷花为衣带身上穿着红色石榴裙。日落城南尽情欢乐两相忘,直到月儿西落参星下沉才放下罗帐。

她们身佩七彩的珍珠多彩的玉,像蝴蝶一般翩翩起舞歌唱明星曲。芬芳的闺房楼阁至夜方打开,谁知每走一步都有香风相追逐。

别诗二首

【题解】

一位生长在江边的女子,想念分别已久的情人,希望情人能捎来好消息。第二首最后一句,与《诗经·郑风·褰裳》中的"子不我思,岂无他人"意同。

别罢花枝不共攀,别后书信不相关。欲觅行人寄消息[1],衣带潮水暝应还[2]。

三月桃花含面脂⁽³⁾,五月新油好煎泽⁽⁴⁾。莫复临时不寄人,漫道江中无估客⁽⁵⁾。

【注释】

〔1〕行人：使者。

〔2〕暝：日暮，黄昏。

〔3〕脂：胭脂。

〔4〕泽：指化妆用的脂膏。

〔5〕漫道：莫说，不要说。　估客：行商。南朝乐府"西曲歌"中有《估客乐》，为齐武帝萧赜所制。齐释宝月有《估客乐》二首："郎作十里行，侬作九里送。拔侬头上钗，与郎资路用。""有信数寄书，无信心相忆。莫作瓶落井，一去无消息。"

【今译】

分别之后我们不能共同去摘花，别后的书信也与我不相关。想找一位使者传递消息，料想他衣上带着潮水黄昏之时当回还。

三月的桃花藏着搽脸的胭脂，五月的新油正好用来煎成脂膏。千万不要临到事情发生之时不给我传递消息，不要说江上往来没有行商富豪。

沈约杂曲三首

赵 瑟 曲⁽¹⁾

【题解】

这首诗写诗人欣赏歌舞的感受。

邯郸奇弄出文梓[2]，萦弦急调切流徵[3]，玄鹤徘徊白云起。白云起，郁披香[4]。离复合，曲未央。

【注释】

〔1〕赵瑟曲：《乐府诗集·清商曲辞》收沈约《江南弄四首》，这一首和以下两首为《江南弄四首》中的前三首。赵瑟，即瑟。因这种乐器战国时流行于赵国，故称"赵瑟"。

〔2〕邯郸：战国时赵国国都。　弄：乐曲。　文梓：即梓树，一种优质木材，可用来制瑟。

〔3〕切：一作"急"。　徵（zhǐ）：古代五音"宫、商、角、徵、羽"之一。

〔4〕郁：浓郁。　披：分散。

【今译】

邯郸美妙的乐曲从梓木所制的赵瑟中传出，绕上瑟弦急忙调弦发出徵声急促，黑鹤徘徊不安白云在空中飘浮。白云飘浮在空中，散播开来的芳香浓。分开之后再聚合，演奏一曲尚未终。

秦筝曲[1]

【题解】

这首诗写诗人欣赏歌舞的感受。

罗袖飘䌰拂雕桐[2]，促柱高张散轻宫[3]，迎歌度舞遏归风[4]。遏归风，止流月[5]。寿万春，欢无歇。

【注释】

〔1〕秦筝：古秦地（今陕西一带）流行的一种似瑟的弦乐器，相传为秦代蒙恬所造，故名"秦筝"。

〔2〕飘䍀（lí）：轻轻飘动。　雕桐：本指用桐木制成的雕绘精美的古琴，这里指秦筝。
〔3〕促柱：将系弦的柱绷紧后音高而促。　高张：将弦绷紧。散：发散，指弹奏出乐音。　宫：五音"宫、商、角、徵、羽"之一。
〔4〕度（duó）舞：投足而舞。　遏（è）：止。
〔5〕流月：移动的月亮。

【今译】
　　她的衫袖在精美的秦筝上轻轻飘动，将弦绷紧弹奏出轻快的乐曲乐声飘扬在空中，随着歌声踏步起舞止住了回归的风。止住了回归的风，止住了移动的月。恭祝万寿无疆，欢乐永无休歇。

阳 春 曲[1]

【题解】
　　这首诗写一位舞女的心思。

　　杨柳垂地燕差池，缄情忍思落容仪[2]，弦伤曲怨心自知。心自知，人不见。动罗裙，拂珠殿[3]。

【注释】
〔1〕阳春：战国时楚国一种高雅的乐曲，见宋玉《对楚王问》。
〔2〕缄（jiān）：封，闭。　落：落下，收敛。
〔3〕珠殿：用珠宝装饰起来的宫殿。

【今译】
　　杨柳轻拂地面乳燕双飞参差，她强忍住情思收敛起容仪，乐曲声中的忧伤哀怨只有她自知。只有她自知，别人谁也看不见。她摆动着罗裙翩翩起舞，她的罗裙轻拂着满是珠宝的宫殿。

范靖妻沈氏晨风行一首

晨 风 行(1)

【题解】

诗人（范靖妻沈满愿）倾诉对丈夫的思念。

理楫令舟人，停舻息旅薄河津(2)。念君劬劳冒风尘(3)，临路挥袂泪沾巾。飙流劲润逝若飞(4)，山高帆急绝音徽(5)。留子句句独言归(6)，中心茕茕将依谁？风弥叶落永离索(7)，神往形返情错漠(8)。循带易缓愁难却(9)，心之忧矣颇销铄(10)。

【注释】

〔1〕晨风行：在《乐府诗集》中，这首诗收入《杂曲歌辞》，作者题为"范静妻沈氏"。沈氏，即沈满愿，见卷五"范靖妇四首"。《诗经·秦风·晨风》写一位女子想念情人："彼晨风，郁彼北林。未见君子，忧心钦钦。如何如何，忘我实多。"晨风，鸟名，即鹯，似鹞。

〔2〕舻（lú）：舳舻，本指船头和船尾，这里指船。　旅：行。薄：靠近。　津：渡口。

〔3〕劬（qú）劳：劳累。

〔4〕飙（biāo）流：急速的气流，即暴风。　劲润：一说，疑为"劲阔"。　逝：指离去。

〔5〕音徽：音讯，书信。

〔6〕留：挽留。

〔7〕离索：离群索居，孤单寂寞的样子。

〔8〕错漠：同"错莫"，纷乱昏沉的样子。

〔9〕循带：围腰的衣带。　缓：宽松。　却：消退。

〔10〕销铄（shuò）：憔悴，枯槁。

【今译】

　　传令船夫收起船桨，停止前行将船停靠在渡口旁。想到夫君辛苦劳累风尘仆仆，临上路时挥动衣袖眼泪落到衣巾上。像狂风劲吹那样他离去就像飞，山高船急音讯断绝心伤悲。挽留他时我句句交代说的都是早日归，心中孤寂今后的日子将靠谁？四处风起树叶飘落我永远都是孤单寂寞，精神随他而去人虽返回情绪却纷乱低落。人渐消瘦衣带渐宽忧愁实在难排遣，心中真是忧伤啊我已是十分憔悴羸弱。

张率白纻歌辞三首

白纻歌辞三首[1]

【题解】

　　三首诗都是写独居的女子对远方丈夫的情思。

　　秋风萧条露垂叶[2]，空闺光尽坐愁妾。独向长夜泪承睫[3]，山高水远路难涉[4]，望君光景何时接[5]。

【注释】

　〔1〕白纻歌辞三首：在《乐府诗集·杂舞·白纻舞辞》中，收张率《白纻歌》九首，这里是其中的三首。关于白纻歌，可参看本卷鲍照《代白纻歌辞二首》。
　〔2〕萧：一作"鸣"。
　〔3〕夜：一作"安"。　承睫（jié）：含泪。睫，睫毛，眼睑上下边缘的细毛。
　〔4〕远：一作"深"。

〔5〕光景：光辉，喻恩宠。　　接：承接，承受。

日暮搴门望所思(1)，风吹庭树月入帷。凉阴既满草虫悲(2)，谁能离别长夜时。流叹不寝泪如丝，与君之别终何如(3)。

【注释】
〔1〕搴（qiān）门：撩起门帘。搴，同"褰"，提起。
〔2〕凉阴：同"凉荫"，指居处的荫凉。　　草虫：指蟋蟀，秋冬寒冷之时常鸣叫着进入室中。
〔3〕如：一作"知"。

愁来夜迟犹叹息(1)，抚枕思君终反仄(2)。金翠钗镮稍不饰(3)，雾縠流黄不能织(4)。但坐空闺思何极，欲以短书寄飞翼(5)。

【注释】
〔1〕来：一作"多"。迟：晚，深。
〔2〕反仄（zè）：同"反侧"，翻来覆去，指坐卧不安。仄，一作"侧"。
〔3〕金翠：黄金和翠玉制成的饰物。　　钗：用来绾住头发的首饰，由两股簪子交叉组合而成。　　镮（huán）：镮钏，手镯。　　稍：逐渐。
〔4〕雾縠（hú）：一种薄似云雾的轻纱。　　流黄：黄色的绢。
〔5〕短书：指书信。宋赵彦卫《云麓漫钞》说："唐国子祭酒李涪刊误云：短书出晋宋兵革之际，时国禁书疏，非吊丧问疾不得行尺牍……启事论兵皆短而缄之，贵易于隐藏。"　　飞翼：飞鸟。

【今译】
　　秋风萧瑟霜重露浓叶儿低下头，深闺空寂时光渐晚我空自忧愁。孤身一人度过长夜眼里泪难收，山高水远想去寻他路难走，亟盼夫君光宠我何时能承受。

太阳落山撩起门帘眺望我日夜之所思,风吹庭树月光穿过帷帘照进了暗室。室中满是荫凉只有蟋蟀在悲嘶,谁能离别之后竟能熬过这漫漫长夜时。流泪叹息不能入睡泪下就像丝,与夫君离别的伤痛究竟有谁知。

忧愁袭来夜已深沉仍然在叹气,抚摩枕席思念郎君始终反侧难安息。黄金翠玉金钗玉镯渐渐少装饰,轻纱黄绢也无心思去纺织。只是独坐空闺相思不知何处是终极,打算将书信托付飞燕双翼捎给你。

萧子显乌栖曲一首

乌 栖 曲[1]

【题解】

这首诗主要写"窈窕淑女,君子好逑"的美好情怀。

芳树归飞聚俦匹[2],犹有残光半山日。莫惮褰裳不相求[3],汉皋游女习风流[4]。

【注释】

〔1〕乌栖曲:在《乐府诗集》中,这首诗收入《清商曲辞·西曲歌》,同题诗共收二十六首。

〔2〕归飞:鸟名。北魏郦道元《水经注·温水》:"时禽异羽,翔集间关。兼比翼鸟,不比不飞。鸟名'归飞',鸣声自呼。" 俦(chóu)匹:伴侣。

〔3〕惮(dàn):害怕。 褰(qiān)裳:提起下裳。《诗经·郑风·褰裳》:"子惠思我,褰裳涉溱。子不我思,岂无他人。"

〔4〕汉皋：山名，在湖北襄阳西北，相传周郑交甫于汉皋台下遇二女，二女解珮相赠。　游女：指郑交甫所遇游于江滨的江妃二女，传说中的神女。汉刘向《列仙传·江妃二女》："江妃二女者，不知何所人也，出游于江汉之湄，逢郑交甫，见而悦之，不知其神人也。"　习：习惯，习惯于。　风流：风雅潇洒，风韵美好动人。

【今译】
　　归飞鸟成双成对聚集在芳香的树林，半山间尚有残阳余晖照临。不要怕撩衣涉水而不去追求，那江汉神女一般美丽的女子依然风雅潇洒美好动人。

庾信杂诗四首

燕 歌 行⁽¹⁾

【题解】
　　《乐府解题》说："晋乐奏魏文帝《秋风》《别日》二曲，言时序迁换，行役不归，妇人怨旷无所诉也。"《秋风》《别日》即魏文帝曹丕《乐府燕歌行二首》，见本卷。这首《燕歌行》，也是写一位女子丈夫久戍不归的悲诉。

　　代北云气昼夜昏⁽²⁾，千里飞蓬无复根⁽³⁾。寒雁嗈嗈渡辽水⁽⁴⁾，桑叶纷纷落蓟门⁽⁵⁾。晋阳山头无箭竹⁽⁶⁾，疏勒城中乏水源⁽⁷⁾。属国征戍久离居⁽⁸⁾，阳关音信绝复疏⁽⁹⁾。愿得鲁连飞一箭⁽¹⁰⁾，持寄思归燕将书。渡辽本自有将军⁽¹¹⁾，寒风萧萧生水纹⁽¹²⁾。妾惊甘泉足烽火⁽¹³⁾，君讶渔阳少阵云[14]。自从将军出细柳[15],荡子空床难独守[16]。盘龙明镜饷秦嘉[17],辟恶生香寄韩寿[18]。春分燕来能几日,二月蚕眠不能久[19]。洛阳游丝百丈连[20],黄河春冰千片穿。桃花颜色好如马[21],榆荚新开巧似钱[22]。葡萄一杯千日醉[23],无事九转学神仙[24]。定取金丹作几服[25],能令华表得千年[26]。

【注释】
〔1〕燕歌行:在《乐府诗集》中,这首诗收入《相和歌辞·平调曲》,同题诗共收十四首。关于《燕歌行》,可参看本卷魏文帝乐府《燕歌行》二首。
〔2〕代北:古地区名,泛指汉、晋代郡以北地区,当今山西北部及河北西北部一带。　夜:一作"昏"。
〔3〕飞蓬:指枯后根断随风飞旋的蓬草。
〔4〕嗯嗯:一作"丁丁",一作"一一"。
〔5〕蓟(jì)门:即"蓟丘",古地名,在北京城西德胜门外西北隅。
〔6〕晋阳:古地名,即今山西太原。　箭竹:竹的一种,竹质坚硬,可制箭。《战国策·赵策》说,赵襄子守晋阳,苦于无箭,"张孟谈曰:'臣闻董子之治晋阳也,公宫之垣,皆以狄蒿苫楚之,其高至丈余,君发而用之。'于是发而试之,其坚则箘簬之劲不能过也"。
〔7〕疏勒:古代西域国名,在今新疆。《后汉书·耿恭传》说,耿恭守疏勒城,匈奴断其水源。"恭于城中穿井十五丈不得水,吏士乏渴……乃整衣服向井再拜,为吏士祷。有顷,水泉奔出。"
〔8〕属(shǔ)国:附属国,也指主管附属国事务的官(典属国)。
〔9〕阳关:古关名,在今甘肃敦煌西南,因在玉门关南,故称"阳关"。
〔10〕鲁连:鲁仲连。《史记·鲁仲连邹阳列传》说:"齐田单攻聊城岁余,士卒多死而聊城不下。鲁连乃为书,约之矢以射城中,遗燕将。"燕将见鲁连书,泣三日,乃自杀,齐遂破聊城。
〔11〕将军:指吴棠。《后汉书·南匈奴列传》说,永平八年,"始置度辽营,以中郎将吴棠行度辽将军事"。
〔12〕寒风萧萧:指荆轲刺秦王。《史记·刺客列传》说,荆轲将出发刺秦王,燕太子丹送至易水边,荆轲歌道:"风萧萧兮易水寒,壮士一去兮

不复还!" 纹:一作"滨"。

〔13〕甘泉:甘泉宫,故址在今陕西淳化西北甘泉山。 足:一作"旦"。

〔14〕渔阳:地名。战国燕置渔阳郡,秦汉治所在渔阳(今北京密云西南)。 少:一作"多"。

〔15〕细柳:细柳营,在今陕西咸阳西南。《史记·绛侯周勃世家》说,汉文帝时,周亚夫为将军,屯军细柳,军纪严明,受到文帝称赞。

〔16〕荡子:原指浪游不归的男子,这里指征戍在外的丈夫。 难独守:一作"定难守"。《古诗十九首·青青河畔草》:"荡子行不归,空床难独守。"见卷一枚乘《杂诗九首》。

〔17〕饷(xiǎng):赠送。 秦嘉:东汉人,与其妻徐淑感情笃好,曾在临行前将宝钗、明镜、芳香、素琴留赠妻子,在《重报妻书》中说:"明镜可以鉴形,宝钗可以耀首,芳香可以馥身去秽,麝香可以辟恶气,素琴可以娱耳。"可参看卷一秦嘉《赠妇诗三首》。

〔18〕辟:同"避"。 韩寿:晋人,贾充任命他为司空掾,贾充之女贾午与他私通,并盗西域异香赠给他。贾充发现后,便将女儿嫁给了他。见《晋书·贾谧传》《世说新语·惑溺》。

〔19〕能:一作"复"。 久:一作"食"。

〔20〕游丝:指飘荡在空中的蜘蛛丝或柳丝。

〔21〕好如:一作"如好"。 马:指古代名马桃花马,毛色白中有红点。

〔22〕榆荚(jiá):榆树的果实,初春时先于叶而生,形如铜钱,俗称榆钱。汉代有一种轻而薄的钱币,因形似榆荚,也叫榆钱。 巧似钱:一作"似细钱"。

〔23〕千日醉:指喝千日酒而醉千日。古代传说中山人狄希能造千日酒。晋张华《博物志》说,刘玄石到中山酒家买千日酒喝,归家后一醉不醒,家人以为他已死去,便放入棺中安葬。三年后,酒家计千日已满,来家探视,于是开棺,他才从醉中醒来。

〔24〕九转:指道家的九转金丹,经九次提炼而制成,据说服后能成仙。

〔25〕几(jī):时机,机会。

〔26〕华表:原指设于道路旁指示道路的木柱,后来也指立于桥梁、宫殿、城垣或陵墓前兼作装饰用的巨大柱子。晋陶潜《搜神后记》说:"丁令威,本辽东人,学道于灵虚山,后化鹤归辽,集城门华表柱。"后来飞去,在空中徘徊说:"有鸟有鸟丁令威,去家千年今始归。城郭如故人民非,何不学仙冢累累。"

【今译】

　　代北云气浓重白天黑夜总是昏沉沉,随风千里飞转的蓬草不再有根。寒雁鸣叫着渡过了辽水,桑叶纷纷随风飘落在蓟门。晋阳山头已无造箭的劲竹,疏勒城中水源也用尽。丈夫远征长久地离别分居,他远在阳关已断绝了音讯。真希望鲁仲连一箭能解困,因为这一箭送去了给思归燕将的书信。渡辽本来就有吴将军,何劳荆轲寒风萧萧辞行在水滨。甘泉燃起烽火让我心惊,你大概也惊讶渔阳为何缺少战争的乌云。自从将军走出了细柳营,丈夫的空床实在难独守。经常想着秦嘉送给妻子盘龙镜,还有那贾午偷盗西域异香赠韩寿。春分之时乳燕归来能停留几日,二月蚕眠也不能持久。洛阳蛛丝柳丝百丈犹相连,黄河解冻春天的冰块千片万片穿过河床往前走。桃花绽放有红有白就像桃花马,榆荚新开果实连片工巧就像榆钱。愿喝一杯葡萄美酒一醉达千日,闲来无事服食九转金丹学神仙。一定要取来九转金丹伺机而服下,能令我如同丁令威那样成仙化鹤停于华表享寿千年。

乌 夜 啼[1]

【题解】

　　这首诗以乌鹊夜中惊啼作比兴,写女子婚恋不幸的痛苦。

　　促柱繁弦非子夜[2],歌声舞态异前溪[3]。御史府中何处宿[4]?洛阳城头那得栖[5]。弹琴蜀郡卓家女[6],织锦秦川窦氏妻[7]。讵不自惊长泪落,到道啼乌恒夜啼[8]。

【注释】

　　〔1〕乌夜啼:《乐府诗集·清商曲辞·西曲歌》收庾信《乌夜啼》二首,这是第一首。《旧唐书·音乐志》说:"《乌夜啼》,宋临川王义庆所作也。元嘉十七年,徙彭城王义康于豫章。义庆时为江州,至镇,相见而哭,为帝所怪,征还宅,大惧。妓妾夜闻乌啼声,扣斋云:'明日应有赦。'其年更为南兖州刺史,作此歌。……今所传歌似非义庆本旨。"

〔2〕促柱繁弦：指琴声急促繁杂。促柱，旋紧的弦柱。繁弦，繁杂的乐声。　子夜：即《子夜歌》，为乐府《清商曲辞》中的《吴声歌曲》名。《旧唐书·音乐志》说："《子夜歌》者，晋曲也。晋有女子名子夜，造此声，声过哀苦。"

〔3〕前溪：即《前溪歌》，为乐府《清商曲辞》中的《吴声歌曲》名。《宋书·乐志》说："《前溪歌》者，晋车骑将军沈玩所制。"郗昂《乐府解题》则说："《前溪》，舞曲也。"庾信《荡子赋》有"新歌《子夜》，旧舞《前溪》"句。

〔4〕御史：指汉代御史大夫朱博。《汉书·朱博传》说，他在任此职之前，何武为御史大夫。"是时御史府吏舍百余区井水皆竭；又其府中列柏树，常有野乌数千栖宿其上，晨去暮来，号曰'朝夕乌'，乌去不来者数月，长老异之。"

〔5〕洛阳：东汉首都。《后汉书·五行志》载桓帝初童谣："城上乌，尾毕逋……"刺当时统治者横征暴敛。

〔6〕卓家女：指汉代卓王孙之女卓文君。《史记·司马相如列传》说，司马相如至临邛，夜访卓王孙，知文君新寡，以琴声挑之，文君与他夜奔成都。又据《西京杂记》，司马相如将聘茂陵女子为妾，文君作《白头吟》以自绝，相如乃止。

〔7〕窦氏妻：指苏蕙。《晋书·列女传》说，十六国时，前秦窦滔久戍不归，其妻苏蕙思念他，织锦为《回文旋图诗》以赠，全诗共840字，纵横反复均成章句，词意哀婉动人。

〔8〕道：一作"头"。

【今译】

琴声急促弹奏的却不是《子夜》，歌声舞姿也不同于《前溪》。这些受惊的乌鹊御史府中在何处止宿？洛阳城头又哪里能够安息。就像那喜爱弹琴但却新寡的蜀郡卓文君，又像那秦川织锦赠夫的窦氏妻。岂不暗自惊心泪长流，到头来也像啼乌那样常在夜中啼。

怨　诗[1]

【题解】

一位南方金陵的女子，嫁到北方长安，由于战乱频仍，不能回乡探视,这首诗写的就是她的思乡之情。庾信初仕梁,后出使西魏,滞留不归。这首诗有所寄托,是他自伤身世之作。

家住金陵县前⁽²⁾,嫁得长安少年⁽³⁾。回头望乡泪落,不知何处天边。胡尘几日应尽⁽⁴⁾?汉月何时更圆?为君能歌此曲,不觉心随断弦⁽⁵⁾。

【注释】
〔1〕怨诗:在《乐府诗集》中,这首诗收入《相和歌辞·楚调曲》,题作《怨歌行》。
〔2〕金陵:古邑名,即今江苏南京。战国楚威王灭越后在此建金陵邑,因楚威王曾在此埋金以镇王气,故名金陵。后三国吴、东晋、宋、齐、梁、陈六朝都在此建都。
〔3〕长安:今陕西西安。
〔4〕胡尘:指北方和西方少数民族入侵的烟尘。
〔5〕断弦:断绝的琴弦,这里指断绝的弦音余响。

【今译】
　　我家住在金陵县府之前,到北方来嫁给长安少年。回头眺望故乡泪水直落,不知什么地方是天边。北方战争的烟尘什么时候才能消尽?汉家明月什么时候才会更圆?我为你歌唱这首《怨歌行》,不觉心随断弦余响更感哀痛欲绝。

舞媚娘⁽¹⁾

【题解】
　　一位女子感叹青春难驻,表示年少时当尽情欢乐。

　　朝来户前照镜,含笑盈盈自看。眉心浓黛直点,额角轻黄细安⑵。只疑落花漫去⑶,复道春风不还。少年惟有欢乐,饮酒那得留钱⑷。

【注释】
〔1〕舞媚娘:在《乐府诗集》中,这首诗收入《杂曲歌辞》。
〔2〕黄:额黄,六朝和唐代女子在额上涂黄,以作妆饰。
〔3〕谩:通"漫",胡乱,随便。
〔4〕钱:一作"残"。

【今译】
　　早上走到窗前来照镜,含笑盈盈对镜自看。眉心深处用浓浓的青黛直点,额角上约黄仔细地安。她只疑落花胡乱地散去,又说道春风为何不回还。年少之时只有尽情地欢乐,饮酒当尽兴干杯哪能留残。

徐陵杂曲二首

乌　栖　曲⑴

【题解】
　　夜中情侣欢聚,希望时光凝固,永远不要天明。

　　绣帐罗帷隐灯烛,一夜千年犹不足。惟憎无赖汝南鸡⑵,天河未落犹争啼⑶。

【注释】

〔1〕乌栖曲:《乐府诗集·清商曲辞·西曲歌》收徐陵《乌栖曲》二首,这是第二首。

〔2〕无赖:指无聊多事而使人生厌。　　汝南鸡:古代汝南(今属河南)所产之鸡,善鸣。《乐府诗集·杂歌谣辞》有《鸡鸣歌》,中有"东方欲明星烂烂,汝南晨鸡登坛唤"之句。

〔3〕天河:银河。

【今译】

相拥在绣帐罗帷灯烛闪烁,一夜长达千年也不嫌多。只恨那讨厌的汝南鸡,争相啼鸣但银河还未西落。

杂　曲[1]

【题解】

这首诗主要描写陈后主陈叔宝艳妃张丽华的娇美和得宠。

倾城得意已无俦[2],洞房连阁未消愁。宫中本造鸳鸯殿,为谁新起凤凰楼[3]。绿黛红颜两相发[4],千娇百念情无歇[5]。舞衫回袖向春风[6],歌扇当窗似秋月。碧玉宫妓自翩妍[7],绛树新声自可怜[8]。张星旧在天河上[9],从来张姓本连天。二八年时不忧度[10],旁边得宠谁相妒[11]?立春历日自当新[12],正月春幡底须故[13]。流苏锦帐挂香囊[14],织成罗幌隐镫光[15]。只应私将琥珀枕[16],暝暝来上珊瑚床[17]。

【注释】

〔1〕杂曲:在《乐府诗集》中,这首诗收入《杂曲歌辞》,同题诗共

收八首。

〔2〕倾城：指倾国倾城的绝世美女，语出李延年《歌诗》，见卷一。这里指陈后主宠妃张丽华。《陈书·皇后传》说："后主自居临春阁，张贵妃居结绮阁，龚、孔二贵嫔居望仙阁，并复道交相往来……以宫人有文学者袁大舍等为女学士。后主每引宾客对贵妃等游宴，则使诸贵人及女学士与狎客共赋新诗，互相赠答，采其尤艳丽者以为曲词，被以新声，选宫女有容色者以千百数习而歌之，分部迭进，持以相乐。其曲有《玉树后庭花》《临春乐》等，大指所归，皆美张贵妃、孔贵嫔之容色也。"　无俦（chóu）：指没有同样美丽的人可同她相比。俦，比，相比。

〔3〕为谁新起：一作"为起新妆"。

〔4〕绿黛：青绿色，指女子黛眉。古代女子以青黛画眉，呈青黑色。

〔5〕念：一作"态"。

〔6〕向：一作"胜"。

〔7〕碧玉：旧说为南朝宋汝南王的爱妾。但宋无汝南王，晋有汝南王，"宋"疑当作"晋"。汝南王为她写了《碧玉歌》，见《乐府诗集·清商曲辞》。梁元帝《采莲赋》也有"碧玉小家女，来嫁汝南王"之句。　宫妓：宫中艺人。　翩妍：轻盈美丽。

〔8〕绛（jiàng）树：三国时代有名的歌舞艺人。三国魏曹丕《答繁钦书》："今之妙舞莫巧于绛树，清歌莫善于宋腾。"　自：一作"最"。

〔9〕张星：星宿名，二十八宿之一。这里影射张贵妃。　天河：银河。

〔10〕二八：指十六岁。

〔11〕相：一作"应"。

〔12〕立春历日：指立春之日。《晋书·礼志》说，太史每岁上年历，立春，读五时令，服各随其方色，帝御座，尚书以下就席，读讫，赐酒讫。《续汉书》说，立春之日，夜漏未尽五刻，京都百官皆衣青，立春幡，施土牛耕人于门外。

〔13〕春幡（fān）：春旗，旧俗，在立春之日，挂春幡于树梢，或剪缯绢成小幡，连缀簪之于首，表示迎春。　底须：何须，何必。

〔14〕流苏：用彩色羽毛或丝线制成的穗子。

〔15〕幌（huǎng）：布幌，窗帘。　镫：同"灯"。

〔16〕将：持。　琥珀（hǔ pò）：矿物名，是古代松柏树脂落入地下所形成的化石，可作香料，也可作装饰品。

〔17〕珊瑚：一种腔肠动物所分泌的石灰质之物，形如树枝，可作装饰品。

【今译】

　　她的美丽得宠已无人能同她相比,深邃的闺房成片的楼阁都未能消除她的忧愁。宫中本来已造了鸳鸯殿,如今又为谁新起了凤凰楼。青绿色的美眉红润的脸颊交相辉映,千娇百态情意缠绵无休歇。起舞时衫袖回旋拂拭迎向春风,歌唱时以扇遮面临窗形似秋天的明月。宫女乐伎徒然轻盈美丽,她们歌唱弹奏新声空自可怜。她就像张宿仍然处在银河之上,从来张姓本是连着天。十六岁的青春年华不愁难度,旁边谁会得宠与她相妒?立春之时一切自会更新,正月簪首上的春幡何须如故。锦帐上的流苏垂挂着香囊,精织而成的帷幔隐隐闪烁着灯光。她只应私下里拿着琥珀枕,在夜幕中走过来登上君王的珊瑚床。

卷 十

　　与卷九相同，本卷所录也可视为以上各卷的补遗。从内容上看，全为以女性为中心的"艳诗"；从语言形式看，全为五言四句的小诗。

　　一般人认为，这是古代的"绝句"。卷首第一篇，就名为"古绝句"。但当时就有"绝句"之名吗？逯钦立说："六朝人有断句体，绝无绝句名目，四首盖后人附入《玉台》者。"(《先秦汉魏晋南北朝诗·汉诗》)。说"后人附入"，似缺乏根据。本卷萧纲就有《绝句赠丽人》《咏灯笼绝句诗》。吴均也有《杂绝句四首》。可见南朝时已出现了"绝句"之名。至于后人认为"绝句"是截取"律诗"四句而成，这种说法与事实不符，此类五言四句诗早在汉魏诗（尤其是乐府诗）中就已产生，后来才发展而成格律诗中的绝句（律绝）。

　　从本卷所录绝句中可以看到最早的绝句是从民间歌谣、乐府中产生，然后文人才大量写作，后来又受齐梁"永明体"影响，加以平仄格律规范，终于在唐代形成诗律严谨的近体"绝句"。

　　《古绝句四首》逯钦立编入"汉诗"。第一首用隐语和双关表达情意，类似先秦时的"谐隐"，说明绝句源头甚远，其来有自。

　　《贾充与妻李夫人连句诗》出现了二人连句的形式，本卷所录梁武帝萧衍诗中也有君臣《连句诗》。"连句"也可能是"绝句"初产生时的一种形式。

　　其实，在汉乐府诗中早已出现五言四句的短歌，如杂曲歌辞中的《枯鱼过河泣》古辞，但大量涌现则在南朝乐府民歌中。本卷所录《西曲歌》《吴歌》，可以窥见当时之盛况。这些民歌多咏男女相思之情，语言直白，风格清新，吴声歌则多谐音双关隐语，充满民歌情调，深为人们喜爱。

在乐府民歌影响之下，文人开始大量写作。本卷所录南朝宋孝武帝刘骏、梁武帝萧衍、皇太子萧纲都有流传至今的优秀诗篇。萧衍的《春歌》《夏歌》《秋歌》《子夜歌》《上声歌》等，明显看到受《吴声歌》的影响。

值得注意的是，齐梁时代"永明体"的倡导者和著名诗人王融、沈约、谢朓（他们都属"竟陵八友"）也写了不少"绝句"，也把他们所提倡的新诗体带入这种五言四句的小诗中。由于他们对声律和对偶的注重，对催生唐代"律绝"发挥了巨大作用。

在萧衍、萧纲父子带动下，围绕在他们身边或受他们影响的许多梁陈诗人，如本卷所录何逊、吴均、刘令娴、萧子显、刘孝绰、庾肩吾、王台卿、刘孝威等诗人，也有不少优秀"绝句"传世。

古绝句四首

绝句，诗体名，是一种每首四句的诗。从字数上分，主要有五言（每句五字）绝句和七言（每句七字）绝句两种；从格律上分，有古体绝句和近体绝句（产生于唐代格律诗产生之后，又称律绝）两种。明代胡应麟说："五七言绝句，盖五言短古，七言短歌之变也。五言短古，杂见汉魏诗中不可胜数，唐人绝体，实所从来。"（《诗薮·内编》卷六）本卷所收，全为五言古绝句。

古绝句四首[1]

【题解】

四首"古绝句"都是写女子的相思。第一首"藁砧今何在"，写一位女子盼望远处的丈夫早日归来。整首诗用隐语和谐音来表达情意。唐吴兢《乐府古题要解·藁砧今何在》说："'藁砧今何在'，藁砧，鈇也，问夫何处也。'山上复有山'，重山为'出'字，言夫不在也。'何当大刀头'，刀头有环，问夫何时当还也。'破镜飞上天'，言月半当还也。"宋严羽《沧浪诗话》说这首诗"僻辞隐语也"。第二首"日暮秋云阴"，写一位女子盼望与情人通音信。第三首"菟丝从长风"，写一位女子不愿与丈夫离别。第四首"南山一桂树"，写一位女子希望与丈夫长相厮守。

藁砧今何在[2]？山上复有山[3]。何当大刀头[4]？破镜飞上天[5]。

日暮秋云阴，江水清且深。何用通音信[6]？莲花玳瑁簪。

菟丝从长风[7]，根茎无断绝。无情尚不离，有情安可别？

南山一桂树[8]，上有双鸳鸯。千年长交颈[9]，欢爱不相忘[10]。

【注释】

〔1〕古绝句四首：今人逯钦立在《先秦汉魏晋南北朝诗·汉诗》中收了这四首诗，并加按语："六朝人有断句体，尚无绝句名目，四首盖后人附入《玉台》者。"但本卷已有三处以"绝句"为题。

〔2〕藁砧（gǎo zhēn）：古代铡草的用具，也是处死刑的刑具。藁指用稻、麦的秆编成的席。砧是垫在下面的板。行刑时，罪人伏于藁砧上，用铁（fū）斩之。铁，即铡刀，因与"夫"谐音，后世便用"藁砧"作妇女称丈夫的隐语。

〔3〕"山上"句：山上有山，即"出"，指丈夫外出。

〔4〕何当：何日，何时。　大刀头：大刀头有环，"环"与"还"谐音，因而"大刀头"为"还"的隐语。《汉书·李陵传》说，汉昭帝派使者至匈奴，使者见李陵，手抚刀环向李陵示意，表示他可归汉室。

〔5〕破镜：圆镜破裂，仅有半圆，指月亮半圆之时。

〔6〕何用：即"用何"。

〔7〕菟（tù）丝：一年生草本植物，蔓生，茎细长，呈丝状，多缠绕在其他植物上。古代诗歌中多用来比喻女子依从丈夫。《古诗·冉冉孤生竹》："与君为新婚，菟丝附女萝。菟丝生有时，夫妇会有宜。"见卷一。

〔8〕桂树：一作"树桂"。

〔9〕交颈：雌雄动物之间颈与颈相互依摩，文学作品中常用来比喻男女间的亲昵和夫妻间的亲爱。

〔10〕爱：一作"庆"。

【今译】

我的丈夫在何处？他不在家已外出。什么时候把家回？月儿半圆当来归。

江上秋云覆盖太阳快落山，江水清清水深色变蓝。该用什么同他通音信？给他寄去雕饰莲花的玳瑁簪。

菟丝在大风劲吹之下摆动，但它的根茎从不断绝。这种无情之物尚且不愿分离，我俩有情之人怎么能够离别？

南山有一株桂树，树上栖息着一对鸳鸯。它们希望千年长交颈，欢爱终生永远不相忘。

贾充与妻李夫人连句诗三首

贾充（217—282），字公闾，平阳襄陵（今山西襄汾）人。曹魏时，为中郎将。晋时，封鲁郡公。迁尚书令，转司空、侍中，官至太尉。原有集五卷，已散佚。

与妻李夫人连句诗三首[1]

【题解】

贾充原配夫人李婉，先遭流徙，遇赦后又不容于郭槐，因而与丈夫贾充不能相聚。这三首连句诗，道出了他们夫妻间的恩爱和不得相聚的痛苦。

室中是阿谁[2]？叹息声正悲。（贾公[3]）
叹息亦何为？但恐大义亏[4]。（夫人）
大义同胶漆，匪石心不移[5]。（贾公）
人谁不虑终[6]？日月有合离[7]。（夫人）
我心子所达[8]，子心我亦知[9]。（贾公）
若能不食言[10]，与君同所宜[11]。（夫人）

【注释】

〔1〕李夫人：即李婉，贾充原配夫人。《晋书·贾充传》说，李婉父李丰因罪受诛，李婉受牵连遭流徙。贾充另娶郭配女郭槐，即广城君。后李婉遇赦得还，晋武帝命贾充置左右夫人，但郭氏不容。贾充只好为李婉筑室于永年里，却不往来。　连句：一作"联句"，为作诗方式之一，由两人或多人各成一句或数句，合而成篇。据说这种作诗方式始于汉武帝与群臣合作的《柏梁诗》。　诗三首：一无此三字。

〔2〕阿（ā）谁：疑问代词，犹言谁，何人。

〔3〕贾公：二字为后人所加，下同。
〔4〕大义：指夫妻间的恩爱。　　亏：损坏，改变。
〔5〕匪石：非石，不像石头那样可以随便转动，形容坚定不移。《诗经·邶风·柏舟》："我心匪石，不可转也。"匪，同"非"。
〔6〕终虑：考虑最后的结局。
〔7〕日月：犹天地，喻夫妻。　　合离：聚合与分离。
〔8〕达：通晓。
〔9〕亦：一作"所"。
〔10〕食言：不守信，违背诺言。
〔11〕宜：适宜，合适。

【今译】
（贾充）室中之人那是谁？声声叹息声音悲。
（李婉）叹息又有什么用？只怕夫妻恩义亏。
（贾充）夫妻恩义就像胶和漆，我心非石对你的爱心永远不转移。
（李婉）有谁不考虑一生最后的结局，但夫妻之间有聚合也会有分离。
（贾充）我的心思你通晓，你的心思我也知。
（李婉）你如果能坚守诺言，我同你就是同心知己。

孙绰情人碧玉歌二首

　　孙绰（314—371），字兴公，太原中都（今山西平遥）人，家居会稽。历任著作佐郎、征西参军、章安令、太学博士、永嘉太守，官至廷尉卿。东晋文学家，玄言诗代表作家之一。原有集二十五卷，已散佚，明人辑有《孙廷尉集》。

情人碧玉歌二首[1]

【题解】

碧玉是小户人家的女子，后来成了汝南王的宠妾。这两首诗写她对丈夫的浓情蜜意。

碧玉小家女，不敢攀贵德[2]。感郎千金意，惭无倾城色[3]。

碧玉破瓜时[4]，相为情颠倒[5]。感郎不羞难[6]，回身就郎抱。

【注释】

〔1〕情人碧玉歌二首：《乐府诗集·清商曲辞·吴声歌曲》收《碧玉歌》六首，这是其中的两首，题作《碧玉歌》。作者一作汝南王。《乐苑》说："《碧玉歌》者，宋汝南王所作也。碧玉，汝南王妾名。以宠爱之甚，所以歌之。"按，杜佑《通典》作"晋汝南王"。《乐府诗集》（中华书局1979年版）校记说，晋有汝南王，宋无汝南王，疑宋当作"晋"。诗题一作《千金意》，一作《情人诗》。

〔2〕贵德：显贵而又有德行的人。

〔3〕倾城色：指绝世的美丽，语出李延年《歌诗》，见卷一。

〔4〕破瓜：指女子十六岁，因"瓜"字拆开为两个"八"字，即二八之年，故称十六岁为破瓜之年。后世也以"破瓜"喻女子破身。

〔5〕相：一作"郎"。

〔6〕郎：一作"君"。　难：一作"郎"，一作"赧（nǎn）"。

【今译】

碧玉本是出身小户人家的女子，不敢高攀门第显贵道德高尚的人家。感谢郎君厚爱千金重聘娶了她，她只是惭愧没有倾国倾城的容貌来报答。

碧玉十六岁出嫁的良宵，两人陶醉在爱情里神魂颠倒。她为郎君厚爱所感动不再羞涩，转过身来就把郎君紧紧拥抱。

王献之诗二首

王献之（344—386），字子敬，王羲之幼子，琅玡临沂（今属山东）人，居会稽山阴（今浙江绍兴）。历任州主簿、秘书郎、建威将军、吴兴太守。官至中书令，世称王大令。东晋著名书法家，书法精妙，与其父并称"二王"。原有集十卷，已散佚，明人辑有《王大令集》。

情人桃叶歌二首[1]

【题解】

两首诗都是写东晋文学家、书法家王献之对他的爱妾桃叶深深的情爱。

桃叶复桃叶，渡江不用楫。但渡无所苦，我自迎接汝[2]。

桃叶复桃叶，桃叶连桃根[3]。相怜两乐事，独使我殷勤[4]。

【注释】

〔1〕情人桃叶歌二首：《乐府诗集·清商曲辞·吴声歌曲》收无名氏《桃叶歌》四首，这是中间的两首。《古今乐录》说："《桃叶歌》者，晋王子敬之所作也。桃叶，子敬妾名，缘于笃爱，所以歌之。"

〔2〕迎接汝：一作"来迎接"，一作"接迎汝"，一作"楫迎汝"。
〔3〕叶：一作"树"。
〔4〕殷勤：一作"缠绵"。

【今译】
　　桃叶桃叶我呼唤得急，你渡江过来不必用桂楫。只管渡过来不要觉得有什么困苦，我自会亲自去迎接你。
　　桃叶桃叶我的呼唤不断声，只因桃叶连着桃树根。相互爱怜双方都是快乐事，只是我更为殷殷情深。

桃叶答王团扇歌三首

　　桃叶，东晋文学家、书法家王献之爱妾。

答王团扇歌三首[1]

【题解】
　　这是桃叶写给丈夫王献之的三首答赠诗，诗人以团扇自喻，表达对丈夫的情爱。

　　七宝画团扇[2]，粲烂明月光[3]。与郎却暄暑[4]，相忆莫相忘。
　　青青林中竹，可作白团扇。动摇郎玉手，因风托方便[5]。
　　团扇复团扇[6]，持许自障面[7]。憔悴无复理，羞与郎相见[8]。

【注释】
〔1〕答王团扇歌三首：《乐府诗集·清商曲辞·吴声歌曲》收《团扇郎》六首，其中的一、二首即这里所选的一、二首，但作"无名氏"古辞。又收《团扇郎》一首，即这里所选的第三首，亦作"无名氏"古辞。《古今乐录》说："《团扇郎歌》者，晋中书令王珉，捉白团扇与嫂婢谢芳姿有爱，情好甚笃。嫂捶挞婢过苦，王东亭闻而止之。芳姿素善歌，嫂令歌一曲当赦之。应声歌曰：'白团扇，辛苦五流连。是郎眼所见。'珉闻，更问之：'汝歌何遗？'芳姿即改云：'白团扇，憔悴非昔容，羞与郎相见。'后人因而歌之。"团扇，圆形有柄的扇子。女子以团扇自喻，始于班婕妤《怨歌行》，见卷一。
〔2〕七宝：泛指多种宝物。
〔3〕粲烂：同"灿烂"，鲜明，耀眼。
〔4〕与：一作"饷"。 却：去除。 暄（xuān）暑：夏天的炎热。暄，暖。
〔5〕方便：便利，舒适。
〔6〕复团扇：一作"复向谁"。
〔7〕持：握持。 许：所，处所。 障（zhàng）：遮蔽。一作"遮"。
〔8〕相见：一作"见面"。

【今译】
团扇上画着各种宝物多明亮，光辉灿烂好像明月光。给郎君消除夏天的暑热，希望常相忆念不要把我忘。

竹林之中青青的翠竹，可以用来做成洁白的团扇。时常在郎君的玉手中摇动，通过凉风给郎君送去舒适和慰安。

团扇团扇我声声呼唤，握持之处用它来遮住自己的面。容颜憔悴我也无心再去梳理，我羞于与郎君再相见。

谢灵运东阳溪中赠答二首

　　谢灵运（385—433），小名客儿，祖籍陈郡阳夏（今河南太康），世居会稽（今浙江绍兴）。东晋名将谢玄之孙，东晋末袭封康乐公，世称谢康乐。入宋，历任散骑常侍、太子左卫率、永嘉太守、秘书监、临川内史。因被纠弹而兴兵拒捕，被擒，流放广州，后被杀。南朝宋著名诗人，山水诗派开创者。原有集二十卷，已散佚，明人辑有《谢康乐集》。

东阳溪中赠答二首⁽¹⁾

【题解】
　　《括苍志》说，谢灵运入沐鹤乡，有二女浣纱，嘲以诗曰："我是谢康乐，一箭射双鹤。试问浣纱娘，箭从何处落。"二女不顾。又嘲之曰："浣纱谁氏女，香汗湿新雨。两人默无言，何事甘辛苦。"既而二女答曰："我是溪中鲫，暂出溪头食。食罢又还潭，云踪何处觅。"忽不见。这两首东阳溪中男女互表爱意的赠答诗，或许便是谢灵运亲身的经历。唐代大诗人李白有《越女词（其四）》隐括其事道："东阳素足女，会稽素舸郎。相看月未堕，白地断肝肠。"

　　可怜谁家妇⁽²⁾，缘流洗素足⁽³⁾。明月在云间，迢迢不可得⁽⁴⁾。

　　可怜谁家郎，缘流乘素舸⁽⁵⁾。但问情若为⁽⁶⁾，月就云中堕。

【注释】
　〔1〕东阳：东阳郡，即今浙江金华市。　赠答：一作"答赠"。

〔2〕怜:爱怜。
〔3〕缘:沿着,顺着。一作"绿",下同。
〔4〕迢迢(tiáo):遥远的样子。
〔5〕舸(gě):大船。
〔6〕若为:如何。

【今译】

(第一首男子道)这是谁家令人怜爱的女子,沿着清溪在濯洗她雪白的双足。她就像明月飘浮在云间,相距遥远不能得到她的眷顾。

(第二首女子道)这是谁家令人怜爱的有情郎,顺流而下他坐在大船上。我只问他的情意怎么样,情深意浓云中明月就会落在他身旁。

宋孝武帝诗三首

宋孝武帝刘骏(430—464),字休龙,小字道民,彭城(今江苏徐州)人,宋文帝刘义隆第三子,初封为武陵王,任征南将军。文帝去世后,即帝位,在位十一年。南朝宋文学家,原有集二十五卷,已散佚。

丁督护歌二首⁽¹⁾

【题解】

两首诗都是写女子对远行丈夫的思念。

督护上征去⁽²⁾,侬亦思闻许⁽³⁾。愿作石尤风⁽⁴⁾,四面断行旅。

黄河流无极,洛阳数千里。坎轲戎途间[5],何由见欢子[6]。

【注释】

〔1〕丁督护歌二首:《乐府诗集·清商曲辞·吴声歌辞》收宋武帝《丁督护歌》五首,其中第四首就是这里所选的第一首。又收王金珠《丁督护歌》一首,就是这里所选的第二首。诗题一作《阿督护》。《宋书·乐志》说:"《督护歌》者,彭城内史徐逵之为鲁轨所杀,宋高祖使府内直督护丁旿收殓殡埋之。逵之妻,高祖长女也。呼旿至阁下,自问殓送之事。每问,辄叹息曰:'丁督护!'其声哀切,后人因其声,广其曲焉。"《唐书·乐志》说:"《丁督护》,晋宋间曲也。今歌是宋武帝所制。"督护,武官名,晋置,为方面镇将的部将。

〔2〕上:一作"初"。 征:行。 去:一作"时"。

〔3〕侬:我,第一人称代词。 思:一作"恶"。 许:如此,这样。

〔4〕石尤风:指逆风,顶头风。元伊世珍《琅嬛记》引《江湖纪闻》说,从前有商人尤某娶石氏女,夫妻十分恩爱。尤远行不归,石思念成疾,临死哀叹道:"吾恨不能阻其行,以至于此。今凡有商旅远行,吾当作大风为天下妇人阻之。"尤妻以夫姓为名,故称"石尤"。

〔5〕坎轲:同"坎坷",道路不平的样子。 戎途:一作"戎旅"。

〔6〕欢子:情人。古代相爱的男女互称对方为"欢"。

【今译】

督护啊当他刚刚动身离去,我也不希望听到他这般凶险的遭遇。我真愿化作顶头吹来的石尤风,从四面八方阻断行人商旅。

黄河奔流而下没有终极,家乡与洛阳相距也有数千里。远行的道路坎坷不平,我又怎能见到朝思暮想的你。

拟徐幹诗[1]

【题解】

一位女子思念远行的丈夫。

自君之出矣,金翠暗无精[2]。思君如日月[3],回还昼夜生[4]。

【注释】

[1] 拟徐幹诗:在《乐府诗集》中,这首诗收入《杂曲歌辞》,题作《自君之出矣》。在所收二十首同题诗中,这是第一首。徐幹《室思》诗有"自君之出矣,明镜暗不治。思君如流水,何有穷已时"之句,后人便以"自君之出矣"为题,并作为首句,写了不少思妇诗。徐幹《室思》诗见卷一。
[2] 金翠:指黄金和翠玉制成的饰物。金,一作"珠"。　精:明亮,鲜明。
[3] 日月:指日落月上,月落日升,循环往复。
[4] 还:一作"环"。

【今译】

自从你离家出外远行,我的金翠首饰变得昏暗不明。我对你的思念就像日月升落循环不断,循环不断朝思暮想从不停。

许瑶诗二首

许瑶,即许瑶之,生平不详,南朝齐时曾为奉朝请,钟嵘《诗品》称他"长于短句咏物"。

咏楠榴枕[1]

【题解】

这是一首咏物诗，咏楠榴枕，托物寄意，借以表达切盼与美丽女子亲近的心意。

端木生河侧，因病遂成妍[2]。朝将云髻别[3]，夜与娥眉连[4]。

【注释】

[1] 楠榴枕：用楠榴制成的木枕。楠榴，即"楠瘤"，楠木的瘿瘤，俗称楠木疙瘩，质坚，可用来制作器具。
[2] 妍（yán）：美丽。
[3] 云髻（jì）：女子高耸的发髻。
[4] 娥眉：即"蛾眉"，指女子的秀眉。　连：一作"联"。

【今译】

端端正正的一棵树生长在河边，生了木瘤制成木枕反而更鲜妍。早上它会同高耸的发髻分别，但晚上却能同女子的秀眉紧紧相连。

闺妇答邻人

【题解】

邻人问起她的丈夫，这位独居深闺的女子作了这样的回答。

昔如影与形，今如胡与越[1]。不知行远近，忘去离年月[2]。

【注释】

〔1〕胡：胡地，指北方。　越：越地，指南方。
〔2〕去：一作"却"。

【今译】

　　从前我俩形影不离同心相连，如今就好像分处胡、越两地相距遥远。不知他的行踪是远是近，也忘记了他离开之时是何年何月。

鲍令晖寄行人一首

寄 行 人 [1]

【题解】

　　春天到了，一位女子写诗寄赠远行在外的丈夫。

　　桂吐两三枝，兰开四五叶。是时君不归，春风徒笑妾[2]。

【注释】

〔1〕行人：远行之人，指外出的丈夫。
〔2〕徒：徒然，枉然。　妾：女子自指。

【今译】

　　桂树已长出了两三条新枝，兰树也生出了四五片绿叶。这时你仍然没有回来，春风在笑我相思期盼只是枉然。

近代西曲歌五首

　　西曲歌，南朝乐府民歌以"吴声歌"和"西曲歌"为主。"吴声歌"主要产生于六朝首都建业（今江苏南京）一带，"西曲歌"主要产生于荆、郢、樊、邓之间（今武汉以西江汉流域一带），均属乐府"清商曲"，在《乐府诗集》中被收入《清商曲辞》。"西曲歌"现存歌辞约一百四十首，大都描写商贾的水上生涯与商妇送别与相思之情。

石　城　乐[1]

【题解】
　　一位女子独居家中，眼见别的男女青年热情依偎，无限感慨。

　　生长石城下，开门对城楼[2]。城中美年少[3]，出入见依投[4]。

【注释】
　　[1] 石城乐：在《乐府诗集·清商曲辞·西曲歌》中，收无名氏《石城乐》五首，这是其中的第一首。一说《石城乐》为南朝宋代臧质任竟陵（今湖北钟祥）郡守时所写，见《唐书·乐志》。石城在竟陵。
　　[2] 门：一作"窗"。
　　[3] 美年少：一作"诸少年"。
　　[4] 依投：依托投靠，这里指依偎，表示亲热。

【今译】
　　生长在石城下，开窗正对着城楼。城中有许多俊美的年轻人，出出进进都看见他们相互依偎在行走。

估 客 乐[1]

【题解】

一位商人经商外出,独居家中的妻子道出了自己的相思。

有客数寄书[2],无信心相忆。莫作瓶落井,一去无消息。

【注释】

〔1〕估客乐:《乐府诗集·清商曲辞·西曲歌》收南朝齐代释宝月《估客乐》二首,这是其中的第二首。《古今乐录》说:"《估客乐》者,齐武帝之所制也。帝布衣时,尝游樊、邓。登阼以后,追忆往事而作歌。"《乐府诗集》收同题诗七首。估客,行商。

〔2〕客:一作"信",指信使,使者。　数(shuò):屡次,频繁。　书:信。

【今译】

有信使你就常给我寄来书信,没有信使你就常把我放在心里。不要像水瓶落到水井底,一旦离去就得不到你的消息。

乌 夜 啼[1]

【题解】

古代歌舞女子,处在社会底层,命运悲惨。她们只有为贵人生下贵子,方能取得富贵,但这种希望往往十分渺茫。

歌舞诸年少,娉婷无穜迹[2]。菖蒲花可怜[3],闻名不曾识[4]。

【注释】

〔1〕乌夜啼：《乐府诗集·清商曲辞·西曲歌》收《乌夜啼》古辞八首，这是第一首。《旧唐书·音乐志》说："《乌夜啼》，宋临川王义庆所作也。元嘉十七年，徙彭城王义康于豫章。义庆时为江州，至镇，相见而哭，为帝所怪，征还宅，大惧。妓妾夜闻乌啼声，扣斋云：'明日应有赦。'其年更为南兖州刺史，作此歌。……今所传歌似非义庆本旨。"

〔2〕娉（pīng）婷：女子姿态轻盈柔美的样子。 種（zhòng）迹：繁殖的迹象。種，一作"种"。

〔3〕菖蒲：多年生水生草本植物，初夏开黄花，有香气，全草可提取芳香油。《南史·后妃传》说，梁文献张皇后怀孕之时，忽见庭前菖蒲花光彩非常，说："常闻见菖蒲花者，当富贵。"因取吞之。当月生下一子，即武帝。

〔4〕曾：一作"相"。

【今译】

这些从事歌舞的年轻女子，虽然轻盈美貌却不能为贵人传下子息。能求得富贵的菖蒲花是那样的可爱，可是她们只闻其名而从不曾见识。

襄 阳 乐[1]

【题解】

这首诗抒写和赞叹的是旅途中所见女子的美艳。

朝发襄阳城，莫至大堤宿[2]。大堤诸女儿，花艳惊郎目[3]。

【注释】

〔1〕襄阳乐：《乐府诗集·清商曲辞·西曲歌》收《襄阳乐》古辞九

首,这是其中的第一首。《古今乐录》说:"《襄阳乐》者,宋随王诞之所作也。诞始为襄阳郡,元嘉二十六年仍为雍州刺史,夜闻诸女歌谣,因而作之,所以歌和中有'襄阳来夜乐'之语也。"襄阳,襄阳郡(今湖北襄樊),属雍州。

〔2〕莫:即"暮",傍晚。

〔3〕花艳:像鲜花一般艳丽。

【今译】

早上从襄阳城启航,傍晚到了大堤寄宿在堤岸旁。大堤众多的女子,像鲜花一般艳丽惊动了少年郎的目光。

杨 叛 儿⁽¹⁾

【题解】

春天到了,一位女子春游时春心突发,春情涌动。

暂出白门前⁽²⁾,杨柳可藏乌。郎作沉水香⁽³⁾,侬作博山炉⁽⁴⁾。

【注释】

〔1〕杨叛儿:《乐府诗集·清商曲辞·西曲歌》收《杨叛儿》古辞八首,这是第二首。《唐书·乐志》说:"《杨伴儿》,本童谣歌也。齐隆昌时,女巫之子曰杨旻,少时随母入内,及长为何后宠。童谣云:'杨婆儿,共戏来所欢。'语讹,遂成杨伴儿。"杨叛即杨伴。

〔2〕暂:始,初。 白门:建业(今南京)宣阳门,民间谓之白门。

〔3〕郎:一作"欢"。 沉水香:指用沉香制作的香。沉香,香木名,木质坚硬而重,黄色,有香味,心材为著名熏香料,用来制成的香也叫"沉香",或"伽南香""奇南香"。

〔4〕侬:我,第一人称代词。 博山炉:古香炉名,因炉盖上的造型像传说中的海中名山博山而得名。

【今译】

刚从宣阳门前走出，看见杨柳青青枝叶茂盛可藏乌。情郎你就是那沉水香，女儿家的我就是那熏香的博山炉。

近代吴歌九首

吴歌，即吴声歌。南朝乐府民歌以"吴声歌"和"西曲歌"为主。"吴声歌"主要产生于六朝首都建业（今江苏南京）一带，与"西曲歌"同属乐府"清商曲"，在《乐府诗集》中被收入《清商曲辞》。《晋书·乐志》说："吴歌杂曲，并出江南。东晋以来，稍有增广。其始皆徒歌，既而被之管弦。盖自永嘉之后，下及梁、陈，咸都建业，吴声歌曲起于此也。""吴声歌"现存歌辞三百多首，内容多为歌咏男女爱情，形式多为五言四句，多用谐音双关隐语。

春 歌[1]

【题解】

写女子春日的情思。

朝日照北林[2]，初花锦绣色。谁能春不思[3]，独在机中织。

【注释】

〔1〕春歌：《乐府诗集·清商曲辞·吴声歌曲》收《子夜四时歌》（晋宋齐辞）七十五首，其中《春歌》二十首，这首《春歌》是二十首中的第十七首。

〔2〕朝日:一作"明月"。　　北:一作"桂"。
〔3〕春不:一作"不相"。

【今译】

　　早上的太阳照着北边的树林,初开的鲜花锦绣一般颜色新。谁能在春天不相思,还能独自一人在织布机上织不停。

夏　歌⁽¹⁾

【题解】

　　写女子夏日的情思。最后一句暗喻自己还没有得到情郎的爱怜。

　　郁蒸仲暑月⁽²⁾,长啸北湖边⁽³⁾。芙蓉如结叶⁽⁴⁾,抛艳未成莲⁽⁵⁾。

【注释】

〔1〕夏歌:在《子夜四时歌》中,有《夏歌》二十首,这是其中的第十首。
〔2〕郁蒸:闷热。　　仲暑月:夏季第二个月。
〔3〕啸:撮口吹出声音。　　北:一作"出"。
〔4〕芙蓉:荷花,莲花。　　如:一作"始"。　　叶:一作"蕊"。
〔5〕抛:一作"抱",一作"花"。　　莲:与"怜"谐音,语意双关,怜是爱的意思。

【今译】

　　在仲夏闷热的时节,大声吹着口哨来到湖水边。莲花才开始吐出花蕊,花虽鲜艳却还未结成莲。

秋　歌[1]

【题解】

写女子秋日的情思。

秋风入窗里[2]，罗帐起飘扬。仰头看明月，寄情千里光。

【注释】

[1] 秋歌：在《子夜四时歌》中，有《秋歌》十八首，这是其中的第十七首。

[2] 风：一作"夜"，一作"威"。

【今译】

秋风吹进窗里，罗帐随风飘扬。抬头看见皎洁的明月，我要借着月光把情意寄给千里之外的情郎。

冬　歌[1]

【题解】

写女子冬日的情思。

渊冰厚三尺，素雪覆千里。我心如松柏，君心复何似[2]。

【注释】

[1] 冬歌：在《子夜四时歌》中，有《冬歌》十七首，这是其中的第

一首。
 〔2〕心：一作"情"。

【今译】

　　深渊的冰层厚达三尺多，千里之内都被白雪覆盖着。但我的心就像永不凋零的松柏那样坚贞不渝，请问郎君的心又像什么。

前　溪⑴

【题解】

　　一位女子以茑萝花自喻，告诉情郎及时采摘，否则逐流而去，不能复还。就算能回来也不再新鲜。

　　黄茑结蒙茏⑵，生在洛溪边。花落逐流去⑶，何见逐流还⑷。

【注释】

　　〔1〕前溪：《乐府诗集·清商曲辞·吴声歌曲》收《前溪歌》古辞七首，这是其中的第六首。《宋书·乐志》说："《前溪歌》者，晋车骑将军沈玩所制。"郗昂《乐府解题》说："《前溪》，舞曲也。"
　　〔2〕茑（niǎo）：茑萝，一年生草本植物，茎细长，常攀缘他物而上升，夏季开花，色有红有白。茑，一作"葛"。　　蒙茏：草木密密覆盖生长茂盛的样子。
　　〔3〕逐流：一作"随水"。
　　〔4〕见逐：一作"当顺"。此句下一有"还亦不复鲜"句。

【今译】

　　枯黄的茑萝花依附着茂密的大树，孤寂地生长在悠悠洛水边。花儿都随着流水而去，哪里能够再见到花儿随着流水回到你眼前。

上　声⁽¹⁾

【题解】

写女子行走时的绰约风姿。

留衫绣两裆⁽²⁾，迮置罗裳里⁽³⁾。微步动轻尘⁽⁴⁾，罗衣随风起⁽⁵⁾。

【注释】

〔1〕上声：《乐府诗集·清商曲辞·吴声歌曲》收晋宋梁辞《上声歌》八首，这是其中的第六首。《古今乐录》说："《上声歌》者，此因上声促柱得名。或用一调，或用无调名，如古歌辞所言，谓哀思之音，不及中和。梁武因之改辞，无复雅句。"
〔2〕留：通"流"，流动，移动。一作"新"。　裆（dāng）：裤裆。一作"端"。
〔3〕迮（zé）：同"窄"，狭窄。　置：一作"著"。　裳：下裙。一作"裙"。
〔4〕微：一作"行"。　轻：一作"微"。
〔5〕衣随：一作"裙从"。

【今译】

她飘动着的衣衫两端彩绣非常美丽，她苗条的腰身包在华美的罗裙里。她慢步行走扬起轻尘，她的轻软的绸衣随着轻风飘起。

欢　闻⁽¹⁾

【题解】

一位女子希望与情郎结为夫妻。

遥遥天无柱[2]，流漂萍无根。单身如萤火，持底报郎恩[3]。

【注释】

〔1〕欢闻：在《乐府诗集》中，这首诗收入《清商曲辞·吴声歌曲》，题作《欢闻歌》，为无名氏古辞。《古今乐录》说："《欢闻歌》者，晋穆帝升平初歌，毕辄呼'欢闻不？'以为送声，后因此为曲名。"欢，相爱男女的互称。

〔2〕柱：指天柱，神话传说中支天之柱。

〔3〕底：何，什么，疑问代词。

【今译】

你就像遥远的蓝天却无支撑的天柱，我就像漂流的浮萍却无深扎泥土的根。孤身一人像飘荡的萤火，我究竟能拿什么来报答你的恩。

长 乐 佳[1]

【题解】

一位女子独处华贵的卧床上，希望情郎能来与她同眠。

红罗复斗帐[2]，四角垂朱裆[3]。玉枕龙须席[4]，郎眠何处床。

【注释】

〔1〕长乐佳：在《乐府诗集》中，这首诗收入《清商曲辞·吴声歌曲》，同题诗共收八首，均为无名氏古辞。长乐佳，一无"佳"字。

〔2〕复斗帐：双层的方帐。因底小口大，方形像斗，所以叫"斗帐"。

〔3〕朱裆：一作"珠珰"，指缀珠的饰物。

〔4〕龙须席：用龙须草编成的席子。

【今译】

红色柔软的丝绸制成的双层方帐，四角垂挂着的珍珠闪闪发光。我独卧在玉枕龙须席上，我的情郎不知今晚睡在哪家的床。

独　曲[1]

【题解】

写女子春日的情思。

柳树得春风，一低复一昂。谁能空相忆，独眠度三阳[2]。

【注释】

〔1〕独曲：当作"读曲"。《乐府诗集·清商曲辞·吴声歌曲》收《读曲歌》古辞八十九首，这是其中的第十五首。《宋书·乐志》说："《读曲歌》者，民间为彭城王义康所作也。"《古今乐录》说："《读曲歌》者，元嘉十七年袁后崩，百官不敢作声歌，或因酒，止窃声读曲细吟而已，以此为名。"

〔2〕三阳：古人称农历十一月冬至一阳生，十二月二阳生，正月三阳开泰，合称"三阳"。"三阳"也专指农历正月，指春天。

【今译】

柳树沐浴在春风里，柳枝一时低垂一时又飘起。谁能徒然相追忆，孤枕独眠度过这阳春佳期。

近代杂歌三首

杂歌三首,这三首杂歌均属清商曲辞中的西曲歌,而且均为倚歌。倚歌是古代的一种乐歌,其伴奏有鼓吹而无弦乐。

浔 阳 乐[1]

【题解】

自古以来,长江就是交通大动脉,九江则是长江中游的重镇。在这里,运输繁忙,商旅如织。这首诗,便是从一位歌女的角度,反映出这种人来人往的繁忙景象。

稽亭故人去[2],九里新人还[3]。送一便迎两[4],无有暂时闲。

【注释】

[1] 浔阳乐:在《乐府诗集》中,这首诗收入《清商曲辞·西曲歌》,为无名氏古辞,题作《寻阳乐》。杜佑《通典》说:"《浔阳乐》者,南平穆王为荆河州作也。"南平穆王指刘铄,宋文帝刘义隆四子。浔阳,江名,指长江流经江西九江以北的一段。

[2] 稽亭:地名,晋张僧鉴《浔阳记》说:"稽亭,北瞰大江,南望高丘,淹留远客,因以为名焉。"稽,一作"鸡"。　人:一作"侬"。

[3] 九里:山名,在彭城,见《魏书·地形志》"彭城郡彭城县"注。里,一作"重"。　人:一作"侬"。

[4] 便:一作"却"。

【今译】

稽亭的旧友刚刚离去,九里的新客就已莅临。送走一位却迎来两位,没有片刻空闲和宁静。

青阳歌曲[1]

【题解】

　　这首诗以"藕"（偶）、"莲"（连、怜）起兴，抒发女子的情思。诗人用谐音和语意相关的方法，构成隐语，表达自己的深情。"藕"与"偶"谐音，表示她希望与情郎结成配偶。"莲"与"连"和"怜"谐音，表示她盼望与情郎两心相连并得到情郎的爱怜。

　　青荷盖绿水，芙蓉发红鲜[2]。下有并根藕，上生同心莲[3]。

【注释】

　　[1] 青阳歌曲：《乐府诗集·清商曲辞·西曲歌》收《青阳度》无名氏古辞三首，这是第三首。
　　[2] 芙蓉：荷花。　发：一作"披"。
　　[3] 生同心：一作"有并目"。

【今译】

　　青青的荷叶覆盖着绿水，荷花焕发着晕红和鲜艳。水下有并根生的藕，水上生长着同心莲。

蚕　丝　歌[1]

【题解】

　　这首诗以春蚕吐丝作茧作比兴，抒发女子的情思。诗人用谐音和语意双关的方法，构成隐语，表达自己的深情。"丝"与"思"谐音，表示对情郎常怀相思。"缠绵"语意双关，既指春蚕吐丝作茧,也指女子情意缠绵,难舍难分。她希望趁青春年少之时,为了爱尽量付出自己的热情。

春蚕不应老,昼夜常怀丝⁽²⁾。何惜微躯尽,缠绵自有时⁽³⁾。

【注释】
〔1〕蚕丝歌:《乐府诗集·清商曲辞·西曲歌》收《作蚕丝》无名氏古辞四首,这是第二首。
〔2〕丝:一作"思"。
〔3〕缠绵:纠缠萦绕,常用来比喻情意深厚,缠绵缱绻,难舍难分。

【今译】
春蚕不应平平淡淡便老去,日日夜夜常怀情思而吐丝。她怎会吝惜微贱的生命会耗尽,只是想蚕丝萦绕(情思缠绵)当及时。

近代杂诗一首

近代杂诗

【题解】
这首诗写一位女子黎明时分起床时的娇羞。

玉钏色未分⁽¹⁾,衫轻似露腕。举袖欲障羞,回持理发乱⁽²⁾。

【注释】

〔1〕钏：一作"钗"。
〔2〕持：握。

【今译】

天刚放亮她手上的玉镯还未看得分明，薄薄的衣衫好像露出了她雪白的手腕。她举起衣袖想要遮住满脸的娇羞，又转过身去握住头上的乱发。

丹阳孟珠歌一首

丹阳孟珠歌⁽¹⁾

【题解】

写女子春日的情思。

阳春二三月⁽²⁾，草与水同色。道逢游冶郎⁽³⁾，恨不早相识。

【注释】

〔1〕丹阳孟珠歌：题一作《孟珠》。《乐府诗集·清商曲辞·西曲歌》收《孟珠》曲二首，倚歌八首。这是倚歌八首中的第三首。
〔2〕阳春：温暖的春天。
〔3〕游冶郎：指出游寻乐的风流少年。

【今译】

　　温暖的春天二三月，青草与绿水呈现同样的青绿。路上遇见一位出游的风流少年，只恨我们为什么不早早相识结成伴侣。

钱唐苏小歌一首

　　苏小，即苏小小，南朝齐时钱塘（今浙江杭州）名妓。

钱唐苏小歌[1]

【题解】

　　娇美艳丽的名妓苏小小，渴望得到真诚的爱情。后来，苏小小死，葬在西陵。唐代诗人李绅《真娘墓诗序》说："嘉兴县前有吴妓人苏小小墓，风雨之夕，或闻其上有歌吹之音。"唐代诗人李贺《苏小小墓》道："幽兰露，如啼眼。无物结同心，烟花不堪剪。草如茵，松如盖。风为裳，水为珮。油壁车，夕相待。冷翠烛，劳光彩。西陵下，风吹雨。"

　　妾乘油壁车[2]，郎骑青骢马[3]。何处结同心？西陵松柏下[4]。

【注释】

　　[1] 钱唐：即"钱塘"。唐，一作"塘"。　　苏小歌：在《乐府诗集》中，这首诗收入《杂歌谣辞》，题作《苏小小歌》。
　　[2] 妾：一作"我"。　　油壁车：即"油壁车"，因车壁用油涂饰，故名。

〔3〕骑：一作"乘"。　青骢（cōng）马：毛色青白相间的骏马。
〔4〕西陵：地名，在杭州西湖边孤山下，又称"西泠"。

【今译】

我坐着油壁香车，你骑着青骢骏马。我们在什么地方永结同心？就在西陵的松柏树下。

王融诗四首

拟　古〔1〕

【题解】

一位女子盼望着早日出嫁，过幸福的家庭生活。

花蒂今何在〔2〕？示是林下牛〔3〕。何当垂两髻〔4〕，团扇云间明〔5〕。

【注释】

〔1〕拟古：指仿效古人的风格形式写的诗。题一作《代嵩砧诗》。
〔2〕花蒂（dì）：花朵同枝茎相连的部分，即花萼房，这里代指丈夫。因为花蒂又称"柎（fū）"，与"夫"同音。
〔3〕示：显示。一作"亦"。
〔4〕何当：何日，何时。　两：一作"双"。　髻（jì）：发髻，盘在头顶或脑后的发结。这里指男孩的髻角。
〔5〕团扇：喻明月。班婕妤《怨诗》："裁为合欢扇，团团似明月。"见卷一。

【今译】

托着花儿的柎(夫)现今在何处?他分明也是生长在这片树林。什么时候他长大成人放下了两边的发髻,我们合欢团圆更比云中月儿明。

代徐幹[1]

【题解】

写女子心如煎熬的相思痛苦。

自君之出矣,金炉香不然。思君如明烛,中宵空自煎[2]。

【注释】

〔1〕代徐幹:《乐府诗集·杂曲歌辞》收王融《自君之出矣》二首,这是第二首。代,犹"拟"。徐幹,指徐幹《室思》,中有"自君之出矣,明镜暗不治。思君如流水,何有穷已时"之句,见卷一。

〔2〕中宵:半夜。　煎:煎熬,语义双关,既指蜡烛的燃烧,也指内心的煎熬。

【今译】

自从你离家飘然而去,金炉里的香就没有再点燃。想念你啊就像燃烧着的蜡烛,半夜独自一人徒然燃烧受熬煎。

秋 夜

【题解】

写秋夜歌舞的欢乐。

秋夜长复长，夜长乐未央⁽¹⁾。舞袖拂明烛，歌声绕凤梁⁽²⁾。

【注释】
〔1〕央：尽。
〔2〕凤梁：雕绘着凤凰等类饰物的华美屋梁。

【今译】
　　欢乐秋夜长又长，夜长欢乐乐未央。舞袖轻拂明亮的灯烛，歌声飞扬绕过华美的屋梁。

咏　火

【题解】
　　这是一首咏物诗，表面上咏火，实际上是咏思妇，一位盼望丈夫早日归来的女子。这首诗也是一首离合诗，指把字拆开合成诗句。如"火"是由两点加"人"组成。这首诗前两句"冰"字有两点也有水，去水就只剩两点，后两句"行人归"有"人"。前后合起来就是"火"字。关于离合诗，可参看明吴讷《文体明辨序说》。

冰容惭远鉴⁽¹⁾，水质谢明辉⁽²⁾。是照相思夕，早望行人归。

【注释】
〔1〕鉴：照，映照。
〔2〕谢：辞，拒绝。

【今译】

　　冰雪的容颜在烛光远照下觉得羞愧,水一般清纯的美质不敢照射明亮的光辉。但今晚的烛光照亮了相思夜,盼望着远行的丈夫早早归。

谢朓诗四首

玉 阶 怨[1]

【题解】

　　这首诗写宫中女子的哀怨,她们寂寞而凄凉。

　　夕殿下珠帘,流萤飞复息。长夜缝罗衣,思君此何极[2]。

【注释】

　　[1] 玉阶怨:在《乐府诗集》中,这首诗收入《相和歌辞·楚调曲》,同题诗共收三首。玉阶怨诗属"宫怨"一类。玉阶,玉石砌成或装饰的华美的台阶。
　　[2] 极:尽。

【今译】

　　晚上大殿放下了珠帘,流萤飞来又飞走。在这漫长的夜晚缝制罗衣,思念郎君究竟何处是尽头。

金谷聚[1]

【题解】

这首诗写欢聚后的离别相思。

渠碗送佳人[2],玉杯要上客[3]。车马一东西,别后思今夕。

【注释】

〔1〕金谷:地名,在河南洛阳西北。郦道元《水经注》说:"(金谷水)水出太白原,东南流,历金谷,谓之金谷水。东南流经晋卫尉卿石崇之故居。"石崇《金谷诗序》说:"余以太康六年从太仆卿出为使,持节临青徐诸军事。有别庐在河南县界金谷涧中。……时征西大将军祭酒王诩当还长安,余与众贤共送往涧中,昼夜游宴。……遂各赋诗,以叙中怀。"后来"金谷"便用以借指仕宦文人游宴饯别的场所。

〔2〕渠碗:用车渠壳做的碗。车渠是产于海中的大贝,背上垄纹如车轮之渠(车轮外圈),壳内白皙如玉。

〔3〕要:同"邀"。

【今译】

举起渠碗送别美丽的佳人,斟满玉杯邀约尊贵的嘉宾。车马一旦东西各奔去,离别之后会思念今晚相聚的欢欣。

王孙游[1]

【题解】

一位女子看到春天草绿花红,而丈夫远游不归,不禁黯然神伤。诗人感叹的是时光易逝,青春难驻。

绿草蔓如丝[2],杂树红英发[3]。无论君不归[4],君归芳已歇。

【注释】
〔1〕王孙游：在《乐府诗集》中，这首诗收入《杂曲歌辞》，同题诗共收三首。《楚辞·招隐士》："王孙游兮不归，春草生兮萋萋。"王孙，王的子孙，后来泛指贵族子弟。
〔2〕蔓：蔓延，滋长。一作"曼"。
〔3〕英：花。
〔4〕无论：不必说，且不说。

【今译】
绿草像丝一般地长得快，杂树红花也在盛开。且不说夫君不归来，就算是归来鲜花也已衰败。

同王主簿有所思[1]

【题解】
游子不归，思妇心中无比惆怅。

佳期期未归，望望下鸣机[2]。徘徊东陌上[3]，月出行人稀。

【注释】
〔1〕同王主簿有所思：在《乐府诗集》中，这首诗收入《鼓吹曲辞·汉铙歌》中，题作《有所思》，同题诗共收二十六首。同，和，指依照别人诗词的题材、体裁或韵作诗词。王主簿，指王融。有所思，汉乐府旧题，为《汉铙歌》十八首古辞之一。
〔2〕望望：失望、扫兴的样子。

〔3〕陌：田间小道。

【今译】

　　佳期已到盼望他归家他却不归家，万分失望从织布机上走下。在东边田间小道上徘徊许久，这时月儿东升行人逐渐稀少却始终见不到他。

虞炎有所思一首

　　虞炎，会稽（今浙江绍兴）人，历任散骑侍郎、骁骑将军。南朝齐文学家，原有集七卷，已佚。

有 所 思⁽¹⁾

【题解】

　　写女子的相思。

　　紫藤拂花树⁽²⁾，黄鸟间青枝⁽³⁾。思君一叹息⁽⁴⁾，苦泪应言垂⁽⁵⁾。

【注释】

　　〔1〕有所思：在《乐府诗集》中，这首诗收入《相和歌辞·楚调曲》，题作《玉阶怨》。
　　〔2〕紫藤：蔓生木本植物，茎缠绕他物而生，花紫色呈蝶形。
　　〔3〕间：一作"度"。
　　〔4〕一：独。

〔5〕言：助词，无义。

【今译】
　　紫藤枝叶轻拂着开满鲜花的芳树，交交黄鸟在青绿色的枝叶间轻快地飞。想念你啊独自一人悲叹，痛苦的泪水定是不停地下坠。

沈约诗三首

襄阳白铜鞮[1]

【题解】
　　一位女子与情人话别。

　　分首桃林岸[2]，送别岘山头[3]。若欲寄音息[4]，汉水向东流。

【注释】
　　〔1〕襄阳白铜鞮（dī）：《乐府诗集·清商曲辞·西曲歌》收《襄阳蹋（tà）铜蹄》六首，其中梁武帝三首，沈约三首。这是沈约三首中的第一首。《隋书·音乐志》说："初，（梁）武帝之在雍镇，有童谣云：'襄阳白铜蹄，反缚扬州儿。'识者言，白铜蹄谓马也；白，金色也。及义师之兴，实以铁骑，扬州之士，皆面缚，果如谣言。故即位之后，更造新声，帝自为之三曲。又令沈约为三曲，以被管弦。"襄阳，襄阳郡，今湖北襄樊。
　　〔2〕首：一作"手"。
　　〔3〕送：一作"望"。　　岘（xiàn）山：又名岘首山，在湖北襄阳市南，东临汉水，为襄阳南面要塞。
　　〔4〕音息：一作"书信"。

【今译】

　　在岸边桃树林子分手，依依惜别在岘首山头。如果别后想要传送音讯，东流的汉水会将书信传到我的手。

早行逢故人车中为赠[1]

【题解】

　　诗人早行，途中遇见故友，见他脸上尚有女人脂粉，便写了这首诗嘲笑他。

　　残朱犹暧暧[2]，余粉上霏霏[3]。昨宵何处宿？今晨拂露归。

【注释】

〔1〕车中为赠：诗题一无此四字。
〔2〕朱：指女人的胭脂口红。　　暧暧：迷蒙隐约的样子。
〔3〕粉：指女人傅面的粉。　　上：一作"尚"。　　霏霏：纷乱的样子。

【今译】

　　脸上还隐约残留着女人的胭脂口红，女人的铅粉也纷乱地沾上少许。昨晚你究竟宿于谁家？今早就这样带着霜露急忙赶回家去。

为邻人有怀不至[1]

【题解】

　　邻人与人约会，但来的并不是理想中的情人，诗人有感写了这首诗。

影逐斜月来,香随远风入。言是定知非,欲笑翻成泣⁽²⁾。

【注释】
〔1〕有怀:有感。
〔2〕翻:反。

【今译】
　　她的身影随着弯月飘来,她的体香随着远风潜入。但她口是心非意不诚,想笑反而变成了吞声哭。

施荣泰咏王昭君一首

咏王昭君⁽¹⁾

【题解】
　　诗人认为,由于遭人嫉妒,王昭君得不到元帝临幸,愤而自请远嫁匈奴,以致毁掉了自己的一生,于是写了这首诗深表哀怜,也对天下所有受谗遭疏远的人表示同情。

　　垂罗下椒阁,举袖拂胡尘⁽²⁾。唧唧抚心叹⁽³⁾,蛾眉误杀人⁽⁴⁾。

【注释】
〔1〕咏王昭君:在《乐府诗集》中,这首诗收入《相和歌辞·吟叹

曲》，题作《王昭君》，同题诗共收二十九首。王昭君，汉元帝宫人，入宫久不得幸，自请出嫁匈奴单于。可参看卷二石崇《王昭君辞》。
〔2〕胡：指匈奴，也指匈奴所居之地。
〔3〕唧唧：叹息声。一作"寂寞"。
〔4〕误：不是故意地。

【今译】
　　她走下香阁低垂着罗裙，举起衣袖拂拭胡地的沙尘。抚摸心口寂寞地叹息，心想美貌也会无意之中杀死人。

高爽诗一首

咏酌酒人⁽¹⁾

【题解】
　　写一位陪酒的女子，身份虽然低贱，却凛然不可侵犯。

　　长筵广未同⁽²⁾，上客娇难逼⁽³⁾。还杯了不顾⁽⁴⁾，回身正颜色⁽⁵⁾。

【注释】
〔1〕酌酒人：指斟酒侍客的女子。
〔2〕筵：筵席。
〔3〕上客：尊贵的宾客。
〔4〕了：完全。
〔5〕颜色：脸色。

【今译】

排成长列的筵席多有不同,在众多贵宾之前她虽娇小却难以逼迫。只见她送还了酒杯全然不再理会你,她转过身去脸上现出凛然不可犯的容色。

吴兴妖神赠谢府君览一首〔1〕

吴兴妖神,即"吴兴神女"。

赠谢府君览〔2〕

【题解】

一位神女爱上了吴兴太守谢览,但人神永隔,她不禁黯然神伤,便写了这首诗。

玉钗空中堕,金钿色行歇〔3〕。独泣谢春风〔4〕,孤夜伤明月〔5〕。

【注释】

〔1〕吴兴妖神:诸书引用多称"吴兴神女"。吴兴,吴兴郡,今浙江湖州市。妖神,传说中的神女,见《太平御览》卷718引"灵怪"。
〔2〕谢府君览:即谢览,梁时陈郡(今河南太康)人,曾任吴兴太守。府君,汉时对郡相、太守的尊称,后来演变成对已故者或神的敬称。
〔3〕行:将。　色行:一作"行已"。　歇:消失。
〔4〕谢:辞别,避开,消失。
〔5〕孤夜伤:一作"长夜孤"。

【今译】

　　玉钗从空中坠落,金钿上的光泽也将消歇。独自哭泣着在春风中隐去,常在夜中伤心地对着孤寂的明月。

江洪诗七首

采菱二首^{〔1〕}

【题解】

　　采菱时节到来,诗人再见到了昔日心爱的采菱女子,十分欣喜。

　　风生绿叶聚,波动紫茎开。含花复含实,正待佳人来。

　　白日和清风,轻云杂高树^{〔2〕}。忽然当此时,采菱复相遇^{〔3〕}。

【注释】

　　〔1〕采菱二首:在《乐府诗集》中,这两首诗收入《清商曲辞·江南弄》,同题诗共收八首。
　　〔2〕杂:一作"拥"。
　　〔3〕遇:一作"忆"。

【今译】

　　清风吹来绿叶相聚在一起,水波微动紫茎向四面张开。菱花开过又结了菱角,正等待着佳人到来。
　　明丽的阳光伴随着清风,浮动的白云飘过高高的树。忽然碰到了这样美好的时刻,与美丽的采菱女子又能再相遇。

渌水曲二首⁽¹⁾

【题解】

这首诗借咏渌水表达思妇的相思。

潺湲复皎洁⁽²⁾,轻鲜自可悦。横使有情禽⁽³⁾,照影遂孤绝⁽⁴⁾。

尘容不忍饰⁽⁵⁾,临池思客归⁽⁶⁾。谁能取渌水⁽⁷⁾,无趣浣罗衣⁽⁸⁾。

【注释】

〔1〕渌(lù)水曲二首:在《乐府诗集》中,这两首诗收入《琴曲歌辞·蔡氏五弄》,同题诗共收五首。《琴集》说:"《五弄》,《游春》《渌水》《幽居》《坐愁》《秋思》,并宫调,蔡邕所作也。"渌,清澈。
〔2〕潺湲(chán yuán):水缓缓流动的样子。
〔3〕横(hèng):意外,突然。
〔4〕孤绝:孤零,孤单无伴,孤立无助。
〔5〕尘容:满面尘土。　饰:一作"饬"。
〔6〕思客:一作"客未"。客,指客游他乡的亲人。
〔7〕能:一作"知"。
〔8〕无:一作"全"。　趣:一作"取",一作"处"。

【今译】

水流缓慢又净洁,静默清新自能使人悦。突然使得满怀深情的禽鸟,水中照影后便深感自己的孤单无援。

满面尘土无心再去修饰,走到水边便盼望客游他乡的亲人早日回家团聚。谁能够去取来清澈的水,毫无意趣地浣洗罗衣。

秋风二首[1]

【题解】

秋风吹起，引起女子的悲思。第一首写寡妇的悲思，第二首写思妇的悲思。

孀居憎四时[2]，况在秋闺内。凄叶流晚晖[3]，虚庭吐寒菜[4]。

北牖风摧树，南篱寒蛬吟[5]。庭中无限月，思妇夜鸣砧[6]。

【注释】

[1] 秋风二首：《乐府诗集·琴曲歌辞》收江洪《秋风》三首，这是第二、三首。
[2] 孀（shuāng）居：寡居，指女子丈夫死后独居。　居憎：一作"妇悲"。　四时：四季，指四季的更替变化。
[3] 晖：一作"蝉"。
[4] 寒菜：越冬的菜蔬。《易通卦验》说，苦菜生于寒秋，更冬历春，得复乃成。一说，即"苦荬"，越年生菊科植物，茎叶可食，味苦。菜，一作"采"。
[5] 蛬（qióng）：同"蛩"，即蟋蟀。
[6] 砧（zhēn）：指捣衣砧，捣衣时垫在下面的砧木或砧石。古代妇女常为远方的丈夫捣衣，准备寒衣。

【今译】

寡居最怕四季变迁夏暖之后又冬寒，何况秋日独处深闺更孤单。凄冷的枝叶穿过夕阳的余晖，空虚的庭院中又长出了苦菜的新芽。

北边的窗户外秋风吹动树叶风声急，南边篱笆下蟋蟀哀吟多悲凄。庭中无边的月光铺满地，思妇连夜捣衣为远方的丈夫准备寒衣。

咏美人治妆[1]

【题解】
　　一位女子临上车时还在关注自己的梳妆打扮是否美丽。

　　上车畏不妍[2]，顾盼更斜转[3]。太恨画眉长[4]，犹言颜色浅。

【注释】
　　[1] 治妆：梳妆打扮。
　　[2] 上车：登车。　妍（yán）：美。
　　[3] 顾盼（pàn）：同"顾盼"，看视。盼，一作"眄"。
　　[4] 太：一作"大"。

【今译】
　　登车之时还怕自己不美艳，左顾右盼斜转身来又看了几眼。她十分遗憾画眉长了些，还说青黛的颜色浅。

范靖妇诗三首

　　范靖妇，即范靖的妻子沈满愿，她是沈约的孙女。见卷五。

王昭君叹二首⁽¹⁾

【题解】
两首诗都是代王昭君抒发怨恨和哀思。

早信丹青巧⁽²⁾，重货洛阳师⁽³⁾。千金买蝉鬓⁽⁴⁾，百万写蛾眉⁽⁵⁾。

今朝犹汉地，明旦入胡关。高堂歌吹远⁽⁶⁾，游子梦中还。

【注释】
〔1〕王昭君叹二首：在《乐府诗集》中，这两首诗收入《相和歌辞·吟叹曲》，题作《昭君叹二首》。王昭君，汉元帝宫人，传说她因不愿贿赂画工，画工便不将她的美貌画出，呈送元帝。她因此不得召幸，愤而自请远嫁匈奴单于。可参看卷二石崇《王昭君辞》。
〔2〕丹青：指红色和青色等绘画颜料，这里指画像。
〔3〕货：一作"赂"，都指将财货送人，进行贿赂。　师：画师，指毛延寿等人。
〔4〕买：一作"画"。　蝉鬓（bìn）：古代女子的一种发式，薄如蝉翼。
〔5〕蛾眉：指女子的美眉，弯曲如蚕蛾的触须。
〔6〕歌吹（chuì）：歌声和吹奏的乐声。　远：一作"少"，一作"送"。"高堂"二句，一作"情寄南云反（返），思逐北风还"。

【今译】
如果当初相信绘画能有这般的工巧，就会重重地贿赂洛阳的画师。用千金让他们画出烟云缥缈般的蝉鬓，用百万画出弯弯蛾眉的绰约风姿。

今天早晨还历经汉家的土地山川，明天黎明便进入了匈奴的边关。高高的殿堂上歌吹之声渐渐远去，游荡在外的人儿思念故乡只能在梦中回还。

映 水 曲[1]

【题解】
　　一位美丽的女子对着水面倒影整理自己的秀发。

　　轻鬓学浮云,双蛾拟初月[2]。水澄正落钗[3],萍开理垂发。

【注释】
　　[1]映水曲:在《乐府诗集》中,这首诗收入《杂曲歌辞》。
　　[2]拟:模拟,模仿。
　　[3]澄:清澈。　　正:端正,放端正。

【今译】
　　薄薄的蝉鬓仿效天上的浮云,一双蛾眉模拟初升的月牙。她正对着清澈的水面扶正坠落的金钗,分开浮萍梳理垂下的秀发。

何逊诗五首

南　苑

【题解】
　　作为游览胜地,南苑千门万户大开。但诗人只觉得周围有女子在走动,却看不真切,心中不免惆怅。

苑门辟千扇，苑户开万扉。楼殿间珠履[1]，竹树隔罗衣。

【注释】
〔1〕间：一作"开"，一作"闻"。　珠履：女子以珍珠为饰的丝履。

【今译】
苑中上千大门已经开启，苑中上万小门也已不再封闭。偶尔听到楼殿上女子穿着珠履在行走，隔着竹树又恍惚看到她们轻软的绸衣。

闺　怨

【题解】
这首诗写深闺中思妇的哀怨。花前月下，却独处深闺，她深感自己徒有花容月貌，不禁黯然神伤。

闺阁行人断[1]，房栊月影斜[2]。谁能北窗下[3]，独对后园花[4]。

【注释】
〔1〕闺阁：内室小门，借指内室，女子的卧室。　行人：远行之人，指丈夫。　断：断绝了音信。
〔2〕房栊：窗棂。
〔3〕能：一作"知"。　下：一作"外"。
〔4〕"独对"句：一作"犹对后庭花"。

【今译】

她独处深闺远行的丈夫音信已中断,窗棂上的月影已西斜。谁能够待在北窗下,独自一人面对着后园中的花。

为人妾思⁽¹⁾

【题解】

这是诗人为他人之妾写的诗,替她抒发失宠的悲思和哀怨。

燕子戏还檐⁽²⁾,花飞落枕前。寸心君不见⁽³⁾,拭泪坐调弦。

【注释】

〔1〕思:一作"怨"。
〔2〕"燕子"句:一作"燕戏还檐际"。
〔3〕君:一作"悲"。

【今译】

燕子双双游戏飞回屋檐下,花瓣飞舞飘落在玉枕前。心中所想郎君却是看不见,只好拭泪坐下独自调琴弦。

咏春风⁽¹⁾

【题解】

这首诗咏春风,兼咏春风中的女子。

可闻不可见,能重复能轻。镜前飘落粉⁽²⁾,琴上响余声。

【注释】
〔1〕咏春风：一作《咏风》。
〔2〕粉：女子搽脸的铅粉。

【今译】
　　它能够听得到却不能够看得清，它的声音有时很响有时又很轻。它在镜前吹落了女子搽脸的铅粉，在琴上吹开了余味无穷的琴声。

秋 闺 怨[1]

【题解】
　　这首诗写一位女子秋天独宿深闺的哀怨。

　　竹叶响南窗，月光照东壁。谁知夜独觉[2]，枕前双泪滴。

【注释】
〔1〕秋闺怨：一作《闺怨》。
〔2〕觉（jiào）：睡醒。

【今译】
　　南窗下秋风吹动竹叶响声急，月光照亮了东面的墙壁。谁能知道我独宿深闺深夜睡不着，玉枕之前双泪往下滴。

吴均杂绝句四首

杂绝句四首⁽¹⁾

【题解】
四首诗都是抒发离别之后思妇的相思。

昼蝉已伤念，夜露复沾衣。昔别昔何道⁽²⁾，今令萤火飞⁽³⁾。

锦腰连枝滴⁽⁴⁾，绣领合欢斜⁽⁵⁾。梦中难言见⁽⁶⁾，终成乱眼花。

蜘蛛檐下挂，络纬井边啼⁽⁷⁾。何当得见子⁽⁸⁾，照镜窗东西⁽⁹⁾。

泣听离夕歌，悲衔别时酒。自从今日去，当复相思否？

【注释】
〔1〕杂绝句：一作《杂句》。
〔2〕昔何道：一作"曾何道"。
〔3〕令：一作"夕"。　火：一作"光"。
〔4〕连枝：即连理枝，指一棵树上相连的树枝。　滴：一作"理"。
〔5〕合欢：植物名，又叫马樱花，落叶乔木，羽状复叶，小叶对生，夜间成对相合。"连理"与"合欢"，古人用来比喻情侣配偶，象征男女欢爱。
〔6〕难言：一作"谁不"。
〔7〕络纬：虫名，即莎鸡，俗称络丝娘、纺织娘，夏秋夜间振羽作声，声似纺线。《古诗类苑》载《古八变歌》有"枯桑鸣中林，纬络响空阶"之句。

〔8〕当：一作"曾"。
〔9〕东西：近旁，旁边。

【今译】
　　白天蝉鸣已让我十分伤悲，晚上露水又沾上衣襟更让我意冷心灰。从前离别之时究竟说了什么话，今晚只看见萤火满院飞。
　　锦绣的腰带做成连枝的模样，绣着合欢的衣领向一边倾斜。在梦中很难见到你的面，最后总是睡眼昏花什么也看不见。
　　蜘蛛吐丝从屋檐上挂下去，纺织娘在井边悲啼。什么时候才能见到你，双双照镜窗前依偎在一起。
　　哭泣时是因听到了离别之夜唱的歌，悲伤时是因口含着离别之时喝的酒。自从离别之日你飘然而去，是否还会想念我把我放在你心头？

王僧儒诗二首

春　思

【题解】
　　这首诗写女子春日的相思。

　　雪罢枝即青，冰开水便绿⁽¹⁾。复闻黄鸟思⁽²⁾，令作相思曲⁽³⁾。

【注释】
　　〔1〕水：一作"春"。

〔2〕黄鸟：黄鹂，一说黄雀。《诗经·周南·葛覃》："黄鸟于飞，集于灌木，其鸣喈喈。" 思：一作"声"，一作"鸣"，一作"吟"。
〔3〕令：一作"今"，一作"全"。

【今译】
　　大雪过后枝叶即转青，坚冰融化春水便泛绿。又听到黄鸟声在叫唤，全都化作相思曲。

为徐仆射妓作⁽¹⁾

【题解】
　　天晚了徐仆射还要留下欣赏歌舞，艺人们又倦又冷，诗人对她们深表同情。

　　日晚应归去，上客强盘桓⁽²⁾。稍知玉钗重⁽³⁾，渐见罗襦寒⁽⁴⁾。

【注释】
〔1〕仆射（yè）：官名，东汉时尚书仆射为尚书令副手。魏、晋以后令、仆同居宰相之任。　　妓：歌舞艺人。
〔2〕上客：贵宾。　　盘桓：逗留。
〔3〕稍：渐。
〔4〕襦（rú）：短衣，短袄。

【今译】
　　天晚了他应当返回自己的家，但这位贵宾还要勉强留下来寻欢。艺人们非常疲倦渐觉头上玉钗越来越沉重，她们身穿短袄也渐觉天寒衣单。

徐悱妇诗三首

徐悱妇，即徐悱妻刘令娴，可参看卷六徐悱妻刘令娴《答外诗》。

光 宅 寺[1]

【题解】
一位女子厌倦了尘世的应酬，向往独处的幽静。

长廊欣目送[2]，广殿悦逢迎[3]。何当曲房里[4]，幽隐无人声。

【注释】
〔1〕光宅寺：佛寺。《梁书·文学传·周兴嗣传》说："高祖（梁武帝萧衍）以三桥旧宅为光宅寺。"
〔2〕目送：以目光相送。《左传·桓公元年》："宋华父督见孔父之妻于路，目逆而送之，曰：'美而艳。'"
〔3〕逢迎：迎接，接待。
〔4〕何当：何如，安得。　　曲房：内室，密室。

【今译】
走在长廊里欣喜地看到有人用目光相送，站在大殿上高兴地得到人们的逢迎。但怎样比得上独自一人待在内室里，幽静隐蔽听不见人声。

题甘蕉叶示人⑴

【题解】
　　诗人深夜悲啼,但她心中的痛苦无人知晓,便在香蕉叶上写下了这首诗。

　　夕泣以非疏⑵,梦啼真太数⑶。惟当夜枕知,过此无人觉⑷。

【注释】
　　〔1〕甘蕉:香蕉的一种。晋嵇含《南方草木状·甘蕉》说:"甘蕉,望之如树,株大者一围余,叶长一丈或七、八尺,广尺余二尺许,花大如酒杯,形色如芙蓉。"
　　〔2〕以:一作"似",一作"已"。
　　〔3〕真太:一作"太真"。　数(shuò):频繁。
　　〔4〕过:来访。

【今译】
　　夜里哭泣已经不算少,梦中悲啼的确也太多。只有晚上沾满泪水的绣枕知道我心中的痛苦,即使来访的人对我的悲痛也未能察觉。

摘同心支子赠谢娘⑴,因附此诗

【题解】
　　谢娘是诗人的朋友,两人产生了隔阂。诗人摘了两片相连的栀子叶赠给谢娘,并附上这首诗,希望消除隔阂,增进彼此间的友谊。

两叶虽为赠,交情永未因⁽²⁾。同心处何限⁽³⁾,支子最关人⁽⁴⁾。

【注释】

〔1〕支子:即"栀子",常绿灌木或小乔木,叶子对生,春夏开白花,夏秋结果实,果实可做黄色染料,也可入药,性寒味苦。支,一作"栀"。下同。　　谢娘:诗人好友。"娘"字原作"孃"。

〔2〕永:长久。　　因:累积,增加。

〔3〕处何限:一作"何处恨"。

〔4〕关:牵系。

【今译】

两片相连的栀子叶虽然当作礼物来相赠,但我们的交情长久以来却未能加深。既然同心相处还有什么界限,这相连着的两片叶子最能牵系人心。

姚翻诗三首

代陈庆之美人为咏⁽¹⁾

【题解】

诗人以一位女子的口吻写这首诗,抒发她心中的痛苦。

临妆欲含涕,羞畏家人知。还持粉中絮⁽²⁾,拥泪不听垂⁽³⁾。

【注释】

〔1〕代:犹"拟"。　陈庆之:字子云,梁时历官奉朝请、武威将军、南北司二州刺史。这首诗及以下两首的作者一作徐悱妻刘令娴。

〔2〕粉:女子搽脸的铅粉。　絮(xù):绵絮,指用丝绵做成的粉扑,用以蘸粉敷面。

〔3〕听:听任,任由。

【今译】

　　梳妆之时眼泪似要夺眶而出,心中羞愧又怕家人觉察。转身过去拿起粉扑,擦去泪水不让它落下。

梦见故人

【题解】

　　一位女子梦中见到了朝思暮想的旧日情人,醒来后心中无限悔恨和悲伤。

　　觉罢方知恨,人心定不同。谁能对角枕[1],长夜一边空。

【注释】

〔1〕角枕:用角制成的或用角装饰的枕头。

【今译】

　　醒来后才知道心中有多少悔恨,人心必定是各不相同。谁能够面对着角枕,在这漫漫长夜里竟有一边空。

有期不至⁽¹⁾

【题解】

情人失约不至,一位女子十分悲伤。

黄昏信使断,衔怨心凄凄。回灯向下榻⁽²⁾,转面暗中泣。

【注释】

〔1〕期:邀约,约定。
〔2〕榻(tà):狭长而矮的坐卧用具。

【今译】

黄昏之时无人来往音信已中断,心怀怨恨内心无限悲凄。拿着灯走回下面的床榻,转过脸暗中独自悲泣。

王环代西丰侯美人一首

王环,南朝梁人,生平不详。

代西丰侯美人⁽¹⁾

【题解】

一位女子见到昔日的情人,想到当初同情人的离别,思绪万千。

于今辞宴语⁽²⁾,方念泣离违⁽³⁾。无因从朔雁⁽⁴⁾,一向黄河飞。

【注释】

〔1〕代:犹"拟"。　西丰侯:临川静惠王之子萧正德,字公和,梁武帝天监年间封西丰县侯。侯景作乱,把他立为天子,不久被侯景所杀。

〔2〕辞:解说,道歉。　宴语:闲谈。

〔3〕离违:离去,离别。

〔4〕朔雁:北方的大雁。

【今译】

于今在闲谈中他来解说道歉,才想起当初分离时的哭泣。当时没有什么缘由要跟从北方的大雁,一同向着黄河飞去。

梁武帝诗二十七首

边 戎 诗⁽¹⁾

【题解】

秋天的月夜,守边战士怀念家中的亲人。

秋月出中天,远近无偏异。共照一光辉,各怀离别思。

【注释】

〔1〕边戎（róng）：边地战事，也指守边。戎，一作"戍"。

【今译】

秋天的明月高挂在天空，无论远近月光总会如期而至。天各一方的人儿都能沐浴在同样的月光下，只是各自怀着离别后的相思。

咏　烛

【题解】

诗人借烛光来描写女子的美丽。

堂中绮罗人，席上歌舞儿。待我光泛滟[1]，为君照参差[2]。

【注释】

〔1〕泛滟：烛光闪耀的样子。
〔2〕参差（cēn cī）：纷繁多姿的样子。

【今译】

厅堂中是身穿绫罗绸缎的美人，宴席上是能歌善舞的女子。等我烛光燃起光辉闪耀，替你照亮她们各不相同的美丽风姿。

咏　笔

【题解】

诗人表示要用笔来描绘一位美丽女子的花容月貌。

昔闻兰蕙月，独是桃李年⁽¹⁾。春心倘未写⁽²⁾，为君照情筵⁽³⁾。

【注释】
〔1〕桃李年：指青春年华。
〔2〕写：倾吐，抒发。
〔3〕筵（yán）：宴席。

【今译】
　　从前听说她年少时禀性芳洁，如今只见她已是青春妙年。春日的心思如果还没有倾吐，应当用笔图写容貌为你映照在多情的华筵。

咏　笛

【题解】
　　描写一位美丽的女子吹笛，吹出了美妙的乐声。

柯亭有奇竹⁽¹⁾，含情复抑扬。妙声发玉指⁽²⁾，龙音响凤凰⁽³⁾。

【注释】
〔1〕柯亭：古地名，又名高迁亭，在今浙江绍兴西南。晋伏滔《〈长笛赋〉序》说："初，邕（东汉蔡邕）避难江南，宿于柯亭。柯亭之观，以竹为椽。邕仰而眄之曰：'良竹也。'取以为笛，奇声独绝。历代传之，以至于今。"　竹：一作"材"。
〔2〕玉：一作"五"。
〔3〕龙音：指龙笛的吹奏声。马融《长笛赋》："近世双笛从羌起，羌人伐竹未及已。龙鸣水中不见己（一作"已"），截竹吹之声相似。"《乐府

诗集·清商曲辞·江南弄》收梁武帝《龙笛曲》一首。　　凤凰：指凤凰的鸣声，比喻美妙的乐声。汉刘向《列仙传·萧史》说："(萧史)日教弄玉作凤鸣。居数年，吹似凤声。"

【今译】
　　她吹起柯亭奇竹制成的笛，笛声饱含深情并高低抑扬。美妙的乐声从她洁白如玉的手指上发出，这龙笛吹奏出来的声音就像含情呼唤的凤凰。

咏　舞

【题解】
　　描写一位舞女挥洒自如的轻快舞姿。

　　腕弱复低举⁽¹⁾，身轻由回纵⁽²⁾。可谓写自欢⁽³⁾，方与心期共⁽⁴⁾。

【注释】
　　〔1〕腕：手腕。
　　〔2〕回纵：旋转腾跳。
　　〔3〕写：抒发。
　　〔4〕心期：心愿，心意。

【今译】
　　纤弱的手腕又低低地举起，轻盈的腰身任意地旋转腾跃。真可说是在抒发自己的欢乐，这正与她的心意相吻合。

连句诗[1]

【题解】

　　这首诗以男女间的关系来比喻君臣间的关系。头两句是梁武帝萧衍赞美群臣,后两句是群臣的回答。

　　倾城非人美[2],十载难里逢[3]。虽怀轩中意[4],愧无鬓发容[5]。

【注释】

　　[1]连句诗:一种作诗的方式,由两人或多人各成一句或数句,合而成篇。据说起于汉武帝和群臣的《柏梁诗》。连,一作"联"。
　　[2]倾城:指绝世的美丽。可参看卷一李延年《歌诗》。
　　[3]十:一作"千"。　里:一作"重"。按,当作"重"。
　　[4]轩中意:指乘轩(车)受禄,获得君主宠爱的心意。语出《左传·闵公二年》"卫懿公好鹤,鹤有乘轩者"。
　　[5]鬓发:鬓角的头发,指代美丽的容貌。

【今译】

　　绝世佳人不是人间一般的美丽,十年都很难再相逢。虽然怀有获宠受禄的心意,但自愧没有美丽的月貌花容。

春歌三首[1]

【题解】

　　抒写一位女子春日的情怀。

　　阶上歌入怀[2],庭中花照眼。春心一如此[3],情来不可限。

兰叶始满地[4]，梅花已落枝。持此可怜意，摘以寄心知[5]。

朱日光素冰[6]，黄花映白雪。折梅待佳人[7]，共迎阳春月[8]。

【注释】

〔1〕春歌：《乐府诗集·清商曲辞·吴声歌曲》收《子夜四时歌》晋宋齐辞七十五首，含春歌、夏歌、秋歌、冬歌四组。接着又收梁武帝《子夜四时歌》七首，王金珠《子夜四时歌》八首。这里的三首《春歌》，第二首《乐府诗集》作梁武帝诗，第一、三首作王金珠诗。
〔2〕歌：一作"香"。
〔3〕一：一作"郁"。
〔4〕地：一作"池"。
〔5〕心知：知心人。
〔6〕朱日：红日。　光：照。　冰：一作"水"。
〔7〕待：一作"寄"。
〔8〕迎：一作"待"。　阳春：温暖的春天。

【今译】

台阶上欢歌渗入胸怀，庭院中鲜花映入眼帘。春天浓郁的相思之情从来都如此，激情汹涌而至没有什么办法可以将它阻拦。

兰草叶刚长出盖满了园地，梅花已落下了树枝。凭着此时心中充满爱怜的心意，摘下来寄给情人以表达我的相思。

红日照耀着水上的薄冰，黄花映照着白雪。折下一枝梅等待佳人的到来，我们要一同迎接这温暖春日的明月。

夏歌四首⁽¹⁾

【题解】

抒写一位女子夏日的情怀。诗中以谐音的手法（以"莲"谐"怜"，以"藕"谐"偶"）表达双关的语意。

江南莲花开，红光覆碧水⁽²⁾。色同心复同，藕异心无异。

闺中花如绣⁽³⁾，帘上露如珠。欲知有所思，停织复踌躇⁽⁴⁾。

玉盘著朱李⁽⁵⁾，金杯盛白酒。虽欲持自新⁽⁶⁾，复恐不甘口。

含桃落花日⁽⁷⁾，黄鸟营飞时⁽⁸⁾。君住马已疲⁽⁹⁾，妾去蚕欲饥⁽¹⁰⁾。

【注释】

〔1〕夏歌四首：第三首《乐府诗集》作王金珠诗。
〔2〕光覆：一作"花照"。
〔3〕绣：锦绣，指布帛上刺绣出来的彩画。
〔4〕踌躇：同"踟蹰"，心中犹豫、徘徊迟疑的样子。
〔5〕著：一作"贮"。　朱李：果名，李子的一种。
〔6〕虽：一作"本"。　自新：一作"自亲"，一作"亲元"。
〔7〕含桃：即樱桃。
〔8〕营飞：盘旋飞翔。
〔9〕已：一作"欲"。
〔10〕欲：一作"已"。

【今译】

江南莲花盛开心中充满怜爱，红色的阳光将碧绿的江水覆盖。

水面通红心里也是通红,莲藕虽然摘下但我俩结成配偶的心却不能分开。

香闺中鲜花像锦绣,窗帘上露水像珍珠。想要知道自己心中思念谁,停下织机心中犹豫意踌躇。

玉盘放着李子,金杯盛满白酒。虽然想拿给自己的亲人品尝,但又怕不合他的胃口。

如今正是樱桃落花之日,黄鸟盘旋飞翔之时。请您留下因为您的马也已疲惫,我也将离去因为家中蚕饥待食。

秋歌四首[1]

【题解】

抒写一位女子秋日的情怀。

绣带合欢炬[2],锦衣连理文。怀情入夜月,含笑出朝云[3]。

七彩紫金柱,九华白玉梁。但歌云不去[4],含吐有余香[5]。

吹蒲未可停[6],弦断当更续[7]。俱作双丝引[8],共奏同心曲。

当信抱梁期[9],莫听回风音[10]。镜上两入鬓[11],分明无两心。

【注释】

〔1〕秋歌四首:在《乐府诗集》中,收梁武帝《秋歌》二首,即这里的第一首和第四首。这里的第二首,在《乐府诗集》中题作《子夜变歌》,作者作王金珠。这里的第三首,在《乐府诗集》中题作《春歌》,作者作王金珠。

〔2〕炬：一作"结"。

〔3〕朝云：早上的彩云。暗用巫山神女典故，见宋玉《高唐赋》。

〔4〕但歌：指汉魏时流行的无伴奏的歌曲。　云不去：是"响遏行云"的意思，赞美歌声的高亢美妙。云，一作"绕"，是"余音绕梁"的意思。

〔5〕含吐：指歌者的含情吐音。

〔6〕蒲：一作"满"，一作"漏"。漏指洞孔，这里指箫笛之类有洞孔的管乐器。

〔7〕当更：一作"更当"。

〔8〕丝：一作"思"。

〔9〕抱梁：同"抱柱"。《庄子·盗跖》："尾生与女子期于梁下，女子不来，水至不去，抱梁柱而死。"后世以"抱梁"或"抱柱"为坚守信约的典故。

〔10〕回风：歌曲名，曲调悲凉。汉郭宪《洞冥记》说："帝所幸宫人名丽娟，年十四，玉肤柔软，吹气胜兰，不欲衣缨拂之，恐体痕也。每歌，李延年和之，于芝生殿唱《回风》之曲，庭中花皆翻落。"

〔11〕上：一作"中"。　入：一作"人"。

【今译】

腰上束着绣有合欢形的衣带，身上穿着绘有连理枝的锦衣。满怀深情进入明月夜，脸带笑容出迎晨曦。

七彩缤纷的是紫金做的柱，华丽耀眼的是白玉石做的梁。引吭高歌歌声阻遏行云，含情吐音口中尚有余香。

吹奏箫笛不能够停下，琴弦折断应当再接续。都用双丝来牵引，一同弹奏永结同心的歌曲。

应当坚信誓死不渝的誓约，不要去听忧伤悲凉的《回风》音。镜中照出两人的发髻，两人同心分明没有两样心。

子夜歌二首〔1〕

【题解】

描写女子的娇美。

恃爱如欲进，含羞未肯前[2]。口朱发艳歌[3]，玉指弄娇弦。

朝日照绮钱[4]，光风动纨罗[5]。巧笑蒨两犀[6]，美目扬双蛾[7]。

【注释】

〔1〕子夜歌二首：《乐府诗集·清商曲辞·吴声歌曲》收晋宋齐辞《子夜歌》四十二首，这是最后的两首。《唐书·乐志》说："《子夜歌》者，晋曲也。晋有女子名子夜，造此声，声过哀苦。"《乐府解题》说："后人更为四时行乐之词，谓之《子夜四时歌》。又有《大子夜歌》《子夜警歌》《子夜变歌》，皆曲之变也。"

〔2〕未肯：一作"出不"。

〔3〕口朱：一作"朱口"。

〔4〕绮钱：钱形图案的窗户雕饰。钱，一作"窗"，一作"笺"。

〔5〕纨罗：一作"纨素"，指精美洁白的细绢。

〔6〕巧笑：美好的笑，笑得很美。《诗经·卫风·硕人》描写卫庄公夫人庄姜的美丽："手如柔荑，肤如凝脂，领如蝤蛴，齿如瓠犀，螓首蛾眉。巧笑倩兮，美目盼兮。" 蒨（qiàn）：即"倩"，笑靥，指笑时面颊上露出的酒窝。一作"奋"。　两犀：两排整齐洁白的牙齿。犀，瓠犀，葫芦子仁儿，洁白而整齐，用来形容女子的牙齿。

〔7〕蛾：指蛾眉，形容女子的美眉修长而弯曲。

【今译】

她凭着受到宠爱好像想要走过来，但又面带娇羞不肯走到我面前。她轻启红唇唱出了美艳的歌，舒开玉指娇羞地拨动琴弦。

早上的太阳照亮了精美的窗户，阳光下微风吹动了她精致洁白的绸衣。她笑得多美露出了两排整齐洁白的牙齿，美目流转顾盼扬起了修长弯曲的双眉。

上 声 歌⁽¹⁾

【题解】
描写歌女的色艺出众。

花色过桃杏，名称重金琼⁽²⁾。名歌非下里⁽³⁾，含笑作上声。

【注释】
〔1〕上声歌：在《乐府诗集》中，这首诗收入《清商曲辞·吴声歌曲》，作者作王金珠。关于上声歌，可参看本卷《近代吴歌·上声》。
〔2〕金琼：金玉。
〔3〕下里：指《下里巴人》，古代民间通俗歌曲，见宋玉《对楚王问》。

【今译】
她的容貌比桃花杏花还要鲜艳出众，她的名声比金玉还要贵重。她所唱的名歌与通俗的《下里巴人》绝不相同，她面带笑容唱起《上声》情深意浓。

欢闻歌二首⁽¹⁾

【题解】
写热恋中的男女。第一首写女子的情思，第二首写男子的情思。

艳艳金楼女，心如玉池莲。持底报郎恩⁽²⁾，俱期游梵天[3]。

南有相思木,含情复同心[4]。游女不可求[5],谁能息空阴[6]。

【注释】

[1] 欢闻歌二首:在《乐府诗集》中,这两首诗收入《清商曲辞·吴声歌曲》中,但均作王金珠诗。第一首题作《欢闻歌》,第二首题作《欢闻变歌》。《古今乐录》说:"《欢闻歌》者,晋穆帝升平初歌,毕辄呼'欢闻不?'以为送声,后因此为曲名。"又说:"《欢闻变歌》者,晋穆帝升平中,童子辈忽歌于道,曰'阿子闻',曲终辄云:'阿子汝闻不?'无几而穆帝崩,褚太后哭'阿子汝闻不?'声既凄苦,因以名之。"欢,相爱男女的互称。

[2] 底:疑问代词,何,什么。

[3] 期:约。 梵(fàn)天:佛经中称三界中的色界初三重天为梵天,也泛指色界诸天。《百喻经·贫人烧粗褐衣喻》:"汝今当信我语,修诸苦行,投岩赴火,舍是身已,当生梵天,长受快乐。"梵,一作"楚"。

[4] 含情:一作"合影"。

[5] 游女:在水上游玩的女子,有人说是汉水美丽的女神。《诗经·周南·汉广》:"南有乔木,不可休思。汉有游女,不可求思。"《韩诗》认为这首诗是写郑交甫与汉水女神恋爱的故事。

[6] 息空阴:一作"识得音"。

【今译】

她是住在黄金为饰的高楼上的美艳女子,她的心就像白玉池中的白莲。她要拿什么来报答情郎的恩惠,她只希望两人相约一同去游快乐的梵天。

南方有两株相思树,饱含深情又同心。但她像汉水女神不可求,谁能独自一人休息在树荫。

团 扇 歌[1]

【题解】

描写女子手摇团扇的娇媚。

手中白团扇,净如秋团月[2]。清风任动生,娇香承意发[3]。

【注释】

〔1〕团扇歌:在《乐府诗集》中,这首诗收入《清商曲辞·吴声歌曲》,题作《团扇郎》,同题诗共收十首。《古今乐录》说:"《团扇郎歌》者,晋中书令王珉,捉白团扇与嫂婢谢芳姿有爱,情好甚笃。嫂捶挞婢过苦,王东亭闻而止之。芳姿素善歌,嫂令歌一曲当赦之。应声歌曰:'白团扇,辛苦五流连。是郎眼所见。'珉闻,更问之:'汝歌何遗?'芳姿即改云:'白团扇,憔悴非昔容,羞与郎相见。'后人因而歌之。"
〔2〕团:一作"圆"。
〔3〕香:一作"声"。　承:一作"任",一作"乘"。

【今译】

手中拿着洁白的团扇,明净如同秋日的圆月。清凉的和风随着玉手挥动吹过来,娇媚女子的芳香随着浓浓爱意弥漫在这美好的秋夜。

碧 玉 歌[1]

【题解】

描写美女陪侍饮酒赏花的欢乐。

杏梁日始照[2]，蕙席欢未极[3]。碧玉奉金杯，绿酒助花色[4]。

【注释】

〔1〕碧玉歌：《乐府诗集·清商曲辞·吴声歌曲》收无名氏《碧玉歌》五首，这是其中第五首。《乐苑》说："《碧玉歌》者，宋汝南王所作也。碧玉，汝南王妾名，以宠爱之甚，所以歌之。"宋，当作"晋"，可参看本卷《情人碧玉歌》。
〔2〕杏梁：杏木做的精美的屋梁。
〔3〕蕙席：香草蕙草编织的座席或床席。
〔4〕绿：一作"渌"。

【今译】

太阳初升照亮了杏梁，香蕙座席上的欢乐无终极。美丽的碧玉捧着金杯劝酒，喝着清醇美酒更有助于欣赏花色的美丽。

襄阳白铜鞮歌三首[1]

【题解】

三首诗都是写女子的情思。第一首写一位女子对远行的丈夫深沉的思念，第二首写一位女子对旧日情人的相思，第三首是一位女子赞美情人的英武。

陌头征人去[2]，闺中女下机。含情不能言，送别沾罗衣。

草树非一香[3]，花叶百种色[4]。寄语故情人[5]，知我心相忆。

龙马紫金鞍[6]，翠眊白玉羁[7]。照耀双阙下[8]，知是襄阳儿。

【注释】
〔1〕襄阳白铜鞮歌：在《乐府诗集》中，这三首诗收入《清商曲辞·西曲歌》，题作《襄阳蹋铜蹄》。可参看本卷沈约《襄阳白铜鞮》注〔1〕。
〔2〕陌（mò）头：路上，路旁。　征人：远行的人，指丈夫。
〔3〕树：一作"木"。
〔4〕叶：一作"丛"。
〔5〕语：一作"情"。
〔6〕马：一作"头"，一作"门"。
〔7〕翠眊（mào）：用翠羽作装饰的旗帜。眊，同"旄"。　羁：马笼头。
〔8〕双阙：古代宫殿、祠庙、陵墓前面两旁高台上的楼观。

【今译】
　　路旁送别远行的丈夫离家而去，家中孤寂的女子无心纺织走下织布机。饱含深情却不能说出什么话，只在送别之时泪水沾湿轻柔的丝衣。
　　草树不止一种香，花丛自有百种色。请给旧日情人捎去一句话，让他了解我对他思念难舍。
　　高大的骏马闪亮的紫金鞍，翠羽为饰的旌旗白玉为饰的马笼头。交相辉映行走在宫阙下，一看就知道是襄阳健儿雄赳赳。

皇太子杂题二十一首

寒 闺[1]

【题解】

写一位女子独眠深闺的孤寂和感伤。

被空眠数觉[2],寒重夜风吹。罗帏非海水[3],那得度前知[4]。

【注释】

[1]寒闺:题一作《杂咏诗》。
[2]觉(jué):睡醒。
[3]海水:是"知天寒"之意。蔡邕《饮马长城窟行》:"枯桑知天风,海水知天寒。"见卷一。
[4]度(duó):推测。　前知:预知,事先知道。

【今译】

情人离去锦被空荡睡下几次醒来,寒气特重夜风劲吹吹了通宵。锦帐不是海水哪能知天气变寒冷,今日离别哪能凭空推测预先就知道。

行 雨[1]

【题解】

这首诗根据宋玉的《高唐赋》,描写梦幻般的美丽的巫山神女。

本是巫山来，无人睹容色。惟有楚王臣[2]，曾言梦相识。

【注释】
〔1〕行雨：指巫山神女"暮为行雨"。宋玉《高唐赋》描写楚王在梦中与巫山神女幽会，神女临去时说："妾在巫山之阳，高丘之阻。旦为朝云，暮为行雨。朝朝暮暮，阳台之下。"
〔2〕楚王臣：指宋玉。

【今译】
她本是从巫山上走下来的女子，没有人看见过她绝世的容貌。只有楚王的宠臣宋玉，曾说她与楚王在梦中相识结交。

梁 尘[1]

【题解】
赞美歌女歌声高亢激越。

依帷濛重翠[2]，带日聚轻红。定为歌声起，非关团扇风。

【注释】
〔1〕梁尘：屋梁上的尘土。《七略》说，汉代鲁人虞公善歌，歌声洪亮，可以振动屋梁，使梁上尘土飞扬。
〔2〕帷：帐幕。　濛：迷茫朦胧。

【今译】
尘土沾着帐幕遮住了浓浓的翠绿，尘土环绕着太阳将它聚成一点淡红。这定是由于歌声振动梁尘而使尘土扬起，并不是由于挥动团扇扇起了风。

华 月[1]

【题解】

描写女子月夜的相思。

兔丝生云夜[2],蛾形出汉时[3]。欲传千里意,不照十年悲。

【注释】

[1] 华月:皎洁的月亮。
[2] 兔丝:当作"兔腹",指月亮。传说月中有玉兔。屈原《天问》:"夜光何德,死则又育?顾利维何,而顾菟(同"兔")在腹?"丝,一说当作"影",兔影也指月亮。
[3] 蛾形:指蛾眉月。《三辅黄图·未央宫》:"影娥(月中有嫦娥)池,武帝凿以玩月。其旁起望鹄台,以眺月影入池中,亦曰眺蟾台。"形,一作"影"。

【今译】

月亮在多云的夜空中升起,早在汉代它就在影娥池中现出了蛾眉。我只想让它传达我对千里之外的人的思念,不希望它照见我分别十年来的伤悲。

夜 夜 曲[1]

【题解】

写女子独处深闺的孤寂和悲伤。

北斗阑干去⁽²⁾,夜夜心独伤。月辉横射枕,灯光半隐床。

【注释】
〔1〕夜夜曲:在《乐府诗集》中,这首诗收入《杂曲歌辞》,但作者题作梁沈约,是沈约《夜夜曲》二首中的第一首。《乐府解题》说:"《夜夜曲》,伤独处也。"
〔2〕北斗:北斗星。　阑干:横斜的样子。

【今译】
北斗星逐渐横斜沉下,每晚都是一人独处深闺心悲伤。月亮的光辉横射入室照在玉枕上,灯光半明半暗只照见了半边床。

从顿还城南⁽¹⁾

【题解】
抒写夫妻别后重逢的情景。

暂别两成疑⁽²⁾,开帘生旧忆⁽³⁾。都如未有情⁽⁴⁾,更似新相识。

【注释】
〔1〕顿:南顿县,在今河南项城市西。　城南:一作"南城"。
〔2〕疑:迟疑,犹豫。
〔3〕旧:一作"愁"。
〔4〕如:一作"知"。

【今译】
暂别后重逢双方都迟疑犹豫,打开窗帘才逐渐忆起旧日的情分。彼此全都像从未有过什么情意,更像刚刚结识的友人。

春 江 曲⁽¹⁾

【题解】

描写女子江边送别自己的丈夫。

客行只念路,相将渡江口⁽²⁾。谁知堤上人,拭泪空摇手。

【注释】

〔1〕春江曲:在《乐府诗集》中,这首诗收入《杂曲歌辞》,题作《春江行》。郭茂倩引唐郭元振曰:"《春江》,巴女曲也。"
〔2〕将:一作"争"。　江:一作"京"。

【今译】

丈夫客游只顾着赶路,相互争渡拥挤在江口。谁知道堤岸上送行的人儿,擦拭眼泪空挥手。

新 燕

【题解】

通过新燕归来描写舞女。

新禽应节归⁽¹⁾,俱向吹楼飞⁽²⁾。入帘惊钏响,来窗碍舞衣⁽³⁾。

【注释】
〔1〕新禽：即新燕，春天刚回归的燕子。　节：节令。
〔2〕吹楼：指歌舞楼台。
〔3〕碍：一作"疑"。

【今译】
　　新燕按照时令飞回来，一齐飞向歌舞楼台。飞入帘中惊惧玉钏响，来到窗前却遮住了舞衣的光彩。

弹　筝[1]

【题解】
　　描写一位女子弹筝时的悲伤。

　　弹筝北窗下，夜响清音愁。张高弦易断[2]，心伤曲不遒[3]。

【注释】
〔1〕筝：一种似瑟的拨弦乐器。
〔2〕张高：把弦调紧发出高音。
〔3〕遒（qiú）：终竟，完结。一作"成"。

【今译】
　　她在北窗之下弹筝，心中的忧愁寄托在夜中传出的清音。把弦调紧弦便容易断，心中悲伤一曲也弹不成。

夜遣内人还后舟[1]

【题解】
诗人让陪侍的女子回到后舟，但舟上尚有她们的余香。

锦幔扶船烈[2]，兰桡拂浪浮[3]。去烛犹文水[4]，余香尚满舟。

【注释】
〔1〕内人：妻妾，也指宫女。
〔2〕幔：帐幕。　扶：附着，沿着。　烈：一作"列"。
〔3〕兰桡（ráo）：精美的小舟。
〔4〕文：一作"交"。

【今译】
锦绣的帐幕沿着船边张开，精美的小船紧贴着水浪漂浮。灯烛移去水上仍然光影闪动，她们身上的余香仍然充满小舟。

咏武陵王左右伍嵩传杯[1]

【题解】
描写一位宴席上劝酒的女子。

顶分如两髻，簪长验上头[2]。捉杯如欲转[3]，疑残已复留。

【注释】

〔1〕武陵王：萧纪，梁武帝萧衍第八子，天监十三年（514）封为武陵郡王。　伍嘿（hào）：人名，不详。　传杯：指宴饮时传递酒杯劝酒。题一无"伍嘿传杯"。

〔2〕验：证。　上头：指女子束发插笄，这是十五岁成年的象征。

〔3〕捉：一作"投"。

【今译】

她的头发分梳两边像两个发髻，长簪束发说明她已及笄成年。她拿起酒杯便想转身过去，估计她未曾干杯残酒尚留杯里边。

有所伤三首[1]

【题解】

三首诗均描写女子的情思。

可叹不可思，可思不可见。余弦断瑟柱，残朱染歌扇[2]。

寂寂暮檐响，黯黯垂帘色[3]。惟有瓴甋苔[4]，如见蜘蛛织。

入林看蓓礧[5]，春至定无赊[6]。何时一可见，更得似梅花。

【注释】

〔1〕有所伤：一作《有所思》。

〔2〕残朱：指断弦刺伤手指流的血。

〔3〕黯黯（àn）：昏黑阴暗的样子。

〔4〕瓴甋（líng dì）：砖。

〔5〕蓓礧（bèi lěi）：即"蓓蕾"，含苞未放的花朵。

〔6〕赊（shē）：缓慢，时间长久。

【今译】

　　只能叹息不能去想他，只能想他又不能同他相见。瑟柱上一不小心拉断了瑟弦，刺破手指残血染红了歌扇。

　　黄昏静寂只听见乳燕归来屋檐响，垂下帘幕室内更是暗淡无光。只有青砖上的青苔依稀可见，好像看见了蜘蛛织成的一张网。

　　走进林中看到含苞未放的花朵多娇妍，春天的到来定是不会太久远。但不知什么时候我们才能够再相见，到那时定能像梅花一样的芳鲜。

游　人

【题解】

　　描写情侣出游的欢乐。

　　游戏长杨苑〔1〕，携手云台间〔2〕。欢乐未穷已，白日下西山。

【注释】

〔1〕长杨苑：指秦汉的长杨宫，也指杨柳连绵的花园。
〔2〕云台：东汉洛阳宫中高台名，也指高耸入云的楼台。

【今译】

　　一同游玩在杨柳连绵的花园，携手并肩同走在高耸入云的楼台间。欢乐还未达到穷尽的时候，太阳却已下沉到了西山那一边。

绝句赐丽人[1]

【题解】
　　诗人写这首诗，赠给一位美丽的女子，赞美她的美丽，也告诉她还有人比她更美丽。

　　腰肢本独绝[2]，眉眼特惊人。判自无相比[3]，还来有洛神[4]。

【注释】
　　[1] 绝句赐丽人：题一无"绝句"。赐，一作"赠"。
　　[2] 独：一作"犹"。
　　[3] 判：断定。
　　[4] 还来：回来，归来。

【今译】
　　腰身苗条本来就是绝世独立的美丽，眉眼传神娇艳妩媚尤其动人。自己判断没有谁能相比，但回家一看却有更加美丽的洛水女神。

遥　望

【题解】
　　描写一位远望中的美女。

　　散诞垂红帔[1]，斜柯插玉簪[2]。可怜无有比[3]，恐许直千金[4]。

【注释】

〔1〕散诞（sǎn dàn）：洒脱飘逸、逍遥自在的样子。　帔（pèi）：披肩。

〔2〕斜柯：指身躯倾斜。

〔3〕可怜：可爱。

〔4〕恐：一作"恣"。　直：同"值"。

【今译】

她神态闲散身上披着红披肩，身躯倾斜头上插着碧玉簪。她真是可爱没有谁能够同她比，只恐怕她的美丽价值上千金。

愁闺照镜

【题解】

一位女子在丈夫离家之后，因相思而形容憔悴，这天她照镜自视，无限感慨。

别来憔悴久，他人怪容色⁽¹⁾。只有匣中镜，还持自相识。

【注释】

〔1〕怪：惊异，觉得奇怪。

【今译】

分别以来我憔悴已久，别人见我容貌大变都觉奇怪。只有镜匣中的明镜，对着它我自己还能认出来。

浮　云⁽¹⁾

【题解】
　　诗人看见天空一片浮云，便想象它是巫山神女的化身。

　　可怜片云生，暂重复还轻。欲使荆王梦⁽²⁾，应过白帝城⁽³⁾。

【注释】
　　〔1〕浮云：指巫山神女所幻化成的"朝云"。宋玉《高唐赋》描写楚王游高唐，梦中与巫山神女幽会。神女临去时说："妾在巫山之阳，高丘之阻。旦为朝云，暮为行雨。朝朝暮暮，阳台之下。"
　　〔2〕荆王：即楚王。荆，一作"襄"。
　　〔3〕白帝城：即夔州城，故城在今重庆奉节县东瞿塘峡口，沿长江而下即是巫山巫峡。

【今译】
　　天空飘着可爱的一片浮云，一会儿浓密一会儿又变得很薄很轻。她就是巫山神女想要进入楚王的梦境，这时她应飘过了白帝城。

寒　闺

【题解】
　　一位女子独处寒闺，只见花叶日日凋零，深感自己青春易逝。

　　绿叶朝朝黄⁽¹⁾，红颜日日异。譬喻持相比，那堪不愁思⁽²⁾。

【注释】
〔1〕朝朝：天天。
〔2〕堪：忍受。一作"得"。

【今译】
天天有绿叶变黄叶，日日有红花改容颜。把自己同花叶来相比，怎能不忧愁悲思心自怜。

和人渡水⁽¹⁾

【题解】
描写一位刚成年的女子"渡水湔裙"，以求顺利生子。

婉娩新上头⁽²⁾，煎裙出乐游⁽³⁾。带前结香草，鬟边插石榴。

【注释】
〔1〕和（hè）人：唱和他人的诗作。
〔2〕婉娩（wǎn miǎn）：柔美的样子。 上头：指女子十五岁束发插笄，表示成年。
〔3〕煎裙：同"湔裙"。古代一种风俗，妇女怀孕后渡河洗裙，认为有利于产子。湔，洗涤。《北史·窦泰传》："（窦泰母）遂有娠。期而不产，大惧。有巫曰：'度河湔裙，产子必易。'"煎，一作"湔"。 乐（lè）游：乐游苑，南朝宋武帝所建，故址在今江苏江宁县境。

【今译】
她多么柔美刚成年，为了渡水洗裙她走出了乐游苑。她的衣带前结扎着香草，发鬟边插着石榴花真鲜艳。

萧子显诗二首

春闺思

【题解】
　　描写思妇春天独处深闺的相思。

　　金羁游侠子[1]，绮机离思妾[2]。春度人不归，望花尽成叶。

【注释】
　〔1〕金羁：以黄金为饰的马笼头。　　游侠子：即游子，在外游荡不归的人，指思妇的丈夫。
　〔2〕绮机：美丽的织机。　　妾：思妇自指。

【今译】
　　丈夫骑着宝马终年在外游荡，只有我这个小女子怀着离别的相思靠在美丽的织机旁。春天即将过去他仍然没有归来，只看见树上仅剩绿叶而花儿已落光。

咏苑中游人

【题解】
　　描写园中一位游园赏花的女子。

　　二月春心动，游望桃花初。回身隐日扇[1]，却步敛风裾[2]。

【注释】

〔1〕日扇：遮日之扇，指树荫。日扇，一作"白日"。
〔2〕却步：停步，止步。　敛：收紧。　裾（jū）：衣襟。

【今译】

　　二月到来她的春心萌动，游览赏玩初开桃花的芳馨。忽然转身走到树荫下，停下脚步收紧被风吹开的衣襟。

刘孝绰诗二首

遥见美人采荷

【题解】

　　诗人远远望见一位美丽的女子乘着小船在湖中采摘荷花荷叶，便写了这首诗来歌咏她。

　　菱茎时绕钏[1]，棹水或沾妆[2]。不辞红袖湿，惟怜绿叶香。

【注释】

〔1〕菱：一年生水生草本植物，水上叶略呈三角形，开白花，果实有硬壳，一般有角，称菱角。
〔2〕棹（zhào）：划船的桨。

【今译】

青菱的茎有时会缠绕纤手上的玉钏,划船时溅起的水珠有时会沾湿娇脸上的靓妆。但她不怕红袖被沾湿,一心只爱怜绿叶的芳香。

咏小儿采菱

【题解】

这首诗写的"小儿",即年轻的男童,是有"童癖"(同性恋)的达官贵人所玩弄的"男宠"。诗中描绘了他左右为难的心态。

采菱非采淥[1],日暮且盈舠[2]。踌躇未敢进[3],畏欲比残桃[4]。

【注释】

〔1〕淥(lù):草名,即荩草,又名王刍,一年生细柔草本植物,高一二尺,叶片卵状披针形,近似竹叶,多生在草坡或阴湿的地方。
〔2〕舠(dāo):小船。
〔3〕进:进献。
〔4〕残桃:吃剩的桃。《韩非子·说难》说,弥子瑕有宠于卫君,一天与卫君游园,"食桃而甘,不尽,以其半啗君"。当时卫君以为爱己,后来却因此而治他的罪。

【今译】

采摘菱角并不是采摘淥草,黄昏之时快装满一船菱角。但他犹豫不决不敢贸然进献,害怕贵人把自己比作弥子瑕进献残桃。

庾肩吾诗四首

咏舞曲应令[1]

【题解】

诗人抒写观舞听曲的感受。

歌声临画阁[2],舞袖出芳林。石城定若远[3],前溪应几深[4]。

【注释】

[1]应令:指应皇太子之命而和的诗文。
[2]画阁:彩绘华丽的楼阁。
[3]石城:指《石城乐》。《乐府诗集·清商曲辞·西曲歌》收无名氏《石城乐》五首。《唐书·乐志》说:"《石城乐》者,宋臧质所作也。石城在竟陵,质尝为竟陵郡,于城上眺瞩,见群少年歌谣通畅,因作此曲。"《古今乐录》说:"《石城乐》,旧舞十六人。" 定:一作"听"。
[4]前溪:指《前溪歌》。《乐府诗集·清商曲辞·吴声歌曲》收无名氏《前溪歌》七首。《宋书·乐志》说:"《前溪歌》者,晋车骑将军沈玩所制。"《乐府解题》说:"《前溪》,舞曲也。"

【今译】

优美的歌声飞临彩绘华丽的楼阁,飞舞的衣袖舞出芬芳的树林。《石城乐》中的石城定是相当远,《前溪歌》中的前溪又应有多深。

咏主人少姬应教⁽¹⁾

【题解】
赞美主人家中年轻姬妾的美丽。

故年齐总角⁽²⁾，今春半上头⁽³⁾。那知夫婿好，能降使君留⁽⁴⁾。

【注释】
〔1〕少姬：年轻的姬妾。
〔2〕总角：古代未成年的儿童束发为两结，向上分开，形如两角，所以叫"总角"。
〔3〕上头：古代女子年满十五岁开始束发插笄（簪），叫"上头"。
〔4〕降（jiàng）：止。 使君：汉时称刺史为使君，后演变为对人的尊称。

【今译】
往年她们还都是总角童年，今春大半成年及笄多芳鲜。她们那知夫婿多么好，她们的美丽能使贵客停车逗留生眷恋。

咏长信宫中草⁽¹⁾

【题解】
这首诗咏长信宫中之草，实际上是咏幽居长信宫的失宠的嫔妃，写出了她们的憔悴和孤寂。

委翠似知节⁽²⁾，含芳如有情。全由履迹少，并欲上阶生。

【注释】
〔1〕长信宫：汉宫名，汉代太皇太后常居于此。汉成帝班婕妤失宠后，曾退居长信宫侍奉太后。可参看卷一班婕妤《怨诗》。
〔2〕委（wèi）翠：丛生的青草。委，聚积。

【今译】
满地丛生的青草好像知道它们的时节已到，蕴含着芬芳似有深情。这都是由于来者的足迹稀少，它们一齐往台阶上滋生。

石崇金谷妓⁽¹⁾

【题解】
叙写石崇绿珠金谷歌舞之事，对他们的不幸表示同情。

兰堂上客至⁽²⁾，绮席清弦抚。自作明君辞⁽³⁾，还教绿珠舞。

【注释】
〔1〕石崇：西晋人，官至卫尉卿，以富甲一时、穷奢极欲著称。金谷：金谷园，指石崇在金谷涧中所筑的园馆，在今河南洛阳西北。金谷妓，指绿珠。《晋书·石崇传》说："崇有妓曰绿珠，美而艳，善吹笛。孙秀使人求之……崇勃然曰：'绿珠吾所爱，不可得也。'"后孙秀杀石崇，绿珠坠楼而死。
〔2〕上客：贵宾。
〔3〕明君辞：即《王昭君辞》，石崇所作，见卷二。

【今译】

芬芳的厅堂上来了贵客,华丽的筵席上弹起清弦。他自己写下了《王昭君辞》,还让绿珠起舞翩翩。

王台卿同萧治中十咏二首

王台卿,南朝梁人,曾为雍州刺史南平王萧恪门下宾客,又曾为刑狱参军。与皇太子萧纲多有诗唱和。萧治中,不详。治中,官名,汉代置治中从事史,为州刺史的助理。同,和诗。

荡妇高楼月〔1〕

【题解】

写思妇独守空床的哀伤。

空度高楼月〔2〕,非复五三年〔3〕。何须照床里,终是一人眠。

【注释】

〔1〕荡妇:荡子之妻。荡子,指在外浪游不归的丈夫。
〔2〕度:一作"庭"。
〔3〕五三年:一作"三五圆"。

【今译】

高楼上的明月徒然高悬,我已不再是十五岁的青春少年。何必一定要照到床里面,到头来我总是一人独眠。

南浦别佳人[1]

【题解】
一位女子送走丈夫之后一直愁眉不展。

敛容送君别，一敛无开时[2]。只应待相见，还将笑解眉。

【注释】
〔1〕南浦：南面的水边。《楚辞·九歌·河伯》："子交手兮东行，送美人兮南浦。"江淹《别赋》："春草碧色，春水渌波，送君南浦，伤如之何。"
〔2〕敛（liǎn）：敛容，收起笑容。

【今译】
收敛笑容为你送别，一旦收敛笑颜无法再打开。只有等到我们再相见，再用笑容把紧锁的双眉打开来。

刘孝仪诗二首

咏织女[1]

【题解】
描写织女亟盼渡河与牛郎相会。

金钿已照耀，白日未蹉跎⁽²⁾。欲待黄昏后，含娇浅渡河。

【注释】
〔1〕咏织女：一作刘孝威诗。织女，神话传说中的人物，与牛郎分居天河两岸，只在每年农历七月七日之夜走过鹊桥相会。
〔2〕蹉跎（cuō tuó）：失时。

【今译】
她头上的金钿已在闪闪发光，明亮的太阳经过天空也同平时一样。她打算等到黄昏之后，满含娇羞渡过清浅的天河去会牛郎。

咏石莲⁽¹⁾

【题解】
一位女子通过咏"石莲"（实怜），表达对"真爱"的向往。

莲名堪百万⁽²⁾，石姓重千金。不解无情物，那得似人心⁽³⁾。

【注释】
〔1〕石莲：即石莲花，为景天科植物，这里的"石莲"，与"实怜"谐音，语意双关，隐喻"真爱"。
〔2〕堪：堪可，适合，正好。
〔3〕似：一作"解"。

【今译】
"莲"（怜）名正好值百万，"石"（实）姓价值重千金。但你不了解这些都是无情之物，那能比得上人的诚意真心。

刘孝威初笄一首

和定襄侯八绝初笄⁽¹⁾

【题解】
　　一位少女十五岁刚束发插笄，她对已逝去的童年深感怅惘。

　　合鬟仍昔发，略鬓即前丝⁽²⁾。从今一梳罢，无复更萦时⁽³⁾。

【注释】
　　〔1〕定襄侯：南朝梁代南平元襄王萧伟的儿子萧祗，字敬谟，梁武帝天监年间封定襄县侯。侯景乱时，奔东魏。　八绝：指八首古绝句。一无"八绝"二字。　初笄（jī）：指女子刚成年。古代女子十五岁时要将头发盘起来，插笄使头发固定，表示成年。笄，簪。
　　〔2〕略：约略，少许。
　　〔3〕萦（yíng）：回旋缠绕。

【今译】
　　头上整个发髻仍是从前的头发，鬓边少许的头发也是从前的发丝。自从今日一旦梳妆罢，不会再有回旋缠绕时。

江伯瑶楚越衫一首

　　江伯瑶，南朝梁代人，生平不详。

和定襄侯八绝楚越衫[1]

【题解】
诗人远行千里，客居异乡，打开衣箱，看见妻子亲手缝制的衣裳，相思之情涌上心头。

裁缝在箧笥[2]，薰鬓带余香。开看不忍著[3]，一见泪千行[4]。

【注释】
〔1〕楚越：楚国和越国，比喻相距遥远。《庄子·德充符》："自其异者视之，肝胆楚越也。"成玄英疏："楚越迢递，相去数千。"
〔2〕箧（qiè）：小箱。　笥（sì）：盛衣物的方形竹箱。
〔3〕看：一作"著"。　著（zhuó）：穿。一作"看"。
〔4〕泪：一作"落"。

【今译】
她亲手剪裁缝制的衣裳整齐地放在衣箱，衣上还有她芬芳鬓发上的余香。打开来看不忍心把它穿在身上，一看见它就泪流千行。

刘泓咏繁华一首

刘泓，南朝梁代人，生平不详。

咏 繁 华[1]

【题解】

　　描写一位女子的妩媚娇美。魏代阮籍八十二首《咏怀》诗第十二首《昔日繁华子》有"昔日繁华子,安陵与龙阳"之句,写古代的男宠,见卷二,因而这首诗的主人公也可能是男性的"娈童"。

　　可怜宜出众[2],的的最分明[3]。秀媚开双眼,风流著语声[4]。

【注释】

〔1〕繁华:比喻青春年少,容貌美丽,像春天的花朵一样繁盛。
〔2〕怜:怜爱。　宜:应当,当然。
〔3〕的的(dì):光亮鲜明的样子。
〔4〕风流:指风韵美好动人。　著(zhuó):附着。

【今译】

　　她真可爱合当超群出众,一眼看去光鲜艳丽最为分明。她张开双眼无比清秀妩媚,她开口说话风韵美好话语动人。

何曼才为徐陵伤妾一首

　　何曼才,南朝陈代人,生平不详。

为徐陵伤妾⑴

【题解】
　　徐陵小妾遭遗弃,诗人替她写了这首诗,代她表达内心的哀伤。

　　迟迟衫掩泪⑵,悯悯恨萦胸⑶。无复专房日⑷,犹望下山逢⑸。

【注释】
　　〔1〕徐陵:南朝陈代诗人,《玉台新咏》编者。
　　〔2〕迟迟:眷念、依恋的样子。
　　〔3〕悯悯:忧伤的样子。
　　〔4〕专房:专宠。
　　〔5〕下山逢:指遭遗弃后再见到前夫。古诗《上山采蘼芜》:"上山采蘼芜,下山逢故夫。"见卷一。

【今译】
　　百般地依恋用衣衫遮住泪眼,万般的忧伤让悔恨缠绕胸中。从今再也没有专宠的日子,只希望遭遗弃后能有机会再相逢。

萧骥咏衵複一首

　　萧骥,南朝陈代诗人,生平不详。

咏衵複[1]

【题解】

这首诗咏女子的兜肚，也咏这位身着兜肚心怀相思的女子。后来宋代词人柳永有名句："衣带渐宽终不悔，为伊消得人憔悴"(《凤栖梧》)，不过那是写男性对女子的思念。

的的金弦净[2]，离离宝撮分[3]。纤腰非学楚[4]，宽带为思君[5]。

【注释】

〔1〕衵（rì）複：当作"帕（pà）複""帕服"，女子挂束在胸腹间的贴身小衣，俗称兜肚，亦称抹胸。衵，一作"袙"。
〔2〕的的：分明的样子。　弦：边沿。
〔3〕离离：清晰的样子。　撮（cuō）：衵複边上的褶子。
〔4〕纤腰：细腰。《墨子·兼爱中》："昔者，楚灵王好士细要（腰），故灵王之臣皆以一饭为节。"《韩非子·二柄》："楚灵王好细腰，而宫中多饿人。"《后汉书·马廖传》："楚王好细腰，宫中多饿死。"
〔5〕宽带：衣带宽松，指消瘦。

【今译】

她的兜肚金色的边最是清楚洁净，兜肚上的褶子也是清晰分明。她纤细的腰身并不是效法楚国的风俗，人儿消瘦衣带宽松全是因为思念郎君。

纪少瑜咏残灯一首

咏 残 灯[1]

【题解】

这首诗咏残灯,也咏在残灯下解衣入睡的女子。

残灯犹未灭,将尽更扬辉。惟余一两焰,才得解罗衣[2]。

【注释】

〔1〕残灯:指燃烧已久、即将燃尽的灯烛。
〔2〕罗衣:轻柔的绸衣。

【今译】

燃烧已久的灯烛尚未燃尽,在它将尽之时还发出明亮的光辉。全凭这只剩下一两次的光焰,她才能解开罗衣上床安睡。

王叔英妇暮寒一首

暮 寒[1]

【题解】

在天寒之时,一位女子为保持身段体态的纤美,不肯多穿衣服。

梅花自烂漫[2]，百舌早迎春[3]。逾寒衣逾薄[4]，未肯怀腰身[5]。

【注释】
〔1〕暮寒：指岁末天寒。
〔2〕烂漫：美丽繁茂的样子。
〔3〕百舌：鸟名，善鸣，鸣声多变化。
〔4〕逾：一说当作"愈"。
〔5〕怀：包围，包裹，指穿衣。一作"惜"。

【今译】
梅花自在地绽放多么美丽，百舌鸟的鸣叫早早地迎来新春。天气越冷衣服越显得单薄，但她仍不肯多穿衣服包住纤美的腰身。

戴暠咏欲眠诗一首

戴暠，南朝梁代人，一说陈代人，生平不详。

咏 欲 眠[1]

【题解】
一位女子在入睡时想起了在外不归的丈夫。

拂枕薰红帊[2]，回灯复解衣。旁边知夜久[3]，不唤定应归。

【注释】

〔1〕欲：一作"歌"。
〔2〕帊（pà）：巾帕。
〔3〕旁边：近侧，指同卧的丈夫。　久：一作"永"。

【今译】

拂拭玉枕熏香红色的巾帕，放回灯烛然后又解开罗衣。身旁无伴深感长夜漫漫，没有召唤定会归家团聚。

刘孝威古体杂意一首　咏佳丽一首

古体杂意

【题解】

诗人与妻子离居，寒冬之时内心矛盾焦虑。

朝日大风霜，寄事是交伤[1]。叶落枝柯净[2]，常自起棋张[3]。

【注释】

〔1〕寄：指托人递送书信。
〔2〕枝柯：枝茎。
〔3〕棋张：打开棋盘。一说棋张当作"箕张"，即"箕坐"，指两腿张开坐着，如簸箕之形。

【今译】

今日刮起大风满地白霜，想托人递送书信但又怕双方均受损伤。树叶已从枝茎上落光，我常独自坐起内心焦虑彷徨。

咏佳丽

【题解】

这首诗咏一位美丽的女子。

可怜将可念[1]，可念直千金[2]。惟言有一恨，恨不逐人心[3]。

【注释】

[1] 将：又，且。连词，表示并列。
[2] 直：同"值"。
[3] 逐：一作"遂"。

【今译】

她的确值得爱怜又值得想念，值得人们想念价值可达千金。她只说还有一个遗憾，遗憾的是不能事事随顺人心。

刘义恭诗一首

刘义恭（413—465），彭城（今江苏徐州）人，宋武帝刘裕第五子，元嘉元年（424）封江夏王。历任荆州刺史、司徒、太尉、太傅、尚书令、太宰等职。南朝宋代诗人，原有集十五卷，已佚。

自君之出矣[1]

【题解】

一位女子思念远行的丈夫。

自君之出矣,笥锦废不开[2]。思君如清风,晓夜常徘徊[3]。

【注释】

[1] 自君之出矣:在《乐府诗集》中,这首诗收入《杂曲歌辞》,同题诗共收二十首。郭茂倩说:"汉徐幹有《室思》五章,其第三章曰:'自君之出矣,明镜暗不治。思君如流水,无有穷已时。'《自君之出矣》,盖起于此。"徐幹诗见卷一。

[2] 笥(sì):存放衣物或饭食的方形竹器。

[3] 常:一作"尝"。

【今译】

自从你离家外出,我无心打扮衣箱不再打开。想念你我好像变成了一阵清风,早晚常在你身边徘徊。

汤惠休杨花曲一首

杨 花 曲[1]

【题解】

春天到了,一位江南的女子思念在北方戍边的丈夫。

深堤下生草,高城上入云。春人心生思,思心常为君[2]。

【注释】

[1] 杨花曲:《乐府诗集·杂曲歌辞》收汤惠休《杨花曲》诗共十二句,这是后四句。有人认为应分作三首,这里便是第三首。前两首是:"葳蕤华结情,宛转风含思。掩涕守春心,折兰还自遗。""江南相思引,多叹不成音。黄鹤西北去,衔我千里心。"

[2] 常:一作"长"。

【今译】

家乡深深的堤岸下生出了青草,你所在的边城城楼高耸入云。春天到了我的内心萌发了相思之情,这相思之情常常是思念我亲爱的郎君。

张融别诗一首

张融(444—497),字思光,吴郡吴(今江苏苏州)人。南朝宋时为新安王参军,出为封溪令。齐时任司徒右长史等职。南朝齐文学家,原有集二十七卷,已佚,明人辑有《张长史集》。

别　诗

【题解】
描写一对情侣离别后的愁思。

白日山上尽[1],清风松下歇。欲识离人愁[2],孤台见明月。

【注释】
[1] 日:一作"云"。
[2] 愁:一作"悲"。

【今译】
太阳已落到了山后面,清风在松树下也已停歇。你如果要了解离别人儿的悲愁,请你看看那孤寂的楼台上正升起一轮清冷的明月。

王融诗二首

少 年 子[1]

【题解】
一位女子表达对丈夫的挚爱。

闻有东方骑,遥见上头人⁽²⁾。待君送客返,桂钗当自陈⁽³⁾。

【注释】

〔1〕少年子：在《乐府诗集》中,这首诗收入《杂曲歌辞》,同题诗共收四首。

〔2〕上头人：指走在队伍前列的领头人（将军）。古乐府诗《日出东南隅行》（即《陌上桑》）："东方千余骑,夫婿居上头。"见卷一。

〔3〕桂：一作"挂"。

【今译】

听说有众多的车骑从东方到来,远远看见那领头的人骑着马走在最前面。等你送走客人回到家,我自当取下金钗陪侍在你身边。

阳翟新声⁽¹⁾

【题解】

描写一位美丽的歌女春日的情思。

怀春发下蔡⁽²⁾,含笑发阳城⁽³⁾。耻为飞雉曲⁽⁴⁾,好作鹍鸡声⁽⁵⁾。

【注释】

〔1〕阳翟(dí)新声：在《乐府诗集》中,这首诗收入《杂曲歌辞》。《隋书·乐志》说："西凉乐曲《阳翟新声》《神白马》之类,皆生于胡戎歌,非汉、魏遗曲也。"

〔2〕下蔡：与下句"阳城"均为地名。宋玉《登徒子好色赋》："（东家之子）嫣然一笑,惑阳城,迷下蔡。"

〔3〕发:一作"向"。

〔4〕飞雉（zhì）曲:即《雉朝飞操》:"雉朝飞兮鸣相和,雌雄群游于山阿。我独何命兮未有家。时将暮兮可奈何,嗟嗟暮兮可奈何。"诗载《乐府诗集·琴曲歌辞》。崔豹《古今注》说:"《雉朝飞》者,犊沐子所作也。齐宣王时,处士泯宣,年五十无妻。出薪于野,见雄雌相随而飞,意动心悲,乃仰天叹……因援琴而歌,以明自伤,其声中绝。魏武帝时,宫人有卢女者,七岁入汉宫,学鼓琴,特异于余妓,善为新声,能传此曲。"

〔5〕鹍（kūn）鸡:指古相和歌《鹍鸡曲》。嵇康《琴赋》:"飞龙鹿鸣,鹍鸡游弦。更唱迭奏,声若自然。"李善注:"古相和歌者,有《鹍鸡曲》。"
声:一作"鸣"。

【今译】

她怀着春日的情思从下蔡动身,面含微笑走向阳城。她耻于弹奏悲哀失偶的《雉朝飞》,喜欢弹奏《鹍鸡曲》清新自然的乐声。

谢朓春游一首

春 游

【题解】

诗人在春游时盼望与他相爱的女子能如期来相会。

置酒登广殿,开襟望所思〔1〕。春草行已歇〔2〕,何事久佳期〔3〕。

【注释】

〔1〕开襟：敞开衣襟，也指敞开胸怀。
〔2〕行：将。　歇：停止生长，指枯萎、衰败。
〔3〕何事：为何，何故。

【今译】

在广殿上设置了酒筵，敞开衣襟盼望着心上人快快来相见。春草将要枯萎衰败，什么原因使她延误了相聚的时间。

邢邵思公子一首

邢邵（496—？），"邵"又作"劭"，字子才，小字吉，河间鄚（今河北任丘北）人。北魏时任中书侍郎，入北齐，官至太常卿，兼中书监，摄国子祭酒，后授特进。北朝北齐文学家，原有集三十五卷，已散佚，明人辑有《邢特进集》。

思 公 子[1]

【题解】

一位女子自述对远行的丈夫（情郎）的相思。

绮罗日减带[2]，桃李无颜色。思君君未归，君来岂相识[3]。

【注释】

〔1〕思公子：在《乐府诗集》中，这首诗收入《杂曲歌辞》，同题诗

共收三首。郭茂倩说:"《楚辞·九歌》(《山鬼》)曰:'雷填填兮雨冥冥,猿啾啾兮狖夜鸣。风飒飒兮木萧萧,思公子兮徒离忧。'《思公子》盖出于此。"

〔2〕减带:指消瘦之后衣带变得宽松。

〔3〕君:一作"归"。

【今译】

我日渐消瘦华美罗衣上是日渐宽松的衣带,我桃李花一般鲜艳的容颜也已大改。想念郎君啊郎君却不返家,等到郎君返家之时怎么还能把我认出来。

梁武帝诗五首

春　歌〔1〕

【题解】

抒写春天等待情人而情人不至的哀愁。

花坞蝶双飞〔2〕,柳堤鸟百舌〔3〕。不见佳人来,徒劳心断绝。

【注释】

〔1〕春歌:《乐府诗集·清商曲辞·吴声歌曲》收梁武帝《子夜四时歌》七首,但这首《春歌》不在其中。此诗见于《诗纪》。

〔2〕花坞(wù):四周高起中间凹下的种植花木的地方。

〔3〕百舌:指各种鸟儿的不同叫声。也指百舌鸟,其鸟善鸣,鸣声多变化。

【今译】

　　花园里蝴蝶双双飞舞去又还，柳堤上百鸟嘤嘤叫得欢。不见美丽的人儿如约至，空教我内心忧伤肝肠断。

冬歌四首[1]

【题解】

　　第一首写歌女笑迎客人。第二、三、四首写女子冬日的情思。

　　寒闺动黻帐[2]，密筵重锦席。卖眼拂长袖[3]，含笑留上客[4]。

　　别时鸟啼户，今晨雪满墀。过此君不返，但恐绿鬓衰[5]。

　　果欲结金兰[6]，但看松柏林。经霜不堕地[7]，岁寒无异心。

　　一年漏将尽[8]，万里人未归。君志固有在，妾躯乃无依。

【注释】

〔1〕冬歌四首：《乐府诗集·清商曲辞·吴声歌》只收载第一首和第三首，但第三首作"晋宋齐辞"。第二首和第四首《乐府诗集》不载，只见于《诗纪》。
〔2〕黻（fú）帐：绣有青黑相间花纹的帷帐。
〔3〕卖眼：向人抛媚眼来诱惑人。
〔4〕上客：贵客。
〔5〕绿鬓：指乌黑发亮的鬓发，常用来形容年轻貌美。
〔6〕金兰：指同心深交，语出《周易·系辞上》："二人同心，其利断金；同心之言，其臭如兰。"

〔7〕堕：一作"坠"。
〔8〕漏：漏壶，古代滴水计时的器具，这里指时刻，时光。

【今译】
　　寒冬的闺房里掀开了绣有精美花纹的帷帐，筵席上铺着重重织锦一片温馨。她频抛媚眼轻拂长袖，面含笑容要留住尊贵的客人。
　　分别之时小鸟在窗外不住地悲啼，今天早晨白雪积满了台阶。错过了此刻今日你还不回来，只怕我绿鬓红颜早早衰减。
　　如果想要结成同心至交，只要看看松柏树林。松柏历经霜雪树叶也不坠地，年末岁寒也不会改变平素的心。
　　漏壶快滴完一年时光又将尽，可是远在万里之外的人儿仍然未来归。你的志向固然永存不变，但我孤苦伶仃却能依靠谁。

简文帝诗四首

采 菱 歌[1]

【题解】
　　这是一首采菱女子所唱的情歌。

　　菱花落复含，桑女罢新蚕。桂棹浮星艇[2]，徘徊莲叶南[3]。

【注释】
　　〔1〕采菱歌：在《乐府诗集》中，这首诗收入《清商曲辞·江南弄》，题作《采菱曲》，同题诗共收八首。

〔2〕棹（zhào）：船桨。
〔3〕莲叶南：语出乐府古辞《江南》："江南可采莲，莲叶何田田，鱼戏莲叶间，鱼戏莲叶东，鱼戏莲叶西，鱼戏莲叶南，鱼戏莲叶北。"《乐府解题》说："《江南》古辞，盖美芳晨丽景，嬉游得时。"郭茂倩说："梁武帝作《江南弄》以代西曲，有《采莲》、《采菱》，盖出于此。"

【今译】
菱花已落又已结了菱角，采桑女子暂时停下蚕事的辛劳。拿起桂木制的船桨在小船上轻轻地摇，在莲叶之南徘徊游戏快乐逍遥。

夜夜曲〔1〕

【题解】
描写思妇独居的忧伤。

愁人夜独伤，灭烛卧兰芳〔2〕。只恐多情月，旋来照妾房〔3〕。

【注释】
〔1〕夜夜曲：在《乐府诗集》中，这首诗收入《杂曲歌辞》，但未署作者名。《全唐诗》也收了这首诗，疑为唐人所作。《乐府诗集》中同题诗共收六首。
〔2〕芳：一作"房"。
〔3〕旋：频，屡。　房：一作"床"。

【今译】
忧愁的人儿晚上独自悲伤，灭掉灯烛孤寂地睡在芬芳的闺房。只怕那多情的月儿，频繁地照进来照亮了我的床。

金闺思二首

【题解】
写女子独守深闺的相思。

游人久不返[1],妾身当何依。日移孤影动,羞睹燕双飞[2]。

自君之出矣[3],不复染膏脂[4]。南风送归燕[5],聊以寄相思。

【注释】
[1] 游人:游子,指在外漂泊的丈夫。
[2] 羞:惭愧,难为情。
[3] 出:一作"别"。
[4] 染膏脂:指女子梳妆打扮,在脸上涂抹脂膏和胭脂。
[5] 燕:一作"雁"。

【今译】
丈夫在外漂泊很久不归家,我孤身一人应当依靠谁。太阳西移只见孤影动,心中羞愧只因看到了燕双飞。

自从郎君离家而去,我就不再打扮涂抹脂膏胭脂。南风将要送走北归的飞燕,姑且靠着它来寄去我的相思。

武陵王昭君辞一首

昭 君 辞⁽¹⁾

【题解】

代王昭君抒发远嫁匈奴、身居塞外的愁苦。

塞外无春色,边城有风霜。谁堪揽明镜⁽²⁾,持许照红妆⁽³⁾。

【注释】

〔1〕昭君辞:在《乐府诗集》中,这首诗收入《相和歌辞·吟叹曲》,同题诗共收十三首。昭君:即王嫱,字昭君(晋避司马昭讳改称"明君"),汉元帝宫人,自请远嫁匈奴单于。可参看卷二石崇《王昭君辞》。

〔2〕揽:一作"览"。

〔3〕许:如此,这般。

【今译】

塞外没有江南春天的景色,边城只有北国的风霜。谁能忍受对着明镜看一眼,拿着这样憔悴的面容去比照自己昔日的红妆。

范云诗二首

别　诗

【题解】
　　描写情人从冬到春的相思。

　　洛阳城东西⁽¹⁾，长作经时别⁽²⁾。昔去雪如花，今来花如雪。

【注释】
　〔1〕东西：近旁。
　〔2〕经时：历经一个季节。喻长时间。

【今译】
　　在洛阳城的城边，送别情人后便是长时间的离别。从前情人离去之时白雪就像鲜花一般的明艳，今天回来鲜花就像白雪一般的明净皎洁。

拟自君之出矣⁽¹⁾

【题解】
　　写一位女子对离家外出的丈夫的相思。

　　自君之出矣，罗帐咽秋风⁽²⁾。思君如蔓草⁽³⁾，连延不可穷⁽⁴⁾。

【注释】

〔1〕拟自君之出矣：在《乐府诗集》中，这首诗收入《杂曲歌辞》，题无"拟"字，同题诗共收二十首。可参看前刘义恭《自君之出矣》注〔1〕。

〔2〕咽（yè）：充塞，充满。

〔3〕蔓（màn）草：生有长茎能在地面或他物上缠绕攀缘的杂草。

〔4〕穷：止，尽。

【今译】

自从你离家外出，深闺锦帐充满了秋风。对你的相思就好像缠绕攀缘的蔓草，连绵不断无尽无穷。

范靖妇诗二首

登 楼 曲[1]

【题解】

抒写独居家中的女子对远方丈夫的思念。

凭高川陆近[2]，望远阡陌多[3]。相思隔重岭，相忆限长河[4]。

【注释】

〔1〕登楼曲：在《乐府诗集》中，这首诗收入《杂曲歌辞》，作者为范靖妻沈氏，即沈满愿。

〔2〕凭高：登临高处。　　川陆：指水陆，山川，也指水陆道路。

〔3〕阡陌（mò）：原指田界，也泛指田间小路，这里是道路的意思。

〔4〕限：一作"恨"。

【今译】
　　登上高楼感觉山川河流似乎很近，眺望远方才知道路曲折繁多。强烈的相思却隔着重重山岭，深切的忆念又受制于长江大河。

越 城 曲⁽¹⁾

【题解】
　　一位舞女的情人远在岭南，她想化作飞鸟随他而去。

　　别怨凄歌响⁽²⁾，离啼湿舞衣。愿假乌栖曲⁽³⁾，翻从南向飞⁽⁴⁾。

【注释】
　　〔1〕越城曲：在《乐府诗集》中，这首诗收入《杂曲歌辞》，紧接上一首《登楼曲》之后，未署作者姓名。越城，即越城岭，山名，在今广西兴安县北。
　　〔2〕怨：一作"远"。
　　〔3〕假：借。　乌栖曲：《乐府诗集·清商曲辞·西曲歌》收《乌夜啼》二十一首，《乌栖曲》二十六首。这些曲子曲调哀伤。可参看卷九徐陵《乌栖曲》。
　　〔4〕翻：反转。

【今译】
　　离别的哀怨奏响离歌悲凄，离别时的啼哭泪水沾湿舞衣。希望能凭借《乌栖曲》中飞鸟的双翼，转过身来一直向南飞去。

萧子显诗五首

南征曲[1]

【题解】

描写乘舟南行的情景。

棹歌来杨女[2],操舟惊越人。图蛟怯水伯[3],照鹢竦江神[4]。

【注释】

〔1〕南征曲:在《乐府诗集》中,这首诗收入《杂曲歌辞》。
〔2〕棹(zhào)歌:船家所唱的歌。 杨:当作"扬",指扬州,与下句的越(越地)均指江南水乡。
〔3〕图蛟(jiāo):指在船边画上蛟龙。 怯(qiè):胆小,害怕。水伯:水神。
〔4〕照:昭示。 鹢(yì):一种善高飞的水鸟,古代常将它画在船头。 竦(sǒng):害怕,恐惧。

【今译】

唱起船歌引来了扬州的女子,划起小船惊动了江南越人。船边画着蛟龙连水神也感到害怕,船头显著的水鹢惊动了江神。

陌上桑二首[1]

【题解】

描写采桑女子春日采桑的心境和神态。

日出秦楼明，条垂露尚盈。蚕饥心自急，开奁妆不成。今月开和景[2]，处处动春心。挂筐须叶满，息倦重枝阴。

【注释】

〔1〕陌上桑二首：在《乐府诗集》中，这两首诗收入《相和歌辞·相和曲》，但第一首作者作"亡（无）名氏"（一作王筠），第二首作者作王台卿。陌上桑，为乐府古题，古辞写美丽的秦罗敷采桑时遭使君调戏，但她机智地夸夫拒绝了使君"共载"的要求。可参看卷一古乐府诗《日出东南隅行》。

〔2〕今：一作"令"。 和景：指春天舒适宜人的景色。

【今译】

太阳出来照见秦氏楼分外光明，桑树上的露水尚满桑条沉沉。蚕儿饥饿她心中自是焦急，打开镜匣打扮梳妆都不成。

春天到来展示一片舒适宜人的美景，处处美景挑动了采桑女子的春心。她挂起方筐须等桑叶采满，她疲倦时休息喜欢走到浓密的树荫。

桃 花 曲[1]

【题解】

写一位娈童对一位心爱男子的爱意。

但使桃花艳[2]，得百美人簪[3]。何须论后实[4]，怨结子瑕心[5]。

【注释】

〔1〕桃花曲：在《乐府诗集》中，这首诗收入《杂曲歌辞》，但作者

作"梁简文帝"(萧纲)。
〔2〕桃:一作"新"。
〔3〕百:一作"间"。　美人:这里指男性情人。
〔4〕何须:何必,何用。
〔5〕子瑕:弥子瑕,为春秋时卫君的男宠。《韩非子·说难》说:弥子瑕与卫君游园,"食桃而甘,不尽,以其半啖君"。当时卫君以为爱己,后来却因此而治他的罪。

【今译】
　　但愿我能像桃花一般的鲜艳,能够插上我心爱的情郎头上的发簪。何必考虑以后是不是会结成桃实,以致像弥子瑕那样以残桃啖君引来祸端。

树 中 草[1]

【题解】
　　这首诗咏树林中的青草,实际上咏一位女子的相思。

　　幸有青袍色[2],聊因翠幄凋[3]。虽间珊瑚带[4],非是合欢条[5]。

【注释】
　　〔1〕树中草:在《乐府诗集》中,这首诗收入《杂曲歌辞》,但作者作"梁简文帝"(萧纲)。
　　〔2〕青袍:青色的袍子。《古诗》:"青袍似春草,长条随风舒。"
　　〔3〕翠幄:青绿色的帐幔,指代居于帐幔之人,作者之所思。
　　〔4〕间:间杂,夹杂。　珊瑚:由石灰质骨骼聚结而成的东西,状如树枝,有红、白、黑等色,美观鲜艳。　带:一作"蒂"。
　　〔5〕合欢:又名马樱花,落叶乔木,羽状复叶,小叶相对而生,夜里成对相合,古人常用来比喻男女交欢。

【今译】

　　她就像林中的小草幸而有青色袍子一样的青绿色，但她因思念青绿帐幕中的情人而早凋。虽然青草中夹杂着美丽的珊瑚枝，但她终不是象征男女交欢的合欢条。

王台卿陌上桑四首

陌上桑四首[1]

【题解】
　　四首诗都是抒发女子的离别相思。

　　郁郁陌上桑[2]，盈盈道旁女[3]。送君上河梁[4]，拭泪不能语。
　　郁郁陌上桑，遥遥山下蹊[5]。君去戍万里[6]，妾来守空闺。
　　郁郁陌上桑，皎皎云间月。非无巧笑姿，皓齿为谁发[7]？
　　郁郁陌上桑，袅袅机头丝[8]。君行亦宜返，今夕是何时[9]？

【注释】
　〔1〕陌（mò）上桑：为乐府古题。乐府古辞即卷一古乐府诗《日出东南隅行》。陌，田间小路。

〔2〕郁郁：生长繁盛的样子。
〔3〕盈盈：仪态美好的样子。　道旁：一作"陌上"。
〔4〕河梁：桥梁。汉代李陵《与苏武诗》之三："携手上河梁，游子暮何之？行人难久留，各言长相思。"
〔5〕蹊（xī）：小路。
〔6〕戍（shù）：防守。
〔7〕皓齿：洁白的牙齿。
〔8〕丝：蚕丝，与"思"谐音，语意双关。
〔9〕今夕：今天晚上。《诗经·唐风·绸缪》："绸缪束薪，三星在天。今夕何夕，见此良人。子兮子兮，如此良人何。"

【今译】

　　生长繁盛的是小道上的柔桑，站在道旁的是美丽苗条的少女。送郎远行来到桥梁上，只是擦拭泪水却说不出什么话语。
　　生长繁盛的是小道上的柔桑，山下的道路一望无际通向远方。郎君一去远在万里戍守边防，我孤身归来独守空房。
　　生长繁盛的是小道上的柔桑，皎洁明亮的是云中的月亮。我不是没有笑脸相迎的美姿，但露齿欢笑又有谁来欣赏？
　　生长繁盛的是小道上的柔桑，柔弱细长的是机上的蚕丝。郎君远行也应该返回，夫妻重聚的欢乐今宵究竟在何时？

附 录

徐陵玉台新咏序

玉台新咏序

【题解】

徐陵在编成《玉台新咏》之后,写了这篇序。序中着力描写了"丽人"(后宫女性)的美丽和才情,明确表示这十卷"艳歌"就是供给她们赏玩,而"艳歌"的艳丽高雅,也可与《诗经》中的雅、颂、风诗并驾齐驱。全序可以分成六段。第一段,描写帝王宫中有"丽人"焉。第二段,描写"丽人"婉约风流,能歌善舞。第三段,描写"丽人"陪伴君王,貌若天仙。第四段,描写"丽人"工于诗文,富有才情。第五段,描写"丽人"属意新诗,因而特为"丽人"撰录艳歌。第六段,描写《玉台新咏》编成,丽人赏玩,爱不释手。

夫凌云概日[1],由余之所未窥[2];千门万户,张衡之所曾赋[3]。周王璧台之上[4],汉帝金屋之中[5],玉树以珊瑚作枝[6],珠帘以玳瑁为押[7],其中有丽人焉。

【注释】

〔1〕夫(fú):发语词。一无"夫"字。　凌云:高耸入云。《三国志·魏志·文帝纪》说,魏文帝黄初二年在洛阳筑凌云台。　概:遮

蔽，遮盖。

〔2〕由余：春秋时晋人，流亡到戎，后降秦，为秦穆公谋划伐戎之策，使秦益国十二，拓地千里，称霸西戎。

〔3〕张衡：东汉著名科学家、文学家。他的《西京赋》，描写长安宫殿的壮观，有"闳庭诡异，门千户万"之句。

〔4〕周王：指周穆王。《穆天子传》卷六说，周穆王为其妃子盛姬建重璧之台。郭璞注："言台状如垒璧。"

〔5〕汉帝：汉武帝。《汉武故事》说，汉武帝数岁时，其姑母长公主嫖问他是否愿意娶其女阿娇作妇，他说："若得阿娇作妇，当作金屋贮之也。"　金屋：华美之屋。

〔6〕珊瑚：一种腔肠动物所分泌出来的石灰质之物，形如树枝，有红、白诸色，可做装饰品。

〔7〕押：帘押，字又作"帘柙"，装在帘上作压帘之用的物件。

　　其人也[1]，五陵豪族[2]，充选掖庭[3]；四姓良家[4]，驰名永巷[5]。亦有颍川、新市、河间、观津[6]，本号娇娥[7]，曾名巧笑[8]。楚王宫里[9]，无不推其细腰[10]；卫国佳人[11]，俱言讶其纤手。阅诗敦礼[12]，岂东邻之自媒[13]；婉约风流[14]，异西施之被教[15]。弟兄协律[16]，生小学歌[17]；少长河阳[18]，由来能舞。琵琶新曲[19]，无待石崇；箜篌杂引[20]，非关曹植[21]。传鼓瑟于杨家[22]，得吹箫于秦女[23]。

【注释】

〔1〕也：一无"也"字。

〔2〕五陵：指西汉高祖、惠帝、景帝、武帝、昭帝的陵园，即长陵、安陵、阳陵、茂陵、平陵，在陕西咸阳一带。汉元帝以前，每立陵墓，便迁徙四方富豪及外戚于此居住，令供奉陵园，因此，"五陵"又成为京都富豪的代称。

〔3〕掖（yè）庭：宫殿两旁的房舍，是妃嫔居住的地方。

〔4〕四姓：指四个著名的姓氏。自汉以来，历代有不少以四个名门贵族的姓氏合称"四姓"的，如东汉明帝时外戚有樊、郭、阴、马四姓（见

《后汉书·明帝纪》李贤注）。这里的"四姓"是泛指名门贵族。　　良家：犹世家。

〔5〕永巷：宫中长巷，代指后宫。

〔6〕颍川：汉郡名，即今河南禹州市，东汉少帝唐姬为颍川人。　新市：地名，在今河北新乐市南。一说疑为新野，即今河南新野，东汉光武帝阴皇后为南阳新野人。　　河间：地名，即今河北河间市，汉武帝钩弋夫人为河间人。　　观津：地名，在今河北武邑东南，汉文帝窦皇后为清河观津人。

〔7〕娇娥：指美女。

〔8〕巧笑：魏文帝有宫人名段巧笑。

〔9〕里：一作"内"。

〔10〕推：推赞，推许。　　细腰：纤细的腰身。《后汉书·马廖传》："楚王好细腰，宫中多饿死。"

〔11〕卫：一作"魏"。　　佳人：指春秋时期卫庄公夫人庄姜。《诗经·卫风·硕人》说她"手如柔荑，肤如凝脂"。

〔12〕诗：指《诗经》。　　敦礼：尊崇礼教。

〔13〕岂：一作"非直"。　　东邻自媒：指东邻的女子主动向男子示爱。宋玉《登徒子好色赋》说，"东家之子"非常美丽，"然此女登墙窥臣三年，至今未许也"。

〔14〕婉约：柔美的样子。　　风流：风韵美好动人。

〔15〕异：一作"无异"。西施被教：《吴越春秋》说，越王勾践在将西施送到吴国之前，曾对她"教以容步"。

〔16〕协律：指熟悉音乐。《汉书·外戚传》说，汉武帝李夫人兄李延年"性知音，善歌舞"，曾为协律都尉。

〔17〕生：一作"自"。　　学歌：指李夫人乐人出身，"妙丽善舞"。

〔18〕河阳：指阳阿公主。《汉书·外戚传》说，汉成帝赵皇后赵飞燕，"本长安宫人"，"及壮，属阳阿主家，学歌舞，号曰飞燕。成帝尝微行出，过阳阿主，作乐。上见飞燕而悦之，召入宫，大幸"。

〔19〕琵琶新曲：指乌孙公主远嫁时途中弹奏的琵琶曲。西晋文学家石崇曾作《王昭君辞》，其序说："昔公主嫁乌孙，令琵琶马上作乐，以慰其道路之思，其送明君亦必尔也。其新造之曲多哀声……"见卷二石崇《王昭君辞一首并序》。

〔20〕箜篌：古代一种弦拨乐器，似瑟但较瑟小。　　引：乐曲。《箜篌引》为乐府《相和六引》之一，又名《公无渡河》。晋崔豹《古今注·音乐》说："《箜篌引》者，朝鲜津卒霍里子高妻丽玉所作也。子高晨起刺船，有一白首狂夫，被发提壶，乱流而渡，其妻随而止之，不及，遂

堕河水而死。于是援箜篌而歌曰：'公无渡河，公竟渡河，堕河而死，将奈公何！'声甚凄怆，曲终亦投河而死。子高还，以语丽玉。丽玉伤之，乃引箜篌而写其声，闻者莫不堕泪饮泣。丽玉以其曲传邻女丽容，名曰《箜篌引》。"

〔21〕曹植：汉末建安时代和曹魏时代著名诗人，有乐府诗《箜篌引》，诗中写道："惊风飘白日，光景驰西流。盛时不再来，百年忽我遒。生存华屋处，零落归山丘。先民谁不死，知命复何忧？"

〔22〕杨家：杨指杨恽，字子幼，西汉人，司马迁外孙，宣帝时为郎，擢升左曹，后因功封平通侯，升中郎将，官至光禄勋。他在《报孙会宗书》中说："家本秦也，能为秦声。妇赵女也，雅善鼓瑟。"

〔23〕秦女：指秦穆公之女弄玉。汉刘向《列仙传》说："萧史者，秦穆公时人也。善吹箫，能致孔雀白鹤于庭。穆公有女，字弄玉，好之，公遂以女妻焉，日教弄玉作凤鸣。居数年，吹似凤声，凤凰来止其屋，公为作凤台，夫妇止其上，不下数年，一旦皆随凤凰飞去。"

    至若宠闻长乐，陈后知而不平[1]；画出天仙，阏氏览而遥妒[2]。至如东邻巧笑[3]，来侍寝于更衣[4]；西子微颦[5]，得横陈于甲帐[6]。陪游驳娑[7]，骋纤腰于结风[8]；长乐鸳鸯[9]，奏新声于度曲[10]。妆鸣蝉之薄鬓[11]，照堕马之垂鬟[12]。反插金钿，横抽宝树[13]。南都石黛[14]，最发双蛾[15]；北地燕脂[16]，偏开两靥[17]。亦有岭上仙童，分丸魏帝[18]；腰中宝凤，授历轩辕[19]。金星将婺女争华[20]，麝月与嫦娥竞爽[21]。惊鸾冶袖[22]，时飘韩掾之香[23]；飞燕长裾，宜结陈王之佩[24]。虽非图画，入甘泉而不分[25]；言异神仙，戏阳台而无别[26]。真可谓倾国倾城[27]，无对无双者也。

【注释】

〔1〕陈后：汉武帝陈皇后。《汉书·外戚传》说："闻卫子夫得幸，几死者数焉。"她得知汉武帝宠幸卫子夫，便几次寻死。后来她被废，退居

长门宫。

〔2〕阏氏（yān zhī）：汉代匈奴单于、诸王妻的统称。桓谭《新论》说，汉初，汉高祖刘邦在平城被匈奴围困，陈平持一美女画像去见匈奴阏氏，说汉欲送此美女求和。阏氏害怕夺宠，便促使单于退兵。

〔3〕东邻：指东边邻家的美女。宋玉《登徒子好色赋》说，"东家之子"，非常美丽，"嫣然一笑，惑阳城，迷下蔡"。

〔4〕侍寝：指女子伴眠。　更（gēng）衣：换衣服，也指换衣休息之处。《史记·外戚世家》说："是日，武帝起更衣，子夫侍尚衣轩中，得幸。"

〔5〕西子：西施，春秋时越国的美女，因心病常捧心皱眉，人以为美。　颦（pín）：皱眉。

〔6〕横陈：横卧，横躺。宋玉《讽赋》："内怵惕兮徂玉床，横自陈兮君之旁。"　甲帐：汉武帝所造之帐幕。《汉武帝故事》说："上以琉璃珠玉，明月夜光杂错天下珍宝为甲帐，次为乙帐。甲以居神，乙以自居。"

〔7〕驭娑（sà suō）：汉代宫殿名。《汉书·扬雄传》说："穿昆明池象滇河，营建章、凤阙、神明、驭娑。"

〔8〕结风：歌曲名。《汉书·司马相如传》说："鄢郢缤纷，《激楚》《结风》。"颜师古注："《结风》，亦曲名也。"

〔9〕长乐、鸳鸯：均为汉代宫殿名。

〔10〕度曲：按照曲谱歌唱。

〔11〕鸣蝉：寒蝉，秋蝉。　薄鬓（bìn）：即蝉鬓，古代妇女的一种发式，两鬓薄如蝉翼。

〔12〕堕马：指堕马髻，古代妇女发髻名。应劭《风俗通》说："堕马髻者，侧在一边。"

〔13〕宝树：古代妇女首饰中的步摇。《后汉书·舆服志》说，皇后"步摇以黄金为山题，贯白珠为桂枝相缪"。

〔14〕石黛：古代女子画眉用的青黑色颜料。

〔15〕蛾：蛾眉，指女子的美眉。

〔16〕燕（yān）脂：即胭脂，一种红色颜料，妇女用作化妆品。

〔17〕靥（yǎn）：面颊。

〔18〕魏帝：指魏文帝曹丕。他的《折杨柳行》道："西山一何高，高高殊无极。上有两仙僮，不饮亦不食。与我一丸药，光耀有五色。服药四五日，身体生羽翼。轻举乘浮云，倏忽行万亿。……"

〔19〕历：指律历，即乐律和历法。《大戴礼记·曾子天圆》说："律居阴而治阳，历居阳而治阴，律历迭相治也。"　轩辕：传说中的古代帝王黄帝的名字。《汉书·律历志》说，黄帝使泠纶在解谷取竹"制十二筒以

听凤之鸣","是为律本"。
〔20〕金星：金黄色的星，这里指女子面部的妆饰。　将：共，与。　婺（wù）女：星宿名，二十八宿之一，即女宿。　华：华丽。
〔21〕麝（shè）月：即月，这里指女子面部的妆饰。　嫦娥：神话传说中后羿之妻，服不死之药后升天，成为月中女神。　爽：明亮，清朗。
〔22〕冶：华丽。
〔23〕韩掾（yuàn）：指韩寿。《晋书·贾谧传》《世说新语·惑溺》说，晋代贾充之女贾午与韩寿私通，并把皇帝赐给贾充的异香赠给韩寿。贾充发现后，便将贾午嫁给了他。掾，古代官署属员的通称。
〔24〕陈王：即陈思王曹植。他在《洛神赋》中表示，对美丽的洛神，"愿诚素之先达兮，解玉珮以要之"。即解下玉珮，作为信物来订交。
〔25〕甘泉：甘泉宫，本为秦宫，汉武帝增筑扩建，故址在今陕西淳化西北甘泉山。《汉书·外戚传》说："李夫人少而早卒，上怜悯焉，图画其形于甘泉宫。"
〔26〕阳台：指男女欢会之所，语出宋玉《高唐赋》。巫山神女与楚王幽会，离去时说："妾在巫山之阳，高丘之阻。旦为朝云，暮为行雨，朝朝暮暮，阳台之下。"
〔27〕倾国倾城：指女子非常美丽，语出《汉书·外戚传》所载李延年《歌诗》："北方有佳人，绝世而独立。一顾倾人城，再顾倾人国。"见本书卷一。

　　加以天时开朗[1]，逸思雕华[2]，妙解文章，尤工诗赋。琉璃砚匣[3]，终日随身；翡翠笔床[4]，无时离手。清文满箧[5]，非惟芍药之花[6]；新制连篇，宁止蒲萄之树[7]。九日登高[8]，时有缘情之作[9]；万年公主[10]，非无累德之辞[11]。其佳丽也如彼，其才情也如此。

【注释】
〔1〕天时：天命。一说当作"天情"，指天然的情性。
〔2〕逸思：超逸的情思。雕华：修饰华丽。
〔3〕琉璃：一种用铝和钠的硅酸化合物烧制成的釉料。
〔4〕翡翠：一种绿玉，半透明，有光泽。　笔床：笔管。

〔5〕清文：清丽的文章。
〔6〕芍（sháo）药：多年生草本植物，花朵大而美。《诗经·郑风·溱洧》："维士与女，伊其相谑，赠之以勺药。"勺药，即芍药。后人便以"芍药"表示男女之间的爱慕之情，也指文学作品中言情之作。
〔7〕宁：岂。　　蒲萄：即葡萄，落叶藤本植物。梁代何思澄《南苑逢美人》诗道："风卷蒲萄带，日照石榴裙。"见卷六。
〔8〕九日：指农历九月九日重阳节，古代习俗，人们常在重阳节登高，并饮酒赋诗。
〔9〕缘情：抒发感情。
〔10〕万年公主：晋武帝司马炎的女儿。
〔11〕累德之辞：指追叙德行的诔文。《晋书·后妃传·左贵嫔传》说，左思之妹左芬，"少好学，善缀文"，"武帝闻而纳之"。"及帝女万年公主薨，帝痛悼不已，诏芬为诔，其文甚丽"。累，一作"诔"。

　　既而椒宫宛转[1]，柘馆阴岑[2]，绛鹤晨严[3]，铜蠡昼静[4]。三星未夕[5]，不事怀衾[6]；五日犹赊[7]，谁能理曲[8]。优游少托[9]，寂寞多闲。厌长乐之疏钟[10]，劳中宫之缓箭[11]。纤腰无力[12]，怯南阳之捣衣[13]；生长深宫，笑扶风之织锦[14]。虽复投壶玉女[15]，为观尽于百骁[16]；争博齐姬[17]，心赏穷于六箸[18]。无怡神于暇景[19]，惟属意于新诗。庶得代彼皋苏[20]，微蠲愁疾[21]。但往世名篇，当今巧制，分诸麟阁[22]，散在鸿都[23]。不籍篇章[24]，无由披览[25]。于是燃脂暝写[26]，弄笔晨书[27]，撰录艳歌[28]，凡为十卷[29]。曾无忝于雅颂[30]，亦靡滥于风人[31]。泾渭之间[32]，若斯而已。

【注释】
　　〔1〕既而：不久。　　宛转：盘旋，蜿蜒曲折。
　　〔2〕柘（zhè）馆：汉代上林苑中嫔妃所居之馆。　　阴岑（cén）：深邃的样子。

〔3〕绛（jiàng）鹤：绘饰仙鹤的红色门阙。

〔4〕铜蠡（luó）：铜制的螺形铺首（衔门环的底座）。

〔5〕三星：指参宿三星。《诗经·唐风·绸缪》："绸缪束薪，三星在天。今夕何夕，见此良人。"孔传："三星，参也。在天，谓始在东方也。男女待礼而成，若薪刍待人事而后束也。三星在天可以嫁娶矣。"

〔6〕怀衾（qīn）：犹"抱衾"。《诗经·召南·小星》："肃肃宵征，抱衾与裯。"郑笺："诸妾夜行，抱衾与床帐，待进御之次序。"

〔7〕赊（shē）：时间长久。

〔8〕理曲：理乐，练习弹奏乐曲。《汉书·张禹传》："禹性习知音声，内奢淫，身居大第，后堂理丝竹管弦。"如淳注："今乐家五日一习乐为理乐。"

〔9〕优游：悠闲。　托：寄托，寄寓。

〔10〕长乐：长乐宫，汉高帝时就秦兴乐宫改建而成，汉惠帝以后为太后所居。　疏钟：稀疏的钟声。宫中有钟室，击钟报时。

〔11〕劳：忧愁，愁苦。　中宫：皇后所居。　缓箭：缓慢移动的银箭。古代用银箭在刻漏上浮动以计时。

〔12〕纤腰：一作"轻身"。

〔13〕南阳：秦汉时郡名，在今河南省西南、湖北省西北一带。　捣衣：古代人们常将纨素一类织物放在捣衣石上用杵舂捣，使之柔软，后来也指对衣物的捶洗。古代女子常在秋天捣衣为远方的丈夫准备寒衣，并在捣衣声中寄托情思。南朝齐谢朓《秋夜》："秋夜促织鸣，南邻捣衣急。思君隔九重，夜夜空伫立。……"见卷四。

〔14〕扶风：郡名，古为三辅之地，在长安西。　织锦：指织锦回文，一种用五色丝织成的回文诗图。《晋书·列女传》："窦滔妻苏氏，始平（郡名，在长安西）人也，名蕙，字若兰，善属文。滔，苻坚时为秦州刺史，被徙流沙，苏氏思之，织锦为回文旋图诗以赠滔。宛转循环以读之，词甚凄惋。"

〔15〕投壶：古代宴饮时的一种游戏，宾主依次向酒壶中投矢，中者为胜，负者饮酒。　玉女：仙女。《神异经·东荒经》说："（东王公）恒与一玉女投壶。"

〔16〕观：一作"欢"。　百骁（xiāo）：指发矢投壶，百发百中。古代投壶，矢从壶中跃出复还叫做"骁"。百骁，亦作"百娇"。

〔17〕博：六博，古代一种掷采下棋的比赛游戏。《战国策·齐策一》："临淄甚富而实，其民无不吹竽鼓瑟，击筑弹琴，斗鸡走犬，六博蹹踘者。"

〔18〕六箸（zhù）：古代博弈的用具，又叫博箭，用竹制成。

〔19〕暇景：空闲的时光。
〔20〕庶：希望，但愿。一作"可"。　　皋苏：木名。传说木汁味甜，食者不饥，还可以解除烦忧。
〔21〕蠲（juān）：除去。
〔22〕诸："之于"的合音。　　麟阁：即麒麟阁，汉代阁名，在未央宫中，是藏书的地方，汉宣帝曾图功臣像于阁上，以彰显其功。《三辅黄图·阁》："麒麟阁，萧何造，以藏秘书，处贤才也。"
〔23〕鸿都：汉代藏书的地方，在洛阳。《后汉书·儒林传序》："及董卓移都之际，吏民扰乱，自辟雍、东观、兰台、石室、宣明、鸿都诸藏典策文章，竞共剖散。"
〔24〕籍（jiè）：同"藉"，借，借助。
〔25〕披览：翻阅，展读。
〔26〕燃脂：点燃灯烛。
〔27〕笔：一作"墨"。
〔28〕撰录：编写著录。
〔29〕凡：总计，总共。
〔30〕曾（zēng）：乃，竟。　　无忝（tiǎn）：不玷辱，不羞愧。雅颂：本为《诗经》中的两个部分，雅为朝廷乐曲，颂为宗庙祭祀乐曲，这里指中正和平的诗歌。
〔31〕靡（mǐ）滥：漂浮泛滥。　　风人：诗人，《诗经》诗篇的作者，也指《诗经》国风（民歌）的作者。
〔32〕泾（jīng）渭：泾水和渭水，均在今陕西省，古人说泾浊渭清（实为泾清渭浊），二水汇合处，清浊分明，因而人们用"泾渭分明"来比喻是非优劣、人品高下等界限非常分明。

　　于是，丽以金箱[1]，装之宝轴[2]。三台妙迹[3]，龙伸蠖屈之书[4]；五色花笺[5]，河北胶东之纸[6]。高楼红粉[7]，仍定鱼鲁之文[8]；辟恶生香[9]，聊防羽陵之蠹[10]。灵飞太甲[11]，高擅玉函[12]；鸿烈仙方[13]，长推丹枕[14]。至如青牛帐里[15]，余曲既终[16]；朱鸟窗前[17]，新妆已竟[18]。方当开兹缥帙[19]，散此绦绳[20]，永对玩于书帷，长循环于纤手。岂如邓学春秋[21]，儒之功难习；窦专黄老[22]，金丹之术不成[23]。因胜西蜀豪家[24]，托情穷于鲁殿[25]；东储甲观[26]，流咏止于洞箫[27]。姿彼诸姬[28]，聊同弃日[29]，猗欤彤管[30]，无或讥焉[31]。

【注释】

〔1〕丽：配。　金箱：黄金装饰的藏书箱。

〔2〕轴：卷轴。古代的帛书、纸书用轴来卷束。

〔3〕三台：汉代以尚书为中台，御史为宪台，谒者为外台，合称三台。这里指汉末蔡邕，《后汉书·蔡邕传》说，汉末董卓专权，他被迫出仕，甚见敬重。"举高第，补侍御史，又转持书御史，迁尚书。三日之间，周历三台。"　妙迹：指蔡邕精妙手书。

〔4〕龙伸蠖（huò）屈：形容书法之用笔走势屈伸舒卷自如。蠖，尺蠖，尺蠖蛾的幼虫，行动时身体一屈一伸地前进。

〔5〕花笺：华美精致的笺纸。

〔6〕河北胶东：指今山东境内古黄河以北胶莱河以东地区。

〔7〕红粉：女子化妆用的胭脂和铅粉。

〔8〕鱼鲁：指将鱼误写成鲁，泛指文字错讹。《抱朴子·遐览》："谚曰：'书三写，鱼成鲁，虚成虎。'"

〔9〕辟恶（bì'è）：祛除恶气。

〔10〕羽陵：古地名。《穆天子传》卷五："仲秋甲戌，天子东游，次于雀梁，□蠹书于羽陵。"蠹书指暴露和除去书中蠹虫。后以"羽陵"称贮藏古代秘籍之处。　蠹（dù）：蛀蚀书籍器物的虫子。

〔11〕灵飞太甲：道家有六甲灵飞经，讲修身养生之术。六甲指甲子、甲寅、甲辰、甲午、甲申、甲戌六神。《汉武帝内传》说，上元夫人以六甲灵飞十二事，封以白玉函。灵，一作"云"。太，一作"六"。

〔12〕擅（shàn）：据有，独占。

〔13〕鸿烈：即《淮南鸿烈》，又名《淮南子》，汉淮南王刘安与其门客所著。其书主道家学说。

〔14〕推：移。　丹枕：红枕。《汉书·刘向传》说："上复兴神仙方术之事，而淮南有枕中《鸿宝苑秘书》。"颜师古注："藏在枕中，言常存录之不漏泄也。"

〔15〕青牛：老子的代称，又指神仙道士。刘向《列仙传》说："老子西游，关令尹喜望见有紫气浮关，而老子果乘青牛而过也。"

〔16〕既：一作"未"。

〔17〕朱鸟窗：南向之窗。朱鸟，南方七宿的总称。《汉武故事》说，西王母七夕降武帝宫中，东方朔从殿厢朱鸟窗中窥母，母曰：此窥牖小儿，三偷吾桃矣。

〔18〕竟：尽，毕。

〔19〕缥帙（piǎo zhì）：淡青色的书套，也指书卷。

〔20〕绦（tāo）：丝带。

〔21〕邓学春秋：《后汉书·皇后纪》说，汉和帝邓皇后"六岁能史书，十二通《诗》《论语》。诸兄每读经传，辄下意难问"，"自入宫掖，从曹大家受经书"。春秋，指鲁史《春秋》，五经之一。

〔22〕窦专黄老：《汉书·外戚传》说，汉文帝窦皇后（景帝之母）"好黄帝、老子言，景帝及诸窦不得不读《老子》尊其术"。专，一作"传"。黄老，黄帝和老子的并称，后世道家奉为始祖。黄老之学指道家清静无为的治世学说。

〔23〕金丹：古代方士炼金石为丹药，认为服食丹药可以长生。

〔24〕因：一作"固"。　西蜀豪家：指三国时蜀国刘琰。《三国志·蜀志·刘琰传》说他为鲁人，为蜀车骑将军，"车服饮食，号为侈靡。侍婢数十，皆能为声乐，又悉教诵读《鲁灵光殿赋》"。

〔25〕鲁殿：即《鲁灵光殿赋》，东汉王延寿作。

〔26〕东储：东宫储君，指皇太子。储，一作"台"。　甲观：太子宫观。

〔27〕洞箫：指《洞箫赋》，汉代王褒所作。《汉书·王褒传》说，汉元帝为太子时，"喜褒所为《甘泉》及《洞箫颂》，令后宫贵人左右皆诵读之"。

〔28〕娈（luán）：美好。　诸姬：一些同姓（姬姓）的女子。这里指帝王姬妾。语出《诗经·邶风·泉水》："娈彼诸姬，聊与之谋。"

〔29〕弃日：消磨时光，打发日子。

〔30〕猗（yī）：叹词，表赞叹。　彤（tóng）管：笔管为红色的笔，古代女史记事所用。

〔31〕无或：或无，也许没有人。　讥：讥笑。此句一作"丽以香奁"。

【今译】
你看那高耸入云遮天蔽日的雄伟宫殿，是春秋时代的由余所从未见过的；宫殿中的千门万户，张衡在《西京赋》中曾极力描写大肆铺陈。在周穆王遗留下来的璧台之上，在汉武帝所筑的黄金屋中，玉树用珊瑚来做树枝，珠帘用玳瑁来做帘押，在这华丽的宫殿中有着美丽绝伦的女子。

这些美丽的女子啊，都是从京都豪族中挑选来充当嫔妃；著名世家的出身，让她们驰名后宫。也有的来自颍川、新市、河间、观津，本来叫娇娥，也曾名巧笑。正像在当年楚王的宫殿里，没有人不赞许她们苗条纤细的腰；也像当年卫国的美女庄姜，大家都惊讶她们有一双纤细白嫩的手。她们读诗崇礼，怎会像《登徒子好色赋》中的东邻女子那样自找情郎；她们婉约风流，无异于当年西施的受教。她们的弟兄也像李延年那样精通音律，她们从小就已学歌；她们也像赵飞燕在阳阿公主家长大那样，从来就能舞。拥抱琵琶弹奏新曲，不必等到石崇作诗来传扬；手持箜篌杂奏《箜篌引》，同曹植的诗歌也没有什么关联。她们鼓瑟得到杨恽家的正传，她们吹箫则传自秦穆公之女弄玉。

再说她们得到宠爱的消息如果传到了长乐宫，陈皇后得知也会心中不平；她们的美貌像是画中的天仙，如果当年匈奴单于阏氏看了也会在相距遥远的地方产生嫉妒。进一步说她们也像东邻女子那样嫣然一笑惑阳城迷下蔡，现在能像卫子夫那样在更衣室中与君王伴眠；她们也像当年西施那样捧心皱眉，现在能横躺在君王华美的甲帐。她们在驳娑殿里陪伴君王游宴，在《结风》曲中扭动纤细的腰身；在长乐、鸳鸯宫中，按着新的曲谱弹奏和歌唱。她们头发梳成薄薄的蝉鬓，在镜中照见了垂在一侧的堕马髻。头发上反插着镶嵌着金花的宝钿，横穿过宝珠为饰的金步摇。南都所产的青黛，最能够凸显她们美丽的双眉；北地所产的胭脂，也凸显出她们两边的面颊。也有岭上仙童，像分丸魏文帝那样分丸令她们身轻；她们腰中绘饰的凤，则是传授音律于黄帝的美凤。她们面上妆饰的金星与天上的婺女比华丽，她们面上妆饰的明月与天上的嫦娥比明朗。她们如鸾凤惊起轻拂长袖，袖中时常飘出韩寿所窃取的香；她们如乳燕飞过拖动长长的衣襟，衣襟上最宜结上陈思王曹植示爱的玉珮。她们虽然不是画中人，但进入甘泉宫与画中人实无两样；她们不是神仙，但在巫山阳台上与巫山神女实无区别。她们真可说是倾国倾城的绝色美女，无对无双的绝代佳人啊。

除了美丽之外她们还天性开朗，超逸的情思秀丽华美，善于解析文章，尤其善于吟诗作赋。琉璃砚盒，终日伴随身旁；翡翠笔管，无时离开玉手。清丽的文章满箧，不只是歌咏芍药花之言情之作；新制的佳作连篇，岂只是歌咏美人托于葡萄之树。九月九日重阳节登高，常有抒发感情的佳作；如果晋武帝的万年公主仙去，她们也不会没有左芬那样彰显德行的华丽的诔文。她们的美丽像前面所说那样，她们的才情则像这里所说这样。

不久她们便发现后妃的宫室蜿蜒曲折，嫔妃的馆舍深邃幽静，绘饰仙鹤的红色门阙早晨紧闭，铜制的螺形铺首白昼沉寂。盼望三星在天却盼不到天晚，不能抱被进御；虽然间隔五天还是觉得日子太长，谁能安下心来弹奏琴曲。生活悠闲少有精神上的寄托，日子寂寞多有闲暇。听厌了长乐宫传来的稀疏的钟声，为报时的宫漏银箭的缓慢移动而愁闷。纤细的腰身柔弱无力，害怕承受不了南阳女子捣洗的纱衣；生活在深宫之中，却笑那扶风女子苏蕙织出思夫的回文锦。即使有那投壶的玉女，投壶百发百中令人叹为观止；即使有那争着博弈的齐国女子，精湛的棋艺令人赏心悦目。但她们并不能在这空闲的时光觉得心旷神怡，她们只是留意于新奇的诗篇。希望用诗来代替解除烦恼的皋苏，稍微消除忧愁苦闷。但是过去的著名诗篇，当今的灵巧佳作，分藏在麒麟阁，散放在鸿都馆。不借助这些篇章，就无法翻阅展读。于是我点燃灯烛连夜抄写，手持笔墨至晨仍书，编撰抄录香艳诗歌，总共十卷。这些诗歌并无愧于雅颂，这些诗人也是继承了《诗经》作者的传统。诗篇的优劣和诗人人品的高下这是泾渭分明的，也就像这样罢了。

于是，给这十卷书配了黄金装饰的藏书箱，装上用宝玉装饰的卷轴。这些诗篇都由蔡邕一般的高手抄写，书法的用笔走势屈伸舒卷自如；纸张则是华美精致的五色花笺，是黄河以北胶莱河以东出产的名贵的纸。暂且用高楼女子化妆所用的胭脂铅粉，来改定错讹的文字；那祛除恶气的香料，也暂且用来防止羽陵藏书之处的蛀虫。像灵飞六甲之书，高高地独占白玉函之中；像淮南鸿烈一类的仙方，长久放置在红枕之下。等到"丽人"们在仙家的青牛帐里，一支曲子演奏完毕；在皇宫的朱鸟窗前，梳妆打扮刚刚终了。这时她们便打开这淡青色的书套，解开这捆束书卷的丝带，在书房中面对着书卷永久地把玩，一卷卷书在她们的纤手中长久地传来传去。这哪里像汉和帝邓皇后学《春秋》，那儒者的学问终是难学；又哪里像汉文帝窦皇后学黄老之术，冶炼长生不老的金丹始终难成。这本来就胜于三国时蜀国的豪门刘琰，他只把豪情寄托于不断诵读王延寿的《鲁灵光殿赋》；也胜于汉元帝为太子时住在太子宫中，他也只是令后宫贵人左右不断吟诵王褒的《洞箫颂》。现在宫中这些美丽的女子啊，她们就依靠这十卷艳诗来消磨时光，啊啊那些手握红色笔管的女史，对"丽人"们喜爱这十卷艳诗大概不会讥刺吧。

中国古代名著全本译注丛书

周易译注	庄子译注
尚书译注	列子译注
诗经译注	孙子译注
周礼译注	鬼谷子译注
仪礼译注	六韬·三略译注
礼记译注	管子译注
大戴礼记译注	韩非子译注
左传译注	墨子译注
春秋公羊传译注	尸子译注
春秋穀梁传译注	淮南子译注
论语译注	传习录译注
孟子译注	齐民要术译注
孝经译注	金匮要略译注
尔雅译注	食疗本草译注
考工记译注	救荒本草译注
	饮膳正要译注
国语译注	洗冤集录译注
战国策译注	周髀算经译注
三国志译注	九章算术译注
贞观政要译注	茶经译注（外三种）修订本
晏子春秋译注	酒经译注
	天工开物译注
孔子家语译注	人物志译注
荀子译注	颜氏家训译注
中说译注	梦溪笔谈译注
老子译注	世说新语译注

山海经译注	文心雕龙译注
穆天子传译注・燕丹子译注	文赋诗品译注
搜神记全译	人间词话译注
	唐宋传奇集全译
楚辞译注	聊斋志异全译
六朝文絜译注	子不语全译
玉台新咏译注	闲情偶寄译注
唐贤三昧集译注	阅微草堂笔记全译
唐诗三百首译注	陶庵梦忆译注
花间集译注	西湖梦寻译注
绝妙好词译注	浮生六记译注
宋词三百首译注	历代名画记译注
古文观止译注	